九鼎风云

JIUDINGFENGYUN

小小青蛇 著

新世界出版社
NEW WORLD PRESS

图书在版编目（CIP）数据

九鼎风云 / 小小青蛇著. — 北京 : 新世界出版社, 2018.1

ISBN 978-7-5104-6446-1

Ⅰ. ①九… Ⅱ. ①小… Ⅲ. ①长篇小说－中国－当代 Ⅳ. ①I247.5

中国版本图书馆CIP数据核字(2017)第276400号

九鼎风云

作　　者：小小青蛇
责任编辑：黄　倩
责任印制：王宝根
责任校对：宣　慧
出版发行：新世界出版社
社　　址：北京西城区百万庄大街24号(100037)
发 行 部：(010)6899 5968　(010)6899 8705（传真）
总 编 室：(010)6899 5424　(010)6832 6679（传真）
http://www.nwp.cn
http://www.nwp.com.cn
版 权 部：+8610 6899 6306
版权部电子信箱：nwpcd@sina.com
印　　刷：北京亚通印刷有限责任公司
经　　销：新华书店
开　　本：880mm×1230mm　1/32
字　　数：270千字　印张：9.75
版　　次：2018年1月第1版　2018年1月第1次印刷
书　　号：ISBN 978-7-5104-6446-1
定　　价：39.90元

目录 contents

第1章　浮世飘摇遇乱世

1916年的冬夜，一座位于边陲的小镇显得格外冷清，街上空无一人，只能隐隐约约听到远处传来的呼喊——“天干物燥，小心火烛。”

年迈的打更人走在陈旧的青石板小巷子里，漫不经心地边叫着亘古不变的“天干物燥，小心火烛”，边顺手敲锣，一慢三快，咚！咚！咚！此时已经四更。

锣声落下，打更人擦擦鼻涕，然后在破旧的棉衣上搓搓手，长叹一声，今年的冬天比以往更冷，实在不好过，这个夜晚才刚刚开始而已。他正要继续叫更，脚下突然多了一个小小的影子，他打个寒战，大着胆子转身，挥起手里的锣，大喝一声：“谁?!”

看清身后小小的人儿，打更人笑了出来：“这都什么时候了，你小子还在外面晃荡，你爹和爷爷也不管管你。”

眼前这个孩子不过八岁，身形瘦削，一身破衣裳浆洗得笔挺，十分整洁，和他脏兮兮的脸型成鲜明对比。他紧紧地抿着嘴唇，胸膛上下起伏着，额头上还有一道青紫的伤痕，死死地盯着眼前的打更人。

老头的年纪真的很大，像爷爷一般大，脸上的褶子一道又一道，像山川横在脸上。老了，连眼神也变得浑浊了。年纪大，人就一定要死吗？

孩子看着打更人，想到病床上的爷爷，心更是绞痛，狠狠地吸了一下鼻子，撒腿就跑。

打更人看着远去的小小背影，连连摇头。

其实这个孩子有爹有娘，娘早逝，家中还有父亲与爷爷，没有人知道这一家子是什么时候搬到丰城来的，但都知道的是这孩子胆子奇大无比。他四岁的时候就敢坐在坟头上，别的孩子若是坐了坟头，回家定然惊梦，这孩子回到家里却呼呼大睡，一夜平安无事。

孩子在青石小路上一路狂奔，布鞋跑飞了也不穿上，拿着一只鞋，拖着另一只鞋奔进家里，拐个弯进了西厢房。

父亲站在床边盯着床上的老人，听到脚步声，头也不回地说道："你回来了，过来看看爷爷吧。"

孩子一言不发地靠近床铺，却不忍心看病入膏肓的老人，好一会儿才咬牙道："爹，药店关门，我把门快捶破了，大夫也不应门。"

他一边说，一边握紧了拳头，心中仍有怒意。他虽然年纪小也知道大夫势利，看到是穷人家的孩子来敲门便假装听不到。自己强行踹门却被打了出来，那吐在地上的唾沫子，还有那一声"穷鬼"，伤入骨髓！

床上的老人形如枯槁，明显大限之期将到。他用干瘦的手抚着孩子的脸："时辰到了，天王老子也拦不住，孙儿，接下来的话，你要好好记着。"

明明是遗言，可是床上的老人没有丝毫悲凉，他转头看着站立在一边穿粗布衣裳的儿子："世间，你知道怎么做。"

"是，父亲。"

男孩听着爷爷与父亲简短的对话，只是沉浸在即将与亲人生离死别的复杂情绪里，尚未感觉到长辈之间的凝重气氛。

直到父亲拿来一卷画，交到他的手上，他才抽泣着问道："爷爷，这是什么？"

"这幅画是你的了，从现在起好好保管，直到死之前都要和它在一起。我这辈子不应该碰触那个东西，死人的东西不能碰……都是我的错，让你们和我过着东躲西藏的日子……于我，这日子终于到头了；于你，却才刚刚开始。墨卿，待你成人，完成，完……"

老爷子的话还没有说完，双腿突然一蹬，手伸出去却扑个空，徒劳无功地落下。这个孩子极机灵，马上握住他的手："爷爷，我在这里，墨卿在这里。"

老爷子握着孩子的小手，嘴角露出一丝笑容，头却无力地歪到一边，眼泪从他的左眼落下来，嘴角却上扬，还有好多话未讲，却是来不及了，来不及了！

孩子感觉到爷爷手心里的温度慢慢逝去，牙关紧咬，不让自己落下泪来，死死地拽住亲人的手。直到那手的温度骤下，冰凉一片，他才抬头，眼泪终于无法自抑，缓缓滑落……

"爷爷走了，墨卿，人终有一死，我和你都迟早有这一天，只是早晚而已，到头来，我们还会再相见的。"父亲怜爱地抚着男孩的头，"终会相见的。"

是的，终会相见的，男孩抹去眼泪。他晓得的，就像自己曾经无数次踩过的坟头一样，爷爷像那些死去的人一样葬于地底，只在地面留下一个小小的坟头、一块字碑！

他却没有想到，爷爷的坟堆前孤零零的，没有石碑，更没有焚纸烧香。

爹带着他跪了足足一个时辰，才把他从地上扯起来，表情凝重道："墨卿，以后咱家姓徐，你的爷爷叫徐三年，我叫徐世间，你，徐墨卿，记住了。"

"爹，为什么？我们不是姓杨吗？为什么要改姓呢？"他不明所以地看着父亲。

"好孩子，咱们家遇到了变故，必须改姓，你千万不要告诉别人你姓杨，你姓徐，叫徐墨卿！记住了吗?”见儿子点点头，他继续说，“爷爷给你的画好好留着吧，画有玄机，你若是参透了，这就是你的命；你若是参不透，也好!”

徐世间见儿子表情沉着，听得认真仔细，实在乖巧，心中突生不舍。可是离别终究在眼前了，他牵起孩子的手：“儿子，从现在起，你只能前进，不能回头。”

徐墨卿似懂非懂，被父亲牵着手一路前行。

郊外，一个戏班子正在那里休息，一身青色长袍的班主双手背在身后，见到父子俩前来，眼光马上落到孩子的身上：“是他?”

“是。”

“不错，我就带走了。”班主一把拽过男孩的手，“你可不许反悔。”

徐世间的脸抽搐了一下：“好好待他，我先走了。”

徐墨卿十分平静，好像这一切都是理所当然。他只是吸了一下鼻子，就一屁股坐到地上望着父亲远去。看着这般冷静的孩子，班主觉得十分神奇：“你不去追你爹?”

“有什么好追的?”徐墨卿眉毛一挑，“他如果要我，就不会扔我来这里。”

班主愣了一下，一句话也没有吐出来，只是大力地拍了男孩的肩膀一下：“你这小子有点意思!”

这时，1916年，徐墨卿八岁。

都说时光如梭，光阴逝去不过弹指间，十五年的时间转瞬即逝。十五年后的十里洋场崛起一家名为荣丰的戏院，名家不断，看客不断，夜间写出无尽繁华。

此时，荣丰戏院的戏台上正唱着大戏，台上的老生唱得有板有眼，台下的看客们也是热情异常，时而鼓掌，时而欢呼，时而摇头晃脑，回味无穷。

后台处，二十三岁的徐墨卿撩开布帘欣赏着老生的表演，他身形纤瘦，玉树而立，一字一句地念着老生的唱词：“我本是卧龙冈散淡的人，论阴阳如反掌保定乾坤。”

念完了，他脸上露出一丝狡黠的笑，荣丰戏院是他的。不过十五年时间，昔时的小男孩就脱胎换骨在这十里洋场坐拥一席之地，都说戏子是下九流，可偏偏是这下九流的营生，可以接触到三教九流，商贾也好、名流也好，都趋之若鹜。

无人知道徐墨卿来自哪里，出身何地，只知道关于他的故事是这般的——他曾经是红极一时的花旦，据说他十三岁登台就技惊四座，其扮相“玉霜眉如远山，极幽妩之长，颦时偶浅展，轻施无不奇艳”。一切只是传说，如今的徐墨卿贵为戏院老板，早就淡出台前，上一次登台还要追溯到六年前。

一票戏友都戏称，要一睹徐老板的风采不知道是猴年马月了！

戏毕，台下掌声雷动，徐墨卿满意地离开，回到自己的办公室，只扫了一眼桌子，折返回去将门反锁住，随即笑道：“回来了？石头。”

一个瘦高的年轻人从空余帘后面钻出来，垂头丧气道：“你怎么发现的?”

徐墨卿指着桌子上的文件道：“让你多手，动我的东西做什么?”

石头悻然，徐墨卿就是徐墨卿，他心细如发，要不是这样，三年前他也不会发现因为盗墓误入陷阱、拖着重伤的身体昏死在路边的自己了。

他欠徐墨卿一条命，当初立下的誓言依然清晰在耳：“你救我一命，我为你做牛做马，一言既出，驷马难追！”

石头跟着徐墨卿的那年，也是徐墨卿告别戏台的一年。

石头记得他在台上说的那番话：“墨卿不才，这些年来蒙大家抬爱，戏曲原本就应该是长江后浪推前浪，新人中才能辈出。打今个儿起，我徐墨卿以经营为主，以后将鲜少登台，若是有缘，诸位可在我徐墨卿的戏院里看戏，君子一言，驷马难追！”

也是那一年，徐墨卿将一件重事托付给他。徐家爷爷临死前留下一幅画卷，内里藏着一份地图残卷，残卷仅为四分之一，另外三份遗落在外，必须找到另外三份，将四份残卷合而为一，方能知道徐家爷爷的临终嘱托，要三代流传守护的到底是什么！

徐墨卿把找残卷的事情交给石头已经三年有余，这一回，他可算能在大哥面前挺直腰板了："大哥，残卷有消息了。"

徐墨卿正拿着一份文件查看，马上合上，凝视着石头的眼睛："说。"

"就在云城大帅魏仕杰的手上，消息肯定没错。这个魏仕杰野心极大，早就想揭竿而起，残卷是他早期为筹集军费去挖墓得到的。还有，这人好色，迷信风水。"

"听说他有位极宠爱的姨太太最喜欢听戏，看来我要重新登台了。"

徐墨卿回想着这三年的日子，当初放话退出前台，苦心经营获得今天的成就，名利双收时却总想到那个夜晚——自己被赶出门，耳边响着伤入骨髓的"穷鬼"！

而今钱财已经不缺，石头带来的消息是浇在火里的热油，是时候了！徐墨卿一字一句地说道："发函给魏仕杰及三姨太，就说徐某人将择日重新登台，诚邀他们前来听戏。"

不过第二天，十里洋场的大街小巷里传来报童们稚嫩的声音——"卖报啦，卖报啦，荣丰戏院今晚好戏上映，名花旦徐墨卿再次登台啦！"

外面世道如何混乱，大家伙是知道的，各路地方军阀占地为王，而当今天下更有分为两极的趋势，如此又如何？这里是城中生意最为火爆的茶馆，照样聚集了老少爷们一大群，混杂着各地腔调，好不热闹！

台上说书的人正讲得口沫横飞，外面报童经过，有人已经驻足观望，更有心急的，跑出去买下一份报纸，随即展开来议论："哟，今个儿徐老板居然亲自上场，难得啊，走喽，买票去！"

这人话音一落，茶馆里的客人哗啦啦地走了一多半，掌柜的目瞪口呆，一巴掌拍在自己的大腿上："哎哟，这个挨千刀的徐墨卿！"

七日后，荣丰戏院里宾客满堂，坐在第一排的都是城中名人，更有大老远从千里迢迢之外而来的贵客，比如说云城军阀魏仕杰及其妻妾。除此之外，还有一群人格外醒目——实业家宋老爷带着家人前来。其中，有一张面孔格外地俊秀。

他年纪不过二十出头，穿着时下时兴的西装，同样是西装，但穿在此人身上却是格外地英挺。他坐得笔挺如松，惹得一帮女眷娇笑道："令铮，现在是看戏，又不是打仗，放轻松。"

"五娘，我已经习惯了。"

宋老爷一个眼神，嬉闹着的女眷们马上安静下来。此人嘴角上扬，英气之中又显露出宁静的气质来。此人正是宋家大少爷宋令铮，生得英武俊朗，加上身姿挺拔，早就引得不少太太小姐驻足观望。得知是宋家大少，个个均是浮想联翩。宋家，那可是城中第一富！

宋令铮看这戏院修得气派，料定又是某纨绔大少的兴味之作，不由得心生反感，自己原本在德国留学，让父亲给揪回来，说什么军队里不能没有自己人，强行把他塞到军队中，混了个小小官职。此举也引来不少老人的非议，有说宋家飞扬跋扈的，也有说他算哪根葱的；更甚者，有人言他撑不过三个月。

他现在并没有心情看戏，但是父亲和一帮姨太太的兴致很高，说是今天登台的可是大家。他归国不久，并不认识什么大家，只知道家庭集体活动，自己如果不参加，一定会有人在背后嚼耳根子，说自己装清高。母亲若是知道也一定不悦，为了母亲将就一下吧。

台上锣鼓开场，台下突然掌声雷动，更有人欢呼出声，如此阵势让宋令铮有些好奇，这登台的到底是什么人？

台上出来的是苏三，扮相让宋令铮有些吃惊。身边的四姨太见状说道："令铮，这徐老板可是有名的三美，扮相绝美，身段娇美，唱腔优美。他上一次登台是三年前，我们还以为以后再也见不到他登台了，没想到还有这等福分。"

三美？宋令铮嘴角一抿，露出一丝嘲讽的笑容来，不就是一个戏子嘛！

徐墨卿却没留意宋令铮，他志在魏仕杰。上台后紧盯着魏仕杰，这家伙是个酒色之徒，果然被姨太太拉过来看戏。看他长得矮胖，生有一对八字胡，看似猥琐，可就是此人，六年前拉着自己的一帮部下缴了长官的枪。一枪射入长官右眼，血哗啦啦地流了一地，靠着这股狠劲，取代了他的长官占地为王，成为云城之王。

徐墨卿为让自己隐于市井，故意用花旦隐藏自己，登上戏台就是另一个自己，将戏台下的真实身份彻底丢掉，举手投足间就是倾城倾世的苏三。魏仕杰的心思并不在戏台上，一只手在三姨太的大腿上轻轻摩挲，另一只手握着两枚铁球不断地转动。那三姨太极有风情地靠在魏仕杰的身上，眼睛却盯在台上……

石头站在边上看到三姨太的模样，心中不禁暗笑，一会儿见了大哥本人的样子，恐怕魂儿都要飞了。

徐墨卿时隔六年再登台，荣丰戏院的气氛达到顶点，票友们终于在满足中离去。

清了妆容的徐墨卿穿一身青衫再出来的时候，一群小姐太太都窃窃私语起来："咦，这是哪家的公子，刚才怎么没有看到？"

徐墨卿径直走到魏仕杰的三姨太面前。三姨太马上坐直了，好一个俊眉星目的年轻人，实在让人心里痒得很，这英气、这硬身板儿，岂是身边这个矮胖的老男人可以比的！看着自己的姨太太眼睛都不知道打弯了，魏仕杰将手里的瓜子扔在盘子里，双眼已露杀气，不知道从哪里来的未断奶的小子，居然敢打自己姨太太的主意！

"在下徐墨卿，魏大帅英名早就耳闻，今日一见，果然不同凡响。"徐墨卿拱手，"虽然初次见面，但有一番话不得不讲。"

"你是徐墨卿？"魏仕杰朝地上啐了一口，"娘希匹的，和台上的娘儿们怎么不一样？你有什么话说，我倒想听一听。"

“刚才在台上，我已经注意到大帅眉心发暗，所以冒昧地走近仔细一看，果不其然，大帅印堂发黑，近日有祸事上身。”徐墨卿说道，“大帅最近是否有损血亲，比如，胎死腹中?”

三姨太的身子一怔，马上落下眼泪。她好不容易怀上一个男胎，七个月都成了小人儿了，结果胎死腹中，也就是一个半月前的事儿。魏仕杰为了安慰她，这才千里迢迢地带她来听戏，满足她捧场徐墨卿的愿望。这事儿魏仕杰嫌不吉利，从未对外说起。

徐墨卿一语说中，魏仕杰把放在腰上佩枪的手放了下来：“哦，你倒是说说，我最近有什么祸事?”

“血光之灾。”徐墨卿的四个字铿锵有力。

“有化解的法子吗?”魏仕杰说道，“你一眼就看出我失了血亲，看来不简单啊。”

“有是有，不过我需要去看看您的宅子，风水大改，甚者，还要迁祖坟，具体如何，看过再说。”徐墨卿说道，“我倒是个闲人，随时有时间，就要看大帅是否有空了。”

魏仕杰的手在桌子上敲了好几下，终于拿定了主意：“好，三天以后，云城见。”

魏仕杰起身要走，徐墨卿冲石头招招手，石头马上捧着一个盒子过来：“大帅，这是老板送您的礼物，请笑纳。”

打开来，里面是一块奇怪的石头，徐墨卿解释道：“这是一方明朝的官印，以官煞挡灾，就是效果短了点。大帅先备用，三日以后，我们再从长计议。”

送走了魏仕杰，徐墨卿嘴角浮上一丝笑。既然魏仕杰信这些，就迎合他，讨得他的欢心再名正言顺地进入魏家，计划就已成了一半，第二部分的残卷，势在必得!

他正为自己的计划顺利开头而喜悦时，冷不防边上传来一句：“招摇撞骗，攀附权贵！这手段也太低级了一些。”

顺着这个声音看过去，徐墨卿看到了穿着西装的贵公子，他侧头问石头："他是谁?"

"宋家的公子宋令铮，听说刚从国外回来，看他这样子，脸上写着三个字——不高兴。"石头"呸"了一声，"最看不得这样的富家大少爷把自己捧到天上去了，看别人就不爽快。"

宋令铮！徐墨卿看着这位翩翩公子，缓缓欠身。宋令铮却不领情，转身离去。一群姨太太跟在宋家父子身后，浩浩荡荡地离开，临上车前却都被打发到后面的车子里。宋老爷领着儿子独坐第一辆汽车。

只等车门关上，宋老爷迫不及待地说道："刚才的魏大帅就是你此行的目标，据说他手上有一份残卷，事关一份至宝，要是拿到了，将是你从军后的第一份大礼。军方情报部门费尽心思想拿到手，这个魏仕杰不好对付，你和方副官去一趟，洪门那边有人与你接应。"

"是谁?"

"明天杜老板设宴，你自会知道。"

宋令铮不禁皱眉，自己的理想是从医，万没想到一回国就被父亲拉扯进了纷争里，脱身不得，苦不堪言。不从，父亲就拿家族说事，硬是往他肩上堆积责任。宋令铮怅然地看着街边的光景——那些与自己倒退的风景，就像与自己道别的理想与志愿。

和宋令铮一样忧心忡忡的还有徐墨卿，今天晚上的这出戏唱毕了，但另一出戏刚刚拉开帷幕。回到临街的家中，徐墨卿取下帽子，他余光一瞟，看到欲言又止的石头："现在这个时候，百乐门正是热闹之时，你玩归玩，不许在风月场上来真的。"

石头不禁乐了，大哥还是让自己去了。他应了一声，马上奔向自己的快活地——百乐门。那里是十里洋场最有名的歌舞厅，如今里面最红的舞女叫曼丽，石头早被她迷了魂！

送走了石头，徐墨卿往书房走。这套二层的小洋楼是前年置办的，家中没有用人，只有石头时不时来住一阵子。他每年总有几个月歇着，其余的时间大江南北地奔波，过得并不轻松。这也是徐墨卿不完全阻止石头去百乐门寻乐子的原因。

书房位于二楼，徐墨卿来到门前，手刚握在门把上，就皱起了眉头，原本系在门把手上的丝线落到了地上，这是有贼进去了！

丝线原本牵引着门把手和锁具，若是有人推开，丝线会断掉，然后落到地上，今天徐墨卿还未进去过，石头知道自己的习惯，不会擅入。徐墨卿屏气凝神，门背后的人身子紧紧贴在门上，捂住了自己的口鼻。

徐墨卿退后一步，他是练家子，脚步声轻不可闻。门背后的人正在盘算着下一步的举动。几乎是在同时，徐墨卿踹门而入，里面的人则身子一跃到了窗边。徐墨卿冷笑一声："窗户若是能够打开，你还需要从房门进来吗?"

所有的窗户都用木板钉得死死的！

对方穿着夜行衣，一张脸用黑布蒙得严严实实，眼见得夺路而逃已经不可能，索性直接出拳攻向徐墨卿的面门。徐墨卿以硬碰硬，迎拳而上。两拳相对，徐墨卿的力道明显占优，震得对方退后了一小步，对方反应极快，一个鹞子翻身，双腿夹向徐墨卿的脖子。

徐墨卿暗道这人的功夫不错，兴趣上来了，身子向后一仰，双手同时拽住对方的两条腿。这一下子，对方的整个身子直接坠到地上。说时迟，那时快，徐墨卿正欲擒住对方，那人的身子朝着窗户死死地撞过去。他的力道极大，原本固定住窗户的木板"嘣"的一下弹开，见窗户松动，对方居然越过了窗户，滚落到地上。

徐墨卿看到一个盒子从对方的身上滚出来，还有一些银圆钞票。他只在乎那个盒子，那是爷爷留下来的画！

那人是个偷盗的老手，挣扎着从地上爬起来。虽然扭了脚，但他动作利落，迅速地将散落在地上的东西揽在怀中，撒开腿就跑。徐墨卿岂容他走，从窗户里跳下去，快步追上去。那人已经闪进一条巷子里，里面传来清脆的呵斥声："把东西放下！"

徐墨卿走进去，看那贼正与一个身形纤瘦的人过招，那人的身子十分轻盈，看似无力，却招招攻向小偷的要害。柔绵的掌打向小偷的胸口，让小偷节节败退。徐墨卿趁机从后面按住了小偷："算你运气不好，遇上了高手。"

月色下，那个仗义出手的年轻人面容清秀，气质沉静，他戴着一顶鸭舌帽，帽檐压得很低。

徐墨卿拱手道："兄弟，多谢了。"

"客气。"年轻人的嘴角勾起，"我认得你，你是荣丰戏院的老板徐墨卿。"

"不知道小兄弟高姓大名？"徐墨卿客气道，"改天一定登门道谢。"

"小弟阿七，徐老板，你要怎么处置他？"阿七淡淡地说道，"恕我直言，就算将他交给捕房，他只是受点皮肉之苦，自然有路子出来。"

徐墨卿将自己的东西收回来，然后说道："兄弟，这年头过活不容易，但不能走了邪路，东西我收回，你走吧。"

"你，你可不要后悔，我真走了。"小偷没想到还有这种好事，趁徐墨卿没有改变主意，踮着一条腿离开，消失在夜色中。

徐墨卿抚着装画的盒子，残卷并不在其中，早取出来另外保管，但画是爷爷留给自己的遗物，意义并同寻常，若是丢失，他定然不能原谅自己。

"既然无事，在下先告辞了，后会有期。"

阿七正要走，徐墨卿赞道："你的身手不错。"

这名少年看似柔弱，居然有如此大的力道，看来从小就开始习武。

阿七微微一笑道："你也不错。"

两人面对面无言，徐墨卿终于转身离去。阿七等徐墨卿离开才走出巷口，想到徐墨卿叫自己小兄弟，不禁失笑。她脱下帽子，露出自己一头乌黑浓密的长发，清丽的五官不施脂粉却楚楚可人，尤其那双眼睛，在黑暗中也有夺目的光彩。一辆黄包车停在她的身前："七妹，堂主等你很久了，走吧。”

阿七微笑着上车，黄包车随即消失在夜色中……

次日，同样繁华的夜晚，一场舞会正拉开帷幕，宋令铮坐在繁华舞场的角落里，把玩着手上的玻璃酒杯。这种舞会几乎每晚都有，今天你家唱罢，明天他家登场。但今天这一家却不能不来，今天主导这场舞会的是青帮龙头老大——杜老板！

人人都说，杜老板闯荡上海滩的基本要素是足智多谋、隐忍薄发、坚韧不屈、蛮横霸道而不露声色。青帮人员不但出入黑白两道，游刃于商界、军界与政界，而且将触角伸向金融、工业、新闻报业、教育等多领域。所谓前无古人，后无来者，在他的带领下，青帮闯得猛、玩得火、斗得凶。

宋令铮作为宋家的代表出席是理所当然，海外派，如今又成了军方人马，杜老板难免不注意他。见宋令铮独自一人坐在角落里，快步走过来："宋公子不喜欢跳舞吗?"

舞会上难免有些莺莺燕燕，她们香气醉人，旋转的裙摆醉人心弦。宋令铮却不愿意看这些脂粉气的女人。在十里洋场，每一个女人都在装模作样，找不回真正的自己，与父亲府上的姨太太们有什么区别!

“劳烦杜老板操心，今天晚上没有带女伴，随便坐坐就好。”宋令铮客气道。

“杜老板。”一个清脆的声音响起，宋令铮转头便看到了这个穿着素雅旗袍的女子，她的长发微微卷起，淡扫蛾眉，红唇轻抿，“晚到了，不好意思。”

“啊，谢七啊，来得正好，宋公子正好没有舞伴。”杜老板说道，“宋公子，这位是洪门的谢七，七姐妹中排位第七，人称小七、七妹。”

洪门七姝，谢一、许二、洪三、易四、官五、陈六、谢七，只有谢七和七妹的大家同姓，其余姐妹均不是一家——异姓的姐妹。

青帮洪门不分家，青门一条线，洪门一大片，两帮交好是众所周知的事情。杜老板的晚会，洪门有人来捧场不足为奇。谢七看向宋令铮，面露歉意："不好意思，我不会跳舞。"

"我可以教你。"宋令铮话一出口，自己也吃惊。

杜老板的眼神灼人，谢七明白了，宋公子——首富家的公子，杜老板也是要拉拢的。谢七只是洪门受重用的女弟子而已，她微微一笑："好。"

宋令铮伸出手："请。"

宋令铮带着她的身子滑入舞池，她的身子却随着自己的手轻盈地滑动起来，虽然略有生涩，但十分顺畅。宋令铮只觉得奇怪："你真的不会跳舞？"

谢七的表情有些震惊，她不由自主地抓紧宋令铮的胳膊："我也不知道。"

宋令铮孤坐了一晚上，不少女人都紧盯着他的动静。见他带着眼生的女人踏入舞池，早有女人心生不满："那个女人是什么来头，杜老板居然亲自引荐？"

"洪门七姝中的老幺。"有认识的男人说道，"大名鼎鼎的洪门七姝，可不是好惹的，劝你们啊不要得罪她，她背后可是洪门在撑腰。"

舞池里的谢七听不到这些言语，她只是惊诧地发现自己居然会跳舞，自己以前究竟是什么人，在加入洪门成为谢七以前，自己的一切已全然不记得了。

"你本名就叫谢七吗？"

"大姐救了我，因为排行老七，所以叫谢七。"谢七坦然地说道，"我并非欺瞒，以前的事情实在记不清，我会跳舞的事实也是第一次发现，请宋公子见谅。"

宋令铮看着谢七的眼睛，看她眼神清澈，言语恳切，点头道："我信你。"

"多谢。"

两人言毕，一曲已经结束。两人走向舞池边上，杜老板轻轻地拍手："好一对璧人啊，这样也好，以后合作愉快。"

宋令铮有些疑惑，杜老板便说道："宋公子，借一步说话。"

坐在杜老板的书房里，谢七表情凝重，她静静地坐在那里，安静得似一朵睡莲。宋令铮不禁多看了她几眼。谢七的表情淡然，用空谷幽兰形容毫不为过。

"宋公子，这位就是代表洪门与你合作寻找残卷的人，找人、找东西交给他们一定没有错。可惜啊，宋老爷告诉我的信息有限，仅知道一个叫徐三年的人与此有关，他是早些年有名号的盗墓贼，五十岁那年突然失踪。听说其夫人与儿媳早早去世，其子徐世间继承了父亲衣钵。五年前曾有人见过他，可后来就传出死讯，据说是溺水身亡。"

"那岂不是全家已被灭门？"谢七疑惑道。

"不，根据可靠情报，徐三年还有一个孙子，保护得严密，无人知道叫什么名字，年龄不详，但应该是二十岁出头，没有任何线索，但我们能查的也只有这位幸存的孙子了。撇开这些不说，现在的当务之急是魏仕杰，据可靠情报，残卷之一在他手里。"

"他？"宋令铮还记得徐墨卿与魏仕杰的互动，当时颇为不屑，想不到这么快就和魏仕杰扯上关系，真是世事难料！

杜老板说道："听上去不太容易，谢七，这件事情就交给你们洪门七姝，如何？"

谢七点头："定当尽全力，宋公子，以后请多多指教。"

杜老板开口，肯定是与帮主达成了一致，也是洪门老大的意思，她自然毫不犹豫地答应下来："杜老板，我们即日出发，希望可以顺利拿到残卷，只是不知道这残卷什么来头？"

"这残卷一分为四，四而合一为完整地图。据说是一件可震撼朝野的至宝。至于是什么，恐怕只有找到四卷才知道。此事局座也很重视。宋公子，你初回国，要是能在这方面有所建树，前程不可限量。"

宋令铮淡然一笑，所谓的前程不过是父亲给予安排的罢了。自己的志向是当一名可以救死扶伤的医生，这样才不枉自己出国留学的初衷，可惜，如今事与愿违！

第2章　风月谜情锁疑云

看似平静的夜晚终于过去了，不过是第二日，徐墨卿便接到魏仕杰的邀请，终于可以顺理成章地前往云城，入驻魏府。为了这次前行，徐墨卿绞尽脑汁地补足了些风水的知识，虽然临时抱佛脚，但事在人为，只要可以糊弄得过去，让魏仕杰及三姨太信服即可。

徐墨卿和石头到了魏家，几番像模似样的言辞就让魏仕杰决定挪宅子，而三姨太一直忧心生育的事，又仗着自己平时最受宠爱，刚刚失去血亲，她在魏仕杰面前一番撒娇，愣是把挪宅子的事情安排到自己名下。

谁让徐墨卿负责指点挪宅呢，能够和俊俏英伟的徐墨卿待在一起，纵然其他房的太太们不悦，她也懒得管那些闲言碎语，只管自己自在。此时，望着徐墨卿有如雕刻的侧脸，已经是心花怒放，什么宅院犯三煞的事情根本不放在心上。

“贵府是典型的青砖建筑，有三进，但是内部是非常传统的木结构厅堂，假山、廊亭过多，十分烦琐，要改起来的话，工程量十分巨大。”徐墨卿说道，“我决定从重开始，不知道大帅的书房在哪里?”

“哦，我带你们去。”三姨太往前走了几步，突然停了下来，一脸难色，“大帅的书房可是府中重地啊，他不让人轻易进去的。”

石头打着哈哈说道：“我们不需要进去，在外面看看就好。”

“这个没问题。”三姨太马上笑开了花，“徐老板，你有什么要求就尽管说，只要把宅子的风水改好了，什么都好。”

“这是当然了。”石头突然挤进两人中间，三姨太不禁给了他一个白眼，石头也不害臊，只当作没看到，“大哥，要怎么改？”

“具体改的方案我会交给大帅，怎么，你着急了？”徐墨卿说着话，眼睛却没有闲下来过。

这一会儿的功夫，这宅邸的基本结构已经了然于心。

如果自己是魏仕杰，会把这么重要的东西藏在哪里？被视为重地的书房首当其冲。徐墨卿正深思时，一名管家急匆匆地跑过来：“三太太，外面有女客来访，大帅让您接待一下。”

“不是有大太太嘛，这事儿哪里轮得上我？”三姨太一副不情愿的样子。

管家面有难色，压低了声音说道：“是洪门的人，大老远地从十里洋场来，不能不见。”

“洪门女客，不会是洪门七姝吧？”三姨太的眼睛亮了，“快，快带我去，徐老板，你们就请自便。”

石头早巴不得三姨太走人了。她一走，他便朝书房看过去，奈何四周都是巡逻兵，看守甚严，现在不是时机，又听到刚才管家提到洪门七姝，不禁说道：“大哥，洪门的人来干什么？他们平时和魏司令没有什么来往，邪性！不如我去看看？”

“你是去看有什么影响，还是去看女客？”

石头的心思被戳中了，干笑道：“都看，都看。”

石头独自一人离开去往会客厅，见里面并没有人，又往花园走，迈出去没几步便与人撞了个满怀。他嗅到满鼻子的香气，又碰到一个盒子正往地上坠，伸脚一踢，正要伸手去接着，对方却比他快了一步，抢先抱在了怀里，然后退后一步，一副气冲冲的样子："你这个冒失鬼!"

看这丫头长得还算标致，可惜太伶牙俐齿了，石头没好气地说道："大路开两边，我爱走哪边就走哪边，你自己走路不带上眼睛，还赖上大爷我了?"

三姨太突然冲上来："两位都是客，这怎么吵起来了？三小姐，石头兄弟，大家不要伤了和气，都是府上的贵客。"

"三小姐?"石头故意拿眼斜视这个姑娘，"洪门七姝里排名老三，有洪门撑腰你就能不讲理了？就你这性子，将来一定嫁不出去!"

"我就是嫁不出去，也不关你的事，再说了，什么石头，人如其名，无名小卒!"洪三刚刚经历了长途跋涉，就遇到这小子险些摔碎帮主送给魏仕杰的见面礼，又被他百般讥讽，心中一口气难平，要不是怕失礼，恨不得一脚踹过去，把这个小瘪三踹个半死!

三姨太见状连忙上前打圆场。洪三愤然离去，要不是七妹有交代不许生事，她一定不放过这个小子。七妹和宋令铮还在城中等待，希望借今天的礼和魏仕杰正式相见，大事为重也。

石头看着远去的洪三，心里直嘀咕，洪门掺和进来不知道所为何事，为免夜长梦多，还是尽早动手为妙，直等到了夜里，在夜色的掩护下，石头迅速朝着书房而去。

石头年少时以盗墓为生，早就习惯在狭窄的空间移动，趁着守兵列队的空当儿，他轻巧地越过那两扇木门，同时从口袋里掏出两颗钉子。两颗钉子用细线连着，一边钉上一颗，上面放着一个铁制的圆球，若是有人推门，圆球落到地上，第一时间会发出警报，自己就可以在最快的时间里跳窗逃跑。

办好了这个，石头嘴含手电迅速地在书房里寻找起来。大哥交代了，不能只看封皮，一定要翻开看看，若是自己看不懂的就没错了。他这时候才悟过来，大哥这是嫌自己做事毛糙啊，若是对方拿个书封哄人，自己可就着了道了。

想通了其中道理，石头谨慎地翻开每一本可疑的册子，细致地检查里面的内容。时间嘀嗒走动，随着时间的过去，他的喉咙越来越干，怎么还没有呢？扫一眼墙上的古画，他灵机一动，手探到画后面一摸，结果只是硬硬的墙壁而已。

“怎么回事，难道我之前的消息不准？”石头一跺脚，空手回去不是自己的做派。

扫到墙角的公文包，他迅速地将里面的文件翻出来，已经到这分儿上了，最后一分钟也要利用干净。公文包里有一个牛皮信封，他快速地打开来，扫了一眼，面色突然一变，估摸着时间差不多，马上将信封放回去，一切还原。一看时间，只剩一分半钟，他赶紧回到门口，将刚才布置好的圆球取下来，开门后左右张望，见四下无人，立刻离开。

徐墨卿早就打开了后面的窗户。石头从窗户里爬进来，一脸悻然，看着他这副样子，徐墨卿十分淡然：“看来没有找到，是只老狐狸。”

“大哥，我的情报应该没错……”

“先脱下你身上这身皮，不要留下后患。”

石头赶紧换了衣服，这才坐下来说道：“大哥，虽然没有找到残卷，但我有个意外发现，我在魏仕杰的公文包里发现了一封密函。那个洪三过来是让魏仕杰帮忙在云城找人，找一个叫徐三年的孙子。可是，还有一封信函，这个魏仕杰其实也在找这个人！”

徐墨卿听着熟悉的名字，心内波澜壮阔，面上却是毫无起伏，淡然道：“还有时间，少安毋躁，你和那位三小姐刚刚见面就不对盘，可见有出好戏看，或许敲打敲打她便有所收获。”

“大哥，你饶了我吧，天色已晚，我可不敢去敲那个婆娘的门，省得她又说出什么不中听的话来。那婆娘全身带火，不能招惹，还是我的曼丽温柔。”

石头想着洪三凌厉的神色，连连摇头。

可是冤家易相逢，第二天一早，魏仕杰款待客人，就和洪三一张桌子吃饭。两人不对付，从头至尾不说话，倒是魏仕杰带着三姨太应酬他们，极是热络。徐墨卿应付得当，根本看不出心有叵测。

等早宴结束，徐墨卿使了一个眼色，石头便追在洪三的身后："喂，我有话对你说。"

"狗嘴里吐不出象牙的人有什么可说的?"洪三开口便骂道，"你有好话吗?"

石头往地上啐了一口："你们洪门的女弟子丁点儿女人味也没有，我有个独家情报你爱听不听——你们不是要找人吗，可是魏司令也要找一样的人，你说你这不是空跑一趟了吗?"

洪三眉头一皱："你怎么知道的，有什么凭据?"

石头左右看看，凑在洪三的耳边说出一个人的名字，她的脸色立刻变了："这个人的确是专门替人搜集情报的，靠卖情报为生。"

"我只是好心提醒，真假就由你自己去辨别。"石头有些幸灾乐祸，"魏司令的手段那可是出了名的，这个情报贩子不在云城，他都搭上线了，你和他找同一个人，他能告诉你吗。我劝你趁早回去，不要在这里浪费时间。"

"要你管。"洪三闷哼一声，"等我七妹来了再从长计议。"

石头冷笑，什么七妹，来几个人也是一样!

石头耸耸肩转身离开，走到书房外便看到两人荷枪实弹地站在门口。徐墨卿和魏仕杰正在内室商量改造宅子以利风水的事。

石头不晓得大哥临时抱的佛脚够不够用，正想进去，却被拦住了："司令交代过，除了徐先生外，其余人一律不得进入!"

"可我也没说进呀，我呀，就在外面等着，兄弟们辛苦。"石头嘻嘻哈哈地退下，离得远远的。等徐墨卿出来，赶紧迎上去，"大哥，怎么样?"

"嘘。"徐墨卿示意他收声，拉他闪到一边。

只见魏仕杰从书房出来，抻个懒腰后漫不经心地往前走，眼神却骨碌碌直转。两名卫兵跟上去，也被他打发了。

光天化日下，他如此鬼鬼祟祟，徐墨卿冷笑，拉上石头装作散步，远远地跟着。目送魏仕杰拐进了书房边上一条狭小的过道中，徐墨卿微微一笑，看来里头才是真正的宝地！

这个魏仕杰看着是个大老粗，出身军戎，其心思却精细。若有外人打他的主意，首先想到的就是书房，谁能料到书房后面还有玄机！

“大哥，这老东西不仅仅是个酒色之徒，藏得这么严实。”

“还要再探探，这宅子的情况极复杂，他们找他们的人，咱们找东西！”

石头到底不知道徐墨卿就是徐三年的孙子，他只知道大哥的话不能不听，上刀山，下火海，在所不辞！

摸到了魏仕杰的秘地，徐墨卿这一夜睡得格外沉稳，睡梦中隐约见到临死前的爷爷，那个不堪回首的夜晚在梦境里反复流转，有人呵斥着自己穷鬼，还有爷爷渐渐冰凉的手……

徐墨卿在梦境里兜兜转转，终于被石头摇醒。只等他睁眼，石头急切道：“大哥，魏宅又来人了，洪门七姝的老幺，还有那个宋家的公子哥，看来他们是一伙的。”

徐墨卿这才起身洗漱，并非他起得晚，而是谢七与宋令铮来得早。待徐墨卿步至饭厅，首先看到的便是一身西装的宋令铮。他单手放在身后，面容虽然俊秀，但透着一股傲气，似要拒人于千里之外。行李箱放在他的脚边，见到来人，他只是微微地点头，十分淡漠的客气。

徐墨卿的目光又落在谢七身上，西式的呢子大衣，长发微卷，一个月牙形的发卡别在耳上，耳朵上戴的那副牛奶珠坠子衬着她月光白的肤色，莫名地醒目。这双清亮的眸子不正是那一夜的初见印象，原来这个阿七是个女的，看来自己走了眼，误拿佳人当好汉。

迎着徐墨卿的目光，谢七微微一笑，直言道：“那晚太过匆忙，未能解开误会，还请徐老板见谅。”

“不碍事，是我唐突才是。”徐墨卿拱手，“多有得罪。”

“我听三姐说了，徐老板除了经营有方，更懂得风水命理，”谢七轻启朱唇，却字字如刀，“不远千里前来替魏司令改宅子风水。”

她话里有话，石头瞪大了眼睛。徐墨卿倒是坦然，只是笑而不语。谢七的一双清亮眸子看着徐墨卿的脸，脸上露出一丝笑意。

宋令铮看着这一幕露出不屑的表情：“徐老板好兴致，看风水看到千里之外。”

宋令铮出言咄咄逼人，石头斜了他一眼：“怎么，到哪里看风水还需要向宋家报备吗？知道你是宋家的大少爷，可也做不了我大哥的主啊。”

宋令铮倒是不恼，只是身子侧向一边，倒是洪三忍不住了：“都说近朱者赤，你与徐老板亲近，怎么没学着一点儿徐老板的气质风度？”

“我不乐意学，大哥是大哥，我是我。”石头双手抱在胸前，“我有我的快活。”

“什么快活？”三姨太欢乐的声音传来，“不妨说出来听听嘛。”

三姨太抱着魏仕杰的胳膊走进来。魏仕杰的眼睛一落到谢七身上便拔不开了，一只手不停地抚着自己的八字胡。

见他色心犯了，三姨太的嘴一扁，随即将这口气忍了下去，望着谢七说道：“都说十里洋场的女子最风潮，今天算是见识到了。”

“承蒙三太太高看，这身衣裳是百货公司买的，下回三太太有空过去，我一定带三太太去好生逛逛。三太太天生的衣架子，穿什么都好看。”谢七一通夸奖，三姨太的醋意略消。

几人正寒暄之时，门外传来一声枪响，众人回头，隐约看到一个人的身子缓缓倒下去，血从他的胸口直往下淌。看不到此人的正面，却看到他在倒在地上的时候，双腿不断地抖动。除了血，还有一股液体顺着裤管流出来。

石头往地上啐了一口：“见血不吉利！”

“这是司令派出去办事的人，肯定是办事不利，司令生气了，两位千万不要害怕，走吧，进去说话。”三姨太一副嫌弃的模样，快步地往前走去。

那人躺在那里仍有一口气，手脚仍在抽搐，马上就有士兵过去，抬着那人离开。血从那人的身上落下来，星星点点，拉出一道长长的血线。风一吹，血腥味直往鼻子里钻。

今天的早饭伴随着那股血腥味，众人的话格外少。魏仕杰是只老虎，若是不能从虎头上拔毛，就要保证自己不被老虎吃掉。

在三姨太灼热的目光中，徐墨卿吃完了这一餐，随即站在了魏仕杰的宅院中央，指挥着工人挪动假山，修整园景，忙得不亦乐乎。地下的排水系统也要被撤掉，地面的青石板被掀了起来，如此大费周章落进宋令铮的眼里，满目讥讽。

徐墨卿感觉得到宋家公子的轻蔑，只背对着他，浑当不知罢了。方才在席宴上，魏仕杰口口声声说会与洪门合作，找出徐三年的后人，但他看得出来，这些只是客套话罢了，方才的一枪是敲山震虎，你是洪门又如何，你是宋家大少又如何，来到云城，就是他的地盘，一切是他魏仕杰说了算！人命都算不得什么！

只是在座的所有人都没有想到，他们费尽心思想找的徐家后人，正是他徐墨卿。徐墨卿平定心神，倒是洪三拉着七妹和宋家公子到了一边，忧心忡忡："七妹，刚才你怎么看?"

"敲山震虎，杀鸡给猴看，魏仕杰是块难啃的骨头，想让他帮我们难，我只是不懂，我们请他帮忙找人，他就如此警戒，为何?"

"看来那块石头说得没错，魏仕杰也在找徐家的后人，和咱们目标一致，自然不能给咱们好脸色看。这个石头还提到一件事，魏仕杰和十里洋场的情报贩子有往来。"

"哦，三姐，我倒有个法子，魏仕杰可以买情报，我们为什么不可以?"谢七说道，"据我所知，那人长年混迹百乐门，是个酒色之徒，用钱就可以收买。而且有宋先生出面接近，那人巴不得攀权附富，求之不得，哪里还顾得上千里之外的魏仕杰?"

宋令铮听着这番话，看着谢七，目光灼热。谢七回头迎上他的目光，心中一悸，同时微微一笑："我说得不对吗？"

宋令铮微微一笑，身边从来没有这样的女子，柔中带刚，英气逼人又有蕙质兰心。他的目光中爱慕之情倾泻，洪三看得分明，不由得在心中笑了。如果不论出身的话，七妹与这位宋家公子倒是一对璧人。可惜，以宋家现在的势力，怎么会让一个江湖帮派的女子进门？洪三好奇地看着七妹，面对这么一位倜傥公子，不知道她怎么想？

"江湖中人不拘小节，让宋先生见笑了。"谢七说道，"我们洪门七姝虽然都是女子，不过也是洪门中人，自然与普通的姑娘家不同。对了，我这个主意可好？"

"魏司令不肯配合，这倒不失为一个好办法。"宋令铮的目光落到前方正指挥工人的徐墨卿身上，"他为什么在这里呢？"

"宋公子很在意吗？"洪三说道，"听说是司令请来调家宅风水的，看起来司令对徐老板十分看中。"

"出身戏子，居然还有空余时间研究风水命理，魏仕杰为人谨慎小心，要想获得他的信任可不容易。"宋令铮嘴角轻轻一扯，露出一丝不屑的笑容，"这个人值得留意，他手下兄弟故意告诉三小姐魏仕杰的情报，也有些古怪，这两人不得不防。"

或许是感觉到了宋令铮的目光，徐墨卿转过身来，两人的目光在空气中对上，莫名地碰撞出一些火花。两人凝视着对方，眼神都不肯先挪开，似乎要一较高下。

徐墨卿自认为是靠着直觉活下来的，总是提前嗅到危险的气息，这样才能规避风险，让自己在完成使命前保全性命。现在，他又嗅到了危险的味道，这个叫宋令铮的公子哥，在未来，或许会成为自己前进路上的绊脚石！

徐墨卿微微一笑，冲宋令铮点点头，重新转过身去，一副若无其事的样子。石头轻声说道："大哥，那个姓宋的来者不善，总盯着你，咱又没有得罪他。”

“我们做得有漏洞，盯上也在情理之中，不用理会。你往东，我往南，再仔细看看环境。”徐墨卿说道，“施工期间是我们最后的机会了，记住……”

“不要妄动，我记下了，大哥。”

石头应了一声便往南去，徐墨卿慢条斯理地朝东边去，那里是魏仕杰的书房以及议事厅。他今天接待完谢七等人后便进了议事厅，其实不少人会将书房与议事厅合二为一。但魏仕杰为人粗蛮又讲究排场，特别修了一个议事厅，门口还悬挂着牌匾——“议事厅”三个字龙飞凤舞，想必是请名家持笔。他尚未走近，就看到窗户半开，隐约看到一个人，此人正是北派盗墓传人陈阿七！

这三年来，徐墨卿与石头都是单打独斗，并不与盗墓界的人互相往来，但为了安全起见，盗墓界略有声名的人他们都有了解。自古以来盗墓派别划分有多种说法，但依地域来说其实只分南北两派。

南北两派以长江为界限，长江以南为南派，长江以北为北派；北派叫倒斗，南派就叫淘沙；南派擅长洛阳铲探土，北派一只鼻子就能断定深浅与朝代，且不屑使用洛阳铲；南派规矩不多，且从不忌讳死人，北派规矩诸多，忌讳死人不说，还有什么鸡鸣不摸金之说。

两派相比的话，石头的手法更偏向于北派——寻龙点穴是共通之处，但石头也会用洛阳铲，其实是糅合南北技法，不拘小节，自成一派。

这个陈阿七已经六十多岁，但依然是北派盗墓的代表人物。其在北派之中甚有权威，手下更有一帮弟子为其效命，势力颇大。魏仕杰找他，一定脱不了两个字——盗墓！

徐墨卿想到石头曾和陈阿七有过一面之缘，心里一紧，在里面的人尚未发现他时离开，找到石头后马上离开院子，迅速回到房间，石头不解道：“大哥，怎么了？”

“陈阿七来了。”

“他怎么会来？糟了，我和他见过一面，那个老头一大把年纪却很精明，一定能认出我。”

“待在这里，暂时不要动。”

徐墨卿打开窗户，远远地看过去，幸好，陈阿七马上便离开了。六十多岁的老人家，走起路来仍虎虎生风，看他手指关节粗大，一看就是练家子。看着陈阿七的背影，他不禁想到了爷爷。若是爷爷还活着，今年也是六十多岁，与陈阿七年龄相当。他极力握着双手，不让自己悲伤的情绪喷涌出来！

“大哥，他走了？”石头躲在角落里，仍然心有余悸，“妈的，这云城是什么鬼地方，什么人都往这里来。”

“陈阿七，名字里带个阿字，更像南方人的风格。”徐墨卿说道。

“大哥猜得没错，这个陈阿七听说是在南方出生的，长到十六岁才去了北方。明明是南方人，可是在北方成就自己的威名。哎哟，今天可真悬啊！大哥，我的这个心肝都要蹦出来了，还有啊，我的曼丽啊，好多天没有见过她了。”

徐墨卿哭笑不得，都什么时候了还记挂曼丽，云城的光景热闹非凡，仍需要好好整理一番。今天布置了各处需要改造的地方，绘了图纸，也是像模像样，明天就正式开工。

次日一早，魏仕杰领着一名士兵过来，交代他跟着徐墨卿，表面上说是给他打下手，用心无非是多个眼线，监督他的一举一动。

等魏仕杰走了，石头马上打趣道：“小子，你现在起就是咱们的尾巴了，魏司令真是奇怪，打发你来做什么？”

这名小兵往四周瞧瞧，见无人，小声说道：“我也不想干这么闲抽抽的活儿，可司令防着徐老板呢，咱们上上下下谁不知道三姨太是徐老板的戏迷。自从徐老板来了府上，三姨太格外上心。司令嘴上不说，心里头别扭着呢，到底是自己的女人，怎么能让她张扬。”

徐墨卿唯有笑笑，因为三姨太备受牵制，这情况却不在自己的意料当中。他的目光超过眼前的小兵，落在提着行李走出来的谢七三人身上：“诸位，要走了?”

谢七宛然一笑：“我们前来云城的任务已经完成，先行一步，徐老板忙吧。”

“三位这么早离开?”石头挤到徐墨卿面前，望着洪三嘻嘻哈哈地说道，“慢走不送，再见，不，不对，以后还是不要见了。”

洪三闷哼一声：“我也是这么认为的，十里洋场那么大，一定不会再遇上你。”

石头耸耸肩：“那倒是。”

徐墨卿拱手道：“我们就不远送了，各位慢走。”

宋令铮看着徐墨卿的脸，冷冷地说道：“再见。”

“是再一次见面，还是不再相见?”徐墨卿面带笑意。

“交给老天爷决定吧，不过，我们之间肯定不能成为朋友。这就是我的直觉。”

“世事难料。”

谢七不知道这两人为何势同水火，赶紧说道：“宋先生，赶时间要紧。”

目送三人离开，石头费解道：“没道理啊，大哥，这个姓宋的难道听到我上次讲他坏话了，他干吗这么冲。”

“就算听到了，应该冲着你而不是我。”徐墨卿说道，“人与人之间是有气场的，看来我和他的气场明显不合。”

“不合就不合，有什么了不起的，不就是有钱公子哥。”

“好了，办正事吧。”徐墨卿眼光瞟到右手边，那个士兵已经笑眯眯地朝他们走过来，这块牛皮膏药看来是甩不掉了。

徐墨卿全身心地投入到宅子的改造工程之中，四件镇宅古董分别放在了四方，挡住生气的假山被挪走，过于繁密的园景也被修剪一新，地下排水系统被撤掉……眼看着改造工程就要到最后，徐墨卿发现后院墙内有玄机。

他是偶然经过那里发现的。后院墙处有一条水渠，一看便知是后天修建起来的，而其贯穿了院墙，里面还有水潺潺流动，因为修建得隐蔽，他之前并未发现。小兵发现他的目光之后，问道：“徐老板，这里有什么不对吗？”

“于大局倒没有什么不对，不过，这个地方有些奇怪，水是从外面引进来的。”徐墨卿疑惑道，“难道是将后山上的水引进府里来吗？”

“不是，这条水渠是与城中的一条河相通的，七弯八拐才会到府里来。”小兵面色紧张，左顾右盼，“徐老板，我们还是到别处去吧。这个地方，司令平时不喜欢我们来。”

临走前，徐墨卿看到水里有个小小的漩涡，每当水流涌下来，那个漩涡便浮到水面上，他心里一动，面带笑意离开。待到了晚上，那个小兵终于离开，石头这才吁出一口气：“我的个天，这和监视我们有什么区别。”

“从昨天起，三姨太就不陪我们吃饭了，看来三姨太很得宠。”徐墨卿说道。

“这有什么用，魏仕杰看谢七小姐的眼神像是要把她生吞活剥了一般，等有一天有了新人，就只能听到旧人哭了。原话是什么来着？早知道就多读点书了。”

“但见新人笑，那闻旧人哭。这个魏仕杰很有些能耐，刚才的水渠大有玄机。”徐墨卿左右看看，压低声音道，“那条水渠，如果我没有猜错，是魏仕杰布在云城中的探子与他互通消息的所在地。那里始终有一个漩涡，如果有东西落下来，就会落入漩涡当中，守在边上的人可以将其取走。”

“也就是说，有人在外面，无须进府就将消息封放在什么容器里，然后让它顺着水流一直来到这里？”石头不由得赞叹道，“的确很妙。”

“那地方无人看守，守卫都被禁止在那里逗留。晚上去一趟，一辨真伪。”

“大哥让我去我便去，不过……”石头左右为难道，“咱们已经被盯上了，万一这次失手，岂不是半途而废？”

徐墨卿听了这话只是笑笑。石头不由得捶了自己一下，痛快一些答应就好，自己早发过誓，只要大哥让自己做的，绝不犹豫。唉，自己一定让大哥失望了。

看着石头这个样子了，徐墨卿只能笑：“晚上当心，给你留窗。”

夜深了，石头换上一身黑色行装便出去了。不知不觉中，时间已经过去了不少，徐墨卿终于焦急起来。来到窗边，一个焦急的声音响起：“大哥，我回来了。”

石头狼狈地爬进来，他只穿了一条裤衩，赤着上身，此时正值初夏，夜间仍有些凉。他身上沾着水汽，身子哆哆嗦嗦。徐墨卿连忙给他套上干净的衣服，把湿透的夜行衣收起来。

石头兴奋地坐下来，倒杯水一饮而尽，这才轻声说道：“大哥简直料事如神，我去到水渠那里，无人守在那里，就静等了片刻，没想到果然有东西打墙里流下来，是一个竹筒，漂到漩涡那里就一直浮着，这可是到眼前的东西啊！大哥，你是知道我的，我肯定不会放过这个机会，当下就脱了衣服跳下去，把那东西给取了出来，可惜……”

“有蜡封？”徐墨卿问道。

石头一脸悻悻然的神色：“大哥，凡事必猜到，次数多了有意思吗？”

“不要多话，快点说。”徐墨卿说道，“如果你一无所获，不会如此兴奋，虽然有蜡封，看不到里面的内容，但你一定还有发现。”

“那个信封里有北派的印记。北派与魏仕杰互通消息，我想，一定是魏仕杰委托他们盗墓或寻人。昨天陈阿七刚来过，今天就有人送信过来，这说明北派还有人在城里。我把竹筒放回原处，现在还在漩涡上漂着呢，蜡封没拆，我是有过这个念头，可是我也怕啊，身在狼窝啊，不能犯一点儿错。下了水，衣服湿透了，虽然没被人发现，要是留下水渍，岂不是惹麻烦。我索性把衣服脱了，拧干了，就这样子回来了。我保管地上没有一点儿水渍。”石头拍着胸脯保证道，“跟着大哥这么久，多少学到点儿东西。”

徐墨卿点头道：“做得不错，但要说一点儿水渍没有是不可能的。你从水里上岸的一刻，必然会让水溅到岸上。希望魏仕杰不要在这个时候去那里才好，等水渍干了就一点儿痕迹也没有，且看我们的运气如何。”

石头握着茶杯，愣在那里，寻思这下子如何是好。

徐墨卿要说的不止这一点，今天起魏仕杰突然加强了院落的防卫，工人进出都严查，更别提书房了。书房门口的巡逻卫兵从两班人员成为四班，二十四小时不间断。

这些微妙的变化让徐墨卿有了新的思考。魏仕杰滴水不漏，要是强行寻找残卷，必定惹祸上身，现在并不是撕破脸皮的时候，种种迹象显示他窝藏残卷，与民间盗墓人士有勾结，但残卷下落却是镜花水月，何不留一条后路，日后再杀回来。

石头素来摸不清楚大哥的想法，却知道他极少犯错，既然徐墨卿说要走，那就按兵不动，等宅院完工就走，曼丽还等着自己呢。

夜深了，徐墨卿独自倚靠在窗边，爷爷故去，父亲远走，独身一人的这么些年，似乎早已习惯。但夜深人静时，望到月亮总能想到父亲的脸。父亲，自离别之日后，你可还安好？

徐墨卿打定主意后，不再贸然行动，安心地替魏仕杰改造宅院，完工后便带着石头返回十里洋场。魏仕杰讲究，送了一笔报酬还有不少贵重的礼物，他一概收了，只是走时并不见三姨太出来相送，想必被魏仕杰警告过，不敢再和他亲近。

两人回到十里洋场，徐墨卿往戏院去料理日常工作，石头未等到天黑便去往百乐门候着。百乐门号称东方第一乐府，建筑为三层，底层是厨房与店面，二层是舞池和宴会厅。舞池地板用汽车钢板支托，跳舞时会产生晃动的感觉。大舞池周围有可以随意分割的小舞池，既可供人习舞，也可供人幽会。舞厅全部启用，可供千人同时跳舞，室内还装有冷暖空调。

三楼为旅馆，顶层装有一个巨大的圆筒形玻璃钢塔，当舞客准备离场时，可以由服务生在塔上打出客人的汽车牌号或其他代号，车夫可以从远处看到，而将汽车开到舞厅门口。

石头站在百乐门楼对面，抬头看着那个玻璃钢塔，来到这里的客人要么是要员，要么是上流商人，再不济也是帮派中人。这些人来的目的就是为了消遣作乐。舞小姐则是里面最亮丽的风景，她们周旋夜场，收入十分惊人，是十里洋场普通职员的十倍以上！

一会儿工夫，各色汽车或人力车将聚集在这里，其中不少人都是冲着她来的。自己呢，只能坐得远远地看她一眼，哪怕只是一眼，石头便觉得满足了。她亭亭玉立，多才多艺，擅长京剧，是百乐门最红的舞女，身边的男人多不胜数，但她从不与他们单独出去。

石头嘿嘿一笑，现在离开门还早，里面正热火朝天地做着准备工作。他正转身要走，迎面就看到了曼丽。她独自一人站在街边，手里拿着一支烟，一只手放在腰间，手里的烟烟气缭绕。她今天穿了一件宝石蓝色的旗袍，紧身的旗袍勾勒出她姣好的身段。

石头突然觉得口渴，不敢直视。他正要离开，曼丽却看到了他。精心描绘的柳眉微挑，她笑着走向石头，似笑非笑地看着石头。她生着一双天生的凤眼，细眉入鬓，笑起来的时候风情万种。

石头像个犯了错的孩子，手脚不知道放在哪里，这是他第一次与她离得这么近。他清楚地嗅到了她身上迷人的香气。与其他舞女们喜欢用长卷发突出女人味不同，她留的是短发，尾端微微卷起，虽然蓝宝石发卡富贵逼人，但她身上莫名地有股英姿飒爽的感觉。

“怎么，不要说你不认识我，你一个月至少来百乐门六次。”曼丽问道，“你叫什么名字？”

“石头。”石头不好意思地抓了抓脑袋，“石头的石头。”

“石头……”曼丽念着这个名字，嘴角微微翘起，“今天晚上散场后等我，在后门。”

石头不敢相信自己的耳朵，还想确认一次，曼丽已经施施然走开。石头打了自己一巴掌：“石头啊石头，你今天走了什么狗屎运？”

百乐门的繁华时刻到来，石头如往常一般择了个角落坐下，看着曼丽如风中的蝴蝶在场中移动，他的眼神便随着她前前后后……

第3章　莫道前尘许芳心

待曼丽去往服装室，石头才将眼光收了回来，冷不防身边有个人坐了下来，是洪三！石头就觉得有些局促："你怎么在这里？"

"怎么，这里可没有规定女人不能来。"洪三说道，"只是男人多一点儿罢了。"

"别处没位置了吗？"石头没好气地说道。

"有是有，不过嘛，我就是喜欢坐在这里。"洪三说道，"我就是你眼里的刺，你越不舒服，我就越要往你眼里扎。"

石头看到曼丽出来了，眼睛正往这里瞟，心下一急，伸手便推洪三："没事赶紧走。"

洪三"哟"了一声："喜欢曼丽的男人多了去了，银行家、实业家、官员，你算哪根葱。这种女人也就是会逢场作戏。你呀，就坐在这里看着吧。"

"我说……"石头坏笑一声，看着洪三说道，"你这话怎么这么酸啊，你是嫉妒人家长得比你漂亮吧？还是嫉妒追她的男人多？"

"我嫉妒她？我觉得她可怜才对。"洪三的声音突然低沉下去，"一个女人在这种地方最终是什么结果谁也不知道，或许可以嫁个好男人退出风尘，也有可能一路堕落下去。”

石头愣住了。洪三眼角扫了一圈，发现了目标人物，倏地一下站起来：“我走了。”

见洪三跟在一个瘦小男人身后，石头恍然大悟，这洪三过来不是消遣的，是要找那个贩卖情报的家伙——许丰年。魏仕杰不愿意与他们互通消息，他们就来找这个卖情报给魏仕杰的人。洪门与宋家是一伙的，魏仕杰单打独斗，这下热闹了，两班人马要拼个你死我活。石头笑得露出一口大白牙，看热闹谁不喜欢！

还是大哥聪明，故意让自己放消息给洪门，让洪门、宋家和姓魏的先争起来，他们争得不亦乐乎，谁还留意他们呢？石头一想到徐墨卿的心思，又佩服到心眼里。

石头的心思又飞回百乐门，飞到曼丽的身上。因为她的那句话，他第一次觉得时间过去得太慢。待到快散场时就提前离开，在后门择了个隐蔽点的位置等着，一颗心兴奋得怦怦直跳。结束工作的舞女们从后门鱼贯而出，有的一边走着，一边诉说着今天遇到的客人的大方或无礼，或怒或悲，时而又无奈地笑。

目睹此情形，想到曼丽还会继续在这里工作下去，石头的心隐隐作痛。洪三的话其实一语中的，他脑子里浮现一个念头：曼丽今天如果从这里出来与自己见面，他一定要问她，愿不愿意与他一起生活，自己赚下的钱其实足够养活她了！

石头的脸燥热起来，他双手呼扇着风，自己今天若是做了这件事情，此生无憾！

曼丽迟迟没有出来，石头的心开始往下沉，她莫不是拿自己消遣吧？

“石头。”

石头一抬头，便看到了曼丽！他的嘴巴微张，曼丽的手里仍然执着一根烟，烟并没有点着，她只是夹在手里，偶尔放在鼻下闻一下：“怎么，不认识了？”

眼前的曼丽换上了素雅的蓝色旗袍，十分质朴，身上没有一件饰品，头发就这样披在脑后。她仅是抹了淡淡的红唇，却还是好看得很，若是把手里的烟拿掉，风尘味儿就彻底去掉了。石头讲话也结巴起来：“你，你，你找我有什么事？”

“我饿了，陪我吃个馄饨吧。”曼丽的眉头紧锁。

百乐门附近就有一处路边摊子，老两口专做半夜的生意，手工包制的馄饨非常美味。石头每次来百乐门后，都会去那里吃上一碗。此时石头与曼丽坐在简陋的小桌子边，他有种奇怪的感觉，便脱口而出：“为什么……”

曼丽漫不经心地说道：“我饿了。”

“为什么是我？”石头咽下一口口水，不是因为馄饨太香，而是因为佳人在旁边。

曼丽的目光变得深邃悠长，她看着现在冷冷清清的街道，自说自话：“热闹总是来得快，去得快，你看，刚才还熙熙攘攘的街道，现在就没有几个人影了。”

见她答非所问，石头没有再问第二次的勇气，大哥说得对，自己就是只睡狮子。

“如果可以选，我会选择在日落的时候回家。”曼丽突然冷笑一声，一双眼睛死死地盯着石头的眼睛，“你是不是喜欢我？”

石头默然，他不好意思地点点头，曼丽的眼神变得迷离起来：“假如我是个普通女人，一定会嫁给你的。你是个会对老婆很好的人，我注意你很久了。”

“嫁给我就可以做个普通女人。”石头抓住了时机，“曼丽，我知道这么说很唐突，我不是银行家，不是实业家，更不是官场要员，只要你愿意，我会一辈子对你好的。”

曼丽眼神中似乎有星星在闪，她没来得及回答，石头就听到嬉笑的声音，一回头，便看到洪三与谢七正往另一条路走去。洪三正拉着谢七说着什么，还回头看了自己一眼，石头在心中暗骂一声，真是冤家路窄！

曼丽看到谢七，浑身一震："她是谁？"

"洪门七姝中的谢七，怎么，你认识？"石头问道。

"不，不认识。"曼丽拿着未点燃的烟放在嘴里，"她长得很像我一个认识的人，我和她几年未见了，也许永远都见不到了。"

"哦，是什么人？"石头问道。

"这个不重要了。"曼丽抬头看着天上的月亮，"你刚才的话愿意再说一次吗？"

"嫁给我就可以做个普通女人。曼丽，我知道这么说很唐突，我不是银行家，不是实业家，更不是官场要员，只要你愿意，我会一辈子对你好的。"

"一个字也没有错。"曼丽说道，"你是怎么做到的？"

"真心实意说的话，是不可能错的。"石头问道，"你愿意吗？"

曼丽嘴里含着烟，嘴角上扬："好啊，如果你明天晚上还请我吃馄饨的话。"

石头呆若木鸡，他不相信自己的耳朵，所以用力地扯了它们一下："我没有听错吧？"

曼丽站了起来："谢谢，告辞。"

石头仍像在做梦一般，直至馄饨摊的老太太提醒他："小兄弟，我们要收摊了，不早了，你也早点回去吧。"

"哦，好。"石头嘿嘿一笑，露出满口的牙，"今天的馄饨真好吃。"

石头直接奔向徐墨卿的房子。他有钥匙，可是却没有耐心开门，而是直接翻墙进去。夜已深，书房仍然亮着灯，石头好奇心起来，刻意地放轻了脚步，慢慢地接近，从虚掩的门缝看进去，徐墨卿背对着自己，正提笔画着什么。石头玩心大起，快步冲过去："大哥！"

徐墨卿迅速地收起了手上的画，他转过身来，淡然道："回来了，有什么开心的事？"

石头把今天晚上的事情一一道来，连遇上了洪三和谢七也不漏过。徐墨卿一挥手，示意石头停下：“你说，曼丽看到谢七的时候很惊讶?”

“是啊，我当时也留意到了，所以问她们是否相识，可是曼丽说只是长得像她认识的一个人，而且应该永远也见不到了。”石头说道，“话说回来，曼丽加入百乐门也只有两年的时间，以前是干什么的没有人知道，也没有人去在意，她只是一个舞女而已。”

徐墨卿突然打住了他的话头：“所以，你明天再请曼丽吃一顿馄饨，她就成你的夫人了?”

“就算是假的我也知足了。”石头的表情像喝了美酒，“大哥，我这辈子最美妙的时刻只有两件，一件是你救我的那一刻，还有一件就是今天晚上，我一辈子也无法忘记。大哥，我石头也能走这样的桃花运呢!”

徐墨卿并不附和：“你呀，明天的事情明天再说，时间不早，早些去睡吧。”

石头感觉满腔热情瞬间就被浇熄了，他悻悻然地离开。徐墨卿拿出刚才藏起来的画，画上是一对父子，笑容可掬，这是爷爷与父亲的画像。他真害怕自己有一天会忘记他们的样子，随着时间的逝去，他们的模样就像墨汁滴在水中慢慢淡化……

徐墨卿需要不时地回忆，画出来，再让自己牢牢记住，一点点加深这回忆。看完了，却不能留下痕迹，徐墨卿将画烧了，看着它化成灰，心中浮现一个念头，陈阿七，究竟要如何自然地接触他?

细数下如今出现的人物，魏仕杰自然是重中之重，残卷已在他的手中，而洪门七姝与宋令铮，只是捕捉残卷和自己的猎人，对他们算知根知底，唯独这个陈阿七无法下结论!

陈阿七在帮魏仕杰做什么？这人对自家事知道多少？对爷爷和父亲了解多少？这是一个未知的因素，徐墨卿在宣纸上画了几笔，终于心烦意乱，收笔作罢，睡去了。

待到第二天晚上，石头站在荣丰戏院后台的镜子前，不停地整理自己的领结，和徐墨卿打过招呼后便出门叫来一辆黄包车：“去百乐门。”

捧着花束的石头今天格外扎眼，有认得石头的舞女马上谄笑着走过来，身子也顺势贴在他的身上：“哟，这花可真漂亮，送给谁的？”

“反正不是给你的。”石头一把将舞女推开，“客人在等你呢，还不快过去！”

“你不说我也知道，是给曼丽的吧。可惜，曼丽的眼光高，这样的花堆满了她的休息室，她看也不会看一眼的。你呀，就省省这点钱吧。”

“你个刁钻的小蹄子，一边去！”石头一巴掌拍过去，吓得那舞女赶紧跳开，临走时还冲石头做了一个鬼脸。

就在这空当儿，曼丽就出现在离石头不远的前方，她双手交叉放在身前，表情冷漠，但眼光在触到石头的瞬间变得温柔起来。她笑着看向石头，同时迈步向他走来。石头心里一动，这花原本是打算散场以后送给她的，但现在就是最好的时机！

石头捧着花的手伸出去，眼看就要放到她的手中，“砰”，一声枪响打乱了舞池里的靡华，所有人四散而去，尖叫声此起彼伏。刚才还衣冠楚楚的客人们争相往桌子底下挤，或是趴在地上双手抱头！

“曼丽！”

血溅在花束上，石头看着血从曼丽的脑袋里喷出来，她嘴角钩起，笑容还浮在脸上，可是……石头觉得自己的心脏瞬间炸开了，手里的花束掉在了地上，他的身子向前扑出，一把接住了曼丽的身子：“曼丽，曼丽，你不要吓我啊，你这是怎么了？来人啊，来人啊！”

百乐门里乱作一团，石头的呼喊声显得微不足道，曼丽妩媚的丹凤眼看着石头，一颗眼泪从她的左眼角滚落，眼泪仍是烫的，滚在石头的手背上如火般火热。她的手无力地瘫下去。石头紧紧地搂着曼丽的尸体，双眼直直地看着地上的花束，花束上面满是曼丽的鲜血，她与石头只有一步之遥，却成了生死永隔！

有人挤了过来，石头被强行拽开。人流涌动，石头被推到了一边，他愣愣地坐到地上……

十里洋场的另一边，荣丰戏院的好戏仍在上演，徐墨卿隔着一道布帘子看着台下的客人——陈阿七，这无疑是个令人意外的发现。只见陈阿七闭着眼睛摇头晃脑，听得十分投入。他叫来经理，指着陈阿七问道："这位老爷子经常过来吗？"

"不常来，一个月大概一两次。"经理说道，"不过这位老爷子很有些意思，每次都是摇头晃脑，比任何人都听得投入。"

原来在云城之前，自己就有机会遇上这位老爷了。可惜自己并不是成天站在这帘子后面，才有了今天的阴差阳错。徐墨卿正暗自嗟叹时，陈阿七从座位上站了起来，眼看他就要离开这里，徐墨卿心想，今天若是错开，不知道何时才能再见到，追，还是不追？

若是主动相问，等于自暴身份，徐墨卿终于放下帘子，片刻之后，却有人前来通知："老板，有位陈阿七老人家想见您。"

他倒是送上门来了！

坐在徐墨卿的办公室里，陈阿七不禁叹道："徐老板年纪轻轻就有如此成就，令人赞叹。"

"哪里，十里洋场才人辈出，我只是一只蝼蚁罢了。"

"徐老板何必妄自菲薄，客气的话我就不多说了，我今天前来，其实是想探一探，听说徐老板手下有位小兄弟，名唤石头。"

"三年前我救过他一命，从此收在身边，可惜今天夜里他另有事情，不在戏院。"

"我和他也曾经有过一面之缘，实在好奇，徐老板为何会收留一个盗墓贼？"陈阿七抚弄着手里的文玩核桃，双眼凌厉，"莫不与我一样，也是同道中人？"

"陈老先生，徐某不才，现在充其量也只是一个生意人。隔行如隔山，你们那一行，在下只有耳闻，不曾亲自试验过。石头嘛，我虽然管着他，他也有自己的主意。"

这个陈阿七，倒来探自己的底了！

陈阿七便笑了："徐老板何必谦虚，替魏司令点出宅邸三煞已经不是一般人了，寻龙点穴与盗墓向来脱不了干系。我知道徐老板是个清白的生意人，不过，徐老板以为我和魏仕杰是一丘之貉吗？"

徐墨卿吃了一惊，陈阿七继续说道："魏仕杰为人残暴，酷爱权势，我本不愿意与他交往，不过，最近发生的一件事情让我有所顿悟。"

"不知道是何事？"徐墨卿问道。

"东瀛人派了不少探子混到了十里洋场，我们已经打探到，他们正在进行一项秘密计划。"陈阿七说道，"据说与咱们老祖宗留下的一件至宝有关，他们还在十里洋场到处打探消息。"

"东瀛人的探子在搜集情报，魏司令与您接洽，难不成魏司令也想要这件至宝？"

"不愧是生意人，一点就通。魏司令请我帮忙寻找，可我已经是个老头子，手下也没几个人，所以才想到石头小兄弟，他若是愿意帮忙，那是极好。我以为徐老板也是同行，想着一同拉拢，误会了，误会了，还请徐老板见谅。"

"陈老先生的意思，我务必转达给石头，由得他自己选择，不日即给您回复。"徐墨卿由衷地说道，"请您留下联络方式。"

送走了陈阿七，徐墨卿摇摇头，那份地图涉及的至宝到底是什么，连东瀛人也打起它的主意？当他拿起桌上的帽子，看着楼下越见稀少的行人，不禁想到，石头今天晚上不知怎么样了。

徐墨卿马上返回家中，不想远远地看到石头蹲在门口双手抱头，身子缩成了一团，看他这副模样，料想在曼丽那里碰了钉子。他走近了，却闻到了一股血味。他的面色沉下去，一把将石头揪起来，看到他衣裳上的血，厉声问道："这是怎么回事？"

"大哥，我要死了，我真的要死了……"石头一只手揪着自己的胸口，另一只手不停地捶打着自己，呼唤道，"大哥！"

徐墨卿揪着石头进去，首先检查他的身子，见没有伤口，这才松了一口气，一把扳正石头的脑袋："快说，究竟发生什么事?"

不问还好，石头想到曼丽，还有从她眼角滚落的泪滴，几乎是泣不成声。徐墨卿无奈，只有耐住性子等他平静下来，先拿来干净的衣裳："换了吧。"

石头怔怔地盯着自己衣服上的血渍，悲从中来："这是曼丽的血，也不知道她得罪了什么人，居然会这样……"

石头终于断断续续地将今天晚上的事情一一道来。徐墨卿皱紧了眉头："一枪毙命，这是有预谋的，曼丽是百乐门的第一红牌，周旋在各色男人当中，会不会是惹了纠纷?"

连徐墨卿也这么讲，石头越加心痛："别人也会这么想的吧，曼丽就是惹了男人才会死得这么惨，可是我不信。大哥，这件事情我要查，巡捕房也有我认识的人，外面不是传说曼丽有不少金主吗，那些金主也不会坐视不理的吧，我一定要弄个水落石出，给曼丽雪冤!"

石头义愤填膺，宛若失去了整个世界。冷静下来的石头仍然觉得心里堵得慌，他怎么也无法忘记昨天晚上的曼丽，离他这么近，而且打扮得如此朴实与他坐在街边的馄饨摊，一切是那么地真实。仅仅一天的工夫，所有的一切就像个泡沫，光鲜完美，却不堪一击，瞬间破灭。

"大哥，你不会懂的。"石头绝望地摸着衣服上的血渍，"你没有喜欢过，没有爱过，怎么会明白我现在的感受。你看着我的眼神就充满了不理解，一个舞女，我就是为了一个舞女在哭，我不管她是什么人，我就是喜欢她，真真正正地爱过她，而且，她一定也喜欢我。"

"所以呢？现在你要为了一个死去的人继续悲天悯人？明天会不吃不喝，只是匆忙奔走，只为了调查她的死因?"徐墨卿说道，"你说得没有错，我不能理解此时的你，因为我没有资格去理解，我和你不一样。"

"有血有肉，有什么不一样的?"石头欲哭无泪地站起来，身子像喝醉了酒一般，步步虚浮，走了没有几步，就差点栽到地上，"大哥，总有一天你会懂的，你会明白的！”

“休息吧。”徐墨卿说道，“就算我不懂，一定帮你查到底。”

现在说千言万语也掩不住石头的伤，徐墨卿叹息一声朝楼上走，身后传来石头压抑的哭声，声声悲凄。徐墨卿只想到自己或许永远不懂石头的感受，毕竟这世上还没有让自己牵肠挂肚的女人。

这么想着，徐墨卿的脑海里却突然浮现出一张俏脸，恍了他的心神，那是谢七的脸，男装的他和女装的她交错后又融为一个人，清丽脱俗，没有江湖习气，倒像个闺秀。

石头没有换上干净的衣服，他穿着沾有曼丽血迹的衣服在沙发上躺到天明，直到听见外面传来报童的吆喝声：“卖报喽，卖报喽，百乐门头号舞女曼丽遭枪击身亡！”

他从沙发上弹了起来，正要出去，徐墨卿的声音响了起来：“你这副样子，要怎么出门？”

看自己一身血迹，石头苦笑。徐墨卿出门买回报纸，自己先看了一遍，眉头锁了起来，报纸上配了照片，照片不算清晰，但能看到尸体横陈在舞池里，伤口明显。

“不好，我先入为主了。”

“大哥，怎么说？”

“从照片上的角度来看，子弹是从外面射进来的，地上有玻璃碎片，是远距离隔窗射击，对方的射击水准很高，一枪毙命，不像是普通的桃色纠纷。”

石头从沙发上一骨碌爬起来：“大哥，我说对了！”

徐墨卿说道：“巡捕房已经在调查，你可以从侧面着手，去找找那些情报贩子，说不定有意外收获，钞票备足点。”

石头激动不已，徐墨卿看他的表现，替他揪心，就算如此，要抓到杀人凶手也难！

“我还有件事情和你商量，昨天陈阿七到戏院找我，主动坦白魏仕杰找他寻找残卷以及至宝，还想拉你和我入伙，他怀疑我和你一样是盗墓贼，还说东瀛人也在找这样东西。”

“除了咱们和魏仕杰，还有洪门、宋家大少爷，现在好，东瀛人也扯进来了。”石头激动道，“他的胆子倒大，敢上门来单刀直入！”

“挖我们入伙是假，他是来探我的底的，这件事情暂时不用理会。石头，要查曼丽的死因，不妨找一个人，那人不只是个情报贩子，也经常在百乐门出入。”

“许丰年！昨天晚上洪三也找了他。”

石头抬脚便想往外跑，被徐墨卿一把拉了回来：“先换衣服。”

石头乖乖地换上了干净的衣服，之后在一家小酒馆里找到了许丰年。许丰年是个瘦小精干的中年男人，一双老鼠眼总是谨慎地左看右看。这种人都是耳听八方的主儿，与三教九流都有所来往，挖空心思寻找一切有用的情报，然后再卖与他人，好让自己的荷包鼓起来。这种人看似与任何人都是朋友，都有交情，其实天生反骨仔，利字当前。

他正一个人窝在角落里，就着几碟小菜喝酒，看他双腿欢快地抖动着，就知道他最近赚了不少，石头一屁股坐到他的面前，他就警觉地收起双腿，手也放到了腰边。石头冷笑一声：“紧张什么，送上门的钱不要？”

“兄弟看着面生。”许丰年嘿嘿一笑，“不知道兄弟是哪位中间人介绍的？”

“我要找的人还需要中间人介绍？”石头大手一挥，“咱们就不要绕弯子了，我要的情报只要你有，一切好说。”

原来是财神临门了，许丰年打了一个哈哈：“兄弟是痛快人，放心，我知道怎么做。”

“百乐门舞女曼丽被杀一事你知道吧？”石头盯着许丰年的脸，冷笑道，“可是今天的头条，是什么人要了她的命？”

“什么人要了她的命我不知道，不过嘛，我倒是知道一件事情……”许丰年说到一半便眨了一下眼睛，一只手放到桌子上，似乎意有所指。

石头掏出一沓钞票推过去。许丰年正要抽走，石头手下用力将钞票压住。许丰年悻悻然地松开手，马上说道："其实吧，不久前就有人来我这里买过曼丽的情报，查她做舞女以前的底，还是东瀛人。"

"东瀛人?"石头吓了一跳，"他们为什么要查曼丽?"

许丰年就闭口不言了，石头这才将钞票推到他的面前："一口气说完。"

"我不知道为什么东瀛人要查曼丽，也不知道他们查到了什么。你别生气啊，我还没有说完呢。"见石头的脸色变了，许丰年神秘兮兮地说道，"但是我知道这个舞女不简单啊！哎哟，那女人长得真是勾魂儿呀，她看我一眼，我全身就软了，嘿嘿。"

石头拍了一下桌子，"啪"的一声，引得周围的人全看过来。石头闷声说道："说重点!"

"兄弟别着急嘛，这女人以前的背景太干净了。"许丰年说道，"说是有一个养母，偏偏这么巧，三年前就死掉了。三年前呢正好是这个女人进百乐门的时间，而且吧，以前的街坊邻居也都找不到了，太干净了，反而让我觉得不对劲。"

"怎么，背景太干净了也有问题?"石头不大乐意了，"说明出身纯良，但是迫于无奈做了舞女，这样不成?"

"嘿，我这人啊，别的本事没有，可是我能闻到味儿，这事情一般不一般，都能闻出来。"许丰年说道，"要不这东瀛人好端端地要查她？兄弟，多谢光顾，以后再来。"

石头虽不甘心也无可奈何，看许丰年有滋有味地喝着酒，只有起身离开。出门右拐便是百乐门，他便挪不动步子了，站在街边傻傻地望着前方，然后一步步朝百乐门走去。里面的服务生正忙着打扫，看这样子晚上是要继续营业。

他觉得一股悲凉之情从胸腔涌入大脑，没了一条人命，哪怕是百乐门最红的舞女又如何？十里洋场的靡奢之气并不会因为她而停止。没有了一个曼丽，百乐门会培养出新的头牌舞女。而曼丽，还会有多少人记得她的风姿？

他蹲下身，双手遮住了自己的脸，就算别人不记得，但她会永远留在自己心里，冷不防一个声音传过来：“哭了？”

真是冤家路窄，洪三！

他现在没有心情和洪三打嘴仗，转身就走。洪三追上去，一反常态地没有奚落他：“喂，人都没了，还能怎么办？与其在这里掉眼泪，不如像个大老爷们帮她找凶手，报仇。”

“不用你教。”

石头扔下这句话，冷冰冰地走了。洪三咬牙，狗咬吕洞宾，不识好人心！可看着石头的背影，又替他心疼，想到那晚他看着曼丽的眼神，专注、动情，这小子对那个舞女是真爱。

“三姐，他对那个舞女动了真情，他也不是欢场上的人物，你以后可不要拿这件事情打趣他，往人伤口上撒盐的事干不得。”

这个七妹，明明排在最末，口吻却像足了大姐。洪三别扭道：“知道了，七妹，你呀跟着大姐才几年，就把她那一套全学会了。不说这个了，那个许丰年可靠吗？”

“此人的信息来源极广，除坊间消息外，我相信他也有内部耳目。这个人虽然贪财势利，可是消息一向靠谱。”谢七说道，“走吧，三姐。”

石头在远处打着响指，嘿，洪门的小姐妹俩也是来找许丰年的，这家伙真走俏，不晓得他卖了什么情报给她们，八成是什么东瀛人也在找残卷呗。

他冷笑着离去，回到荣丰戏院的办公室，才晓得陈阿七来过，再看徐墨卿握着一枚纽扣发呆，赶紧说道：“大哥，他又来干什么？”

“陈阿七晓得我是谁了。”徐墨卿将扣子翻转，这枚扣子表面刻着一个字——眉！

“石头，我母亲的名讳里有个眉字，父亲纽扣上刻着这个字，笔法一模一样。纽扣一共两枚，因为是母亲留下来的东西，我孩童时经常问父亲要来把玩，一直想要一枚来，可父亲死活不肯，非要独占两枚，霸道得很。陈阿七知道我是徐三年的孙子。”

石头感觉喉头发紧，耳朵边上轰轰作响，大哥刚才说的是徐三年？魏仕杰和宋令铮都要找的徐三年吗?!

“那，那……”

“残卷是徐三年亲手交给我的。”徐墨卿一字一句地说道，“如假包换，他是我的爷爷。魏仕杰也好、洪门也罢，还有东瀛人，费尽心思想找的人就是我。而找到我的目的，无非是我手里的这卷残卷。石头，陈阿七已经知道我是什么人了，他现在握着这个筹码，正邪莫辨。”

“大哥，你信我?”

“不然呢?”

“我太高兴了，大哥，知道这件事的人只有你和我?”

“还有我的父亲，可惜，现在已经不知道他在何处，生死未卜。石头，你晓得和我继续待在一起会发生什么吗？我现在腹背受敌，身份一旦公布于众……”

“我的命是大哥救的，就算这条命没了，也没什么大不了。大哥，我就在你身边，不管发生什么事！娘的，这番话说出来，显得我像个老娘儿们，哈哈哈。”

徐墨卿看着石头，爷爷曾经说过，心存仁意和慈悲，老天爷会看到。如今正验了这句话，当初的仁慈救回来的石头，如今成为自己的后背!

在徐墨卿向石头坦白身份之时，谢七和洪三进了洪门一个堂口的宅子。刚进院子，就看到老四跪在地上，大姐正皱着眉头瞪着她，见情况不妙，谢七与洪三放慢脚步走进去，静静地在一边站着，大气也不敢出。

“我问你，知道宁传十套拳，不教一口仙吗?”大姐厉声问道。

洪门七姝中大姐的年纪最长，如今三十五有余，如果说谢七扮作男人仍有女人的温婉，大姐扮作男人，没有一个人分得出来男女的，当真就是雌雄莫辨。跪在地上的老四身子瘦弱，脸庞也瘦削，身子像筛子一般在抖。

“知道，洪门暗语不可外传。”老四突然将身子伏在地上，“大姐，我以后再也不敢了。”

洪三轻声说道：“这个四妹是晕了头吧，洪门暗语怎么可以轻易告诉别人?”

“三姐，你还好意思讲，你以前不也问过盗墓行当的暗语?”谢七说道，“人家不好意思不讲，说了几个，你还追问上了。”

洪三吐了一下舌头，赶紧打住了话头。所谓“宁传十套拳，不教一口仙”，这个“一口仙”指的是洪门暗语。洪门初建时，组织松散，无法做到统一，以前各地不同洪门的分支在不同的时期都会有不同的切口和手势或者服装打扮。这也是精通江湖规矩的老江湖判别来人到底是来自何方、身居洪门何等地位的依据。有经验的老江湖可以一个照面之间便判断出对方的来历身份、是敌是友。除本门外，不让其他人知晓，这也是对本人及其他兄弟的保护。

谢七从刚才大姐的话里听出来，四姐是犯了大忌，这才受到训斥，但不知四姐是向什么人透露了暗语。

帮有帮规，大姐训斥时，两人并不加以遮拦，好不容易等到训斥结束，谢七赶紧上前扶起易四：“四姐。”

易四起身，眼角已有泪水。谢一训斥道：“那个许丰年不是什么好东西，以后离他远一点儿，你早晚因为他毁了自己!”

许丰年？谢七与洪三交换了一下眼神，不就是那个靠买卖情报为生的男人吗？

“大姐，我们已经回来了，是时候说说我们的事情了吧。”洪三嘻嘻哈哈地去抱谢一的胳膊，“四妹，你也是，交往男人其实不是问题，问题是该保密的一定要保密，帮里的暗语怎么能让外人知道，要不，你等和他成了婚再说也不迟嘛。”

“老三！”谢一一把推开洪三，“成天没个正经的。”

易四轻声说道：“大姐，我以后不会再犯了。”

“不要嘴上说说才好，这也是我们姐妹自己知道，要是让其他人知道，事情就不这么简单了。”谢一沉声说道，“门规如何，你我都清楚。”

谢一何尝不心疼易四，那个许丰年是何许人也——三教九流他都可以搭上，能够利用的人他都会想着法子接近。他接近易四，真是男女之间的喜欢也就算了，可是他百般向易四打听洪门内部的事情，动机绝不单纯。易四是七姐妹中最没有心机的，也不知道她看中了许丰年哪一点，被迷得失去了准则，连帮规也不顾了。

洪三拉着谢一的胳膊进去，谢七与易四跟在后面。谢七见易四情绪低落，安慰道：“四姐，大姐也是为了你好。”

“我知道，可是丰年不是你们想象的那样，他也有不同的一面。”易四说道，“七妹，你不是说，每个人都有不同的一面，世上没有绝对的善与恶吗？”

“可是善恶不可能平衡。”谢七说道，“正因为这个，所以才有好人与坏人之分。”

第4章　麒麟才子必予夺

那边厢，洪三拉着谢一进屋，马上把门关上，谢七晓得三姐的用意，拉着四姐走到院子的角落说话，谢一便笑了："你们俩就偏帮四妹，明晓得她心思纯良，最容易哄，哪天被男人坑害了，你俩只能抹眼泪。"

"大姐，四妹单纯，不是有你看着嘛，我们认真起来，许丰年能近得了四妹的身吗？"

"好了，不说这件事了，说说你们的进展吧。"

"据许丰年讲，不只魏仕杰找他，连东瀛人也找他，真好奇那东西凑齐了能找到什么宝贝，这么多人都掺和进来。大姐，咱们要是帮宋令铮找到东西，有没有什么好处？"

洪三说完了，发现大姐的脸色不好看，赶紧补了一句："只是既然答应帮忙，不管是给谁的面子，都要好好做。大姐放心，我们一定用尽全力。哎呀呀，何大夫没来吗？"

洪三转移话题的功力一流，何大夫是洪门专属的大夫，是个秀气文雅之人，年纪与谢一相当，两人向来谈得来，要说两人情愫暗生，众姐妹是认可的。

“你呀，真拿你们没办法，好了，出去吧。”谢一目光流转，“对了，晚上去会会徐老板。”

谢七应允着退出去，回到自己的房间，肩上的伤口又发作了，又痒又痛。她取出何大夫配的药膏，关上门窗，轻轻将衣裳退到肩下，右肩下的伤疤与她的嫩滑肌肤形成鲜明反差。她用手指拈着药膏轻轻地抹在上面，用手掌心抹匀，清凉的感觉漫溢，这才好受了一些。整理好了衣服，谢七将药膏放回去，从衣柜里取出一叠衣服放在桌子上，这些衣服是当年自己落崖时穿的。

白色的衬衫上还沾有血迹，谢一原说要拿去洗了，她执意不肯，这衣裳是失去记忆前的最后线索了，她要让它们原封不动，时不时地拿出来瞧瞧，看看能不能激起自己对过往的回忆。这是一身骑马装，白色的衬衫配上咖色的马裤，很英姿飒爽的一身。

因为坠崖，衣服被剐得破破烂烂，尤其是衬衫的两个袖子，已经破成布条子了。红色的血迹干了，让布质变得很硬，拿在手里糙糙的。因为这一身衣服，六位姐姐都认为她以前是位富家小姐，寻常百姓家里哪有骑马装？

谢七心想，若自己是位千金小姐，失踪了这么久，家里人为什么不来找她？若是家里有些势力的，也会像宋家一样，寻求青帮洪门的帮助，怎么到现在都没有动静？谢七的脑子有些乱，心浮气躁。

大姐的交代还在耳边，谢七定定神。今晚要去戏院，自然要穿一身旗袍才最得宜。她找出一件浅紫色的旗袍换上，此时外面的天已经暗下来，她径直去往荣丰戏院。出了门，挥手叫来黄包车，余光扫到街边，看到易四正与许丰年面对面说着什么。看许丰年一副讨好的模样，四姐笑得十分开心，谢七便有些感慨。四姐素来阴郁，脸上鲜少有笑容，她如果开心，也未尝不是件好事。

华灯初上，十里洋场晚上的景色总比白日夺目，坐在黄包车上，谢七左右打量着街边的人，这些人当中，可有自己的家人？

谢七刚下黄包车，就看到石头站在门口，他笑嘻嘻地说道："大哥说有贵客到，让我下来迎接，原来是谢七小姐。"

"他知道我要来?"谢七倍感惊讶，一抬头，看到二楼窗户边上靠着的人，马上释然了，他并非未卜先知，只是从窗口看到了自己，这才让石头下来迎接。

谢七在石头的指引下进入二楼，与徐墨卿面对面，两人一时无话，徐墨卿缓缓开口："七小姐过来，可是想问在下为何接近魏司令?"

"那你可否如实告来?"

"在那之前，我有另一事相告。"

"但说无妨。"

"在下名徐墨卿，母亲早逝，与爷爷、父亲相依为命，从来不知浮萍根，记事时已经沦落他乡，我的爷爷，名讳徐三年。"

石头听得瞪大眼睛，大哥怎么把自己的底细告诉洪门的人?!

谢七不语，徐墨卿沉默，石头左看看，右看看，咂舌道："大哥，我出去守着。"

"徐老板此为何意?"

"有人已经洞察我的身份，仔细想想，成年后的我与爷爷有七八分相似，他应该是爷爷的故人，见到我有所感觉不足为奇，才会三番两次试探于我。此人又和魏仕杰有所勾结。他叫陈阿七，原属于北派的盗墓头子，我已无心隐瞒自己的身份。"

谢七只觉得此人的心思不可琢磨，看上去的坦诚包藏祸心，此人绝不可低估，但又心生庆幸，他将这天大的秘密知会于自己，又打开了另一个局面。

此时，谢七想马上将这个消息通知宋令铮，她却不知道，此时的宋令铮正在生闷气。

他出去没有几天，父亲就纳了第六房姨太太。父亲虽然没有多说，管家也躲躲闪闪，他还是找到些蛛丝马迹。其实这里的家不过是众多府邸中的一个，母亲觉得眼不见为净，并不住在这里，偶尔过来探探父子俩，而姐姐出嫁多时，也顾不得家里的烂摊子。

或许，这些事在自己眼里是烂摊子，于父亲，却是自得的表现。这时管家却进来通知他，父亲要他立刻过去。

宋老爷对找残卷的事情一番询问后，话锋一转："这几天你没有在家，回来后有没有听下人说过什么？"

宋令铮强忍着心头的不悦："没有。"

"进来吧。"

宋老爷一拍手，门推开了，进来的人穿着一身玉色旗袍，旗袍是半袖，露出两截圆润的玉腕，腰部收得很紧，却不妨碍腰肢的灵活。她低着头进来，宋令铮看不到她的长相，却瞅到她乌发盘起，头上插着一朵鲜艳的杜鹃发饰。

"认识一下吧，令铮。"宋老爷说道，"她叫白瑶。"

"大少爷好。"白瑶抬起头，她的眉眼很清丽，脸上的妆也不浓，可谓天生丽质。她怯生生地抬头，却看到宋令铮嘴唇紧抿，头也偏向一边，不由得心里一紧。

宋令铮果然没让宋老爷失望，他早料定这小祖宗不会安生地接受，挥挥手："走吧。"

"爹，您让我走，还是让姨太走？"

宋老爷没来得及解释，宋令铮就自顾地出去了。白瑶苦笑道："大少爷不喜欢我。"

宋老爷一把将白瑶拉到自己怀里，伸手挑起她的下巴："我喜欢你不就得了。"

白瑶便抱住宋老爷的脖子轻轻地笑，眼光流转……

宋令铮出了父亲的书房，径直往母亲房间走，母亲正捧着一本书阅读，一副老神在的样子，这大出他的意外："我见到父亲新纳的姨太太了，娘，您不生气？"

“那个女人待不长久。”宋夫人也是大户人家的小姐出身，身上有股子火暴脾气，随着年龄的增长火暴不在，更多的是一颗七巧玲珑心，“令铮，看女人一定要看眼睛，眼睛是不会出卖人的。那个女人的眼睛看你父亲的时候，没有感情，我倒是在她的眼睛里看到了别的。”

“是什么？”宋令铮对女人不懂，留学期间没交往过一个女孩子。

“野心。”宋夫人放下手里的书，“盯紧了她，不要让她损害宋家的一文一物。”

宋令铮明白过来了：“您查过她的底？”

“来路不正，在百乐门上了半个月的班就搭到了你父亲，这份能耐不小。你父亲纳姨太太必须征得我的同意，以前五个，我不开口他绝不会急着要，可是这一个，居然让他苦苦哀求起来。”宋夫人说道，“虽然来路不正，可是你父亲喜欢，就暂时留着，明天我就回了。”

“这就要走？”宋令铮说道，“不留下来坐镇？”

“傻孩子，有些事情不是人在就可以的。”宋夫人说道，“听说上面给了你一个不得了的任务，娘只想告诉你——什么都比不得自己的性命重要，这一点你要记住了。”

母爱深沉，宋令铮将头靠在母亲膝上：“我知道了。”

这一夜，宋令铮睡得很好，起床的时候，管家的儿子，自己的副官已经在门口候着了：“少爷，夫人要走了，行李已经收拾好。”

宋令铮匆忙洗漱后过去，看到父亲替母亲拎着行李出门，并没有看到那位六姨太的身影，看来，父亲始终是忌惮母亲的，宋令铮的心里舒服了不少。

汽车来了，宋夫人上车前扔给儿子一个沉着的眼神：“我走了，你们父子俩在这里彼此照看着，有什么事情打电话给我，电报也可以。”

母亲前脚刚走，宋老爷就让方管家安排六姨太白瑶住进来，一问才知道，母亲已经认可这房姨太太，让她搬过来住。前一夜母亲还交代提防这个女人，今天却偿了父亲的心愿！

方管家早年跟随宋老爷在商场打拼，年纪大后主动退下来在宅子里当起了管家，平时周旋在各位姨太太与夫人中间，倒也打点得宜，很得人心。宋令铮一直拿他当叔伯看待，这对父子一直坚持守着自己的本分，丝毫不越雷池一步，让人放心。

白瑶的事情既然得了母亲的许可，宋令铮也不便多说些什么。等他收到谢七的来电，知晓徐墨卿的真实身份，好一番错愕，他们要找的人原来远在天边，近在眼前！

徐墨卿故意散布了自己的身份，自己却独坐钓鱼台，稳如泰山，打发了石头再去一趟云城，摸清楚那条水渠的走向，还特别交代他带上蜡封的工具，拆了人家的总要补上。

石头在云城活动的几天，徐墨卿倒是安稳，除了宋老爷从儿子那里得知他就是徐三年的孙子后特别派人来请了一回外，再无其他事。

面对宋老爷的迫不及待，徐墨卿称对所谓的残卷一无所知，事关何物爷爷临终前并未告知，自然也瞒下手里有残卷一事，只说爷爷临死前交代自己一定要找到四份残卷！

他说得理直气壮，宋老爷也无可奈何，唯有继续奉他为座上贵宾，处处礼遇，行尽拉拢之事。这一幕看在宋令铮眼里，又急又气。

消停了几日，徐墨卿端坐在戏院办公室，看起了戏院的账簿。看得正入神，电话响起来，他拿起听筒，电话那头是石头的声音："大哥，魏仕杰最近肯定有动作！"

"长话短说。"徐墨卿就怕石头卖关子的毛病。

"昨天晚上我截到了一封密信，里面提到一件事情。"石头的声音更低了，他继续说道，"魏仕杰派人在云城到处勘查地下的情况，看样子是在寻找城中所有的地下通道。昨天的信就是回他的消息，不知道他葫芦里卖的是什么药。"

徐墨卿沉吟道："寻找地下通道？我一时也没有头绪，你继续待在云城拦截密信，也要小心提防，不要让他的人发现你，多注意安全。"

石头在那头停顿了一下："大哥，要不然……"

"重进魏宅搜查？"徐墨卿马上戳穿了石头的心思，"想都不要想，凡事第一次没有成功，第二次更应该谨慎，你老实一点儿！"

石头哈哈一笑："知道了，我一定听你的话。"

挂下电话，徐墨卿嘴里默念"地下通道"四个字。魏仕杰勘查地下通道会用来干什么呢？心中有个念头刚冒出来，外面就传来经理的声音："老板，陈老先生来了。"

陈阿七进来便哈哈大笑："徐老板真是客气啊。"

"此话怎讲？"徐墨卿请陈阿七坐下，同时亲自倒茶，"上好的龙井，请——"

"徐老板真是太客气了，客气到连自己的报酬也忘记了？"陈阿七拿出一个紫檀木盒子，打开来，里面静静地躺着两枚珍珠，"这是魏司令送你的。"

徐墨卿微微一笑："这是天然珠。"

珍珠一般表面是类白色、黄白色，也有些呈现浅粉红色和浅蓝色，它们有着美丽的彩色光泽，表面平滑，大气雅致，却也分天然珠与养珠。

天然珠是大自然孕育的结果，没有人工的参与，养珠形状与天然珍珠相似，但表面光泽较弱，断面中央有圆形的砂粒或石决明碎粒，表面有一薄薄的真珠层。

徐墨卿目光如炬，陈阿七佩服道："想不到徐老板对珍珠也如此了解。"

"平时没事的时候喜欢研究一下。"徐墨卿说道，"魏司令如此厚爱，受宠若惊。礼是要收的，却觉得收得不能心安理得，只是改改宅院，怎么能收这么大的礼。"

而且，魏仕杰托了陈阿七来送这份大礼，是拉拢，还是试探？

"徐老板觉得魏司令为人如何？"

"打交道的时日尚短，不敢妄加断论，陈老先生以为如何？"

“要说不失望是假的。”陈阿七显然不怎么满意魏仕杰，“他为人霸道，说一不二，我们和他合作几回，每次奉上的明器要是少了，总是暴跳如雷，好几次差点当场毙掉我的徒弟。唉，残卷可能事关重大，要不是怕他找别人，东西最终还是落到他的手里。我可不愿意与虎谋皮，何况此人还有自己的盘算，野心又大，我一把年纪，不想和这样的人为伍。”

听上去陈阿七是真为了国运担忧，徐墨卿假意叹息一声，陈阿七便尴尬道：“唉，我一个老头子不能上阵杀敌，只想靠着自己的能力做可以做到的事情，毕竟东瀛人也掺和进来了。在咱们华夏的土地上发现的东西，那就是老祖宗的，能便宜了东瀛人？”

提到东瀛人，徐墨卿说道：“东瀛人暂时还没有动静。”

陈阿七面色复杂起来，突然站起身来，一屁股坐到了徐墨卿的旁边，声音放得极低：“徐老板注意过外面大街小巷的仁丹广告吗？”

不知道从何时起，东瀛人的仁丹广告遍布十里洋场的大街小巷，就连乡下也不例外，到处可见翘着小胡子的仁丹招贴画。

“铺天盖地，想不注意都不可能。”

“徐老板，那广告上的小胡子其实内藏玄机。”陈阿七说道，“我仔细研究过，如八字胡子微微向上翘起，表示此路畅通无阻；八字胡子的左角向下垂，即表示左转弯不通，应向右转；八字胡子的右角向下垂，表示右转弯不通，应向左转；如果八字胡子都向下垂，就表示此路不通，不能前进。表面上是广告，其实是东瀛人设下的路标暗记。”

纵然是徐墨卿也被这样的事实惊住了，他摸不准陈阿七告诉自己这件事情的动机，只有说道：“既然发现了这么重要的事情，为什么不向上反映？”

“我是什么人，再说，见上面的人可不是一件容易的事情，就算说了，他们会信？”陈阿七拍拍自己的大腿，无奈地说道，“我是市井之人，只能做一些市井之人可以做到的事情。”

徐墨卿微微一笑：“想不到陈老先生有如此的雄心壮志，我倒只想着自己可以好好地活下去就好。”

“唉，人老了，想的事情就多了。”陈阿七又重新坐回去，“要是大家都找不着残卷，摸不着地图上的东西，也不错，平静如昔，各人过各人的日子，是不是，徐老板?”

徐墨卿淡然地伸手：“陈老先生，茶要凉了。”

陈阿七端起茶杯喝了一口，又说道：“徐老板肯定不愿意和魏司令搅和在一起。那徐老板究竟是谁的人？宋家公子、洪门，还是东瀛人？抑或是其他势力?”

“人各有志，不能勉强，方才刚刚讲过，龙争虎斗，在下都不感兴趣，只想按自己的路子在这个乱世好好活下去。”

好一个人各有志，不能勉强！这人是断断不会地轻易步入某个阵营了。陈阿七摸摸头顶，悻然离去。徐墨卿倒是亲自送他下楼，目送陈阿七上了黄包车，这才转身上楼。

走了没有几步，他突然停下来，看着对面墙上的仁丹广告，上面的八字胡微微向上翘起，若是依陈阿七所说，这是表示此路畅通无阻，荣丰戏院位置好，交通上来说，自然是畅通无阻。徐墨卿心念一转，转身朝着一条死巷子走去，那里自然也有一张仁丹的广告贴画。

近了，看到广告贴画上的八字胡子是向下垂着的，徐墨卿心里一咯噔——这就表示此路不通！

广告画与实际地况完全符合，陈阿七所言不虚！徐墨卿心中感慨，好奇心人皆有之，自己说着不在意，结果还是来看个究竟。如今验证了，内心更是起伏。东瀛人狼子野心，已经昭然若揭，但自己连家事也未摆平，国运堪忧，自己又能如何?

等他回到戏院，收到宋老爷发来的请柬。看完了，他哭笑不得，自己给魏仕杰看完了宅子，这个假风水先生的名头算是传出去了，宋老爷竟要请他明天去看看宋家的祖坟！

如今正是自己身份曝光的敏感时机，去是要去的，只是又要连夜补课弄些专业名词好度过明天的考验了。

到了第二天，徐墨卿一大早便赶往宋家，谢七与洪三已经到了，正等着徐墨卿过来。洪三见只有他一个人，不禁好奇道：“奇怪，那个石头呢，他怎么没有来?”

“他有事外出。”徐墨卿打趣道，“怎么，今天居然想到那个冤家?”

洪三没想到徐墨卿也这么会开玩笑，面露惊讶：“徐老板，你居然会讲这种玩笑话，我以为徐老板和宋先生一样不苟言笑呢。”

“怎么会，人生总要活得开心一点儿，再说，我讲的不是玩笑话，是大实话。”徐墨卿说道，“那个家伙就是个冤家。”

否则，当年怎么偏偏遇上他?

洪三附和道：“可不是，那家伙就是没个正形，成天陪在徐老板身边的人，怎么一点儿也没有感染到徐老板的稳重呢?”

“这若是夸我，我就接受了。”徐墨卿说道，“奇怪，宋先生怎么还没有来?”

“方才已经出来，又被管家追回去，事关宋家先人遗地，多些交代也是应该的。”谢七说话淡淡的，却是字字核心，绝没有废话。

徐墨卿看着谢七的脸，不由得想到，这个一身大家闺秀气质的洪门七妹，以前究竟是什么人呢？身手了得，讲话的时候不卑不亢，很是镇定，出身一定不简单。

徐墨卿心中想着事情，眼角的余光扫过街边，一辆黑色的汽车停在那里许久了，一直没有移动，里面还坐着两个男人。

徐墨卿正想看得再细一些，宋令铮与方副官走了出来，身后是送他们出门的管家。见到人已经来齐，宋令铮马上说道：“不好意思，久等了。”

“现在可以出发了吧?”洪三急切地说道，“真好奇是什么地方。”

“好好保护少爷。”管家对儿子说道，“唉，让你们多带些人也不愿意。”

“现在还不是带人的时候，爹。”方副官说道，“少爷说了，这一次去还不知道怎么样呢。”

徐墨卿微微一笑说：“没错，这次还不是带人马的时候，先去看看再说。”

谢七看了徐墨卿一眼，宋令铮对他明显不是很信任，方副官这番无意之语恰好暴露了这一点。以徐墨卿的思维能力来说，一定听出来了，但他处之泰然，让谢七忽生些许好感。

众人就在宋令铮的带领下前往宋家先人的墓葬之地，宋老爷坚信徐墨卿能看出些猫腻，顺便改改祖坟，就能旺旺宋家的生意，更上一层楼。

徐墨卿如今是骑虎难下，只能硬着头皮迎难而上，车内五人各怀心事。车子突然斜冲出去，越过一道狭窄的沟壑，停在了附近的草丛中。车子拐弯太急，所有人的身子都猛地往前一冲，洪三抬头，厉声说道：“方副官，你这是做什么?!”

谢七捂上了洪三的嘴巴，低喝道：“三姐，前面有人!”

前面是一条无人开垦过的山路，附近有一片农田，里面的庄稼苗原本正是勃然成长的模样，现在却是一片狼藉。再看小径的边上，那些土堆四散开去，上面赫然有车轮辙子，方副官说道：“有人赶在我们前头过来了，少爷，这车印子有些像东瀛人军用的车辆轮胎花纹。”

众人面面相觑，东瀛人来别人家的祖坟做什么？要说是挖古墓，还能是为了里面的陪葬？商人家的祖坟有什么可挖的?

想到昨天看到的仁丹广告像，陈阿七的话还历历在目，徐墨卿的心往下一沉，这些东瀛人来到这里绝不是巧合!

提前发现对方的踪迹也是一件好事，五人弃车步行，小心翼翼地沿着狭窄的山路前行，前方传来呵斥声，夹杂着日语与汉语，宋令铮当下停下脚步，仔细听着那边的动静，前头传来了蹩脚的呵斥声：“八嘎，不是说就在这里的吗？怎么找不到了?”

“这个，我们收到情报，宋家的祖坟就在这附近呀。”这人的中文说得溜，光听这谄媚的声音就能想象到他正对东瀛人哈腰点头，“再找找看，一定能够找到，不要急，不要着急。”

“他妈的，少爷，这东瀛人在搞什么东西？”方副官摸了一下自己的鼻子，“不对劲啊，难不成是要挖咱老太爷的坟？”

“闭嘴，他们想挖我太爷爷的坟得先问过我再说，这里可不是他们的地盘。”宋令铮掏出枪，“啪”地拉上保险栓，“走，直接过去。”

“少爷，你想清楚一点儿……”方副官慌了神，少爷若是有个三长两短，老爷和父亲都不会放过自己！

徐墨卿一把扯住方副官：“不碍事，我们一起过去看看。”

方副官还在犹豫，徐墨卿与洪三、谢七已经快步跟了过去。方副官一咬牙，掏出枪尾随过去。越过前面的空地，绕到小山丘的侧面，宋令铮就看到了那个点头哈腰的男人，他一抬手，手起枪响，同时大吼一声：“什么人敢碰我太爷爷的坟！”

“砰”的一声，那个男人弯下腰，捂着自己的腿倒在地上，嘴里“哎哟哎哟”地叫个不停，在他的左腿上多了一个弹孔，血正不断地涌出来，血腥味儿立刻弥散在空气中。

那群东瀛人马上掏枪，地上的男人大叫道：“不要开枪，他是宋家的人！哎哟，哎哟。”

那群东瀛人穿着普通老百姓的衣服，如果不是身上的佩枪和蹩脚的汉语出卖了他们，他们看上去就是普通的老百姓。宋令铮料定他们不敢乱来，偷偷地来到这里掘人家祖宗的坟，已经是冒了大不韪！

那群东瀛人果然收了枪，为首的那个说道：“你，宋家的什么人？”

“你们这群人，这是我们大少爷！”方副官冲到了宋令铮面前，“你们刚才说的话我们都听到了，说，你们来这里干吗？”

他手里的枪正对着离他们最近的一个东瀛人，此人生着一对八字胡，眼睛下面有一块黑痣。他的眼珠子转了一下，便说道：“误会，误会，宋先生误会了！”

宋令铮嘴角泛起一丝不屑的笑：“我亲耳听到的，你是要让我质疑自己的耳朵？我倒要听听你们怎么解释，否则，方副官，从最近的地方调兵过来需要多久?”

“报告少爷，不出两个时辰就可以赶到，少爷需要调多少人?”方副官双脚砰的一下并拢，双眼发亮。

宋令铮玩味地看着这个八字胡：“那就要看这位先生给我们什么样的解释了，掘人坟墓可是大忌，这梁子是一定要结下来的。”

八字胡的眼睛转得很快，徐墨卿知道此人一定会想出一个大概的说法，暂时蒙混过去。

果然，那八字胡一拱手：“我们都是东瀛过来研究华夏文化的，这墓葬文化也是其中之一。附近不是有一些古墓嘛，向导顺嘴提起这里似乎有华夏最炙手可热的大家族祖坟，我们实在好奇会是什么样子，这才让向导带我们过来看看。”

人着急了，原本陌生的语言也讲得顺口不少，宋令铮玩味地看着此人的眼睛，目光移到停在一边的汽车上：“哦，这可是军车。”

“军车改良的而已。”八字胡紧张地说道，“这真是天大的误会，十里洋场的东瀛商会会长可以给我们作证，我们初来贵地，也不敢得罪有名的宋家。”

“好一个初来贵地，好一个见面礼!”宋令铮走上前，一把拎起这八字胡的衣领，“你的见面礼我记住了，以后不要让我在这里看到你们，否则，子弹射中的一定不是腿，而是……”

宋令铮的手缓缓下移，随即一把抓在八字胡的胸口：“这里!”

方副官看着地上的向导：“还不滚?!”

八字胡身后的向导挣扎着爬起来：“井上先生，走吧，快走!”

宋令铮松开了手，八字胡退后一步，意味深长地看一眼宋令铮的脸，悻悻然带着众人上车，车子轰轰地驶离这里，就像他们在逃跑一般。

方副官看着地上的血迹，痛快地说道：“少爷，这枪开得真痛快!”

“我倒不觉得。”宋令铮微微皱起眉头，“明知道他们居心叵测，却还要放他们离开。”

徐墨卿不语，东瀛人不是对宋家的祖坟感兴趣，他们是对正在寻找残卷的宋家感兴趣。陈阿七说得没有错，东瀛人野心极大，这片土地的一切他们都想拥有！

他们一定掌握了情报，知道残卷齐聚与何相关，才会如此紧张，迫不及待地来到这里，徐墨卿的脑子里突生一个念头，还未成形。

宋令铮偏在这个时候冷笑地说道：“徐老板看出我家祖坟有何问题了吗？”

“既然打发了那帮东瀛人，咱们就来说说这个风水宝局了，你们看到远处的小山包了吗？这个风水局叫麒麟奔日，这个山包虽小，却是麒麟奔日中的日，它在风水格局中形小功大，弥足珍贵。一是它处于水口的豁口，恰如两座水口山的门闩，使天宫院穴场周密环护，不致泄气；二是有了这颗半掩半露的宝珠，才能形成奔日的吉祥风水格局。”

徐墨卿侃侃而谈，唬得大家一愣一愣的。宋令铮喉头发紧，死死地盯着他。这些话煞有介事，真假难辨，他只有闷咳一声：“那么，有改的余地吗？”

“此等风水好局，还需要改吗？宋家的金钱运如日中天，只是盛必衰，天成的道理，凡事顺其自然才好。”徐墨卿淡然道，“当务之急是要找到残卷，宋先生现在的日子也不好过吧，相关人等可盯着你的一举一动。”

被戳了痛处，宋令铮眼色微变，不悦地转身离去。一直沉默不语的谢七迎过来，附在他耳边轻声道：“徐老板为了这些说辞，费了几个小时的工夫？”她嘴唇轻扬，志得意满。

见自己已被她看穿，徐墨卿淡然一笑，轻声道：“不管是唱戏还是看风水，都要讲究功夫。”

一行人奔波到此，宋令铮是最窝火的那一个，碰上一群不知道从哪里冒出来的东瀛人要挖自己太爷爷的坟墓，偏偏还和他们动不了真格，那个戏子又说无须改动，那岂不是白跑一趟！

一路上，宋令铮一言不发，徐墨卿则闭目养神，气氛降至冰点，方副官直接将徐墨卿送回荣丰戏院，再将谢七与洪三送回洪门，最后仅剩下他与宋令铮两人。

方副官这才开口说道："少爷，不要生气。"

宋令铮仍然一言不发。车停在家门口，他正准备下车，看到那位新纳的六姨太白瑶挽着父亲的胳膊正准备出门。他猛地抽了一口气："在车上坐坐吧。"

"也是，省得少爷看到了心烦。"方副官附和道。

他有意避开父亲与六姨太，偏偏这个六姨太不识好歹，居然挽着宋老爷的胳膊走了过来。父亲被哄得笑呵呵的，显然是纳了新宠，正在新鲜期，已经把自己的母亲抛到九霄云外了吧。

宋令铮摇下车窗，宋老爷轻咳了一声："刚回来？"

他心情不佳，一声不吭。方副官连忙说道："少爷有点累了，老爷，我一会儿就让少爷好好休息去，您有事就先走吧，不用担心。"

"有你和管家在，我当然不用担心了。"

宋老爷伸手拍拍六姨太的手："走吧，你不是要去听戏吗？马上就要开场了。"

六姨太冲宋令铮微微点头："大少爷，我们就先走了。"

宋令铮不耐烦地说道："早些去吧！"

宋令铮目送两人上车离开，原本就烦忧的心情更是蒙上了一层阴霾。方副官突然伸手拍了一下他："少爷，我们这里怎么有鸽子？"

在宋家大门的院墙上，正停着一只灰色的鸽子，宋令铮盯着那只鸽子，良久才说道："可能是别家养的吧，父亲不喜欢鸟，绝不是我们家的，好了，进去吧。"

方副官下车，又瞅了那鸽子一眼："奇怪，以前也没有见过啊。"

此时，那只鸽子似乎知道自己引发了疑虑，突然"扑棱"一声，展开翅膀飞了出去，良久落下去，停在一个人的掌心上……

那人抽出鸽子腿上的纸条，匆忙过目便点燃纸条，烧成灰烬抖落出去，长叹一声："看来各方都没有进展，倒是徐墨卿，必得此人！"

第5章　狭路相逢显真章

徐墨卿独自待在家中，脑子里将这些天经历的事、遇到的人统统过了一遍。想得到残卷的魏仕杰自成一派，他有他的野心；和他伙同一气的陈阿七是正是邪，暂时无法定论，但他显然知道一些过去发生的事。残卷背后隐藏着什么宝贝，他可能早就清楚，握着底牌不出。

而宋令铮与洪门则是被动卷进来的一股势力，代表着当权者，他们同样势在必得；除此外还有东瀛人蠢蠢欲动，再加上自己，已经五路人马，哪些是朋友，哪些是敌人？

这其中可有自己能视为后背的势力？徐墨卿不禁笑了，古往今来，人皆为利往，这些在身边相继出现者不过是为了残卷地图上隐藏的宝贝，除了石头，哪有可信任的人！

徐墨卿沉思着，直到夜幕降临，终于起身去戏院，推开办公室的门，便看到桌子上面放着一瓶杨林肥酒，这是云城的特产。徐墨卿立刻回身关上门："你怎么现在回来了？"

石头从窗帘后面跳了出来："大哥，惊喜！"

"先说说你为什么回来了？"徐墨卿说道，"让人发现了？"

“情况摸得差不多了，当然就回来了。大哥你看，这是那条水渠的流向图，贯穿全城不说，而且自西向东，正好是从高往低走，只要有水，是一定会流到魏仕杰家中的。我这几天在云城，一共堵截到了三封密信：第一封，是关于摸排城中地下通道的汇报；第二封，是说建仓库的事情；第三封，大哥，你一定最感兴趣。”

徐墨卿横了石头一眼，石头立刻说道：“好，我不卖关子，如果是远距离的沟通，一定不会采用这种传送方式，所以，传第三封信的人就在云城……”

石头看徐墨卿的脸又沉下去了，嘿嘿一笑：“习惯了，大哥，我错了，我真的不卖关子了，第三封信是个东瀛人传给魏仕杰的，内容很简单，就是约他在城外见面。”

徐墨卿将手里的水杯放回到桌子上：“东瀛人？你怎么知道是东瀛人?”

“署名宫本。”石头这回痛快了。

徐墨卿喃喃念道：“宫本，的确是东瀛人的姓氏，之前我们遇上的东瀛人，向导叫他井上先生，井上、宫本，他们会不会是一伙的?”

石头一摆手，“他们约好在晚上见面，我就去了一趟。大哥，那个魏仕杰和那个叫宫本的东瀛人有说有笑的，关系好像好得很。”

“那个东瀛人什么打扮?”徐墨卿极在意这一点。

“西装革履，看上去还人模狗样的。”石头说道，“就他们两人，魏仕杰带了卫兵，不过都在外面守着，卫兵也不多，也就三个人。”

“难道魏仕杰勾结了东瀛人?”徐墨卿沉声说道。

“大哥，麻烦了。”石头说道，“你之前替他的宅子改风水，曾经对魏仕杰说过，假以时日，他在仕途上就会有所作为，他与东瀛人勾结，还能有所为吗？他要是没有作为，就说明你技艺不精呀，到时候就算不揪着你的错漏不放，也不会再相信你了。”

石头明摆着调戏徐墨卿，他那些什么风水术语全是从书上看来的，编得天花乱坠，半真半假还真让人深信不疑。全凭一张嘴的大哥山崩于前仍稳如泰山。

能让徐墨卿笑出声来的只有石头。这些年来，两人的关系也经历了重重考验。石头叫的一声“大哥”的确是发自肺腑，徐墨卿叹一口气：“如果没有遇上你，这些年不会这么容易。”

“如果当年没有遇上大哥，我早就去见阎王了。”石头笑呵呵地说道，“现在还有一条命活着，都靠有大哥出手相救。我一定会帮大哥到底，曼丽离世以后我一直在想自己今后的生活。我现在清楚了，以后我只为大哥而活，帮助大哥达成心愿，誓与大哥共进退，共存亡!”

提到曼丽，石头的脸又有些黯然。徐墨卿说道：“既然回来了，就忙你自己的事情去吧。”

石头如遇大赦，他连忙说道：“我认识一位在巡捕房工作的兄弟，他正好负责这桩案子，今天晚上我就去向他打听打听。”

那位在巡捕房工作的兄弟却不太乐意看到石头，石头早就向他打了招呼，案子有什么进展一定要及时通知他。没承想，石头刚在巡捕房门口堵住他，他就急着离开：“忙，我忙，石头，有什么事情以后再说，哈!”

石头好歹跟了徐墨卿这么多年，察言观色自不在话下。他一把扯住那人，叫起了那人的小名：“黑皮，你小子又和我玩花招!”

黑皮急得一把将石头扯到一边：“兄弟，这话说来话长。”

“那你就拣短的说，那案子结了吗？这么些天了，怎么一点儿消息也没有，她可是百乐门最红的舞女。”石头说道，“她以前捧场的那些客人没有一个追究她的死的?”

“哎哟，石头呀，你怎么还这么天真！你都说是捧场的客人了，那些人就是去逢场作戏的，谁是捧着真心去的?”黑皮无奈地说道，“在他们眼里，她就是个舞女，长得有几分姿色。如果她继续是个舞女，人老珠黄，还有人捧场吗?”

石头的心“扑”的一下落下去，他揪住黑皮的衣领：“走，我请你去喝酒。”

小酒馆里，石头掏出一沓钞票放到黑皮的手上。黑皮还想客气，石头正色道：“你放心，不是白给你的，就让你给我透个信儿。你要相信我这张嘴，就给我透，然后把钱收了；你要不能透，这钱你一分钱也不要拿，以后你也不会见到我了！”

“石头兄弟，你这是逼我呀。”黑皮瞅着那数量不少的钞票，挠了好几下脑袋，终于一把将钞票接过来，“成，我就信你这张嘴不会到处乱讲，这案子呀已经结了。”

“结了，找到杀人凶手了？”石头惊愕地说道，“外面怎么一点信儿也没有？”

“我告诉你吧，凶手是东瀛人。”黑皮说道，“我们刚查到一点儿线索，上面就不让我们管这事了，说是另外有人接手，让我们对外宣称案子已经结了。”

“另外有人接手，什么人？”

“还能是什么人，当然是上头的人了。”黑皮喝了一口酒，“一接到电话，我们头儿就开会，让我们不用管这事了，也不许往外透露，一个舞女被东瀛人杀了，上头怎么这么重视？”

石头大力地咽下一口口水，恶狠狠地将杯子里的酒灌入口中，一个舞女？现在，她绝对不是一个舞女这么简单了！

石头最终喝得大醉，他踉跄着身子，时而左，时而右，走在十里洋场的大街上。他不停地撞在别人的身上，有人不耐烦地一把推开他，他的身子便软绵绵地倒下去，瘫倒在地上。他痴痴傻傻地笑着，突然有人一把将他拽了起来，将他背在背上，一路往回走。待到了屋子里，推到沐浴房，一瓢凉水浇下去，惊得石头跳了起来：“是谁？”

不容石头再说出一个字，徐墨卿又一瓢凉水淋下去，可怜石头的上衣全部湿透，头发淋湿了，滴答答地往下滴水。石头抹了一把脸，头脑清醒了不少，他像个犯了错的孩子一般，低着头，双手绞在一起，身子不安地抖动着："大哥……"

徐墨卿一言不发。石头伸手抹了一把脸，眼泪和着水一起下去："我知道我错了，干我这一行的人必须少喝，人不清醒，会害了自己。"

徐墨卿说道："男儿有泪不轻弹，你去的是巡捕房，没消息也不至于这样，探到什么了？"

石头强忍住悲伤将打探来的消息告诉徐墨卿，然后无奈地说道："大哥，我石头脑子没你灵活，可是也能想到了，曼丽肯定不是普通的舞女，她被杀上面的人还要过问，有这种事情吗？我石头这辈子只喜欢过这么一个女人，结果呢，到头来连她是谁都不知道。"

"这个曼丽有可能是情报处的人。"徐墨卿当下便有了些猜想，"试想一下，舞女接触的三教九流是最多的，不要忘了，东瀛人已在这里活动，他们有可能在搜集情报的过程中发现了曼丽的身份，而两者之间是有冲突的，所以，他们决定暗杀曼丽。"

石头现在彻底冷静下来了，他仔细回想了那天的现场，那天来的客人当中，有一桌人十分扎眼，东瀛人不管在哪里都是绷着的状态，坐姿都有些僵硬，在那桌人当中……石头突然打了一个寒战："大哥，你还记得那个井上吗？"

徐墨卿当然记得，在宋家祖坟里号称自己是华夏文化研究员的井上。

"大哥，我想起来了，曼丽死时，有一桌的客人里面就有井上！怪我，我怎么现在才想起来呢。主要是我觉得东瀛人都长得差不多。大哥，这里面的事儿，我怎么觉得有些古怪呢。"

"如果真是同一个人，这事儿反倒好办了。"徐墨卿说道，"相信我，我们不做什么，事情也会发生变化，等着就是了，换身衣服，和我一起去戏院。"

两人一同前往戏院，此时天还没有完全黑下去，里面应当在做开场的准备工作，但里面却传来了喧闹的声音，石头的面色一凛："大哥，有人捣乱！"

里面的椅子倒了一片，经理正拿着一盒香烟往一个人的手里递，那人身后站着七八个穿着黑短褂的汉子。为首的这个人留着个光头，大约三十来岁，面对经理的殷勤，他并不领情，一只手反复摸着自己的头顶，恶声恶气地说道："叫兰香出来！"

这个叫兰香的是今天晚上要登台的一个小花旦，不过十七岁，长得那叫一个水灵，身段娇柔，一双水灵灵的眸子看一眼，就能把人看融化了。她在荣丰戏院登台也就三次而已，就引得一帮登徒子想入非非，这个光头是混迹在这一片的无赖，来看了一场戏，就打起了兰香的主意，之前倒也没怎么样，今天不知道怎么了，带了一帮人就开始砸场子！

这个光头软硬不吃，经理正在合计接下来怎么办，就看到了徐墨卿，他赶紧过来："老板，马上就要开唱了，这可怎么办好？"

"小兰香呢？"

"已经安排好了，她吓得不行，流了不少眼泪。"经理想到就觉得心疼，"小姑娘刚登场没几回，这回可是吓到了。"

徐墨卿拍拍自己的长衫，走上前去，径自坐在光头的对面。那光头瞟了一眼徐墨卿，也不知道是不是徐墨卿长得太俊，他居然不自然起来，不过找麻烦的念头没有变："他娘的，找个能说话的出来，随便来个人就想糊弄我！"

他的脚搭在前面的椅子上，还在一耸一耸的。徐墨卿闷哼一声："兄弟是来找皮绊的？"

听到"找皮绊"三个字，那人打了一个激灵："你和洪门是什么关系？"

找皮绊，也就是寻事生非的意思，洪门中人说话，带的那是一口仙，有些常用的说法混江湖的都听说过，这个"找皮绊"恐怕是听得最多的了。

徐墨卿笑了："我和洪门没有什么关系。"

光头一听，嘴里不干不净地骂了一声，挥拳就朝徐墨卿打过来。石头见有人敢动他大哥，立刻扑了过去。不等他近身前，徐墨卿的右手包住了那人的拳头，用力地一掀，那人连人带椅子仰在地上。徐墨卿看似柔弱，这股力道却不小，着实让那人吓了一大跳。未等他反应过来，徐墨卿一脚踩在那人的肚皮上："我和洪门的确没有关系……"

"但他和宋家有关系。"

石头一回头，看到宋令铮与方副官站在那里，徐墨卿的脚上没有松力，甚至又往下踩了踩，那光头直叫唤起来："哎哟，哎哟……"

其他人想上，可是听说"宋家"两个字，也不敢动弹，只是低头看看光头，又看看徐墨卿，再看看宋令铮，滑稽得很。

谁不知道，宋家不只有钱，还和上头的关系紧密，得罪了宋家，就等于得罪上面！

宋令铮走到跟前，盯着地上的光头："你真是不要命，荣丰戏院是你可以来捣乱的！"

光头想占小兰香的便宜，可也要顾着自己的性命，一把抱着徐墨卿的腿，可怜巴巴地说道："徐老板，是我一时糊涂了，我这样的人怎么配得上小兰香呢？"

"口说无凭。"徐墨卿居然笑了。

"口，口说无凭？"光头傻眼了，"那，那我要怎么做？"

"废掉你一只胳膊，没有能力的老大，你的手下也不想要吧？"徐墨卿望着他的手下，"能力才是最大的筹码，你少一只胳膊，就是一个废人，还有人跟着你混吗？没有手下，你还敢闯进我荣丰戏院砸场子？"

过道里摆有板凳，这也是无奈之举，荣丰戏院的生意太好，过道里往往要摆几条板凳以备不时之需。徐墨卿的话音落地，突然伸手拿起一条板凳，对准了光头的胳膊就要砸下去，他表情凶狠，一副要置光头于死地的样子，光头吓得屁滚尿流，扯开喉咙大叫了一声："妈呀，我完了！"

砰！板凳落到地上，中间赫然出现了一道裂缝，这可是下了死手啊，不过，光头满头大汗地睁开眼睛，不敢去看自己的胳膊，好歹有个手下将他扶了起来，原来徐墨卿已经松开了脚，正站在一边冷笑。

光头刚才大叫一声，魂魄好像都飞了，现在又像个疯子似的叫道：“我的胳膊呢，我的胳膊呢，我的胳膊呢！”

“大哥，在呢，在呢。”这人拿着他的胳膊拼命地摇，“没砸上，没砸上。”

徐墨卿收了笑意，“就看我愿意砸与不愿意砸了。”

光头像看怪物一般看着徐墨卿，大喝道：“走，快走，你他妈的，还不快点！”

看着光头和手下惊慌失措的背影，经理如释重负。徐墨卿说道：“收拾一下吧，还有，通知小兰香今天晚上如常登台，没什么可怕的，我们不是还有宋家撑腰呢。”

宋令铮面色复杂，方副官舔了一下嘴唇。四人正僵在这里的时候，从后台走出来一个小姑娘，怯生生地站在徐墨卿面前：“谢谢徐老板替我解围。”

正值青春芳华的小姑娘身上都透着香气，方副官一下子看傻了。宋令铮咳了一声，方副官才收了魂，居然不自觉地擦了把口水。

小兰香身后站着班主，是个五十多岁的中年人，此时叹了一口气：“怪不得同行都说来荣丰戏院唱戏唱的不仅是名声，还是安稳和可靠，今天可算是见识到了，徐老板，多谢了。”

“客气，说白了这也是互惠互利的事情，班主带的这个班子原来是跑庙会为主的，以前是在乡下跑村串巷的吧？”徐墨卿见班主点头，又说道，“我荣丰从来不管出身如何，以前是否有名气，只要过了我的耳，我就能让他进荣丰的戏台子。只要进了荣丰的戏台子，什么人和你们作对，那就是和我作对，绝不会手软。所以，请班主放宽心，好生准备晚上的戏吧，我可要听到满堂彩。”

班主对徐墨卿佩服得五体投地，千恩万谢之后带着小兰香去后台，突然站住了，喃喃说道：“走南闯北这么多年了，这样气场子的人还真是头一个。”

“班主，您说什么呢？”小兰香好奇地问道。

班主对小兰香说道：“听好了，今天晚上的戏拿出全部的精神去唱，知道吗？这里是个福地啊，福地！”

另一边厢，石头正为大哥利落的出手兴奋不已：“大哥，这下子他们再不敢来使绊子了。”

宋令铮的脸色却沉下去了：“你好狠。几个地痞的头头，只要谁够狠谁就可以当上。所以，以后若是有人废了这个光头，谁就是新的头头，说不定，在他的手下中，早就有人想夺位了，今天徐老板的话就算提醒了，这伙人彻底被你搞乱了。”

方副官愕然，他脱下自己的帽子：“我的个乖乖。”

徐墨卿说道：“人分三六九等，撇去地位不说，每个人都有自己的气场，这个光头外强中干，不堪一击，他能够靠的就是外在的强横。所以，我打他一通不会对他造成什么影响，他一定会想着纠集更多的人来到荣丰闹场子。可我若是打在他的心上，效果就不同了，让他对这个地方、对我产生畏惧，才是我需要的。”

石头十分得意地看着方副官：“听到没有，这才是我大哥真正厉害的地方。我大哥说过，那个叫什么来着？”

“因人而异。”徐墨卿说道，“和不同的人打交道，要根据对方的特点下药。”

徐墨卿说得如此直白，听在宋令铮耳朵里又有一番深意。他冷笑一声：“看来徐老板已经想好与我如何打交道了。”

“借一步说话。”徐墨卿伸手道，“请。”

来到徐墨卿的办公室，石头与方副官一左一右站在门口，两人并没有商定好，却同时做了一件事情。石头嘻嘻哈哈地说道：“方副官，你和你们少爷真像连体人似的，无时无刻不在一起，怎么，晚上是不是也在一块睡？”

“你这个人真是，我怎么可能和少爷一间房。”方副官理了理自己的衣服，站得笔直，“你还不是一样，总和徐老板待在一块。”

“我们的性质不一样，此前，我有三个月没有和大哥见过面，你呢？你们家少爷留学的时候，你也跟着的吧？”

“你怎么知道？”方副官说漏了嘴，马上闭紧了嘴巴，“你这个人，总是没个正形。”

两人的嗓门越来越大，对话被里面的人听得一清二楚，宋令铮轻咳了一声：“方副官，你的话今天有点多了吧？”

方副官的声音传来：“少爷，不怪我……”

“够了，闭上嘴巴就行。”宋令铮说道，“徐老板，我们现在可以言归正传了。”

徐墨卿看着宋令铮说道：“你会过来，一定是做决定了。”

“合作。”

“我正有此意。”

两人相视一笑，宋令铮说道：“我们已经知道魏仕杰手里有残卷之一，现在的问题是如何才能把他手里的东西弄出来。徐老板不会无缘无故地出现在魏家。你重出戏台，就是为了引魏仕杰和他的姨太太来荣丰戏院，又用那一番惊人之论让他主动邀请你去魏家。”

这位宋家少爷不是脑无一物的人，徐墨卿默然点头：“魏仕杰此人看似鲁莽，可是心细如针，活脱脱一个张飞再世，所以，如果强行抄了他的家，不妥。”

宋令铮吃了一惊，他心中正在合计，魏仕杰虽然是地方司令，可最终还是要听上头的，随意挑此人一个毛病，抄了他的家，到时候掘地三尺，什么东西找不到？

“魏仕杰在云城握有重兵，云城还有一个规模不小的军火库。”徐墨卿说道，“他虽然平时跋扈，可是并没有做什么出格的事情，眼下随意挑他一个毛病，只会激怒他，到时候他手上的重兵，还有云城的百姓，宋先生稍安，我们可能马上就有进展。”

想不到徐墨卿胸怀百姓，宋令铮倒刮目相看，又听到徐墨卿说道：“如今四份残卷已现其一，还有三份在何处？若是宋先生有进展，务必通知在下。”

在门口的石头一怔，大哥手里不是有一份吗？这是瞒下来当作底牌啊，不愧是大哥！

等送走了宋令铮，徐墨卿找来一支新毛笔，纯羊毛制成的，又接来一盆水，把爷爷留下的那本册子扔进水里。页面上水墨一般的痕迹慢慢闪现，如同有一只看不到的手正执笔书画！

那书面最终凝结成一幅图，却只有部分，石头欣喜得说不出话来，这就是残卷的四分之一，也是完整地图的四分之一。

“纸上留下文字，却又让人看不见，火文与水文都可以办到。”徐墨卿长叹一声，“现在我已于风暴中心，只有一个法子可以让自己立于不败之地。”

“是什么？”

徐墨卿笑笑，将晾干的地图放在桌上，双手撑在桌上，仔细凝视着这张地图，不知道时间过去多久，他将地图置于明火上，烧了个干净！

“大哥。”石头徒手去抓明火，被徐墨卿捞了回来，他不解道：“这可是咱们爷爷留下来的遗物，你疯了？”

“只有放在脑子里最可靠，没人夺得去，抢得走，除非我愿意。”徐墨卿微微一笑，“对了，再帮我去做一本一模一样的册子，做旧，做得和刚才烧掉的一模一样。”

“大哥，都说你稳重可靠，我看你最贼溜，弄出一本假的鱼目混珠，混淆视听，高招！”

徐墨卿要听的不是这种奉承话，爷爷留下的是册状的旧书，地图藏在其中，里面的内容看了这些年，早就倒背如流。第二天打发石头去城北的老巷子里找一个叫半瞎的做旧师傅。

城北的老巷子聚集着一批专门做旧的手艺人，假古董做个旧，拿出去就和真的一样，能够蒙骗不少人。其中有个叫刘半瞎的最有名，据说他是把自己“做”成了半瞎。

做旧手法多种多样，火烧、水煮加热法、深埋地下土浸法，这火烧就格外伤眼睛，刘半瞎长年累月地做旧，可不就成半瞎了。

拿着一份九成相似的假册子，只有徐墨卿看得出一成的不足，有了这份以假乱真的残卷，徐墨卿大笔一挥，将目前所有的线索书于纸上，托石头送给宋令铮以示诚心。

目送石头离开，徐墨卿下楼，掀开后台的帘子，却一眼看到看台上的谢七。她的眼神不在戏台上，而是看着角落里的许丰年。那家伙显得格外扎眼，因为他不时手舞足蹈，显得格外轻佻。谢七便叹了一口气，心神有些乱了，再看向台上的时候，眼神有些游离。

徐墨卿无声无息地来到她身边：“是你认识的人？”

“徐老板，你来了。”谢七虽然惊愕，语气仍是淡淡的，“是四姐喜欢的人，可他如此轻浮，实在不可靠，洪门姐妹均看不中他，可四姐却被迷了心窍。”

“情人眼里出西施，他能够迷住易四小姐，一定有他吸引人的一面。”徐墨卿说道，“在你们眼里，这个人一无是处，但在易四小姐眼里，一定有吸引她的优点。”

谢七若有所思，徐墨卿笑道：“七小姐还有什么想不通的，不妨直接问问四小姐，感受她的心思，或许事情就会一目了然。”

两人对视，火光似乍现，谢七不禁低头，嘴角浮上一丝微笑：“徐老板总是如此透彻清明，难怪戏院在你的操持下如火如荼。”

“七小姐见笑了，徐某人一介草根，从底层摸爬滚打，一路走来还是靠朋友的帮衬。七小姐，在下还有事，先走一步。”

徐墨卿来得匆忙，去也匆忙。谢七突地心中怅然，蓦然回首，偏好徐墨卿回头，两人隔空相望，喧闹的戏台与周遭的人群好似不在，目光缠绕片刻终恋恋不舍地分开。

戏终有散场时，而徐宋两人的联手终于拉开一场大秀，宋令铮终于劝得上峰邀请魏仕杰去往南城出席所谓的嘉奖宴，三日后魏仕杰离开云城，即是调虎离山！

荣丰戏院的戏也唱完了，石头送完书信回来，徐墨卿张罗着去百乐门转转。听到这个提议，石头不复之前的雀跃，眉头紧皱。

“大哥，你这是往我伤口上撒盐。”他嘀咕道，“我读的书不多，也晓得触景伤情。”

徐墨卿说道：“那老两口摆摊的位置正好在百乐门的后面，为的是做下班后舞女的生意。那之前，就是接待一下经过的散客，很多事情不会在正门口进行，反而会在后门，百乐门正营业的时候，鲜少有人待在后门的位置。”

石头明白过来了：“我怎么没有想到！”

两人步行去往那家馄饨摊，老夫妇俩一如既往，老头负责下锅，老太太正在一边马不停蹄地包着馄饨。见到有客人来，老太太擦擦手，招呼道：“坐吧。”

老头转头过来看了一眼石头，怔了一下：“你不就是……”

“我就是。”石头说道，“好久没来了。”

“曼丽小姐走了以后就不见你了。”老头说道，“可惜，那么一个好姑娘，咋就被人害了。”

听老头的口气和曼丽倒有些相熟，徐墨卿问道：“听说曼丽小姐很孤傲，不怎么和同事的小姐们来往，听大爷您的口气，好像她还挺随和的？”

“是，她是不怎么和其他人往来，的确有不少姑娘在这里吃馄饨都说过，说曼丽小姐太冷，她们不喜欢她。曼丽小姐呢，从来不会和人结伴来，唯一一次就是和这位小兄弟了，所以我特别有印象。再说了，这位小兄弟以前也没少关照过我们。”老头对老太太说道，“是吧？”

“对的，她来得最晚，喜欢没人的时候来，来了也不说话。”老太太叹息一声，“总觉得这姑娘和其他的姑娘不一样，她心里有事。”

石头脑子里全是那一句："曼丽小姐呢，从来不会和人结伴来，唯一一次就是和这位小兄弟了。"他的鼻子一酸，眼泪差点掉出来。他赶紧抬起头，猛地吸了一口气，这才阻住了眼泪，随后听到徐墨卿问那对夫妇："先来两碗馄饨，对了，两位以前有没有见过曼丽小姐和什么奇怪的人说话，或是出现过什么奇怪的事情?"

夫妇俩对视一眼，老太太狐疑地看着他们："你们干吗问这个?"

看来是有了，徐墨卿指着石头说道："不瞒两位，我这位兄弟对曼丽小姐有情，可惜，两人刚刚开始，曼丽小姐就遭了横祸……"

"怪不得了，曼丽小姐会和你一起过来。"老太太说道，"有一次啊，曼丽小姐被一辆黑色的小汽车跟着，我们以为是她的追求者呢，可是啊，里面突然开了一枪!"

"开枪?"石头说道，"您听清楚了吗?"

"我们年纪大了，可是在十里洋场这么久了，枪声和鞭炮声还是分得清楚的。我当时就蹲在这里洗碗呢，就看到曼丽小姐从地上一滚，身子那个灵活呀，正好避了过去，那车子里的人见没有得手，就赶紧开走了。"

老太太突然压低了声音说："一个舞小姐，那么好的身手，这不奇怪吗?"

"两位老人家没被人发现吧?"徐墨卿突然说道，"以后还是换个地方摆摊吧。"

若是对方惊觉过来，如何是好? 恐怕会杀人灭口，毕竟上面有人不想让人知道曼丽的真实身份，开枪的人有可能是东瀛人的第一次暗杀，失败之后才有了第二次，这次暗杀恐怕也影响了曼丽的想法，对于自己将来的茫然，曼丽有了新的思考，这才会给石头一些信号吧。

如此说来，曼丽邀请石头并非临时之举，她或许真的对一直坐在角落里注视着她的石头动了心，动了情，感觉自己岌岌可危，哪怕只有一刻，也想和心爱的人独处片刻。

徐墨卿附在石头耳边将这一番分析讲给他听，石头便激动地握紧了杯子。老头将煮好的馄饨端了上来："吃吧，其实这位小兄弟不提醒我们，我们也要离开这里，回乡下去了。"

"怎么，不在十里洋场做生意了吗？"石头惊讶地问道。

"我们这点儿小买卖不能说是生意了。"老头说道，"年纪大了，做不动了，这地方也越来越……感觉和以前不大一样了，还是过点儿清静的生活比较好。"

徐墨卿点头，在这个乱世，远避乡下不失为最好的选择。尝完鲜美的夜宵，两人一起离开摊子，曼丽的身份已经呼之欲出——军统特务！

两人各怀心事，步入前面街道的拐角，接连响起两声枪响，徐墨卿与石头对视一眼，默契地趴在墙角。远处，两位老人家正推着小车离开，步履蹒跚。石头大喘一口气："妈呀，吓死我了，我还以为好的不灵，坏的灵。"

徐墨卿何尝不是吓到了，那对老夫妇在这十里洋场只是毫不起眼的小人物，若是因为多看了一眼就惹来杀身之祸，让人情何以堪？

明天，他们便不会出现在这里了，十里洋场少了一对卖馄饨的夫妇，只有熟客会嘀咕一句怎么不做了，再过上一阵子，便会将他们完全忘记。

回过头来再想，那两声枪响是从哪里来的？

徐墨卿指了指路边的小巷子："是从那里传来的。"

两人交换了一下眼神，便循着枪声走进去。这里的小巷子来回交叉着，十分复杂，两声枪响过后便没有新的动静，却听到前方有些匆忙的脚步声，地上有星星点点的血迹，血迹直往里面延伸……

"大哥，这档子闲事我们要管吗？"石头说道，"不是帮派厮杀，就是……"

徐墨卿将手放在嘴角，示意石头安静，同时扯着石头躲到了一边，两人的身子隐在了黑暗中，大气也不敢出一声，刚才隐约可听到的脚步声越来越清晰，听着一共有七八个人。

"追，快追！里面没路，一定是往外面跑了，抓不住他，今天回去都没有好果子吃，给老子把腿撩开了，快点!”

那伙人来势汹汹，却乱了方向，胡乱地找了一番后便远去，明明地上的血迹隐约可见。那群人走远了，两人循着血迹走了一段，前面是个死胡同。

血迹消失了，前面又是死胡同，石头便不耐烦，催促着回去。徐墨卿却不急，手抚过墙面，将手指放在鼻下一闻，迅速地攀上墙，骑坐在墙头上往内侧一看，墙的另一侧窝着一个人，立刻说道：“别开枪，我是路过的。”

他开口的同时，那人已经掏出一把枪对准了他，光线暗，徐墨卿并没有看到，只是为了自保提前发声，此举十分冒险，毕竟不知道对方是否理智，所以他趴在墙上的时候，本能地避开了自己的要害位置!

那人的声音低沉：“你是什么人?”

第6章　龙虎相争必有伤

徐墨卿跳下去，看到那人的一只手捂在小腹处，一只手握着枪，其人已经痛得直不起身子，坐在墙角便站不起来。徐墨卿蹲下去，在月光中看到了这人的脸，这是一张充满沧桑的脸，看年纪，足有四十多岁了，眉头上一道川字的褶子十分醒目。他的双眼不断地闭闭睁睁，这是危险的信号，他的伤势严重，眼下，就快要失去知觉了。

徐墨卿说道："我是在这里做生意的，你的伤很重，有什么话一会儿再说。"

"送……送我去个地方。"这人暗暗说道。

徐墨卿吹了一声口哨，石头翻墙过来，看到这情景也吓了一跳："这得送医院啊。"

"送到他说的地方。"徐墨卿说道。

徐墨卿背起那人，让石头小心地把风，三人迅速朝着那人所说的地方移动。他们不敢叫黄包车，穿过小巷朝着目标而去，到了一处紧闭的宅院前面。石头上前拍门，连拍了几下里面也没有动静，那人只得忍痛道："我来。"

徐墨卿扶着他过去，那人拍门的时候节奏有所不同，三快四慢，一共七下，没一会儿里面就传来细密的脚步声：“这么晚了，谁啊?”

“是我。”受伤的人轻声说道。

里面的人马上打开门，看到徐墨卿和石头，不禁面色微变，但看到来人的伤势，顾不得许多：“先进来再说。”

石头轻声说道：“大哥，不对劲。”

“进去再说。”徐墨卿也是这么一句话。

三人进去后，门马上被关上，开门的男人五十多岁，头发花白，一身蓝色长袍，走起路来的架势像个掌柜。他马上将那受伤的男人接过去，转眼间就不见人影，只留下石头和徐墨卿在院子里，两人面面相觑，走，还是不走?

“大哥，这事情不太寻常啊。”石头说道，“这两个人都有点怪怪的。”

“但那是一条人命。”徐墨卿说道，“我不能见死不救，就像当年救你一样。”

徐墨卿的心情有些沉重，当年，他救了石头，也算是间接改变了自己的命。今天，他救了这个人，又会是如何?

那人领着受伤的人进去后，良久没有出来，当下的情况肯定也顾不上招待两人了，徐墨卿说道：“时间不早，我们走吧。”

两人正准备离开，一阵急促的脚步声传来，是刚才那位大叔。走近了，他冲两人拱手道：“两位恩人，能否进去说话?”

徐墨卿点头，三人进去一间僻静的房间，那人忙着准备茶水，徐墨卿便说道：“老先生不用忙活了，今天晚上的事情我们不会对第三个人吐露半个字。”

老先生松了一口气，转过身来说道：“徐老板今天的义举，我替大伙先谢过了。”

“你们究竟是什么人?”石头说道。

“石头，不该问的不要问。”徐墨卿拱手道，“这位老先生叫我徐老板，显然认得我是什么人了，以后这事若有张扬，大可以找上门去，我们就先告辞了。”

那人送两人出门去，思忖片刻，走进屋去，他搬开边上的一把椅子，按下去，一道暗门打开，走进去，里面有好几个人。其中三人都戴着口罩，手里拿着手术刀，躺在床上的汉子嘴里咬着一块毛巾，额头大汗淋漓，鲜血浸在床单上，鲜红一片。老先生默默地站在一边，双手交叉，十分紧张的样子。不知道过了多久，中间一人用镊子夹住子弹放进一边的拖盘里，听到那声清脆的响，众人均是松了一口气，床上的汉子的头歪向一边，眼睛死死地闭上。

“怎么样了?”

“没有麻药，全靠他自己硬挺过来，难为他了，撑到现在。”为首的那人扯下自己的口罩，是一个清秀的年轻人，另外两个则是两个年轻的女子，这人说道：“多亏送得及时，再晚一些，就无力回天了。”

“唉，真是命大，不过我没有想到，送他来的人是荣丰戏院的老板，一个生意人，还这般古道热肠。”老先生说道，“这就叫命不该绝吧。”

床上的人睁开了眼睛，虚弱地问：“他叫什么名字?”

“徐墨卿。”老先生说道。

“徐墨卿，他就是何大夫提到过的人，我们的重点争取对象。想不到在这种情况下和他见面。”受伤的男人苦笑道，“我和他，还会再见的。”

再说徐墨卿与石头离开那宅院，两人一路上一声不吭，直至回到家，石头关上门便说道：“大哥，今天晚上的事情……”

“不能讲，不能说，以后我们也不要提。若有什么想法，趁现在只有你我，讲了吧。”

“大哥，我怀疑是那边的人。”

“是啊，也只有这么一个可能了，之前东瀛人在十里洋场的纱厂罢工，据说是地下党混入纱厂带头发起，至今尚未抓到。”

“老实说，真是干得好，大快人心，那些东瀛人在咱们的地盘上还耀武扬威，欺压工人。我听说，那些东瀛人和上面的人都在找发起人，被两方追查，今天晚上的人不会是……”

徐墨卿斜看了石头一眼：“眼下十里洋场的局势复杂，暗流涌动，但我们应该记住——只做自己需要做的事情，其他事情都与我们无关，不如说回曼丽。”

“大哥，现在种种迹象表明她是情报人员，和东瀛的情报人员发生冲突，被灭口。”

“看来，他们已经争得不可开交，我们也要加紧步伐。三天后魏仕杰启程离开云城，我们兵分两路过去，你和洪三、方副官明天一早出发，我们随后就到。”

次日一早，三人先行上了火车，车厢里人头攒动，三人提着行李正要入座，另一头挤过来一群人，他们气势汹汹，嘴里胡喝着。看他们动作粗鲁，人群自动避开。

方副官骂道：“这是群什么人?”

“看他们走路的样子就知道。”石头心上的火腾腾烧起来，他真想冲过去教训这群耀武扬威的家伙，“他们是东瀛浪人。”

现在街头四处都充斥着这些东瀛浪人，他们耀武扬威，不可一世，甚至于充当了东瀛的谍报队、先锋队和别动队的角色。方副官与洪三的脸都变了，这些东瀛浪人，把这里当成他们自己的地盘了，可恶!

石头眼珠子骨碌碌直转，坐下后对身边的方副官说道：“我带了好东西——巴豆粉，怎么样，要不要教训这帮不知天高地厚的家伙?”

巴豆粉是由巴豆的果实制成的粉末状的药，用量合适了就可以治病；用量不合适了，就可以让人拉得死去活来，严重的可以脱水死亡。石头长年在外行走，习惯带着以备不时之需。

洪三听说有巴豆粉，再看那群东瀛人赶走了座位上的人，自己横七竖八地坐在那里，嘴里嗑着瓜子，肆意地将瓜子壳扔得到处都是，嘴里还不干不净地说话，气就不打一处来：“一会儿就是吃午饭的时候，我来想办法。”

“你?”石头大有小瞧她的意思，“你能搞定?”

“这个你们就不知道了吧?”洪三说道，“一般人看到是个姑娘家家就容易放松警惕，总之，你们俩一会儿就瞧好吧。”

洪三硬是从石头口袋里掏出那包巴豆粉，搁在自己身上。到了午餐时间，那群东瀛人吆喝着要吃饭，站起来朝餐车走去，洪三立刻尾随，石头突然觉得后怕，扯住了洪三的衣袖。

洪三甩开石头的手，快步朝餐车走去。那群东瀛人正围在一张桌子上，服务生正点头哈腰地写着什么。洪三若无其事地走过去，瞟了一眼菜单，看清楚后假装不满意这餐车的环境重新离开，却伺机等在厨房与用餐之地的通道中。

此时，餐车里用餐的人并不多，大约十几分钟后就有人端着盘子，上面放着三样菜，正与餐单上的相符。洪三的手伸进衣服口袋里，松开纸包，身子便与那人撞上去。

“哎呀。”小伙子被撞得猝不及防，趁着这空当儿，洪三的手伸出来，白色的粉末悄然落下去。她出手极快，收得也及时。小伙子站直身子的时候，一包巴豆粉已经浇下去，被热气一熏，立刻融入其中。

小伙子差点打翻整盘菜，正想发火，站直身子，这才发现撞他的人已经不见了。小伙子骂道：“哪个小赤佬，真是的!”

洪三早就一溜烟地跑了。重新回到座位上，她轻轻拍着自己的胸口：“放下去了。”

方副官伸出大拇指，赞道：“厉害。”

“一会儿就等着瞧吧。”洪三看着石头，“怎么样?”

石头将双手抱在胸前，不以为然地说道：“我自己去也是可以的，谁让你要逞能?”

洪三早料到如此，也不生气，大约半个小时后，那群东瀛人大摇大摆地回来了，刚坐在座位上没有多久，其中一个站起来，朝着厕所跑，洪三兴奋道：“开始了，开始了……”

那群东瀛人嘴里嘀嘀咕咕的，争先恐后地跑来跑去，等列车到达车站，那伙东瀛浪人纷纷下车，车厢里顿时清净了。三人你看我，我看你，纷纷露出笑意。

三人到达云城，打听到魏仕杰正收拾行装准备出发去南城接受上级嘉奖，石头知道那漩涡的机密，带着二人蹲守拦截消息，同时等着大哥等人到来。

一连两天，三人同进同出，方副官有理有节，和洪三居然擦出些不一样的花火，两人眉来眼去，没逃过石头的眼睛，直打趣二人。洪三和他少不了斗些口舌，三人倒是颇有趣地过了两天。等到徐墨卿三人赶过去时，三人已经打成一片。

谢七一到，洪三就迫不及待地把在火车上给东瀛浪人下巴豆粉的事讲了，惹得她颇是无奈：“三姐，大姐交代过不要节外生枝，咱们这次的目标是魏家，是残卷。”

石头倒是仗义，冲徐墨卿说：“这事不怪他们，都赖我。我就是看东瀛人不顺眼，所以才鼓捣着要收拾他们。大哥，你不是说要智斗嘛，我是用的智。咱们没有动手，就给下了点药，没想到，那些个东瀛浪人中看不中用，居然就给抬下去了。”

徐墨卿摆摆手，打住他的话：“这个不重要，说说你们在云城的发现。”

方副官最沉默寡言，此时才说道：“石头告诉了我们那条消息传送带——直通魏家的河。这两天云城出现了不少东瀛人，我们还截了一封密信，陈阿七受魏仕杰所托，要盗一座墓。”

“盗墓和残卷似乎并无关联。”宋令铮皱眉道，“这封信还有什么讲究？”

“密信是陈阿七的手下吴老六传送过去的，知会魏仕杰出发时间。密信顺着河流流进魏府，可见陈阿七一行人就在云城。”石头抓抓头，“他们的目的地写着上庸，上庸为何地？”

徐墨卿取出地图铺在桌上，手指向一地：“上庸指的是现在的竹山县西南地区，庸城是必经之路，我们要尽快赶到这里，只要跟上了陈阿七，我们就可以到达目的地。魏仕杰一直伙同陈阿七寻找残卷，我相信这次的盗墓绝不简单。”

“东瀛人也在这个时机出现，其中必有玄机。”谢七附和道，“我同意徐老板的意见，明天一早我们尽快出发，追上陈阿七的步伐。”

“我们不是冲着残卷来的，怎么又要跟着陈阿七走？”石头已经摸不着头脑，“大哥，我有些乱了，你心里盘算的事情，能不能告诉我们？”

“跟着陈阿七，恰巧是想弄清楚魏仕杰在盘算什么。我们要么可以循着这条线找到残卷的下落，要么可以抓到他的痛处。”谢七宛然一笑，“徐老板可是这个意思？”

“七小姐慧质兰心，我正是此意。”

两人颇有心有灵犀之意，徐墨卿凝视着谢七的眼睛，这女子坠崖失忆，但聪慧毕露，以前绝不是普通人。谢七也想这徐墨卿心思细腻，深藏不露！

两人的凝视被宋令铮打断：“事不宜迟，今天晚上就走。”

一番准备之后，傍晚时分，他们登上了前往庸城的火车。到了庸城，早有人前来接应，这是托了宋令铮的福。前来接应的人低声道：“的确有人来了，大半夜到的，现在一家小店住着。给诸位安排的住处就在那家店的后面，凭窗可看到对面的情况。”

这人不只带来情报，还有车辆，军方对此事的支持程度可见一斑。宋令铮带头上车，一路疾驰向准备好的旅店。此时已经是半夜，他们唯恐动静太大，惊动了对面楼上的人，进房间后并没有开灯，而是在黑暗里摸索着进了房，然后齐聚在窗前。对面楼上的两间房仍然亮着灯，这给了他们监视的最好机会。

宋令铮用望远镜看得分明，其中一间房里是陈阿七和他三位徒弟，最醒目的就是吴老六，其他人都坐着，就他一个人站着，而且正暴跳如雷。虽然听不到他在说什么，但看他面色通红，想来是有什么恼人的事情。

另外一间房里的人正在打着牌，吆五喝六地十分热闹。宋令铮往他们的腰间一看，都是别了家伙的，再看他们的样子，心中有一个猜想："这些人可能是魏仕杰的手下。"

徐墨卿接过望远镜，望了一眼便说道："八九不离十了，看来魏仕杰并不放心陈阿七，这回派了些人跟着他们。"

"狗咬狗，一嘴毛。"石头乐道，"这回有好戏可以看了。"

"不要咬到我们身上才对。"洪三没好气地说道，说完了，便伸了一个懒腰，"好困。"

"你们先睡。"宋令铮说道，"我们四个轮流守夜，看看他们什么时候出发。"

两位姑娘先去休息，剩下四人当真就轮流盯守。天蒙蒙亮，对面就有了动静，双眼皮正打架的石头打了一个激灵道："他们要走了。"

他们迅速收拾好东西，石头不敢大意，一直紧紧地盯着，临走前，最后望了一眼，发现他们是往东走，心说："东边，这回可得盯死了。"

前面的两辆车一直紧紧地贴着，越往前行人与车辆越少，他们就尽量拉开距离，只是盯着地上的车辙印来判断对方的行进方向。慢慢地，路两边的山多了，也高了，路也越来越窄，徐墨卿说道："看来他们要弃车了，方副官，麻烦你开慢一点儿。"

方副官点头，马上减速。果然，往前走了不到五百米，就隐约看到两辆车停在了路边，方副官也谨慎地将车子停在隐蔽一点儿的地方。众人下车，石头说道："我先去看看情况。"

石头小心翼翼地接近，车子里面空无一人。石头坏笑一声，掏出刀子将两辆车子的轮胎戳破，听着气呼呼往外冒的声音，石头乐了："看你们一会儿怎么走。"

石头一招手，众人就走过去，看到瘪了的车胎，方副官也乐了："让他们走路回去。”

这里身处深山，潮湿异常，风刮过来，还带着一股潮热，他们顺着唯一的一条山径走下去，马上就汗流浃背了。徐墨卿突然停下了脚步说：“你们听。”

前面传来轻微的“啪啪”声，他们之中只有石头有经验，马上说道：“大哥，不是枪声，是挖盗洞的泥落到地上的声音，听这节奏，他们的进度不慢哪，不愧是北派大佬。”

“正好，让他们辛苦辛苦，我们坐享其成就是。”宋令铮哈哈大笑，“走，找个地方。”

他们打定了主意，六个人就躺在山边的一片树林子里，那位置居高临下，下面人的情况他们可以看得一清二楚。在干活的都是陈阿七手下的人，魏仕杰派来的几个兵坐在一边抽烟打牌好不乐和。吴老六好几次停下手里的活，恨恨地望向那边。

徐墨卿看在眼里，心里明白，这两路人马看似合作，面合心不合。陈阿七最得力的两名徒弟石头都认得，一个叫吴老六，一个叫方大力，都可说是关门弟子，跟着陈阿七学了不少北派的掘墓手段，尤其打盗洞，更是他们的强项。

下面这群人花了大半天挖盗洞，地上一个坑接着一个坑，眼看着就要天黑了，下面终于传来吴老六的一声狂吼，石头激动道：“看来他们找到了。”

那群兵这时候才涌过去，站在洞口前向下张望，吴老六的声音响了起来：“几位军爷，是要在上面待着，还是和我们一道下去？”

“下去。”为首的那个小头头说道，“司令说了，让我们全程跟着，保护你们的安全。”

名为保护，实则监督罢了。吴老六闷哼一声：“我先下去开道，各位军爷慢些下来。”

地面上留下一人望风，方大力与吴老六护着陈阿七下去，石头往地上啐一口，现在不跟过去，还等何时？石头兴奋莫名，率先过去，洪三立刻尾随而至。

两人交换眼神，默契地绕到地面望风的人身后，两人从不同方向包抄，趁着那人没回头的时候，两人同时抢先下手。石头到底更灵活一些，抢在洪三前头，一掌劈在脑后，他连哼都没有哼一声就倒在地上。为免他醒后生事，洪三掏出绳子和一块布，捆结实了丢到一边的丛林里，嘴巴也给他堵上！

两人配合倒是默契，互不服输地看着对方。石头咧嘴笑了，突然趴到地上，耳朵紧贴地面，洪三好奇道：“你做什么？”

“听，地底下的动静可比地面的好听，等等，嘿嘿，听上去有人歪鼻子了。”

“歪鼻子？什么意思？”

这歪鼻子是盗墓的黑话，就是说有人死了，刚才地下传来的那声凄厉的惨叫声真不是盖的，来得短且急，如果是受伤，不可能只叫一声。石头盗墓这么些年，地底下什么声音没听到过，当下就断定那人是咽气了。

石头的心像被猫爪子在挠，他已经迫不及待地要下去看个究竟。洪三的手一伸，想拽住石头，没想到石头的动作太快，一下子就跃了下去！洪三惊呼一声，往下一看，石头并没有跳到底，而是像只猴子一般紧紧地攀附在土墙上，然后慢慢地朝下面爬。

洪三看得目瞪口呆，石头的身子就在此时彻底消失在盗洞里。她急不可耐，一跺脚：“这个毛躁的小子，以后怎么死的都不知道。”

徐墨卿等人下来的时候，石头已经彻底消失在盗洞里。徐墨卿无奈道：“他就是这样的急性子，上面还是留人看着。”

“我和洪三留下来吧。”方副官立刻主动请缨。

洪三瞪了方副官一眼，无奈其他人都已经同意，洪三也是无可奈何，依她的性子，也想下去看个究竟。现在却只能目送徐墨卿与宋令铮、谢七依次顺着绳索下去，上面的洪三与方副官则将绳索收上去，两人背靠背望风。洪三长叹一声，也不知道石头怎么样了。

下面，徐墨卿三人走在方正的盗洞中，三人不得不感慨北派弟子打盗洞的技术之高明，盗洞方正不说，高度也很惊人，足以让人直立行走，而且，连泥屑都很少，壁面上十分平滑。徐墨卿不知不觉地冲在最前面，他心中有些急切，石头那家伙不知道会惹出什么祸事来。

就在此时，又传来一声短暂的惨叫声，“啊”的一声，极其短暂，在如此狭窄的空间里，这突如其来的声音让人毛骨悚然，宋令铮大力地咽下一口口水。

他是富家子弟，又从国外留学回来的，不曾经历过地下诡秘的情形，自然心跳加速。徐墨卿则显得老练得多，侧耳一听，那声惨叫声过后，隐约还能听到“扑通”的声音，徐墨卿便有数了：“没有枪声，看来是墓里有机关，你们两个小心一些。”

这条笔直的墓道马上就到了头，徐墨卿正准备往里走，突然身子贴在土壁上，然后伸出脚去，一个人影匆忙奔出来，正被绊倒后摔了个狗啃泥。徐墨卿顺势将那人按死：“谁??”

听到徐墨卿的声音，石头苦巴巴地说道：“大哥，是我。”

石头从地上爬起来的时候，脸上已是一脸的泥，样子有些狼狈。他伸手在脸上一抹，急匆匆地说道：“大哥，这里是个水洞子，他们进来后，已经吃了亏了。”

所谓的水洞子，即是这墓室里利用水制造的机关，想到那一声扑通，徐墨卿便能够联系上了：“那些人呢?”

“他们正在想法子过去。”石头说道，“这机关有些妙，从这里拐弯过去，不是墓室，而是一片空地，看上去平淡无奇的，可是人一踩上去就有事了。”

“不要卖关子。”徐墨卿当然知道石头的老毛病。

石头拍着身上的泥说道：“那里是悬空的，就像地底下的悬崖一样，大哥，这墓室的位置选得很奇妙，那片空地上面用一些草木灰做了掩饰，地下潮湿，所以草木灰凝结在一块，看上去就是结结实实的。可是一踩上去，那些草木灰是落在一些丝线上的，根本承受不了人的重量，人马上就会落下去，下面足有七八米深，全是水，急流涌动，掉进去立刻被冲走。”

这番话听得宋令铮与谢七心惊肉跳。徐墨卿说道：“第一个人中招是不知情，刚才还有一声惨叫。”

“陈阿七的人没有损失，第一个掉下去的是魏仕杰的人。”石头说道，“第二个说来有些话长了，魏仕杰的兵掉下去后，那群人恼羞成怒，迁怒陈阿七等人，内讧了。刚才那个是让吴老六提着腿给扔下去的，现在里面正热闹着呢，枪口对枪口。”

陈阿七现在还不能死！徐墨卿飞速地往那边赶，石头也只有尾随过去，近了，徐墨卿正要靠近，宋令铮扯住他：“会用枪吗？”

“没用过，但我知道如何开。”

“给你。”宋令铮拿出一把枪交到徐墨卿手上，“大事未成，好好保住你的命。”

拉开弹匣，里面已经装满了子弹，徐墨卿突然问道：“你的枪法怎么样？”

“好得很。”宋令铮自信满满。

“魏仕杰的兵一共来了五个，死了两个，现在还剩下三个，你有把握在一分钟内干掉他们吗？一个活口不留。”徐墨卿故意激怒宋令铮，“看你斯斯文文的，没有杀过人吧？”

“彼此彼此。”宋令铮这一回没有上套，而是反攻过去，“徐老板，你就看好吧。”

宋令铮将子弹上膛，抬脚便走，里面的两拨人马正如石头所说举枪对峙，在他们的脚边上出现了两个大洞，从里面传来了清晰的水流声，却不如想象的那么激昂有力。四人的身子紧紧地贴在土壁上，里面漆黑一片，仅有两只手电亮着。

借着这微弱的光，宋令铮的眼神变得凛冽起来，手慢慢抬起，眼睛半眯着，利落地扣动扳机。“啪”“啪”“啪”，三声枪响震动了整个盗洞，子弹均是射入了背对着他们的三位军爷的后心窝！

三股血同时飞溅出来，空气中的血腥味儿弥漫开，地上的三人转瞬间就没有了生气。吴老六上前踢了离自己最近的一具尸体，那人动也不动，嘴巴还微微张开，显然对于自己猝死的命运也感震惊，这突如其来的变故也让陈阿七三人惊愕不已。

吴老六拿枪转身，呵斥道：“什么人，出来！”

“陈老先生，好久不见。”

徐墨卿的声音让陈阿七流露出复杂的面色，他拍下吴老六的手：“不碍事，是徐老板。”

陈阿七惊奇徐墨卿的出现，却保持风度，抱拳道：“多谢徐老板搭救。”

陈阿七师徒三人都满头大汗，刚才两方对峙，他们不占上风，眼看着要全军团覆没，危机时刻逃过一劫，此时仍然心有余悸。

徐墨卿笑道：“要谢就谢宋公子，枪法奇准。”

“谢什么谢，你知道他们是什么人吗？你们这次惹了大祸了！”说话的人叫方大力，是陈阿七的徒弟。

“在地下毁尸灭迹再容易不过，我们不说，你们不说，就只有天知地知。”

徐墨卿意味深长，宋令铮暗道他心计深，陈阿七却是如释重负。石头眼珠子一转，将这三人的尸身往旁边一推，接连三声，这三人就坠入水中，不知去向。石头哈哈大笑：“这下子就是死不见尸了，没有活口，魏仕杰也无可奈何嘛。”

徐墨卿接过方大力别在裤子上的手电，朝下面打下去：“这下面不只是水这么简单。石头，你放我下去看看，看个究竟也免得留下后患。”

石头刚想开口，徐墨卿就摆摆手，这一次，他要亲自验证才放心。石头无可奈何，只有将绳子系在徐墨卿的腰间，慢慢地将他放下去。徐墨卿的身子刚刚悬空，就听到谢七的声音：“徐老板，小心些。”

这声轻柔的关心让徐墨卿有瞬间的走神，他继续往下滑。现在，那条急流就在他的脚下，离得近了，更能感觉到这条急流的奔腾速度。徐墨卿只想确认这条急流究竟涌向哪里，人未死，只是摔下去的话，很有可能会被带出这里，万一留有一口气，到时候事情可就麻烦了。

绳索一直往下放，石头的手心开始冒汗。这时候，吴老六走过来，与他一道拉着绳子，石头嘿嘿一笑：“多谢了，兄弟。”

徐墨卿的声音传来：“够了。”

绳子停住了，徐墨卿找到了一块可以落脚的石头，现在可以仔细研究一下这条急流。他稳住身子，拿着手电往水里照，水质比想象的要清澈，依这流速来说也不是死水，他又捡起一块石头往水里扔，石头的重量不算轻，落下去后马上传来撞击声！

他拾起一块更大的石头扔下去，这一次的撞击声更明显，虽然在水声的骚扰下不得不竖着耳朵听，但这次徐墨卿确定了，那是石头撞上金属的声音！

确定这一点之后，他开始往水里走。石头不禁担心起来：“大哥，上来吧。”

“拉好绳子。”徐墨卿大声说道。

石头一跺脚，只有死死地拽住绳子，在他的印象里，徐墨卿从来没有下过水，不知道他的水性如何，这水流如此快速，稍有差池……石头想到这一点，双手更加握紧了绳子。吴老六看着石头脸上的关切之情，突然心生一股羡慕之情，这两人的兄弟之情一览无余。

徐墨卿走进水里，并非是不设防地走，走出去四步，用脚一探，触碰到一个尖利的东西，他伸手一碰，心下了然，再往前摸，又是一根，他便嘴角上扬，并不继续往水里走。命，还是要惜的。他当下回去，石头见状，大舒了一口气，赶紧和吴老六一起拉动绳子。徐墨卿上来后说道：“放心，没有一个活口。”

方大力说道："你怎么这么肯定?"

"水中还有利刃。"徐墨卿说道，"这么高的距离，人落下去时没死，也会被刀穿孔。"

陈阿七大舒了一口气，看着吴老六说道："算你这次运气好。"

吴老六性子急，不禁说道："师父，是他们欺人太甚，都说好我们在前面，一进来这里，他们就想抢功劳，掉进去了能怪谁。居然想找我们的麻烦，我就是忍不下这口气。"

就是因为忍不了这口气，他一把将那个军爷横着抱起来，二话不说就扔下去，这一下子就激化了矛盾，要说不后悔是假的。两相对峙的局面可能就是两败俱伤，多亏宋令铮与徐墨卿半道杀出来，否则后果不堪设想。吴老六抱拳向宋令铮说道："多谢了。"

宋令铮笑笑："不过是举手之劳罢了。"

"陈老前辈应该好奇我们为何也在这里，其实，我们尾随而来，只想确定一件事情——魏司令葫芦里卖的是什么药。还有，他手上的残卷在哪儿。"徐墨卿讲这句话的时候一直死死地看着陈阿七的表情。

陈阿七果然并不意外，而是意味深长地看着徐墨卿说："你果然不简单。"

第7章　铁索吊石险象生

“陈老先生说过，东瀛人居心叵测，可与您息息相关的魏司令却已经和东瀛人掺和在一起。您既然是魏司令的人，是否代表早被东瀛人收买？为何来这里，魏司令的人还要紧盯？”

陈阿七顿时语塞。此时，宋令铮咳了一声：“既然已经来了，就一起进去看看好了，陈老先生放心，我宋家还不缺这些什么冥器，就当凑个热闹了。”

宋令铮把宋家都给搬出来了，陈老爷子也是精明人，马上说道：“自然，自然，我们现在就想法子过去。”

这个在地下被挖出来的河道宽约四米，可看到对面的墓道延伸出去，高度同样约为四米。下面机关重重，河道中布满利刃，等同于下面的通道已被堵死，现在只有另想办法。石头拿出手电扫向上方：“幸好上面还有石块突出来，你们看我的。”

石头拿出绳子在前头打了一个结，大有要将其套在石头上的想法。吴老六连连摇头：“不可能，太高了，绳子太轻，飞不上去。”

石头已经出手，绳子晃悠悠地冲上去，果然因为余劲不足掉下来。宋令铮说道："我来。"

石头乐呵呵地说道："宋少爷，你身娇肉贵的，这种活儿还是我们来吧。"

宋令铮完全不理会石头的嘲讽，而是拾起一块石头系在绳子的前端，然后再打结，这样绳子前端的重量便重了一些，宋令铮目测头上石块与他们的距离，随即退后三四步，摆开姿势，看似没有用力，绳子却高高地抛了出去，石头仍在摇头："哪有那么简……"

"砰"，系在绳端前头的石块与上面的石头撞击在一起，但是，套住了！

宋令铮用力地扯了一下："应该没有问题了。"

石头的脑袋僵在那里，他不可置信地看着宋令铮："宋大少，看不出来呀，你还有这么一手，你这胳膊是怎么长的？这么大力气？"

他抱着宋令铮的胳膊就捏起来，被宋令铮推开："有些事情不是靠蛮力就可以的，直接往上抛效果有限，一定要找到用力的点，抛物线抛出。"

"抛，抛什么线？"石头听不懂，两手一摊，"得了，管它什么线，我先试试。"

他往脚下一看，下面的水流仍在急涌当中，虽然看不到下面的利刃，但一想到下面密密麻麻的刀刃对着自己，心里还是打起鼓来。他往手心里吐了一口唾沫，便拽住了绳子，往后退了几步，身子荡悠出去，眼看就要到头了，他双脚往前一点，身子恰好稳住。

吴老六不甘示弱，第二个过去，大家轮流上阵。陈阿七年纪虽大，身手敏捷。当他落到对面以后，拾起一块石头，抛出去，石头滚在墓道上，咯咯作响。初开始仍算正常，到了中间，突然传来啪的一声，墓道里中间下滑，石头掉了下去，又是啪的一声，墓道又恢复了原样。方大力面色铁青，汗珠子也往下掉，今天真是差点翻阴沟里了："这，这是连环翻板！"

谢七说道："我曾听说过这种连环翻板的机关，其实不只是墓室，我们江湖中人有时也会用到，在地下挖个坑，坑下分布长约十厘米左右的刀锥利器。坑上平覆数块木板，木板中间有轴，下缀相同重量的小型物体，呈天平状，板上有掩盖物。若踏上木板，板的一端随之翻转，人必掉入坑内的刀锥之上，锋利的尖刀利刃将穿透胸膛及五脏六腑，活着爬出来的可能性几乎为零。”

丢出去的石头重量尚轻，就毫无预兆地掉下去，换作是人，重量增加，掉下去更是没商量的事情了，方大力想想就觉得后怕。

谢七说道：“这东西有法子可以解，既然石头都可以掉下去，多扔些过去，把下面死死地堵上，我们踩上去也不用担心会掉下去了。”

“谢七小姐真是冰雪聪明。”陈阿七讶异地说道，“这个法子不错。”

当下众人就捡来所有的东西，纷纷往墓道里扔，扔得准了，就落下去，足足花了半小时，那木板再也无法下沉，众人才收了手，不过，大家都停在原地，没有一个人上前的。谢七便笑道：“这法子是我想的，就让我去试一下。”

宋令铮扯住她：“我来。”

“不行，我们原本就是来保护你的，怎么能够让你冒险，要是出了事，我们没有法子向宋老爷交代。”

两人正争执的时候，徐墨卿已经朝墓道走过去。石头吐了一下舌头，快步跟过去，谢七心中一暖，却又备感无奈：“我们都不用争了。”

宋令铮看着徐墨卿的背影，恨恨地说道：“我真想把他的脑袋扒开来看看里面装了些什么东西，真是让人摸不着头脑。”

石头果然将下面的机关堵死，徐墨卿与石头两个人的重量上去，也没有让机关启动。吴老六与方大力见状，连忙与陈阿七走过去，陈阿七不愧经验老到：“整间墓室从现在的结构来看，呈现中字形，一条主墓道贯穿前后，主墓室位于中字的中央部分，左右墓室应该是分墓室，我们往前走，就可以到主墓室了。”

此时气氛突然凝重起来，方大力的眼珠子一转，率先抢占了先机，突然将徐墨卿与石头挤到一边，同时嘴里说道：“几位既然是来凑热闹的，还是不要担风险的好。这种危险的事情，交给我们内行就好。”

方大力的心思石头明白得很，石头闷哼一声：“小人之心！”

徐墨卿使了一个眼色，石头总算是不嘀咕了。那个方大力急着进主墓室，也不和石头计较，只是走过去的时候，胳膊肘不偏不倚地扫在石头胸口。他的名字叫大力，劲儿也不小。石头吃了这个暗亏，心中恼怒，决定把这笔账记住。

前面出现了一堵砖墙，方大力回头说道：“老六，封门砖到了。”

吴老六立刻上前打量起这封门砖来，石头心里明白，有封门砖，后面就一定有墓室，这是要到头了。这封门砖共有十七层，上面两层横向错峰平砌而成，下面十五层纵向侧卧平砌而成，每一块砖都十分巨大，足足有十几公斤！

砖上的纹路是四神纹，陈阿七兴奋地说道：“墓室是井字结构，加上这四神纹，这是西汉时期的墓室无疑了！”

再看这墙上的四神纹，四神即指朱雀、玄武、青龙、白虎，这种纹样及其组合在西汉早期就十分流行，在出土的铜镜以及画像砖、瓦当上都有，在正方形的墓砖上也较常见，这种四神纹往往与大泉五十的钱币纹搭配在一起。

大泉五十上的大字如同飞翔的家燕，似如燕头的顶端由双线构成，下伸波折如同飞翔中的双翅，撇捺如同燕尾；“泉”字顶端呈波浪状，形如“山”字，这种纹路十分漂亮，刻在砖纹上更是十分匹配。

眼前封门砖上的四神纹，正中间是大泉五十的钱币纹，外包小正方形，最外侧是大正方形。在大正方形内，四边分布着朱雀、玄武、青龙、白虎四神，四神图案被正方形的对角线和钱币的组合纹饰隔开。

谢七与宋令铮对视一眼，封门砖堵得严严实实，恐怕要费些工夫才能解决掉了。吴老六已经取下包袱，他的包袱里放了个小盒子，宋令铮说道：“自配火药？”

吴老六点头道：“没错，炸开封门砖。”

方大力不无得意地说道："老六以前干过矿工，在矿里就摸过火药，这功夫早就炉火纯青了，你们就等着瞧吧。"

吴老六手脚麻利地配好了火药，在封门砖上挖了一个小洞，将配好的火药放进去，点燃了引线之后便往后退，所有人均抱头趴在地上。"轰"的一声，砖石碎开，飞溅出来，碎屑溅了众人一头！

徐墨卿抬起头来，原本厚实的封门砖上出现了一个大洞，吴老六壮实的身子已经钻了进去。吴老六看着粗犷，但进去盗洞后，没有像方大力一般横冲直撞，而是紧紧地贴着封门砖。有了前面两个连环机关的出现，吴老六觉得事情还不会顺利。

果然，吴老六看到了墓道边上隐蔽的金属滑轮，手电往头上一照，就看到几块巨石横在头顶上。老六朝身后说道："你们先不要进来。"

"老六兄弟，你可要悠着一点儿啊。"石头还在记恨刚才方大力的无礼，不禁挖苦道，"当前锋可是要吃点亏的。"

吴老六闷哼一声："多谢你关心，不过是铁索吊石，我们见得多了。"

谢七问道："石头兄弟，铁索吊石是什么？"

"在墓道顶和墙壁隐蔽处固定若干金属滑轮，利用滑轮将巨石吊起，悬于顶端。墓道地下铺木质踏板，锁链由石板而下，通过滑轮以隐蔽的方式连接踏板，中间有挂钩和脱钩相接，遇到外力巨石就会落下来。"石头说道，"要破解这个机关，只有一个办法，先让石头落下来。"

吴老六猛地吸了一口气，墓道地下的木质踏板是关键，只要踏板受压，那么滑轮就会开始运动，头上的大石直接砸下来。这种机关要破并没有那么容易，它需要成人的重量才可以让大石落下。看一眼外面炸开的石块都碎成极小的块，没有一块抵得过成人的重量，吴老六略一思忖，说道："师父、大力，我去引大石落下，情况如果不对，你们就闪开。"

石头心里一动，突然也钻进去："我服你是条汉子，我和你一起来。"

吴老六怔在那里，宋令铮与谢七对视一眼，心里同时涌出一股莫名的豪情来。石头也好，吴老六也好，身上都有一股子仁侠之气！

石头与吴老六对视一眼，突然掏出一条绳索，背对背，系在对方的腰上，中间留了一截，石头往前走了几步：“吴老六，一会儿我可就使命地往前面奔，你要接好我的节奏，要是死了，千万不要怪我。”

吴老六闷哼一声，并不应答，而是猛吸了一口气，朝着滑轮走过去，估摸了一下位置，大力地跳上去，就听到“咔”的一声，吴老六的身子略往下一沉，滑轮便哗哗地滚动起来。滚动速度十分迅速，头顶上的巨石便骤然下压。一听到哗哗的声音，石头便从喉咙里大喝一声，用力地往前跑。吴老六也顺着这股势头飞奔出去。

谢七马上捂上了嘴巴，那块巨石的重量十分惊人，转瞬之间就要压到吴老六的头顶！

徐墨卿与宋令铮同时探进身子，一人伸出一只手拽住了石头的身子，有了这两人的发力，吴老六的身子被带得飞了出来。石头反应过来，转身过去，双手接住了吴老六的身子，两人的身子撞在一起，“砰”地一下撞到封门砖上。

巨石落到了墓道里，发出一声巨响，烟尘飞溅起来，整个墓室都在晃动，头顶上的灰尘正一片片地往下掉！

两人撞到封门砖上的声音就被这声巨响完全掩盖过去了，石头自己听得明白，那一下子就像从高空坠下来的动静。吴老六好歹还有石头垫背，石头就没有那么走运了，背上是钻心的疼啊。他的身子蹲下去，额头上已经有汗珠子迸出来。吴老六心中过意不去：“对不住。”

“对不住就赶紧起来。”石头恶狠狠地说道，“还想要我的命，是不是？”

吴老六挣扎着从石头的身上爬起来，看着眼前落下的大石，心中一阵后怕，这大石足以把他压成肉泥！

方大力此时才走了过来：“这大石挡住了去路，老六，把它炸开。”

吴老六面露不悦，谢七说道：“吴大哥刚刚耗了这许多气力，不着急，先喘口气再说。”

方大力悻悻然地说道："这里布置了这么多机关，里面一定藏了不少东西，师父，今天定不能空手，哈哈哈哈。"

他眼睛里面直冒光，就像一只看到猎物的饿狼。徐墨卿看向陈阿七，这老爷子收的几个徒弟各有风格，最合他眼缘的当然是吴老六了："陈老爷子，你们是怎么找到这里来的？"

"大帅急需要一笔经费。"陈阿七倒也算痛快，趁着吴老六休息的空当儿解释道，"明器就是最快经费的来源了，大帅自己在府上钻研了一番，觉得这个不引人注目，但是研究起来又有大着落，这就找我们来了。按当初讲好的，六四开，他六，我们四。我们的人早就过来打探过一番了，多方打听，查询史料，将目标锁定在这里。"

"大帅急需这么多经费……"徐墨卿与宋令铮对视一眼，"看来他有不一般的打算。"

"这一点是大帅的机密，我们不便多问。"陈阿七嘴角扬起一丝微笑，"只是，他并不相信我们，派些人来盯着我们，现在这些人一个没留，我们得带些东西回去打消他的疑虑。"

话中的弦外之音徐墨卿十分明白，他含笑道："明器我们并不放在心上，只是，地方上的司令官要这么多经费做什么？宋先生以为如何？"

宋令铮目光凛冽，好一个徐墨卿，初以为他只是个唱戏的戏子，顶天只是个经营戏院的老板，倒是小瞧了他。

石头和吴老六历过生死，此时生出些英雄惜英雄的豪情。他上前关切吴老六的伤情，吴老六捂着腰站起来："没有什么问题，我现在炸开这石头就可以进入到主墓室了。"

吴老六干起爆破的活儿来得心应手，巨石被炸开以后道路通畅，主墓室就在眼前。吴老六吃了这么些苦头，终于看到曙光了，不由得兴奋起来。谢七等人仍保留着戒备心，小心翼翼地行进。待进入主墓室，众人就看到了那巨大的棺椁。

棺内的明器，陪葬室里的明器都是陈阿七的目标，见这间墓室里高大雄伟，还有这副巨大的棺木，众人心中都雀跃起来。方大力最为心急，已经冲到棺椁前，合计着要打开棺木。吴老六经过刚才的事情，对自己的同门师兄有些微词，捂着自己的胸口站在一边。反倒是陈阿七亲自上前。与方大力启开棺钉。掀开棺盖的同时，两人几乎同时跳到一边，以防棺内有什么机关，所幸的是，砰的一声之后，再没有任何动静。

棺内传来的腐臭味让众人的脑袋扭向一边。陈阿七往棺内一看，尸体已经完全腐烂。这里的地下水丰富，气候潮湿，尸体较北方更容易腐烂。寿衣里包裹的尸体只余下一副骨架，尸体身上裹着的华服浸泡在尸液中，颜色已经辨认不出。看到头骨里似乎有些东西，陈阿七看着方大力说道："大力，嘴里不是夜明珠就是玉蝉。"

方大力听陈阿七如此说，兴奋地就上前摆弄头骨。徐墨卿的脸沉了下去，方大力看似精明，其实完全不走心的类型，被陈阿七一刺激，就顾不得小心了。他的手伸向头骨的嘴部，刚动了一下，就听到"嗖"的一声！

陈阿七伸手把方大力的脑袋往下一按，那枚尖利的银针擦过方大力的耳朵，没有发出一丝声响，就打入石壁之中，看那根银针完全没入石壁之中，这是实实在在的夺魂针！

方大力的脑袋抬起来："多亏有师父在。"

陈阿七说道："你还是改不了毛毛躁躁的性子。"

石头轻声对徐墨卿说道："那东西是口中箭，这只老狐狸真是够狡猾的，让自己的徒弟涉险，自己还要当好人。"

徐墨卿只一个眼神，石头赶紧收了话头。这口中箭是古墓中比较常见的机关，一般藏在尸骸的嘴里，因为嘴中可能含有玉石甚至是夜明珠，所以也是重点检查的部位，针藏在嘴巴里，用比头发一般粗细的线牵引着，因为地下的光线昏暗，一旦扳动嘴巴，就会触发机关，弯腰时盗墓人与尸骸的距离是最近的，那就是一针封喉，避无可避！

谢七与宋令铮凑过去看尸骸，发现嘴角边上还留有一些液体，谢七说道："这就是传说中的尸毒吧？"

“古人为了防腐，经常在临死前服下剧毒的药物，这样有助于尸体的保存。这种剧毒药物在人体内会腐蚀掉整个内脏，将其化成液状存留在体内。搬动尸体时，尸身受到挤压，液体就会从嘴里喷射而出，轻则灼伤皮肤，重则要其性命。”陈阿七的眼睛往尸骸旁边看过去，“你们看，有一把剑。”

那是一把铜剑，上面已经生满锈迹，陈阿七一伸手，方大力送上了一块白色的棉布。陈阿七拿着那块布将铜剑拿起来，抹去上面的灰尘，剑格部位镶嵌的白玉和剑柄处的鎏金装饰在手电的照射下还保留它们原有的光辉。金属环里的玉龙不光造型别致，其雕刻更是异常精细，龙身上的鳞片都清晰可见、栩栩如生。

陈阿七若有所思：“剑是权力的象征，这一把就留给魏大帅好了。”

看来，魏仕杰的手下全部死亡，对陈阿七还是造成了一些压力。徐墨卿笑道：“也好，不过，他手心里握着的玉蝉不错，是正儿八经的传世古玉。”

徐墨卿眼尖，已经看到尸骸的掌骨之中，各有一只玉蝉。方大力立刻取了出来，依然放在陈阿七手里的白布当中，这两只玉蝉，一青一白，形制倒是一样，都是汉八刀的工艺。所谓的汉八刀是采用简单的线条进行刻画，刀法粗犷有力，刀刀见锋，刚劲挺拔，线条粗而准确，没有丝毫的崩裂状和刀痕之迹。几刀就可以刻画出玉器的外形，因此而得名。

陈阿七的双眼较刚才要亮一些了，这副棺木高大，尸骸仅是占了上面一层，下面一层更让陈阿七与方大力期待不已。徐墨卿看向吴老六，吴老六独自一个站在一边，脸上的表情有些淡漠，似乎对于明器已经失去了兴趣。至于谢七与宋令铮，两人正低头说着什么，表情十分严肃，可是，他们身子挨着身子，貌似亲热。

徐墨卿的心跳漏了一拍，无尽的失落溢于心房。就在此时，石头说道：“上面没什么陪葬，看看下面有什么好东西。”

这是一具双层夹棺，寻常的双层夹棺会尽量让外观看起来与寻常棺木大小相当，就算大一些，也不会太过头，可是这一个却有些醒目，生怕别人不知道它是双层的。如此明目，倒让徐墨卿觉得其中有鬼，身边的石头蠢蠢欲动，就被他扯住。石头这才一想，明器他们不争了，何必又要抢着去冒险，若是赔上性命就真不值了。

石头退到一边，还是陈阿七师徒上阵。夹棺中间有一个小小的木头片，只须轻轻一拨，哗的一声，下面的棺木空间彻底暴露出来。也就在那一刻，里头喷出一股烟，哧哧作响，令人心惊肉跳。方大力与陈阿七都跳到一边去，烟无味，钻进鼻孔以后身体也没有什么异样。

如此巨大的棺木，上面一层放着尸骸，下面却空空如也，或许，刚才还有那些烟，谢七的眼尖，看到下面的木板上有些细密的小孔："你们看，下面有些小孔应该是用来通风的。"

谢七又去看刚才的隔板。隔板上面同样有细密的小孔，吴老六激动起来。在谢七的启发下，他也有所发现，棺材的侧面也有同样的小孔！

陈阿七脸上露出意味深长的微笑，这一回他不再假手于人，而是亲自弯腰去摸索着下面的棺材板。方大力与吴老六护在他的左右，唯恐他会摔下来。终于，徐墨卿听到一声"呼"，下面的棺材板就缩到了一边，露出下面的通道。

方大力心急，手探进去，突然大叫一声，身子也不停地颤抖起来，就像个筛子在摆，陈阿七问道："感觉怎么样？"

"热，好热，师父，我的身子像被火烧一样。"方大力伸手扯着自己的衣服，"好烫啊，师父，好烫，师父啊，救我，我不想死，我不想死啊！"

众人一看，他的手指已起了水泡，水泡正迅速蔓延扩大。陈阿七的面色大变，迅速招呼众人退开，只听到"扑扑"的声音，那些水泡炸开，一股黏液飞溅到地上，冒起一阵青烟！

飞溅到方大力脸上的则生生地烧出大水泡，灼热让方大力伸手去抓自己的脸："痛啊，好热啊，师父，救我啊，救我！"

陈阿七掏出水壶倒在方大力的脸上，凉水浇到方大力的脸上，那些水泡灼得他更痛！

陈阿七略一沉吟，掏出枪对准大力的头："大力，我们师徒一场，师父送你一程！"

吴老六上前一步："师父，您这是干什么？"

"与其这样下去，不如让他痛快解脱。"陈阿七沉声说道。

枪响了，方大力不可置信地瞪大了眼睛，太阳穴里喷出来的血溅到陈阿七的脚面上。陈阿七收回手，手里的枪垂下，方大力的头歪向一边，了无声息。吴老六强忍悲伤，反观陈阿七。徐墨卿看他脸上现出自得的模样，心里就知道陈阿七的本性如何了。

方大力心急贪功送了性命，却让陈阿七晓得里面浸了毒液，用了独门的法子揭了双层棺，终于看到里面的大量陪葬物品。盗墓的行话里，地鼠指的是金子，地龙指的是银子，地蛇是指铜钱，硬片是指瓷器，混球子是指珍珠，山根就是玉器。下层棺里，这些东西一应俱全。

陈阿七和吴老六用行话交流着陪葬，有了这些，他们回去就好交代了，而对徐墨卿来说，这些东西足以证明魏仕杰身有反骨！

东西到手，抓紧时间撤，这回由石头领头。再说石头攀到了盗洞口，心里埋怨吴老六他们的盗洞打得太平滑，害自己几次手滑，差点摔下去，好不容易到了口上，才发现外面披散下来的是月光。此时已经入夜，繁星点点，正俏皮地盯着自己，石头往四处望望，一个人影也没有，想到徐墨卿的交代，他的心慌乱起来，这两人跑哪里去了？

他猫着身子爬出盗洞，鼻子吸了一下，大感不妙，空气中弥漫着一股火药味儿，就着月光仔细一看，地上还有灼黑的痕迹，这里有人开过枪，可惜他们在地底，又深入地下密室，完全没有听到地面的动静。糟了，方副官和洪三一定出事了！

他们深入地下，地上已发生变故，血是朝东边去的，谢七心念一动，三姐他们是想引开敌人，以免暴露他们，她顿时心急如焚。徐墨卿沉吟道："盗洞就在外面，未加掩饰，东瀛人却没有动心下墓，反而一路追踪三小姐和方副官，很不寻常。”

石头面色惨白，已然想到什么，一句话也不敢说，只是埋头找人。穿过树林，在水渠边上摆着几块石头，一共五块，两块连在一起，另外三块连着摆放在一起，指向不同的方向。谢七突然想到了以前的一件事情，激动道：“我知道他们在哪里了。”

谢七带着两人一路狂奔，朝着三块石头指着的方向奔过去。往前没有多久，就是连绵的群山，谢七放慢了脚步。手指放在唇边，三长两短地吹起来，没有回音，便继续往前；再次吹起口哨，依然没有回应，本来很自信的谢七也不由得犹豫起来。

正当谢七绝望之时，一阵石头撞击墙壁的声音突然传来，谢七的双眼亮了，越过山径一个低矮的山洞出现在眼前，她迫不及待地钻进去，看到里面的人兴奋不已，是洪三！

洪三躺在方副官的腿上，双目紧闭。谢七迅速地来到洪三身边，看到她的左肩上被粗略地包扎了伤口，血依然从里面渗出来，方副官的手正按在洪三的伤口处，一副无可奈何的模样：“她中枪了，是那群东瀛浪人干的，不知道他们怎么会找到这里来……”

“多余的话不用讲了。”宋令铮说道，“现在要马上送她去医院。”

“最近的小镇也需要一个小时。”徐墨卿说道，“事不宜迟，现在就送她过去。”

一行人带着受伤的洪三返回盗洞处，陈阿七等人已将陪葬品悉数带了回来，地面望风的人也被东瀛浪人杀了，这一回合，陈阿七连损几员大将！

石头看着受伤的洪三，鼻子突然一酸，他想到了曼丽，她临死前那个无力的眼神重新浮上心头，手背上好像还残留她滚烫泪水的余温，满是鲜血的花瓣散落一地……

洪三难得看到他正经的样子，发现石头眼角微红，她心里居然也酸酸的。此时，谢七凑过来说：“三姐，你忍着，我们马上去医院。”

出发去医院的路上，方副官才告诉众人，他和洪三望风之时，那伙东瀛浪人突然杀将出来，两人没有任何防备，洪三中枪，方副官倒是运气，两枪都打在脚边上。

石头突然懊恼起来：“没道理，只是火车上整了他们一把，用得着追杀嘛，那群东瀛人真是无法无天了，这还是我们的地盘啊，让我见到他们，我一定要好好整治他们!”

徐墨卿瞪了一眼石头，石头终于吐出一口气：“对不起，这事的确是我惹的祸，当初要不是我提议整整他们，洪三就不会这样了。”

石头的道歉让车里的气氛好了一些。看着后座奄奄一息的洪三，石头心急如焚。车子一来到平坦的大道上，他马上将油门踩到底，恨不得顷刻间就到达目的地!

来到镇子的时候，天已经透亮，石头下车打听大夫的所在，这才知道镇子上面只有一个大夫，而且从未给人开过刀!

石头的脸刷的一下白了，此时也顾不得许多，先把洪三往那位大夫家里送，那位大夫还没有起床，家中大门紧闭，石头上前就砸门，里面传来不耐烦的声音：“谁啊，还没到看诊的时间，晚会儿再来。”

宋令铮飞起一脚，活活将大门踹破，里面的人终于慌了神，慌慌张张地跑出来，看到几张生面孔，心下有些发虚：“几位有什么事?”

看一眼浑身是血的洪三，大夫后退了一步就想关门。宋令铮眼疾手快，掏枪对准他的太阳穴：“要命还是要钱，随你选。”

大夫的身子被推了进去，徐墨卿在最后关上了大门。宋令铮持枪逼着大夫进到内屋，看到床上还躺着一个浓妆艳抹的女人，她惊慌地坐在床头，被子刚好拉到胸前，露出大半个白净的胸脯，宋令铮立刻扭转头：“她是什么人?”

“她，她，她是我的相好。”大夫结结巴巴地说道。

那女人突然大叫起来：“救命啊，救命……”

谢七走上前，一掌劈下去，女人的身子软绵绵地倒下去，春光也大泄。谢七替她盖好被子，回过头沉声说道：“我三姐要是死了，我会让你给她陪葬。”

大夫的身子抖了一下：“这姑娘中的是枪伤，我没有给人开过刀呀。”

“那你有药和手术用具吗？”宋令铮问道。

“有，我有的。”大夫说道，“全镇就我这一家看诊的地方，前面的药店也是我的。”

宋令铮说道：“给我打下手。”

谢七惊讶道：“你？”

“我在国外修的是医科。”宋令铮说道。

洪三躺在了唯一的一间手术室里，十分简陋的环境，一个布帘子隔在那里。谢七只能看到里面人影绰约，她焦急地来回走动。石头突然对着墙壁，脑袋大力地撞到墙上，咚咚作响。方副官见状，没好气地说道：“你撞自己有什么用，世上没有后悔药可以吃。”

不知道过了多久，里面传来宋令铮的声音：“你这小镇上的医生，居然还有麻药？”

那大夫抹去头上的汗，上气不接下气地说道：“多亏没有过期。”

宋令铮拉开帘子，冲谢七笑道：“子弹取出来了。”

谢七从位置上跃出去，床上的洪三神智不清，伤口用绷带好好地包扎着。齐整的包扎让谢七松了一口气：“谢谢你，令铮，真的感谢你。”

宋令铮松了一口气：“我不能让你失望。”

两人的目光对上，宋令铮的眼神炽热得让谢七无法直视，她移开眼神，看着床上的洪三：“三姐什么时候会醒？”

“麻药失效以后。”宋令铮说道，“醒来之后她会有些痛苦。”

那大夫此时突然跪在地上：“几位英雄好汉，这姑娘得救了，你们就放过我吧，我……我就是个单身汉，年纪这么大还没有娶老婆呢，该享的福都没有享到，你们留我一条命吧！我冤啊，我又没得罪谁，这是天降横祸啊，我不甘心哪，不甘心哪！”

“话怎么这么多。”石头不耐烦地说道，“你老实点，自然可以保住自己的命。”

之后，石头与方副官抬起洪三往外面走，几人刚坐上车，就看到车后有一群人拿着铁锹、锄头跑出来了。方副官立刻启动车子，在身后震天的怒吼声中离去。到了与陈阿七等人会合的地方，本以为车子被放气的陈阿七还在几百里开外，没想到他们居然早一步到了。

第8章　崭露锋芒惩恶徒

见到此情此景，徐墨卿心中有数，是魏仕杰的另一批人马与他们会合，用他们的车子载陈阿七等人过来的。看到他们，陈阿七打着哈哈道："真是巧，在这种地方还能遇上几位。"

装巧合？徐墨卿心中有数："多亏遇到陈老先生，洪三小姐受了伤，车子快没油，正愁怎么走出这里呢，方便送我们一程吗？"

两人对话如此直截了当，其余人也心下会意。石头故作懊恼："遇上一群东瀛浪人，真是恼火，要是让我撞到他们，非让他们好看。"

陈阿七身后还有些人，听完他们的说话，表情轻快了些。为首的人走上前："徐老板，咱们又见面了，在下魏司令的参谋，姓成，名泰。"

"原来是成参谋，魏司令近来可还好？"

"司令去南城受赏，尚未回云城。司令说了，这次可受上峰嘉奖，徐老板改宅风水功不可没，回头要亲自去荣丰戏院拜会。这位小姐由我们护送，请！"

这位成参谋办事灵光，将众人送至县城最好的医院才离去，他们此番前来是为了地下的那批明器。临走时，陈阿七意味深长地对徐墨卿说道：

“哪天得空再去贵戏院听戏，贵戏院的角儿都不简单呀。”

“随时欢迎。”徐墨卿说道，“诸位慢走。”

眼看着车辆远了，石头才激动地说道：“大哥，看样子他们要争抢了，三十六箱宝贝呀，不知道他们怎么分。”

“以陈老爷子的精明，早就和魏仕杰商量好了才对。只是，魏仕杰善变，不知道又弄出什么新点子。”徐墨卿说道，“先送洪三小姐进去。”

洪三被安排到住院部，看着挂上药水，谢七的心才放下来。洪三此时也彻底清醒过来，哑着嗓子说道：“七妹，让你担心了。”

“知道就好。”谢七说道，“其他姐妹要是知道了也要心急如焚。”

“不要告诉她们。”洪三说道，“怪我粗心，我在火车上做得并不干净，掉了东西才让那群东瀛浪人知道我的身份，我挨这一枪是应该的。”

谢七疑惑道：“你掉了什么？”

“联络钱。”洪三懊恼不已，“我当时还自鸣得意，根本不知道自己已经留下痕迹。”

宋令铮对联络钱闻所未闻：“这是什么东西？”

谢七掏出一枚暗红色的钱币来：“这就是平常人所说的洪武钱，右有天下二字，左边有太平两字，背后上下有圣旨两个大字，右侧有午人存三个小字，左侧有日月明三个小字。”

“这钱怎么就能和洪门扯上关系？”方副官疑惑道。

“洪武两个字，并不是指明太祖的年号，而是暗示洪门，小会创始在三河，结义会盟兄弟多，正是天本团员日，大家齐唱太平歌。洪门前身为天地会，这一点不少江湖人都知道。那些东瀛浪人捡到联络钱，只要一番打听就可以确定三姐的身份。”谢七说道，“接下来的事情就可想而知了。”

石头不自然地咳了一声：“那也怪我，要不是我出那么个坏点子……”

“仔细想想，东瀛人被下了巴豆粉而后被送下火车，虽然被整，但值得千里迢迢地过来追杀你们？”徐墨卿说道，“这帮东瀛浪人别有目的，只是顺带着发现三小姐和方副官。”

想到遗失联络钱的事，洪三仍然懊恼不已："七妹，这件事情是瞒不住的，回去后我就向大姐主动说明，那些东瀛浪人昨晚没有得手，还会继续追杀，大姐迟早会知道。"

谢七默然，三姐这时候倒是想得透彻。她正要开口，徐墨卿说："与其坐以待毙，不如主动出击，只要那群东瀛浪人出现在十里洋场，必然先抓住他们，三小姐记得他们的样子吗？"

"当然记得，烧成灰我也认得出来。"洪三咬牙切齿地说道，"回去后就让六妹画出来，凭着画像让洪门的兄弟们去找出来。"

洪三此时有些孩子气，但讲的办法却是靠谱的。洪门七姝中陈六擅长绘画，据说加入洪门前曾和画师学习过三年时间，可惜家中发生变故，机缘巧合加入洪门，仅比谢七早加入一年而已，平时安静得很，话也不多。

洪三在医院休息了一夜后，第二天便可以下床行走了，气色也恢复了不少。方副官对洪三的殷勤大家都看在眼里，端茶送水不说，还扶着洪三走动。再看洪三，到底是女儿家，明显感觉到了方副官的情意，不知道是被感染了，还是伤口让她没有力气，讲话也不似从前粗鲁，多了几分温柔的感觉。

谢七看在眼里，心中替洪三感到欣喜。方副官平实可靠，家境也不错，虽然比不得宋令铮身娇肉贵，但也是殷实之家。

洪三可以下床走动后，便迫不及待地想要返回十里洋场，几人略微收拾一下便赶往火车站。眼看就要到登上火车的时间，人群突然骚动起来。宋令铮一挥手，方副官迎过去，与来人一番耳语，立刻奔回来道："少爷，那群东瀛浪人上了这一趟车。他们的目的地就是十里洋场，已经有人上车尾随他们。"

"那好，我们改一趟，晚些回去。"徐墨卿笑道，"有宋先生安排，定能死咬住这帮人，等我们回去将他们一网打尽。"

徐墨卿等人略晚些回到十里洋场。洪三受伤，谢一虽然心疼，但因为遗失联络钱要受罚，罚她禁足，暂时不得外出，实则让她安心养伤罢了。

洪三与陈六配合，将那些东瀛浪人的样子画出来，交予宋令铮寻人。宋令铮这回走了一趟，已将魏仕杰的种种不对劲上报，城里修建秘密通道，又借盗墓筹资金，还与东瀛人勾结，一桩桩，一件件，都足够要他的命！

听说徐墨卿回来了，宋老爷请了他一回，商谈最近的情势，三人正交谈甚欢，外面传来“砰”的一声！宋令铮立刻推门出去，看到白瑶端着托盘站在那里，地上是打破的茶杯，茶水洒了一地，她手脚缩在一起，可怜兮兮地看向宋令铮：“对不起，大少爷，这是准备给老爷的参茶，都怪我手脚不利索。”

徐墨卿走出来，意味深长地看着眼前的女子。宋老爷大踏步向前：“这种活儿让下人来做就可以了，你不用亲自来。”

“亲自端给老爷不是更好吗？”白瑶看着宋令铮，见他的面色依然紧绷，赶紧说道，“下次也会给少爷和客人准备。”

“不需要，不用费心了。”宋令铮正愁没机会离开，拉着徐墨卿走了。

徐墨卿走了没几步，瞟一眼远处的电线杆，问道：“令尊喜欢养鸽子？”

“不喜欢，怎么了？”

徐墨卿不语，宋家门口上方的电线杆上停着一只鸽子。鸽子喜欢群体活动，但周遭没有它的同类，它孤零零地立在电线杆上，脚边上有一个小小的金属环，明显是有主的。

宋家突然出现一只信鸽，可见宋家内部并不太平，徐墨卿心中已有内奸的人选。宋令铮对鸽子毫不在意，徐墨卿也按下不表。此时，宋令铮房间的电话响起，两人不约而同地加快步伐进入房间。

果然，那群东瀛浪人回到十里洋场后先是四处游荡，晚上就在百乐门寻欢作乐，今天才回到住处，他们的住处是法租界的一栋小洋楼。

宋令铮一声令下：“通知下去，检查家伙，今天晚上行动。”

“少爷，洪门的人也会一起行动。”方副官说道，“今天晚上终于可以泄泄火了！”

夜一深，两拨人马悄然进入了法租界，事先早有约定，大家在离那栋小洋楼一街之隔的地方碰头。洪门果然是由谢七带头，宋令铮则带着自己的人马。徐墨卿并没有来。谢七说道：“我们的人早就守在周围，他们没有外出，集体都在。”

来到小洋楼的后墙便听到二楼传出一阵音乐声，这是东瀛特有的三味线演奏的乐曲。谢七被一个兄弟一托，身子便轻巧地越到围墙上，刚刚稳住身子就看到一只狼狗！

谢七几乎没有考虑，就直接跃到地上，身子落地的同时打了一个滚，恰好到了狼狗后面，顺势就勒住了这只狼狗的脖子，正要开口的狼狗只能发出一声低嚎。谢七单手控制住狗的脖子，另一只手掏出一只匕首，飞速地划过狗脖子上的喉管。

血飞溅到地上，谢七将狗的身子慢慢放下去，完全落到地面时，那只狗已经彻底咽了气。楼上的三味线乐曲依然响着，和着一群人的哼唱声，热闹非凡，他们还没有发现楼下的动静。其他人已经跃了进来，看到躺在地上的狼狗，一名小兄弟冲谢七竖起了大拇指。宋令铮与方副官对视一眼，显然被谢七凌厉的身手所震惊。

留下四人在前门后门守着，剩下的人便悄然进去。这些东瀛浪人并没有锁上门，门虚掩着，方副官与另一名手下在前面打头，放轻脚步往二楼走。二楼的房间大开，里面酒气熏天，空酒瓶子散落一地，好几个东瀛浪人已经喝趴下了，睡在地上胡言乱语。还有三个稍微清醒点，正听着三味线的音乐手舞足蹈，一共是七名。方副官轻声说道：“没错，是七个，这下子全齐了。”

宋令铮一声令下，所有人冲了进去，方副官飞起一脚，踹在离自己最近的浪人心窝子上。那人飞出去的同时试图拿枪。方副官便欺身上前，拿枪顶住了那人的肚子：“不要动。”

其余两个清醒的也被按在了地上，再看地上的四个醉鬼还不知道发生了什么事情。宋令铮走到他们跟前，用脚踹了踹，四人像死猪一样，翻个身继续睡。

被方副官按着的那个浪人突然说道：“你，我认识。”

“认识就好。”方副官恶狠狠地说道，“我们可有笔账没有算清楚，这次可以好好算。”

“我们是东瀛人，你们凭什么抓我们?”这名浪人的语气十分冲，“你们会惹上麻烦的，用你们的话讲，大家走着瞧。”

谢七走到这名东瀛浪人面前，姣好的脸庞让那名浪人怪笑道：“居然还有女人，哈哈。”

“我们还有一句老话，以其人之道还治其人之身。”谢七说道，“接下来，你们会深刻领会到这句话的精髓。”

“绑起来带走。”宋令铮说道，“刚才谢七小姐不是说有处好地方吗?大家一起去看一下。”

早已经备好了车，七名东瀛浪人嘴里塞着布条，手脚被捆，眼睛也被蒙上，这是谢七的主意，以防这些东瀛浪人在中途对外呼救。十里洋场是东瀛浪人集中地，法租界更是严重，七人被推上卡车，外面盖上军绿色的塑料布。方副官与宋令铮亲自押送，一路上畅通无阻。在谢七的指引下来到郊外的某处，这里有一大片看似古朴的建筑。

建筑远看如船，多有船头、前舱、后舱、甲板，甚至船篷之分，船头均朝向东南，有青山在侧，又依水而建，恍如巨船乘风破浪。

这些很有特色的建筑让宋令铮瞠目：“这些是?”

“船屋，和它的字面意思一样，像船的屋子，这些是洪门早期留下来的建筑。这地方隐蔽，平时有些兄弟在这里守着，你们跟我来。”谢七带着宋令铮和方副官往那里走。近了，不知道从哪里传来一声：“什么人?”

谢七拱手道：“脚踏洪船是我舟，五湖四海到此游，有仁有义船上坐，无仁无义水上流。”

“原来是自己人，敢问是个哪堂口的?”里面的声音又问道。

“在下洪门七姝中谢七。”谢七说道。

“就等着你来了。”那个声音爽朗地笑道，就听到“吱”的一声，不知道从哪里冒出来一个人欢快地奔向他们。近了一看原来是石头。方副官惊讶地说：“你怎么来了?”

“大姐派人通知我们，我和大哥都来了。”石头啧啧道，“你们的动作利索啊，大老远地把人运到这里来了。”

“七个浪人，四个喝得烂醉，还有三个，我们出手快狠准，可惜啊，不能当场杀了他们。”方副官恨恨地说道，“不过还是落我们手里了。”

“弄进去开始审。”石头说道，“提到审人，我可有一手，不需要动刑具。”

宋令铮的人将七名东瀛浪人押进去，这里的建筑砖石为底、竹木编墙混以泥巴、外刷石灰，屋内装饰比较一致，走进去后就像个迷宫一样，对里面不熟的话，极容易迷路。幸好有洪门自家的兄弟引着，七弯八拐进去后，就看到徐墨卿等在那里，他对这里的结构十分感兴趣，正兴致勃勃地研究。

“徐老板好兴致，我们出生入死，你倒好，在这里研究起建筑格局了?”宋令铮冷笑道，“看看吧，我们大获全胜，今天可算见识了谢七的能耐。”

“我不是空白来的，给诸位带了一些大礼，石头，开始吧。”

石头上前扯掉七个人嘴里的布条，醉醺醺的四个人这时候才清醒了一些，看清周围的环境后，嘴里骂骂嚷嚷起来。石头冷笑，这些人死到临头还不收敛!

这些人不见棺材不掉泪，石头走到嘴巴最硬的浪人跟前：“我看你最不服气，就从你开始好了。”

石头用手指沾了一点抹在那名浪人的脸上，这是用多种中药调制的药粉，主要特性是刺痒，发作起来痛不欲生。那名浪人仍在死扛：“你们以为这一点点东西就能让我们东瀛人屈……”

最后一个字还没有出口，就从他的喉咙里发出一声闷响，他猛地大吼一声，嘴里说了句让众人听不懂的话，但从他的样子来看，就不是什么好话。这一会儿的工夫，沾了药粉的地方就有个红疙瘩冒出来，虽然只是针头般大小，但其功力已经发挥出来。慢慢地，那个疙瘩越来越大，那人被绑住，脸上痒得不能自已却想抓抓不得，只有弓着身子拼命地控制自己，双手不断地扭动，试图弄断绳子："你们这群支那人!"

宋令铮一扬手，一枪打在他的小腿上，顿时血流如注，那浪人惨叫连连，饱受双重折磨，实在受不了了，将自己的脑袋往边上的人身上挤，试图通过磨蹭缓解自己的痛苦。身边的浪人挪动身子避开，嘴里用东瀛话不停地嘟囔着，听上去十分不情愿的样子。这副窝里反的样子让石头与方副官格外痛快，石头扬着手上的痒粉，看向其他六个人："你们想试试吗?"

那六个人脸上现出惧怕的神色，但没有妥协的意思。徐墨卿站起来，接过石头手里的痒粉，然后用力地一扬，这七名浪人都被撒了一脸!

徐墨卿淡淡地转身，双手背在身后："我不想和你们浪费时间，药粉的成分我最清楚，这里也只有一包解药。"

他掏出一个小纸包，举起来："这一包仅仅是一个人的量，谁想要，就看你们的表现了。"

宋令铮与谢七对视一眼，徐墨卿这一招真狠，现在不是折磨的问题，而是七取一！这七名浪人先后开始发作，最严重的那个已经满头大汗，脸红得跟猴子屁股似的，汗水流下去，惨叫声顿时响成一片。徐墨卿转过身来，手里托着那包解药，气定神闲。

七个人的眼神不约而同地瞟到徐墨卿手里，其中一名东瀛人说道："不可以说，绝对不可以说，我们东瀛人是有骨气的，怎么可以上他们的当!"

"你真有骨气，为什么不用你的母语和你的兄弟们讲，而是要用汉语讲?"徐墨卿蹲在这人面前，"其实，你是第一个屈服的人。"

那名浪人盯着徐墨卿的脸，嘴里呼哧地喘着粗气道："你是在离间我们。”

徐墨卿“哦”了一声：“看来你是不需要，我可以将你排除在外。”

他站起来，正准备走开，那人轻声地说道：“我讲。”

徐墨卿不理会他，他便喘着粗气大声说道：“我说，我说！把解药给我，我快受不了了，你，你们会说话算数的吧？”

边上的浪人突然一头撞过去，正撞在他的脑袋上，那人嘴里痛骂起来，这人的眼泪掉了出来：“我不想死，我不想死，我告诉你我们为什么要追杀他们。”

徐墨卿转过身来：“终于愿意开口了。”

谢七说道：“你必须讲实话，我们的人会去查实，如果有一句假，你一样会死。”

“大田，你这个叛徒！”

中枪的浪人整个身子都撞过来，撞得这个叫大田的扑到地上。地上的灰弄了他一脸，他的样子更加狼狈。他哭丧着脸回过头大叫道：“我不想死，我不想死！”

这些人都吼叫起来，像发怒的野兽乱嚎，宋令铮担心这个叫大田的后悔，一把将他揪起来，离那些人远远的，又叫道：“来人，把这些人带下去，注意，不要碰到他们身上的粉末。”

那六个人在鬼哭狼嚎中被拖了出去，现在只剩下一脸苦巴巴的大田。宋令铮揪着他到一把椅子上，他瘫软在椅子上，声音已经沙哑：“先帮帮我，先帮帮我！”

徐墨卿稍微抖落一点儿药粉到他脸上，清凉的感觉让大田舒服了不少。谢七有些惊讶，她本以为这是徐墨卿的花招而已，所谓解药是假的，没想到他已经做好了周全的准备。

这一点让大田彻底屈服，他吐出一口长长的气，然后说道：“我们，我们本来坐火车去接应一批军火然后送到云城，可是在接应的时候被他们下了药，我们被送去医院，耽误了接应的时机，那批军火被人劫走了。”

这人突然停下，用力吸一口气缓解自己的痛苦，“我们……我们会被问罪，甚至被要求切腹。”

“军火最终送到云城哪里？”宋令铮急了，“快说！”

“那批军火在云城郊外接应，由我们护送到买主手上，会，会通过云城的地下通道送到魏仕杰的秘密军火库里。”

之前的事情都被证实了，魏仕杰私建了军火库，石头所说的地下通道也是真实存在的，与东瀛人的会面是为了买军火也是真的。这一下子，他的罪名就被坐实了！

错过交接，军火被劫走，这事闻所未闻，魏仕杰不可能劫自己的，宋令铮这边也没有任何情报显示有人出动，难道是他们？

“那你们要如何通过地下通道把军火送到他的秘密军火库里？”徐墨卿怒道，“你们会被问罪，向你们问罪的是什么人？用浪人身份掩饰本来身份是个不错的选择。”

大田苦着一张脸，他的确有所保留，他现在是骑虎难下，外面的兄弟知道他背叛，要是在这里也混不过去，自己怎么着也是一个死。第二波痛苦马上袭来，大田终于无法忍受：“我说，我说，我们是东瀛的特别行动小组！以井上为首领，一方面内部策反，寻求有野心的地方握有军权的人物进行鼓动；另一方面寻找传说中的华夏至宝。上级组建了一支特别行动小组潜入，我们只是其中的一支分队，假扮成浪人的身份四处活动。”大田说道，“我们平时见不到井上，只有重要的事情他才会现身。”

“井上，井上……”宋令铮突然打了一个激灵，“是他？”

在祖坟处遇上的那群东瀛人，其中就有一个叫井上的，那时候就觉得他很不一般，可恶，居然擦肩而过，宋令铮握紧了拳头：“可恶，差了一步！”

当时摸不清楚那些人的来头，只是小作警告，没承想，放走了一条大鱼！宋令铮悔之晚矣，见答案已经套出来，立刻下令将这些人马上送去南城，一刻也不停留！处理好了这七个人，宋令铮重新回来，盯着徐墨卿的眼睛："你还有什么没告诉我们的？"

"眼下只有一件事情没有告诉你们。"徐墨卿坦白说道，"但这件事并不重要，当务之急，尽快解决魏仕杰，拿到他手里的残卷要紧。"

徐墨卿的话令宋令铮不舒服。送谢七回去以后，坐在车上仍然觉得心烦意乱，一拳打在前面的座位上。听到这个动静，正在开车的方副官安慰道："少爷，你又生徐老板的气？你以前可不是这么容易动气的人。"

"我也不知道我这是怎么了。"宋令铮说道，"被父亲及几位叔伯逼着去找什么残卷就算了，现在事情越来越复杂，各方势力牵入，那个姓徐的肯定知道更多的内情，偏偏每次只肯透露一点点，只是让人恼火。"

"少爷如果恼火，就多想想谢七小姐。"方副官说道，"这样的话气就消了。"

"就像你想洪三一样？"宋令铮犀利地回过去。

方副官正色道："洪三看上去大大咧咧的，可是她心地善良，加入洪门的女孩子的身世都很可怜。我和洪三聊过，她在乡下出生，父母是被乡绅打死的，独自一个人跑到十里洋场来，给人洗过碗，烫过衣服，甚至当过乞丐，后来跟了一个江湖卖艺的大叔，学了一些傍身的本事，被现在堂口的堂主看到，才引她入了洪门，跟着谢一。"

"她至少知道自己的过去，可惜谢七连自己过去是什么人都不知道。"宋令铮看向窗外，"在舞会见到她的时候，我丝毫不觉得她是帮派的人，她的气质和谈吐不俗，假如以前是个大户人家的女儿，却因为意外误入洪门，这真是命运捉弄了。"

"要是谢七小姐真是大户人家的女儿，老爷肯定不会反对你们。"方副官兴奋道，"少爷，要不然找人去查一下？"

宋令铮走进家门的时候，看到白瑶站在一棵树下，拿着一根杆子拨拉着什么，方副官知道宋令铮不喜欢白瑶，立刻说道："少爷，我们绕过去吧，省得撞上了尴尬。"

宋令铮的心情不错，他破天荒地走过去："你在干什么？"

白瑶吓了一跳，宋令铮从来没有用这么温柔的语气和她讲过话。月光披洒在他身上，他的身姿挺拔，加上眉眼俊俏，白瑶看他一眼，突然觉得心里某个地方变得柔软起来。想到自己的身份，她立刻恭敬地说道：“大少爷这么晚才回来，没什么事，刚才踢毽子踢得太高，掉在了树上。”

宋令铮便攀爬到树上，扯着枝桠拽了几下，毽子就落到地上，白瑶兴奋地捡起来：“多谢大少爷。”

宋令铮从树上跳下来，落地时很稳，他拍了几下手，一声不吭地与方副官往里面走。白瑶握着手里的毽子，看着宋令铮的背影发呆。

宋老爷坐在宋令铮的房间里，他进去的时候吓了一大跳：“这么晚了，你怎么还在？”

是了，天都要亮了，父亲的六姨太还在院子里踢毽子，父亲仍坐在自己的房间里。宋老爷说道：“那七名东瀛浪人不用送到南城去了。”

父亲的消息真灵通，自己还没回来，他已经知道一切。宋令铮淡淡地说道：“准备怎么处理？”

“已经就地解决了。”宋老爷说道，“你姨父说尸体处理得干干净净，让你不用担心。还有，法租界那边的消息也会封锁，除了你们当事人，没有人知道这七名东瀛浪人是怎么失踪的。对了，从他们那里打听到了什么？”

就地解决，七个人的性命在此时已经了结了吧，这么大的天地间藏七具尸体再容易不过了，这是真正的销声匿迹。七条人命，不知道为什么，宋令铮的心里觉得有些怪异。在墓里死去的魏仕杰的手下、眼下这七名东瀛浪人，这些活生生的人就这么消失了。

“想什么呢，我问你，那七名浪人说什么了，说审他们的时候只有你们几个在场。”宋老爷不耐烦地问道。

宋令铮这才回过神，把审讯的内容全盘托出。当知道魏仕杰是被东瀛人说服要弄军火造反，还牵扯到残卷的事情，宋老爷的眉头皱了起来：“魏仕杰肯定留不得了，你的叔伯都在军里，对他早就看不顺眼，姨父更是地位卓然，现在证据确凿，他跑不掉。还有，徐老板是号人物，拉拢他。”

宋令铮有些困，折腾了一夜的他忍不住打了一个哈欠。宋老爷连忙站起来：“你好好休息，我让厨房给你弄点清粥小菜。”

宋老爷推开门，六姨太白瑶仍在院子里踢着毽子，他的笑容堆满脸上：“我都说你不用陪着我起来，这么早，你再去睡一会儿。”

白瑶停下，手里拿着毽子，嘴里说着“没关系”，眼睛越过宋老爷的头顶，落到屋里，落到宋令铮的脸上，原本有敌意的他终于软化了！

石头跟着徐墨卿回到家的时候，天已经蒙蒙亮，昨夜大获全胜，石头极兴奋，一直哼着小曲儿，徐墨卿问他：“你高兴个什么劲?”

“大哥最相信的人是我，我当然高兴。”石头说道，“就让宋令铮那小子去猜吧，他们家不是家大业大，上头还有姨父撑腰吗，有本事就把魏仕杰搞定，把魏仕杰手里的残卷弄到手。”

“石头，有件事情我还有疑虑，洪门内部的人才知道联络钱的用处和来历。洪门的门规严厉，门中人不会轻易对外透露其用处。洪门中人是厌恶东瀛人的，他们接触不到，所以他们会利用十里洋场的情报人员，许丰年靠卖情报为生，在这些人里最有名声。”

“大哥，你是说洪三他们的身份是许丰年倒卖给东瀛人？许丰年我打过交道，虚情虚势，明一道，暗一道，没几句真话。”

“我能想到，谢七小姐也会想到，看来她注定难眠。”

“大哥，你在担心谢七小姐?”

徐墨卿的心中被戳中，面上悻然，石头不禁笑了，从来没见过大哥对哪个姑娘这么上心过，明明不关自己的事，还是心心念念的。石头还想多说几句，徐墨卿转身上楼，进房关门。

徐墨卿说得没错，谢七睡不着，虽然熬了一夜，现在困乏不已，却在床上翻来覆去。她想去找许丰年，但谢七不是洪三，她一番思量之后，决定将这个疑点压下去，为了易四。

第二天天一亮，谢七就去看洪三。洪三的伤已经好得差不多，见谢七回来，迫不及待地问进展。听说那群东瀛人全被抓了，洪三痛快不已，拍着自己的大腿说道："太好了，七妹，这口恶气终于出了，七妹，接下来是不是不需要我们做什么了？"

"接下来应该是令铮那边的事情，我们和徐老板插不上什么手。"谢七说道，"三姐，这些天闷坏了吧，我陪你出去走走？"

洪三求之不得，马上收拾妥当出门。谢七陪着她在外面晃悠，尽往一些小巷子里走，与其说洪三是出来玩的，不如说她是出来找吃的，伤口没有彻底恢复，就不忌口了。两人胡乱地在巷子里穿来穿去，不知不觉来到了一处僻静的巷子。一个身穿青色短衣的男人正从一户人家里走出来，洪三大叫了一声："何大夫！"

这位何大夫是洪门的大夫，当年谢七被谢一捡回来，替谢七治伤的就是他。他主修中医，对于外伤尤其在行，洪门的兄弟们奉他为菩萨一般的存在。看着何大夫手里拎着的工具盒，洪三好奇地说道："何大夫还出外诊，还以为只给兄弟们看病呢。"

谢七发现这个工具盒不简单，一向以中医为主的何大夫居然拎着做手术的工具，谢七说道："何大夫给人动手术？"

何大夫的脸有些尴尬："混口饭吃而已。"

洪三爽朗地笑道："出私活？放心吧，何大夫，我们一定不会透露出去的，是吧，七妹？"

第9章　地下迷城隐疑雾

谢七若有所思地看着何大夫，何大夫在自己的印象中向来是一丝不苟的人物，他话不多，兢兢业业地替兄弟们看病，拿着自己那份应得的报酬，居然也会出来看诊赚钱。大姐和何大夫早就惺惺相惜，只是从未挑破那层窗户姐，众姐妹早就视他为自己人。

何大夫被撞破，尴尬地笑道："洪三，你尽拿我打趣，赚点小钱也不容易，放过我吧。"

洪三终于放过何大夫，但大家都要回去，索性并肩往巷口走。刚才的那户人家里，两人正贴耳听着外面的动静，略年轻些的人说道："何大夫好像被洪门的人看到了。"

"不是好像，是确实看到了。"这名长者说道，"唉，伤势容不得他晚上过来，这才白天跑了一趟，他在洪门很受人尊重，应该不会怀疑他什么，好了，进去吧。"

外面的三人走在街上，居然一时无话，洪三干笑道："我们用得着这样嘛，何大夫，你放心，我们不会讲出去的。"

何大夫只是笑："你们要讲出去我也没有办法。"

谢七意外地说道：“我只是不知道何大夫也会拿手术刀，何大夫学过西医吗？”

“其实我曾经留过洋。”何大夫说道，“在东瀛待了一年多，西医是在那时候学的，思来想去，还是我们老祖宗的东西好。”

洪三一抬头，突然看到了徐墨卿：“咦，那不是徐老板嘛，七妹，我们去打个招呼。”

何大夫问道：“是荣丰戏院的老板？这么年轻？”

徐墨卿已经看到他们，石头抢先一步过来，上下打量一番洪三，乐了：“可以出来走动，看来没事了。都听说了吧，大仇得报，一个没少。”

“你是不是巴不得我死了才好？”洪三恨恨地说道，“瞧你这副幸灾乐祸的样子，还不都是你惹的祸，害我不浅，还被大姐处罚。”

石头悻然，看样子洪三还记着仇呢。此时，何大夫看着徐墨卿，眼神中有些异样的神色，察觉到这一点的徐墨卿便拱手说道：“我们以前有见过？”

何大夫明显吓了一跳，他马上摇头：“不算见过。”

徐墨卿留意到何大夫说的是“不算见过”，而不是“没有见过”，看到他手上的工具箱，徐墨卿灵机一动：“您是医生？”

“还是叫我大夫吧，我是老中医，在外留学的时候又学了些西医，会些小手术而已。今天让大家看笑话了。徐老板，我姓何，大家叫我何大夫，徐老板的戏我也是听过的。”

徐墨卿拱手，淡然离去，何大夫干笑道：“这位徐老板很有些仙风道骨的意思，不怪小七经常提起他。”

一番话说得谢七红了脸，只是在大姐面前念叨过几句而已。洪三又记挂起桂花糕，拉着谢七又折返回去买。何大夫送别两人，迅速返回。他和洪门七妹住在同一个院子里，刚进门就撞上谢一，他心中顿时欣喜，笑容已经止不住。谢一见状心中也是一热：“回来了。”

虽然住在同一个院子，但平时要见到并不容易，只因为这宅院很大，洪门七姝更是独自住在边角位置。两人互相看着，谢一叹了一口气，何大夫关切道：“怎么了？”

“你没有什么话对我说，却还要站在这里，每一次都是这样。”谢一说道，“老何，我有时候真不知道你在想什么。”

何大夫心中一酸，他有很多的话想对谢一讲，这些话已经积累了两年，却只能融入自己的眼神当中，不敢往前一步。这时何大夫不知道哪里来的勇气，上前握住了谢一的手：“谢一，我喜欢你，是真的喜欢你，已经两年了。”

两年前，谢一受伤，何大夫第一次与谢一贴身相处。谢一的坚强给他留下了深刻印象。身为洪门七姝的大姐，受伤的时候，眉头也不皱一下。她就是这样的女人，让兄弟们忘记她女人的身份，把她当成了一个爷们，堂口议事，她也是唯一坐在大厅里的女人。

可是何大夫觉得她让人心疼，坚强得让人心疼。两年的时间里，只要她有需要，他必然是全力以赴，却始终说不出“喜欢”两个字。谢一是明白的，他看自己的眼神她完全明白。

今天，他说了，因为今天他有一件事情要去做，这件事情结束后，他或许就要永远地离开洪门，离开谢一！

何大夫的表白让谢一惶恐又惊喜，她像个爷们似的拍了何大夫的肩膀一下：“你终于肯说了，这是太阳打西边出来了吗？”

何大夫突然抓住了谢一的手，将她拉到了自己的房间里，随即关上门，他欺身上前，两人几乎脸靠脸，如此近的距离让谢一这样的假爷们也红了脸：“你，你干什么？”

“谢一，我不能骗你。”何大夫说道，“我是地下党。”

“地下党”三个字让谢一恍了神：“你刚才说什么？”

“谢一，我是地下党，我加入洪门是为了更好地在十里洋场活动。”何大夫说道，“今天晚上我要去执行一次任务，完成这次任务以后就要撤出十里洋场，我们可能再也见不到了。”

谢一的鼻子堵住了，眼泪没有流出来，她是大姐啊，让姐妹们信任的大姐。她狠狠地抽了一下鼻子：“除了你，只有我知道，是不是？”

“在洪门，是。”何大夫说道，“我回来的路上一直在想还能不能见到你，如果不能，这会成为我永远的遗憾。谢一，以后要是有机会，找个好男人嫁了吧。”

这番话像离别感言，谢一喉咙似乎被堵住了，一句话也说不出来，何大夫说道：“谢一，老天爷给了我医术，我原本只打算做一个悬壶济世的医者，可惜这个年代，想要安稳地过日子太难了……”

谢一的头撞在何大夫的胸口：“你为什么不早点告诉我？”

何大夫为难道：“明天如果我没有出现，你就当我已经死了吧。”

“怎么可以这样干。”谢一说道，“就算我想忘记你，兄弟们也会问，何大夫到底去了哪里？何大夫怎么可以不辞而别？天天听到何大夫何大夫……”

何大夫抱紧了她，这或是两人最后的拥抱！

“大姐，你在哪里？”易四与陈六的声音响起，两人的身子立马弹开。谢一却不敢走出去，只等两人的声音消失，听不到她们的脚步声，这才说道：“我先出去了，今天的一切我都会记得，明天，我等你。”

看着谢一走出自己的房间，何大夫一下子跌到椅子上，怅然若失。不知道过了多久，他起身到书架上取下一本厚厚的医书。打开来，里面却是空心的，藏着一把手枪。他取出来，检查里面的子弹，子弹满膛，他便倒吸了一口气。

到了傍晚，他从院子的后门走出去。

一辆黄包车在大街上停着，见何大夫出来，将毛巾搭在肩上，大声地问道：“要坐车吗？”

何大夫二话不说坐上去，黄包车夫立刻跑动起来，越过人多的街道后，这才放慢了步子，车夫说道：“今天晚上他们会把人转移走，这是我们最后营救他的机会了。”

他们口中的他是他们的同志，被捕之后一直饱受折磨，如今，他们要押送他去南城，可是他们得到的消息仅仅只有时间，就是今天晚上。从这里有两个地方去南城，一个是位于东北的火车站，还有一条路，是汽车的必经之路。到底选哪条路？

他们人不多，会合以后也不过六个人而已，想要救人就必须集中。此时，何大夫的心里敲起了鼓，这一去，到底是生，是死？

夜深了，何大夫的身子靠在那条水渠里，虽然身子疲累，可是他的神经依然紧绷。远处的车灯闪烁，身边的车夫兴奋地说道："何大夫，你看，这两辆车子挨得很近，车灯时不时地闪着，好像在互相通信号，看来就是它了。"

车辆近了，何大夫枪响，首先击中后面一辆车子的轮胎，车子瞬间失去了控制，斜冲出去。前面的车子听到枪声，立刻踩下油门，见此情景，何大夫更加认定这车有鬼。身边的兄弟已经击中前面车辆的轮胎，六人分作两股，分别冲向两辆车……何大夫脑子里闪过谢一的声音："明天，我等你。"

他浑身一震，迎着对方的子弹冲过去。火光之中，身影被狠狠吞噬，谢一的音容相貌终于消失。

谢一在家中坐立不安，已经半夜了，她仍坐在院子里，不时抬头看天上的月亮，总觉得今天月亮的颜色不对，好像蒙上了一层淡淡的血色。

"大姐，怎么还不睡？"谢七悄然走出来，拿一件外套披在谢一的背上，"半夜了，凉。"

"你不也是一样嘛。"谢一苦笑道，"又做噩梦了？"

"无非就是坠下悬崖的一刻，也没有更多的内容。"谢七说道，"睡不着，索性起来走一走，就听到你在叹气。"

"乱讲，我怎么会叹气。"谢一仍然嘴硬，"七妹，你说现在的世道到底是怎么了，以前八国联军的时候不是过去了吗，现在内部分裂不说，还有外敌，东瀛人居然也打我们的主意，我们走一条什么路才好？"

“大姐，我们现在不就是在洪门这条船上吗？洪门青帮联手，东瀛人也要退让三步，更是当局拉拢的对象。”谢七说道，“人生短短几十年，眼睛一闭一睁，就过去了。”

这番老生常谈让谢一心惊：“七妹，你的心态简直像个老太太。”

谢七的话锋突然一转：“大姐，你从刚才起就一直看着大门方向，是在等人吗？”

谢一心惊：“你这丫头真是眼尖。”

谢七说道：“大姐是在等何大夫吧？何大夫从来没这么晚回来过，难道是去看夜诊？”

谢七仍不知道内情，但她知道大姐与何大夫之间的情意，她坏笑着进房。谢一的鼻子一酸，眼泪险些掉出来。谢七的外套还在她身上，身子暖和了不少，不知不觉就睡过去。

“谢一，谢一……”

谢一在梦里打了一个寒战，突然惊醒，看到眼前的何大夫，整个人都呆住了。何大夫轻轻地拍着她的肩膀：“我回来了，天还没有亮，很顺利，而且，我不用走了。”

何大夫拉着谢一去自己的房间，他身上有伤，已经经过处理，谢一扑到他的怀中：“我以为你回不来了。”

“这次是命悬一线。”何大夫说道，“下次不知道有没有这样的运气，可我还要走。”

“去哪儿？”

“去找徐墨卿。”何大夫的伤口痛起来，他微微皱了一下眉头，“谢一，我会继续在洪门待下去，我的事情……”

“你放心，我绝对不会暴露，至少在我活着的时候绝不会暴露。”谢一斩钉截铁地说道，“你告诉我真相就等于把你的命交到我手上，我都明白。只是，你想把徐老板拉进你的阵营里，并不容易。荣丰戏院是十里洋场规模最大的戏院，他并不缺钱，唯一让他牵挂的只有爷爷的遗愿——找到残卷，所谓国家民族命运，并不在他的考虑范围内。”

“不管成与不成，我都要和他见一面，晓以利害。谢一，他救过我们的人，仅是这一点，他已经于我们有恩。”何大夫坚定道，“路见不平者必定有一颗仁慈大义之心。”

这一夜于谢一来说可谓七上八下，绝境之中盼得心爱之人归回，两人彻底戳开窗户纸，也不失为一件好事。天色将明，谢一催促何大夫去休息。

等天明时，一切如常，徐墨卿也不例外。他一大早就和石头用过早餐到戏院工作。刚刚坐下，便接到宋令铮的电话，上级下令他带人去云城开展水利工程改造，这只是挂羊头卖狗肉的计划罢了。可借机摸清楚云城所有地下通道的布局和军火库的所在，最重要的当然是残卷的所在。这计划由上峰批准，明正言顺，魏仕杰不得不从。

有宋令铮去云城打前阵，徐墨卿乐得坐享其成，静等消息。挂掉电话，徐墨卿就听到了敲门声，经理的声音响了起来：“老板，有位何先生来见你。”

“何先生？”徐墨卿说道，“哪位何先生？”

“是我，徐老板。”何大夫大声说道，“我是洪门的何大夫。”

石头备感惊讶，徐墨卿却是一副他果然来了的表情。何大夫进来后，首先对徐墨卿鞠了一躬：“我来，首先要感谢徐老板的搭救之恩。”

石头不禁乐了，他们和何大夫认识不过几天，哪来的救命之恩？可他转头看到徐墨卿的表情，不禁讶然，大哥完全一副理所当然的表情，莫不是自己错过什么？

“果然，何大夫私底下替人行医，救的不只是洪门中人。”徐墨卿慢条斯理道。

“大哥，我怎么越来越听不懂了？”

“石头，我们不久前救过一位受伤的小伙子，并将他送到指定的地方，当时何大夫就在屋里，虽然只闻其声，但何大夫早知道我们是何许人也。”

“那人是我的同志。”何大夫提到这两个字，看到徐墨卿一脸了然，便知道徐墨卿已经知道自己是什么人了，“我告诉你这些，是表示诚意，希望我们以后有机会合作。”

“将来事将来再讲，何大夫，我们各自保重。”

徐墨卿没有一口拒绝，让何大夫十分兴奋。一番交谈之后，徐墨卿送何大夫下楼。一直送到门口，见何大夫坐上黄包车走了，正要转身上楼，头顶传来石头的声音：“大哥，小心！”

徐墨卿低头瞅见了地上的影子，身后好几个人扑了过来，架住了他的双手。徐墨卿无法挣脱，低喝一声：“你们是什么人？”

此时仍早，街上的行人不多，石头直接从二楼跃下，几乎没有任何停顿就追了上去。徐墨卿已被塞进车里，车子已经驶远，石头疯狂地奔跑起来：“大哥，大哥！”

徐墨卿的双眼被蒙上了，嘴里被塞进了布条，他能感觉到左右都坐了人，他们的手紧紧地夹着他的胳膊，不让他有动弹的余地。

徐墨卿的脑子迅速运转起来，为钱？自己是城中最大戏院的老板，这些人绑了自己当肉参，只图财；或是为仇？自己最近得罪的人不多，数得出来的就是那个打新晋小花旦主意的光头混混，可是这帮人下手利落，那个小混混不可能有这样的水准；第三种情况，只能为了残卷，想打残卷主意的人不少，这是哪一拨？

徐墨卿不急不躁，直到被关进一间房，嘴里的布条被取出，他才重重地喘了一口气。

屋外传来一个声音：“徐老板，我们无事不登三宝殿，我们在你的家里找到了一份残卷。”

这个声音没有本地口音，徐墨卿心里一动，这些人已经闯过自己的家，残卷在手又如何，那只是做旧的仿货，里面没有玄机。他便觉得轻松起来，他一屁股坐在地上：“哦。”

“徐老板是徐三年的孙子，徐三年可是当年有名的盗墓王，我们想见识见识徐老板的能耐。”这个声音说完，一个木头制成的东西扔进来。

徐墨卿的双手解脱了，脱下眼罩，看到刚才的东西是孔明锁。孔明锁是三国时诸葛孔明根据鲁班的发明，不用钉子和绳子，完全靠自身结构的连续支撑，就像一张纸对折一下就能够立起来，简单却不平凡。早期的孔明锁结构比较简单，一般为三根方木，后期越来越复杂，最终形成了六根方木组成的结构。

“方木六根中间有缺，以缺相重合，作十字双交。形如军前所用鹿角状，则合而为一。若分开之，不知其诀者颇难重合。”徐墨卿喃喃念着，手里的孔明锁应声而开，“你们知道我的来历了，就让你们看看也好。”

外面的人将门开了一道缝，徐墨卿将手里的孔明锁扔出去：“你们拿了我的东西。”

“它现在是我们的。”一个声音说道，“我问你，这残卷里面到底还有什么玄机?”

那个声音的主人拿着孔明锁，闷闷不乐，自己折腾了那么久也没有打开，这个小子居然这么快搞定！身边的人强忍住笑，这人用孔明锁砸到他们头上：“笑什么笑!”

徐墨卿心下了然，所谓的残卷看上去只是普通的小册子，里面是些似是而非的文字，古朴异常，赝品做得和爷爷留下的册子一模一样，但内里却没有地图，这群人拿到没有半点用处!

“不要浪费时间。”徐墨卿冷冷地说道，“要剥要剐，随你们的便。”

外面的人不再应他的话，转而窃窃私语起来：“怎么办？要放了他吗?”

“不行，现在还太早，这小子如果是骗我们呢，回去后要怎么交代?还有，司令吩咐过，不能暴露我们的身份，有点儿耐心，知道吗?”

“那你还这么大声，不怕里面的人听到吗?”

那人马上闭上嘴巴，一副一筹莫展的样子：“你们几个，接下来连续拷问，看看这东西里头是个什么意思，我先去睡一会儿。”

里面的徐墨卿笑出声来，司令，还能有哪个司令？一定是魏仕杰!

宋令铮浑然不知千里之外的徐墨卿已被人绑走，他与方副官正兴致勃勃地与地下的人员摸索着一切与地下通道有关的线索。一天一夜过去了，总该有些收获了吧？

绳索一点点扯上来，上来的人满身是泥，只抹一把脸，便摇头："没有。"

贯穿全城的地下通道，居然找不到星点线索，宋令铮觉得这简直是邪门了，原本兴致勃勃的面色立刻沉下去。方副官说道："没道理啊，少爷，那些东瀛人都亲口承认有地下通道的事实，石头不也这么讲了，情报没错才对。是不是东瀛人知道了什么风声？毕竟七个人消失了。"

"东瀛人就算听到风声，也不会这么快。"宋令铮说道，"中间才隔了多久，我们是乘飞机过来的，那时候，那支特别行动小组恐怕还不知道自己的人死了。"

"少爷的意思是？"

"我觉得地下通道还在，只是藏得很深。"宋令铮说道，"问题出在它的设计上，找李教授过来。"

这个李教授不是水利专家，而是土木结构的专家。听到宋令铮的疑惑，李教授也有自己的看法："如果要不容易被发现，一定会深挖。国外曾有人往下掘了九十米建设地下城，我们现在只往下深挖了二十米而已。还有，云城多溶洞，还有独特的土质较软的泥炭土，如果是新建的地下通道，一定会找人专门勘察地势，不然不敢贸然下手打通地下通道的，随时会塌陷。"

宋令铮听出了一些弦外之音："教授有什么话就直说好了，不要吞吞吐吐的。"

"这里的土木专家就那么多，如果真有这么巨大的工程，圈内早传开了。"李教授说道，"但并没有听说过啊。所以我有一个想法，这地下通道是以前就有的，后人只是利用了起来，在原来的基础上加以改造。宋少爷不妨从这一点下手试试。"

宋令铮赞道："姜还是老的辣。"

"不敢，不敢。"李教授说道，"云城是边陲之地，也是以前战事吃紧的地方，有这种地下通道不足为奇。"

宋令铮心里一动，让方副官贴耳过来。宋令铮一番交代，方副官明白过来："知道了，少爷，我会低调一点儿的。"

到了天黑的时候，方副官带着几位老人家来到了他们临时居住的地方，以免引起魏仕杰的注意。他们仅在第一天到魏仕杰府上打过招呼，宋令铮与方副官出示了上面的密信，并没引人怀疑。而后他们就住在租来的民居里，专心研究"地下水利工程"。魏仕杰人不在云城，想差手下人跟着，却被宋令铮一番严词厉色吓得打消了主意。

魏仕杰丢了军火，现在仍不敢妄为，宋令铮的身份他清楚，只有暂时憋住一口气，找人暗中关注，不敢明着作对。

方副官以了解城中历史为名请来了城中年纪最长的几位专家帮忙。宋令铮看着这四位老人，他们年纪最大的已经八十多岁，年纪最轻的也有六十六岁，但身体都还算硬朗，耳聪目明。

"我请几位来只想打听一件事情，以前战事吃紧的时候，云城可曾经建筑过地下工事?"宋令铮说道，"我听说其中有一位以前主管城中县志，可曾看到过类似的记录?"

那位最年轻的正好是管理过县志的人，他的眼神里露出惊恐的神色："有是有，可是，问这个做什么，那可是不祥之事啊。"

"不祥?"宋令铮立刻来了兴趣，"怎么个说法?"

"云城自古以来出了不少云城王。"这老人说道，"各朝各代均有人受此封号，比如现在的魏大帅，老百姓们也这么称呼他。在云城的历史上，最有盛名的一位云城王叫皮罗阁。"

最年长的那位长者此时终于开口："皮罗阁是南诏古国的国王，他死后，无人知道他埋葬在哪里。这个不重要，重要的是他生前曾经在云城的地下修建过地下城。"

这正是宋令铮最想听到的内容，他立刻追问道："就在此城中？"

"就在此城。"老者说道，"南诏在历史上只存活了一百六十五年，但是南诏是云城史上最活跃的时期，南诏国敢与当时的大唐对抗甚至结盟，与南诏国信鬼尚巫不无关系。"

宋令铮挑挑眉。

"按县志记录，云城的地下城深入地下几十米，规模堪称地下城，县志早几年的时候被司令取走，至今没有归还，我曾经派人去要，被枪顶着赶出来。"

听罢大家都有些愤愤不平，宋令铮却越发笃定。魏仕杰拿走县志，就是想利用当年的地下城作为自己的军火库，南诏的地下城就是现在的秘密军火库！

这群专家出力不少，宋令铮安排他们就餐，结束后又安排人送他们各自返家。他洗漱完毕准备休息时，方副官急匆匆地进来，连门都顾不得敲："少爷，徐老板被人绑架了！"

宋令铮却笑了："他被人绑了？哪来的消息？"

"老爷发来的电报，要我们立刻回去营救徐老板，这边工作暂停，魏仕杰正在返回的路上。"方副官重申道，"这不只是老爷的意思，还是上头的意思——先救出徐老板后再回来。"

就因为他知道得比自己多，处处就要迁就他？！宋令铮皱紧眉头，冷笑道："也好，我们先走，让魏仕杰回来可以安心睡个好觉。等再过来的时候，带上姓徐的，一举拿下！"

事情紧急，宋令铮连夜驱车赶回荣丰戏院，谢七等人已如热锅上的蚂蚁。见到他，谢七一个箭步迈到跟前，宋令铮忙安慰道："对方如果想撕票早撕了，何必等到现在？徐墨卿对他们有用，不用担心他的安危，你们有什么进展？"

"我觉得进山的可能性较大。"谢七说道，"绑走徐老板的是一辆黑色的小汽车，石头看得很清楚，洪门的兄弟在城里没有找到。"

宋令铮看着方副官："让我们的人往南找。"

"为什么是往南？"方副官问道。

"南边是条纵横道，对方如果想跑，八个方位都可以。"宋令铮说道，"进可进，退可退，如果我没有记错，那里还有一片茂密的树林，往里走就是深山。"

宋令铮的分析让谢七十分信服，正要开口，石头说道："我，我有事说！大哥放在家里的残卷不见了，恐怕也落到那些人的手里了。"

"你说什么？"宋令铮气到头上，揪住了石头的衣领子。

石头有苦难言，急什么嘛，那个只是一本赝品，真的早烧掉了，但大哥有交代，在他亲自开口前，不能向任何人提及。他只好强忍住开口的冲动，说道："宋少爷，现在的当务之急是找到大哥要紧，其余事再说吧。"

方副官马上带人出发，经过小半天的摸排，总算是找到了线索。有人曾看到一辆黑色的小汽车驶进了山里，然后马上驶离。因为那地方是十里洋场的乡下地方，看到小汽车是非常了不得的事情，所以那人的印象十分深刻，而且清楚地指明了方向。

有了这一点作为旁证，宋令铮的推论得到了证实，当下众人打扮成普通人的样子往深山里去。石头一边走，嘴里还一边嘀咕着："那些人千万不要让我逮住，不然我让他们好看！"

"有本事见了面就厮杀一番，在这里磨嘴皮子有用吗？"洪三奚落道。

"可不是嘛。"方副官自然帮着洪三，"要是嘴皮子有用，要枪干吗？"

"你们夫妻俩一唱一和，我说不过你们，得，我闪得远远的，还不行吗？"石头拔下一根草，叼在嘴里，双眼却没有休息，一直骨碌碌地转着。大哥，你这一路上就没有留下点线索？这不像你的作风啊。石头边想边四处观察着。

石头正沮丧时，几个打前阵的探子回来了，前方竟发现了两座木屋！木屋封闭的，仅有一扇铁门，最让人奇怪的是，周围一个看守的人也没有。

“少爷，不会是空城计吧？”方副官抹了一把头上的汗，紧张兮兮地说道。

“是空城计，也不能放着姓徐的死啊。”宋令铮没好气地说道，“带好家伙，下去。”

一群人缓缓包抄了小木屋，宋令铮首当其冲来到了铁门前。铁门连道缝隙也没有，他不禁暗骂一声，用枪托轻轻地敲着铁门。

石头的心都提了起来，唯恐铁门一下子打开，里面会冒出几个凶神恶煞的大老爷们。听到外面的动静，里面依然一片沉寂，宋令铮轻声说道：“难道找错了对象？”

就在此时，里面传来了几声敲击声，而且与他们仅有一门之隔，石头听得分明，马上掏枪对着锁连开几枪，火花溅起，锁掉在地上，他一把扯下铁链冲进去，果然看到徐墨卿坐在地上，身子无力地靠在一把破烂的椅子上。“大哥！”石头的心里一酸，认识徐墨卿这么久了，哪里见过他这么狼狈的样子。他正想上前，不料，谢七却比他快了一步，她扑到徐墨卿身边将他扶起来边问：“三姐，有水吗？”

洪三赶紧递上水壶：“有。”

谢七拿着水壶，小心地喂徐墨卿喝水：“不要迅速地喝，要小口地抿，不要着急。”

徐墨卿的眼前突然变得模糊起来，谢七身上的香气竟让他有些抗拒，他慌乱地推开谢七的手：“没事，我自己来。”

谢七怅然若失，默默地退开。宋令铮看出一点儿端倪，心中愤懑：“姓徐的，你不要不识好歹，今天没有我们，你就要渴死在这里。”

徐墨卿不以为然地说道：“我一向命大，宋少爷，你救我，是担心我死了，你们的目的就无法达到，没有我，你们能找到残卷吗？”停顿一下，他又说，“实话说吧，这伙人是魏仕杰派来的，他们从我家里搜走的残卷是赝品，真的残卷已经被我烧了，地图在这里——”徐墨卿指着自己的脑袋。

宋令铮气得直咬牙，点着他的脑门道：“徐墨卿啊徐墨卿，这种事情只有你干得出来，你居然烧掉了?!”

“大哥，抓你的人呢?”石头忙问。

“走了。”

“走了?”大家都有些奇怪。

“什么都问不出来，拿到东西却找不到地图，无计可施之时又杀不得我，只好走人。他们是魏仕杰的人，知道我手上有残卷的人并不多……”

第10章　攻人莫过于攻心

“他们是如何知道我手上有残卷的?”徐墨卿不禁问道。

“咱们当中有内奸。”宋令铮环顾众人，说道，“这人至少知道徐老板的身世，也知道残卷的事，两相结合，方能推断出残卷在徐老板手里。”

“内奸”两个字一出，气氛突然紧张起来。石头觉得自己最冤枉：“大哥，你一定要相信我，我虽然知道东西放在哪里，但我从来没有和魏仕杰互通过消息，那个叫成泰的副官，我只见过他一次，大哥，你可不能怀疑我。”

徐墨卿不耐烦地挥挥手：“你们先听我说，他们刻意隐瞒自己的身份，从头至尾没有和我打照面，要不是听到他们的对话，我也会觉得莫名其妙。但从这一点可以看得出来，魏仕杰还不想和我扯开脸，他们磨了这么久，只能把我扔在这里。”

“那岂不是置你于死地，这里荒郊野岭，迟早要饿死。”谢七嗔怪道。

“先不要说这么多话，先回去休息要紧。”石头赶紧将徐墨卿扶起来，步出屋子。

“你们是怎么找到这里的?”徐墨卿边走边问，外面的阳光很是刺眼，他用手挡了一下。

石头便将前因后果说了一遍，原来竟是宋令铮的主意。徐墨卿便对宋令铮有些刮目相看。之前还以为这个大少爷养尊处优惯了，某些能力已经退化，想不到头脑还不错。

谢七的情绪不高，走在众人的最后面，直至上了车，也是微皱着眉头望向窗外，徐墨卿看得分明，心中隐隐一阵刺痛。

人心都是肉长的，徐墨卿何尝不想表白心迹，奈何自己身世复杂，又坠入各方势力的拉扯中，要是把谢七也扯进来，于她没有任何好处。他只有强忍着自己的情感。

在车上，宋令铮将这次在云城的事情一一讲来，重点是那座地下城，南诏王构建的地下城。徐墨卿也赞同他的结论，魏仕杰的军火库就在那里，他更赞同另外一点，既然不能一举拿下，不如让魏仕杰放松，等准备就绪，再杀个回马枪。

徐墨卿不等到家就靠在石头肩上沉沉睡去，当他再醒过来的时候，车子已经停在自己家门口。他在石头的搀扶下进门，头也不回地上楼了。

“七妹，你看徐老板，咱们好歹救了他，现在倒好，头也不回地走了。他呀，最假了，看着对谁都和善，可心是冷的。”洪三忍不住摇头道。

谢七不语，人生在世有四个字最难做到——难得糊涂，徐墨卿，你入了俗世，还想置身事外，当个老好人？心里一阵沮丧。

徐墨卿到家后马上陷入沉睡，梦里却一直浮现谢七失望的表情，鼻间还缭绕着她身上的那股子香气，他立刻醒了。徐墨卿啊徐墨卿，他的手微微抖起来，闭上眼睛，他好像回到了与谢七初遇的那个夜晚——她戴着一顶鸭舌帽，帽檐压得很低，面容清秀，气质沉静，她的声音却很悠扬：“我认得你，荣丰戏院的老板徐墨卿。”

以自己的敏锐，第一时间就应该发现她是女扮男装，却偏偏叫她小兄弟，真是自己失识，还是有意逃避之？

徐墨卿长叹一声，闭目再入梦乡。这一觉，直睡到第二天早上。醒来之后的第一件事情是派石头送三张戏票到宋家，邀请宋老爷、六姨太和宋令铮到戏院看戏。

到了晚上，这三人果然如约到来。宋令铮一见到徐墨卿，就把他拉到一边：“你葫芦里卖的是什么药？现在的当务之急是要去云城找到秘密军火库，扳倒魏仕杰。”

“急什么。”徐墨卿往宋令铮身后一看，六姨太白瑶的眼光完全被宋令铮吸住了一般，他心里一动，便笑着看向宋令铮，“青年才俊，果然引人注目。”

徐墨卿不再说话，请宋老爷三人往楼上去，那里已经设了雅座。白瑶转身，手上的绢帕飘飘扬扬落到地上，徐墨卿捡起来：“六姨太，您的绢帕。”

徐墨卿生得英眉俊目，原本就十分引人注目，如今近距离站着，白瑶根本不敢与他对视，匆忙接过绢帕：“多谢。”

白瑶的右手食指上有厚厚的茧，徐墨卿对这个发现有点惊讶，他眉头微锁，回过头。宋令铮正瞪着他，他不以为然道：“你瞪我干什么？”

“那是我父亲的六姨太。”宋令铮没好气地说道，“你刚才和她眉来眼去的是怎么回事？”

“这帽子可扣得有点大。”徐墨卿冷笑道，“没什么事就上楼看戏吧。”

宋令铮闷哼一声，徐墨卿也尾随上楼。好戏开场，戏院里一派热闹景象，票友个个兴奋地站起来拍手又叫好。宋老爷说道：“徐老板把荣丰戏院打理得这么出色，果然有经营的才能啊，这可不是一般人可以做到的。”

说话间，白瑶便咳了几声。徐墨卿便笑道：“六姨太好像不舒服？”

“最近嗓子干哑，没事，多喝点水就好了。”

“听上去可不止是嗓子干哑这么简单。”徐墨卿看向宋老爷，“我能替六姨太把把脉吗？”

“徐老板还会这个？”宋老爷马上又明白过来，“也是，能给魏司令看宅院风水，对面相一定也有所研究。来来来，瑶瑶，让徐老板给你看看。”

宋令铮面色一变，这家伙装大师装上瘾了，现在又想玩什么花样？这时，白瑶红着脸伸出右手，徐墨卿的手搭在脉上，微微闭眼。不过片刻，他便松开手，看一眼宋老爷后，他说一声“得罪了”，便附在白瑶的耳边低语一句。只见白瑶的脸色瞬间白得像纸一般，她不可思议地看着徐墨卿：“你是怎么知道的？”

宋老爷有些着急地说道：“徐老板，你这关子卖得好大啊，究竟怎么回事？”

“印星居时柱，而又满盘印星，地支食伤为杂气，且受本气藏干所克，天干透出食伤，六姨太体虚，恐怕命中无子。”徐墨卿看着白瑶，“我想我是说中了。”

六姨太低头啜泣起来，她抽泣着说道：“小时候得过一场病，村里的赤脚大夫给开了药方，吃药吃了一个月也不见好，后来才知道那个赤脚大夫开的药方里面有大量的麝香，后来就……大夫说我再也怀不了孩子。”

宋老爷伸手在六姨太的背上轻轻拍打着以示安慰。宋令铮的眉头皱起来，父亲许久没有像这般对过母亲了，想到这一点，他厌恶地扭过头去。

徐墨卿说道：“倒不是没有办法，只需要好好调理，还是有希望的，找老中医瞧瞧。”

“多谢徐老板，这件事情是我的心事，我和老宋也不敢讲，今天借您的口说出来，心里头轻快多了。”白瑶的眼睛柔情似水，瞟着徐墨卿，身子却半躺在宋老爷的肩膀上。

宋令铮目睹此情此景，心里越发不是滋味儿。等戏结束，找个借口便跟着徐墨卿进了办公室，一进去就揪住了他的衣领子：“姓徐的，你现在是不是轻重不分！是六姨太不能生孩子重要，还是对付魏仕杰拿到残卷重要？你和我爸的六姨太眉来眼去的，搞什么鬼？”

徐墨卿丝毫也不生气：“你知道吗，鸽子有天生的归巢本能，无论是阻隔千山万水还是崇山峻岭，它们都要回到自己熟悉和生活的地方。”

“这时候你提什么鸽子？”宋令铮恼怒道。

“鸽子……”宋令铮突然松开了手，“你是说？鸽子？”

“看来明白过来了。”徐墨卿说道，“停在你们家院墙上的那只鸽子，你看到过几回？”

“第一次是方副官发现的。”宋令铮说道，“他当时就纳闷怎么会有鸽子，后来又见过几次，但是已经习以为常了。”

“我上次看到的时候，鸽子的腿上绑了东西。”徐墨卿说道，“那是信鸽。”

宋令铮双手叉在腰上，闭上眼睛仔细回想着最近发生的事情，他突然大力地拍了自己的大腿一下：“我想起来了，抓东瀛浪人的那天回来，我和父亲说了会话，话语间透露要下手对付魏仕杰，而且……父亲已经知道你的身份，那天晚上，父亲的身边都只有她一个人……”

“这个六姨太，”徐墨卿说道，“她右手食指上的茧，位置很特别。”

徐墨卿突然伸手拔下宋令铮的枪，用手握住：“这个位置。”

“我母亲曾经调查过六姨太的来历，之前她在百乐门当舞女，不过时间不久。”宋令铮说道，“想不到，她会是魏仕杰的人。”

“这只是我们的猜测。”徐墨卿说道，“如果要确认这一点，首先要找到信鸽，然后……”

“严刑逼供。”宋令铮的话让徐墨卿笑出声来，他不耐烦地说道，“你要是有更好的点子就讲，有什么好笑的？”

“宋老爷愿意吗？”徐墨卿说道，“仅仅凭信鸽就能让宋老爷相信自己的姨太太是魏仕杰派来的耳目？信鸽腿上的信息早就传送出去，现在逮到一只鸽子有什么用，就算当面对质，六姨太也能狡辩。”

“所以你才说什么命中无子，借机接近她？”宋令铮正色道，“你有什么法子？”

“暂时不能讲。”徐墨卿如往常一般卖关子，“我要提醒你一句，如果六姨太真是魏仕杰的耳目，魏仕杰已经知道你们要对付他。上一次，他一定是铆足了劲盯着你们，如果你们有异动，他会铤而走险，你现在能不能站在我面前都难讲。”

宋令铮惊出一身汗：“说起来，魏仕杰倒替我们解了围。”

“是啊，要不是他派人来绑架我，你也不会回来。”徐墨卿说道，“现在还不是彻底扳倒魏仕杰的时机，证据不足，六姨太是我们最大的机会。”

“要怎么让她开口？”宋令铮说道，“你似乎有主意？”

“每个人都有自己的弱点，我会寻找到她的弱点，开始下手。”徐墨卿说道，“明天起，我会频繁进出你们家，宋少爷可要多多关照。”

宋令铮眉头微皱，又展开：“知道了。”

徐墨卿进入宋家，打的是替六姨太调理的幌子。他一本正经地配了些方子，大多是调理气血的，每天按时过去替六姨太把脉，亲自煎药，用他的话说，是药三分毒，必须掌握恰当。

此时，炉子上面的药汩汩作响，徐墨卿端下来，烫得手指发麻。他立刻捏住自己的耳朵，这让刚进来的六姨太看得清楚：“你也知道这个？”

“什么？”徐墨卿有些不解。

“在我们老家，如果手被烫到了，就立刻捏耳朵。”白瑶的面色深沉下去，“老家人都说，耳朵是天然的吸热场，手放上去，就不会觉得烫了。”

徐墨卿笑笑：“六姨太的老家是什么地方？”

“一个很偏远的地方，恐怕徐老板从未听说过，不提了。药好了吗？”

徐墨卿倒上一碗：“太烫，晾一会儿，温温的时候喝下去最好。”

他用扇子轻轻摇着，让汤药尽快释热。等汤药的温度适宜，徐墨卿端起来，送到白瑶面前：“喝吧。”

白瑶微微皱着眉头，一口气喝完了，徐墨卿不知道从哪里弄来一颗冰糖递过去：“吃一颗这个就不苦了。”

看着徐墨卿手里的冰糖，白瑶的眼角突然红了。她接过来，并不放进嘴里，而放在手心里仔细地瞧着：“小时候，我的外婆也是这么告诉我的。”

徐墨卿心中明了，便说道：“看六姨太的面相，年纪轻轻就已经离家在外飘泊，倒是和我一般，我八岁离家，就进了戏班子，一直到今天，还不知道父亲在哪里。”

“母亲呢?”

“已经过世了。”徐墨卿说道，“好了，不提这些，今天喝两服，这是第二服，明天我再过来。”

白瑶看着徐墨卿，眼神里流露出异样的神色：“想不到我们是同命相怜的人。”

“这个世道，不知道还有多少人和我们一样的命运，”徐墨卿说道，“对于我们这种人来说，拥有一个完整的家就是最大的愿望。六姨太很幸运，遇上宋老爷。看得出来，他很疼惜你。以宋家的财力，下半生衣食无忧，不失为好的结果。”

白瑶听后不由得一怔，眼前这个男人看问题十分通透，漫不经心地就点出症结。但自己只是一房姨太太，又无法生孩子，就算自己能生，宋老爷也未必愿意自己生。所谓的衣食无忧不过是满足最基本的生存条件罢了，这些汤药并不是自己的解药。

白瑶暗自感伤之时，徐墨卿趁机默默地离开，他看到方副官冲自己招手，立刻拐过去，顺势进了宋令铮的书房。方副官站在门口把守。

“怎么样?”宋令铮问道。

“孤苦无依，对于自己的命运自怨自艾，对于你的父亲，她也看得很明白。”徐墨卿说道，“看得出来，她想与自己的命运抗争，更多的，就没有了。她很小心，看来我们要换个策略了，不如放根短线?”

“怎么个放法?”宋令铮问道。

“既然是鸽子暴露了她，不如让鸽子再暴露她一次。”徐墨卿说道，“假如她真是魏仕杰的探子，也是知道我手上有残卷的人，那就不妨让她知道得手的只是一本仿品罢了。”

“等等，你说什么？被偷走的是假的?”宋令铮惊道。

“我让石头找了做旧的高手做出来一本册子，和爷爷留下的一模一样。

既然可以做一本出来，也可以再做一本出来，用那一本引六姨太自我暴露。”

这确实是个不错的计谋，宋令铮不得不点头，心里竟还有赞许。这个徐墨卿还真有两下子。

徐墨卿说做就做，让石头第二天陪他一起去宋家煎药。平时只有他与六姨太两个人，今天却多了一个石头，六姨太显得有些意兴阑珊，颇为无聊地拨弄着手上的方绢。石头则绕着徐墨卿打转：“大哥，放着我来，小心烫着你。”

“没事，我说过了，你今天不要过来，怎么不听我的。”徐墨卿故意说道，“家里上次出了那样的事，你应该长点记性。”

石头委屈道：“谁能想到有人敢闯进来，幸好那本是赝品……”

徐墨卿横了石头一眼，丢给他一个眼色，石头赶紧闭上了嘴巴。六姨太却抬起头：“两位刚才说什么呢，徐老板家里遭了贼?”

“是啊，不知道哪里来的贼闯进大哥家里不说，现在大哥能够站在六姨太面前说话，已经是老天爷开恩了。”石头气愤不已地说道，“让我知道是什么人敢绑大哥，我一定不会放过他们。大哥，多亏你没事，荣丰戏院如果没有你主持大局，恐怕就悬了。你的心血就要在我眼前毁得一干二净，只要想想就觉得……”

“好了，都是过去的事情了，有什么好提的，药开了，火弄小点儿。”徐墨卿说道，“凡事都要往前看，六姨太，药好了。”

白瑶凝神想着什么，听到徐墨卿的声音，这才回过神来：“多谢徐老板了。”

此时，方副官走了进来：“石头，过来。”

“过来干吗。”石头没好气地说道，“我才懒得理你。”

“过来给我帮帮忙嘛。”方副官进来抱住石头的胳膊，“就一小会儿，马上就好，徐老板，我先借石头用用。”

石头走了，六姨太才大大松了一口气。一口气喝完药，她掏出绢帕擦去嘴角的药渍。徐墨卿伸出手，手心里如常躺着一颗冰糖。六姨太红着脸接过去：“多谢。”

冰糖在嘴巴里融化开，口腔里都充斥着甜味，六姨太暧昧地看向徐墨卿：“徐老板对任何人都这么好吗？”

“身为商人，八面玲珑是少不了的。”徐墨卿如实答道，“但我对六姨太，的确有同是天涯沦落人的感觉，真心希望六姨太可以过上真正安生的日子。”

六姨太看着徐墨卿，眼神里有不一样的光彩，她叹息一声：“徐老板这样的男人，该娶上什么样的如花美眷呢？”

“或许是像六姨太一般的女人，谁知道呢，人的缘分也是注定的。”徐墨卿淡淡地说道，“每个人都会有自己的际遇，一件小事就能改变一个人的命运。”

六姨太若有所思：“一件小事的确可以改变一个人的命运，十一岁那年，我被卖到一个大户人家做丫鬟，这么一个决定就改变了我的一生。我曾经拥有的希望和梦想彻底被打破了，走到一条别人替我设计的道路上，我自己也不知道自己是谁。”

两行清泪从六姨太的眼角滑落，缓缓垂落下去。徐墨卿赶紧掏出自己的手帕替六姨太拭去眼泪。六姨太一怔，突然抓住了徐墨卿的手腕，轻声说道：“要是早点遇上你这样的男人该有多好，我说不定有勇气选择自己的路。”

徐墨卿装笑：“现在也不晚。”

两人挨得极近，六姨太嗅到徐墨卿身上淡淡的肥皂味，不禁心醉神迷，居然忘记自己还身处宋家，将头靠在徐墨卿的肩膀上，喃喃地念道：“一次，只要一次就好，我想靠在自己真正喜欢的男人怀里，哪怕只是靠在肩膀上，我也心满意足了……”

徐墨卿也不推脱，故意让她这么靠着。

“姓徐的！”突然宋令铮暴怒的声音响了起来，两人的身子立刻弹开。

徐墨卿扭头看过去，不想却意外地看到了挨在宋令铮身边的谢七，见她看自己的眼睛里有些许轻视，浑身的温度都蹿了起来，让他突生窘迫！

六姨太片刻的迷恋被打破，出现在眼前的还是宋令铮，这让她尴尬不已。她立刻低着头，一言不发地走出去。宋令铮看向徐墨卿："这就是你的办法？这算什么？美男计吗？"

"你小点声。"谢七扯了一下宋令铮，"小心被她听到。"

"我不需要向你们解释，过程如何不重要，静待结果就好了。"徐墨卿冷冷地说道，"我先走一步。"

宋令铮一把扯住他："当然需要，你不要忘记，这里是宋家，她现在还是我父亲的姨太太，你们刚才做的事情有违伦常！"

徐墨卿的眼神十分冷漠："告辞。"

徐墨卿不敢看谢七的脸，匆忙走出去正好撞上石头。石头早就在外面了，里面的情况实在尴尬，他没敢进去，但也觉得大哥冤枉，只得跟在徐墨卿身后："大哥，你不解释一下吗？刚才明明是六姨太她……"

徐墨卿看一眼石头："你刚才也偷看了？"

"嘿嘿，大哥，我看六姨太对你动了心。"石头说道，"刚才她的眼神都不对了，但这件事情你不能背黑锅啊，她还是宋老爷的六姨太。"

"她是探子，潜伏在一个完全陌生的环境里，还要遭受宋少爷和下人们的冷待。这些天，除了宋老爷，她和我待在一起的时间最多。"徐墨卿说道，"再加上同命相怜的感觉，会对我产生一些莫名的信任也是情理当中，我不认为我们刚才有做什么大逆不道的事情，我只是将她看作我的妹妹，没有一丝不良的想法，怎么，你也不信我？"

"我信大哥，我只是不信那个六姨太。"石头说道，"她来路不明。"

"从她的话里我基本断定，她就是魏仕杰的人，而且，她还有一丝挣脱的意愿。"徐墨卿说道，"我们可以利用这一丝挣脱的意愿说服她与我们合作。"

"大哥，你准备怎么做？"

“眼下是欲擒故纵。”徐墨卿说道，“不能停下。”

两人已经走到门口，同时抬头看向四周，并不见有鸽子的影子，徐墨卿说道：“你刚才的话六姨太全部听到耳朵里，你猜她会不会向魏仕杰告发？”

“我看悬。”石头说道，“六姨太若是对大哥动了心，说不定掩下这件事情，她现在会怎么做没有人知道。”

“你回去告诉谢七和宋少爷，盯死这里，只要信鸽出动，就是最佳机会。”徐墨卿说道。

这一等便是三天，六姨太如果不是沉得住气，就是他们的判断错误，那只信鸽纯属巧合。也或许是六姨太对徐墨卿动了情，不忍心告发这件事情。冷静如徐墨卿，也不禁在戏院的办公室里绕了好几个圈。

徐墨卿正惴惴不安，电话铃声响起，他接起来，电话那头是宋令铮的声音：“抓到信鸽，上面果然绑着信，我们将信调了包，把鸽子放了，看它会飞到什么地方。洪门的人正在一路紧跟，我这边正在抓紧核实纸上的笔迹。”

不到最后关头，徐墨卿绝不认为这件事情可以彻底坐实。这一等就到了天黑，方副官亲自上门来请两人，石头着急问情况，方副官偏不讲：“过去就知道是怎么回事了。”

宋家的书房里，六姨太正端坐在一把椅子上，书桌上摆放着一张纸，其中一张纸十分窄小，上面写着一行小字；另外一张，则不知道是什么来头。

六姨太见徐墨卿进来，默默地低下头，宋老爷突然一巴掌拍到书桌上：“证据确凿，丫鬟春儿亲眼看到你绑信鸽，字迹对比也是一模一样，你还有什么可说的，好厉害的女人，居然敢到我们宋家来玩猫腻！”

徐墨卿轻声说道：“宋老爷，能否容徐某说两句？”

宋老爷无力地挥挥手：“可以。”

“六姨太，不，白瑶姑娘，我相信你和我说过的身世是真实的。”徐墨卿伸出手，手心里躺着一颗冰糖，“你和小时候一样，依然向往着味道甜的日子，现在和小时候相比，冰糖算不了什么，你却想拥有自己的生活，现在，时机来了。”

白瑶还是一声不吭。徐墨卿叹口气道：“之前几天和你相处，从你的言语中能判断你并非自愿做探子，一个女儿家家，突然要委身于一个陌生的男人，尤其还是一位年长者，内心多少不快。”

宋令铮横了徐墨卿一眼。见宋令铮被气成这样，方副官也暗自好笑，少爷是出了名的绅士，几时这么失态？这个徐墨卿天生就有惹恼少爷的本事。

白瑶的手抬起来，良久，却放回去：“攻人莫过于攻心，徐老板厉害。”

“如果不是一只信鸽出卖了你，我们还会对你浑然不觉，你隐藏的功夫更深。”徐墨卿说道，“这一次机会在你手上，是继续留在魏仕杰身边卖命，还是重获新生？”

白瑶还没回话，洪三走进来，得意扬扬道：“我们循着信鸽追到了收信的人——魏司令的参谋成泰，此人已被抓获。”

徐墨卿马上转向白瑶：“比起成泰，我更信任你，我可以给你时间考虑。”

“我答应。”白瑶也是识时务的人，断然道，“事成之后，你们让我返回家乡，当然，我还要一笔钱，一笔可以让我安稳过完下半生的钱。”

宋令铮立刻说道：“好说，一言为定！”

“白瑶，魏仕杰为什么派你来宋家？”徐墨卿开始一问到底。

“司令手上有一本残卷，是陈阿七送他的，而且还告诉他，残卷一共有四个部分，一旦凑齐就是一幅完整的寻宝地图。司令多年来和陈阿七伙同盗墓筹集军费，暗中筹措军火库，听说这幅藏宝地图是可得天下的宝藏，没有人不会动心。我暗藏在百乐门，处处留意残卷的情况，同时还买通了十里洋场有名的情报贩子许丰年，奇怪的是……”白瑶若有所思地说。

徐墨卿追问道："你还知道什么？"

"东瀛人那边也是有人通报消息才知道残卷的存在，极其看中，才追到司令与其合作，其实双方都各怀鬼胎。东瀛人也想拿到司令手中的残卷。那便有个问题，给东瀛人通风报信的人比陈阿七更了解残卷的本质，这人是谁？"

徐墨卿内心涌出一股莫名的情绪，陈阿七果然是知情者，他摆弄着魏仕杰，自己藏在暗处。那么东瀛人那边的军师会是谁？东瀛人好像知道藏宝是什么。想了想他说："还有一件事情，你可曾听说云城有一座地下城？"

白瑶的身子僵住了："何止听说过。云城当然有地下城，据说是当年的云南王为对付大唐而建造的，司令一直想利用这个地方，修建一个地下军火库。可是根本进不去，地下城就像一个迷宫，进去的人没有一个走出来的。"

"全死在里面了？"石头问道。

"身上没有干粮和水，撑不过七天。"白瑶说道，"况且，军火库并没有在地下城中，虽然同在地下，只是与地下城相邻。"

"我们要怎么进去？"徐墨卿说道。

"入口在魏家后面的山中。"白瑶说道，"具体位置我也不清楚，你们不妨问问成参谋。"

徐墨卿曾替魏仕杰改家宅，记得很清楚，魏家宅子后面有一座寸草不生的穷山。那座山直通军火库，魏仕杰不可能不设防。

"还有一件事情，你知道魏仕杰手上的残卷在什么地方？"宋令铮焦急地问道。

"这东西是司令的至宝，除了他自己，无人知道。"白瑶说道，"你们只能问他自己吧。"

白瑶对宋令铮的态度生硬，宋令铮也是无可奈何。此时，谢七推门进来。不知道为何，徐墨卿看到谢七，心莫名地漏了一拍。谢七却没看他一眼，打个招呼便带他们去了洪门。

成泰被绑在洪门宅院的角落里，何大夫正帮他处理伤口。见徐墨卿进来，何大夫立刻笑着说道："看来我应该退下了，几位，他的伤不碍事，死不了。"

成泰有气无力地说道："这里虽然是十里洋场，可我是魏司令的人，你们凭什么抓我?"

"就凭你在十里洋场偷盗绑架。"徐墨卿笑着走近成泰，"我们闲话不多说，你在这里替你的司令卖命，现在，这条命就要卖出去了。"

"黄浦江里不知道沉了多少尸骨，多你一具不多。"宋令铮配合道。

所谓上梁不正下梁歪，魏仕杰不是厚道人，手下人也不是忠勇之士。一番威吓之下，成泰把什么都招了。他们平时用电报与远在云城的魏仕杰联络，除去白瑶和他外，还有五个人潜伏在本城，藏在城北三号。这些人每晚都会在百乐门找快活。

当晚，成泰就被绑去了百乐门。成泰的腰间顶着一把枪，他已经是汗流浃背，忙哀求道："兄弟，悠着点，千万不要走火。"

拿枪的方副官咧嘴笑道："走不走火不是你说了算，看清楚点，是哪五个人?"

"对面中间第二张桌子上有三个，还有两个在舞池里。"成泰的手心里全是汗，"一个抱着一个穿绿旗袍的女人，还有一个抱着穿粉色裙子的女人。就是这五个人。"

宋令铮使了个眼色，有六个人朝着那张桌子走去，同时有人杀进舞池，他们都身着便服，腰间鼓鼓的。门外是谢七与洪三带着的洪门弟子，若是有逃的，立马当场拿下。

桌子上的三人正把酒言欢，喝得有些微醺，眼睛也模糊起来。那些舞小姐个个都是人精，这六人接近，她们立马察觉到不对劲，放下手里的酒杯，用最快的速度逃离那张桌子。那三人还有些意犹未尽："哎，别走啊!”

六人分为三股，分别控制住一个，有一个还算清醒的立刻大叫一声：“快跑!”

宋令铮骂出声来：“该死!”

舞池里的两个人一把推开怀里的舞女，迅速地往门外奔，舞池里的人群变得骚动。外面的洪三与谢七对视一眼，她们同时看到那两个狂奔出来的男人。两人同时上前，伸脚一绊，然后顺势压上去，用肘部压住两人的背部。那两人摔了个狗啃泥，脸生疼，醉意彻底没有了：“你们是什么人?”

洪门的兄弟们控制住两人，谢七站起来：“在十里洋场，有些人是不能碰的，把这两人带到车上去!”

“放心吧，七妹。”那个兄弟笑道：“他们现在休想离开半步。”

百乐门里面的人也被押了出来。

这时宋令铮问：“成参谋，现在可以带我们去找电台了吧?”

“好，我带你们去。”成泰的眼珠子一转，“我还有得选吗?”

第11章　引蛇出洞击七寸

那五人被关押起来，成泰则带着宋令铮等人去找那部电台。一路上，都没有见到徐墨卿和石头的身影，这时洪三不禁嘀咕道："七妹，这徐老板玩什么花样呢？这么关键的时候居然不出现？"

谢七说道："徐老板向来特立独行，就由他去吧。"

"说得好听是特立独行，说得不好听就是骄横纵肆。"宋令铮闷哼一声，"不用理会他，我们办好了前面的事情，他总会出现。"

说话间，成泰指着前面说道："那里右拐进去，第三间就是。"

进屋以后，里面安静得很，成泰被方副官一把推进去："告诉我们电台在哪儿？"

成泰苦着一张脸，他双手被缚，双脚还能活动，身后是宋令铮四人，他眼珠子一转，突然向前打了一个踉跄，身子撞向一边的花瓶。"砰"的一声，花瓶落到地上，四分五裂。这声脆响让谢七眉头微皱，她立刻上前揪住了成泰的衣领："你在玩什么花样？"

"七妹，怎么了？"洪三仍没有反应过来。

"他是故意的，糟了，他一定是在给什么人示警，令铮，还有人！"谢七迅速做出结论。

成泰打着哈哈说道：“你们想多了，哪里还有什么人，不是都让你们给抓了嘛。”

“未必吧。”

这个声音响起，众人都吃了一惊，尤其是成泰。这声音是从屋子里面传出来的，徐墨卿双后背在身后，貌似悠闲地走出来。石头也跟着出来，双手还扭着一个人。徐墨卿笑道：“成参谋果然对司令忠心耿耿，这种情况下还想着留一手。你们一共是七个人，你只肯暴露五个，这个人才是真正控制着电台的人。”

“成参谋，这不关我的事，他们突然找上门。”那人苦巴巴地说道，“杀了我一个措手不及。我，我，我一拳难敌众手。”

枉费自己费尽心思保全他，成泰往地上啐了一口：“没用的东西！”

“徐老板什么时候发现有第七人的？”谢七备感惊讶，全程他们都没有怀疑过。

“成参谋交代得太快，和魏司令混过的人，怎么没点心思？”徐墨卿说道，“成参谋和六姨太最大的区别在于，一个是心甘情愿，一个是无可奈何。我只是由此一想，成参谋会不会还预留了一手呢？既然大家都去百乐门，我和石头闲着也是闲着，就先过来看看。”

成泰扭过头去，牙帮子咬得紧紧的。徐墨卿冷冷地说道：“走吧，成参谋。”

“你有这样的本事，如果愿意跟着司令干，前途不可限量，将来想要什么就有什么。徐老板，你好好想清楚！”成泰大吼道。

“我徐墨卿不会为任何人效命，只为自己办事。”徐墨卿冷冷地说道。

成泰悻悻地说道：“我栽在你们手里，无话可说。”

“无话可说，就走吧。”宋令铮问道，“电台在哪里？”

石头立刻走进密室，将电台抱出来：“这下子才是大获全胜。”

将所有人都关在洪门的船屋中时，天色已经蒙蒙亮，成泰一下子看到了白瑶。她静静地坐在椅子上，双手被缚。成泰无奈地说道：“我早想到你也被逮住了，这回真是败得一塌糊涂！白瑶啊白瑶，你是心甘情愿配合他们?”

白瑶闭上眼睛，一言不发。成泰便掉头看徐墨卿：“你们想怎么着?”

石头一脚将负责电台的人踹到地上：“电台密码是多少?”

宋令铮有些诧异地看着石头：“你居然知道有电台密码?”

“宋少爷瞧不起人了吧，无线电不就是摩尔斯电码嘛，不过嘛，这电台也分明码和加密码。”石头说道，“按照每个英文字母固定的摩尔斯电码，接收方就可以还原电文，这叫明码电报。明码电报没有密码，安全性不高。在明码上加上一些约定的做法，这样更安全，只属于你们约定好的信号，是不是，成参谋?”

“十里洋场的人才真多啊。”成参谋冷言冷语地说道，“赵四，你这孙子要是敢背叛司令，死后一定上刀山、下油锅!”

“死后?”徐墨卿冷笑道，“生前小命都保不住，谁还去管死后的事情，你叫赵四？做个聪明的人还是愚笨的人，应该由你自己决定，一直是别人替你做主，这回自己做主。”

赵四一路爬到徐墨卿脚边：“我配合你们，只要你们不杀我，一切都可以。”

赵四透露了电台密码，在徐墨卿的指挥下发电报：“徐老板已知绑架是司令所为，我们偷到的是高仿本，真本仍在徐老板手上，徐老板请司令来十里洋场详谈。”

电报发过去了，赵四苦着一张脸看着成泰：“成参谋，事已至此，咱识时务者为俊杰。”

“放你妈的屁，我和司令那是拜把子兄弟，和你这个杂碎怎么比!”成泰怒不可遏，奈何自己被绑，动弹不得，只有在那里骂骂咧咧，“司令的计划居然败在你这种人手上，可恶!”

赵四一声不吭，宋令铮提着凳子到成泰面前，一屁股坐下去：“计划，他有什么计划？”

成泰恨不得咬断自己的舌头，宋令铮笑道：“计划嘛其实很清楚，他修建地下军火库，和东瀛人勾结买军火，当个云城王就这么简单？”

“话不要乱讲，凡事要拿出证据。”成泰的骨头很硬。

“证据？只要他魏仕杰敢来十里洋场，我迟早拿下他。”宋令铮的拳头握紧。此时，电台响起，魏仕杰方面发来了回电，赵四记录下来：“司令问什么时候可与徐老板见面？”

“司令！不要上这群狗崽子的当！”成泰惨嚎一声，只恨自己不能千里传音。

“尽快相见。”徐墨卿笑着说道，“徐某在戏院恭候。”

电报过去，马上就传过来，魏仕杰心急难耐，约好两天后，在荣丰戏院相见。

赵四译完这封电报，如释重负，身子瘫倒在那里：“现在可以放了我吗？”

“放？谁说要放你了？”宋令铮站起来说道，“我们只答应不杀你，你们潜入十里洋场绑架徐老板，光这一条罪，你们就跑不了！”

赵四目瞪口呆，成泰在边上哈哈大笑：“自古以来兵不厌诈，赵四啊赵四，黄泉路上有你相伴，我也就不无聊了！”

宋令铮手下的人已经准备好一切，当下就把其他人押到车上即时启程。徐墨卿走向白瑶说：“白姑娘，从今天起，我们就不再称呼你六姨太了。”

成泰冷冷地看着白瑶：“女人从来都成不了大事。”

“废话真多，方副官，把他们俩先关起来，惹得我耳朵疼。”宋令铮烦躁了。

石头与方副官将两人揪进去，徐墨卿替白瑶解开手上的绳索：“我相信你不会反悔，白姑娘，接下来还需要你帮我们的忙。”

白瑶心中不是滋味，欲言又止。

徐墨卿将绳索丢在地上，看白瑶双手勒出两条红印，便对洪三说道："洪三小姐，麻烦给白姑娘上药。"

谢七正好走进来，听到这话，微微皱了一下眉头，说道："我来吧。"

谢七取来药箱，替白瑶上着药，她低头时头发散落下来，遮住了她的眉眼，宋令铮与徐墨卿同时望过去。谢七丝毫不觉，白瑶抬头却看在眼里，见徐墨卿满目柔情看着谢七，心里颇不是滋味，问道："徐老板，我接下来还能做什么?"

"魏仕杰来到十里洋场，一定会联系你或成泰，到时候必须引他到我们布置好的地方，将他一举拿下。"徐墨卿说道，"当然，我们希望出现的人一定是你，而不是成泰。"

白瑶点头答应道："我会尽力。"

"这段期间，你必须做回六姨太。"徐墨卿又补了一句。

一切准备妥当，宋令铮准备好一间房用以围捕魏仕杰。现在有人证，暂时扣押住魏仕杰肯定没问题，若再找到地下军火库，人证物证俱在，魏仕杰就跑不掉了。人都到手了，拿到残卷也是迟早的事，想到胜利即将到来，宋令铮有种即将解脱的感觉。

接下来的几天，徐墨卿一直待在戏院中，精心照顾着戏院的工作。这期间，魏仕杰与赵四曾有一封电报往来，确定明天下午两点，魏仕杰将抵达十里洋场，他并没有提出来让人去接他。

徐墨卿预想了一切的可能性，魏仕杰是来兴师问罪，还是前来赔罪?

魏仕杰踏入荣丰戏院的时候是晚上，身边居然是三姨太，还有两名卫兵，一行四人刚走到门口，楼上的石头就拉上了窗帘："大哥，人来了。"

"等他们上楼就好。"徐墨卿说道，"你先下去盯着。"

石头领命下去，三姨太留在一楼看戏，魏仕杰与卫兵上楼。石头迅速冲到戏院后门。洪三坐在对面的小茶楼里喝茶，见到石头挥手，她心中有数，立刻掏钱放在桌上。洪三消失在茶楼之时，石头返回二楼，却被两名卫兵拦住了。

“这是我大哥的办公室，我怎么不能进去?”石头故意扯开嗓子说道，“你们是什么人，凭什么拦我，大哥，大哥，我回来了!”

徐墨卿拉开门，瞪一眼石头:“叫什么叫，司令来了。”

“司令?”石头故作惊讶，“是魏司令吗?”

“是，我和司令有点事情要聊，你下去吧。”徐墨卿暗笑石头的戏演得好。

“两位兄弟，不好意思，不知者无罪，多多包涵，来，抽烟。”石头抱着两名卫兵的肩膀，掏出早就准备好的烟，顺势就拉两位卫兵离开了门前。

徐墨卿转身进去，冲魏仕杰拱手道:“让司令见笑了，我这位小兄弟不太灵光。”

“徐老板，我今天来是向你赔罪的。”魏仕杰突然站起来，手里还有一个盒子，打开来，里面是满满的金条。

徐墨卿微微一笑，说道:“都是过去的事情了，司令那么做一定有自己的难处。”

徐墨卿直接将话题挑开，魏仕杰有些意外。徐墨卿又说道:“不过是一本书而已，司令想要，直接向徐某开口就好了。”

说完，他取出一本册子摆在魏仕杰面前。魏仕杰激动不已，将满盒子的金条扔在桌子上，径自拿起册子来，胡乱地翻开好几页，嘀咕道:“咦，内容好像一样啊。”

“这本是真本，因为经常拿出来担心损坏，所以我找人仿了一本放在外面。”徐墨卿气定神闲地说道，“平时就翻看仿的那本，以免损坏真本。”

“原来如此。”魏仕杰马上重新打起精神来，兴奋道:“我这次来，一是道歉，二是请贤。”

“请贤?”徐墨卿笑道，“司令此话怎讲?”

“徐老板替我改造完家宅风水，我马上就受到了上头的嘉奖，这说明什么，说明徐老板是真正的高人呀!”魏仕杰说道，“眼下我有件事情，非徐老板帮忙不可。”

徐墨卿坦然道：“司令有话直说，无妨。”

“我有一大计，只要徐老板与我合作，必成。”魏仕杰得意地说道，“这件事情我整整策划了几年，现在只差最后一步而已。徐老板，这一步如何走，走到什么程度，全在于你！”

“我？徐某除了唱戏之外会的不多，司令万不可能将希望寄托在徐某身上，事在人为。”

“徐老板，今天只是浅淡，这东西你收下，后面的事情好说。”魏仕杰把那些金条往徐墨卿面前一推，“小小意思而已。”

“没有弄清楚什么事情，我怎么能收？”徐墨卿正色道。

魏仕杰的手拍在册子上：“这东西是关键，虽然只有两册，但只要找到另外两册，再加上徐老板的能耐，这事一定可成。我在云城的势力……”

“司令！”徐墨卿腾地站起来，正色道，“这可是大逆不道的事情啊！战事一起，云城的老百姓可要遭罪了，还有，司令哪来这么大的把握？”

“这一点嘛，你不用管。”魏仕杰说道，“我知道，你与宋少爷现在交好，他们与你交好不就是因为他们也有算盘嘛。大家本质一样，你既然可以替他们卖命，为什么不可以跟着我？”

“司令，我现在脑子有些乱，容我考虑一下。”徐墨卿将金条推回去。

“好，我不逼徐老板。徐老板自行考量。”

徐墨卿淡淡地说道：“徐某只是一位生意人，其他的事情不愿意去理会。”

魏仕杰只得见好就收，马上离去，坐到一楼陪着三姨太听戏。他一走，石头立刻进来：“大哥，他带着三姨太是为了掩人耳目，真够狡猾的。”

“不妨，我们不要有任何动作，先观察一下。”

魏仕杰走下一楼，刚坐到三姨太身边，一记粉拳就砸了过来：“司令，你骗我，不是说是徐老板要登台的嘛，根本不是。”三姨太嘟着嘴说道，“你跑哪儿去了，把人家一个人扔在这儿。”

“哎呀，听什么人唱戏不都是一样嘛。”魏仕杰的手按在三姨太的大腿上，来回摸着，他就是喜欢三姨太这种刁蛮劲儿，乐呵呵地说道，“再说了，来到荣丰戏院还怕见不到徐老板嘛，一会儿戏结束了，我带你去见他，好不好？”

“我是来听戏的，又不是来见徐老板的。”三姨太马上倚靠在魏仕杰的身上，哧哧笑道：“不唱戏的徐老板就不是我想见的人。”

“我就喜欢你这一点，聪明。”魏仕杰附在三姨太的耳边说道，“自古以来，英雄难过美人关，你既然喜欢徐老板，就放手去追。”

“司令……”三姨太目瞪口呆。

“这阵子你就住在十里洋场，没事就来荣丰戏院听听戏，多找徐老板聊聊天。”魏仕杰说道，“把你平时对我的那股劲儿使出来，知道了吗？”

三姨太心中突然冒出一股酸楚，她的脸僵住了，不知道做何反应。良久，她摸了一把司令的手，恨恨地说道：“司令让我去拉拢徐老板？”

“知道就好。”魏仕杰说道，“我还有事先走了，你一会儿叫黄包车回去。”

魏仕杰走了，三姨太吐出嘴里的瓜子壳，忿忿地说道：“这个不要脸的老东西！”

魏仕杰带着两名手下出去，他抬头望一眼天上的月亮，轻声说道：“联系上成参谋没有？”

“听房东说，成参谋带着几名兄弟出去了。”这名手下说道，“司令，听说是往城北去了。”

“城北是什么地方？”

“城北……”手下迟疑半天才说道，“听说那里有个挺有名的窑子，司令，不是我讲的，是那个房东讲的，那个婆娘一副瞧不起成参谋的样子。”

“瞧不起就对了，看来掩饰得还不错，现在只有联系另外一个人了。”

魏仕杰附在那人的耳边一番耳语之后，那人连连点头，叫来一辆黄包车离开，只剩下魏仕杰和另外一名手下。魏仕杰率先回到住处，等到半夜，手下才回来报告："司令，有回话了。"

纸卷上面写着一排清秀的小字，写着一个地址和见面的时间。魏仕杰说道："她在宋家待着倒也算享福了，听说宋老爷很宠她。"

这一夜平安无事地过去，三姨太回来的时候已经是半夜，魏仕杰躺在床上呼呼大睡。她刚坐下来，魏仕杰马上睁开眼睛，懒洋洋地说道："这么晚回来?"

"你不是说了嘛，要多接触徐老板，所以我请他吃了夜宵。"三姨太趴在魏仕杰的身上，娇笑道："司令，我们要在这里待多久?"

"睡吧，我累了。"魏仕杰不耐烦地说道。

三姨太悻悻然地起来，她也不知道自己是什么时候睡下去的。当她睁开眼的时候，已经不见魏仕杰的踪影，就连那两名手下也不见踪影!

魏仕杰踏入约定的茶楼时，里面只有零星几位客人，整个店铺都散发着一股随意慵懒的气氛，这么早来喝茶的人，少之又少。伙计瞅了一眼魏仕杰，将毛巾搭在自己的肩上，殷勤道："三位要喝什么茶?"

"我们找人。"魏仕杰的手下粗声粗气地说道。

"哦，那请便，请便。"

魏仕杰带着两名手下往楼上走，楼上的包房里，白瑶穿着一身素色的旗袍坐在靠窗的位置。她正往外望着，听到脚步声，立刻起身迎向魏仕杰。

"你们出去吧。"魏仕杰一挥手，两名手下立刻往楼下走。楼下的伙计往上望了一眼，立刻上前招呼道："两位要坐哪里?"

"随便吧。"

两人择了一个位置坐下来，伙计送上两杯茶："这是送的，两位要喝点什么?"

两人先把那送的茶一饮而尽，然后开口问道："你们这里有……"话还没有说完，两人的眼珠子便转不动了，身子好像僵硬了一样。两人用余光对视一眼，身子便往下一软，眼看就要倒在桌上。刚才还悠闲地喝着茶的客人跑过来，一人扳住一个，不让他们的头掉在桌子上，以免发出声响。那名伙计抬起头来，竟然是方副官。

魏仕杰的两名手下被拖了出去，全程几乎没有发出半点儿声响。方副官拿起那两个杯子，闻了一下，不禁笑道："洪门真是能耐，这是什么药，劲儿好快。"

放下杯子，他抬头看着楼上："现在只剩一个了。"

魏仕杰与白瑶面对面坐着。白瑶从小便不喜欢魏仕杰的目光，现在低着头，一副乖巧的模样。魏仕杰打量了一下她，闷哼一声："真是便宜姓宋的老头子了，怎么样，宋家最近有什么动静？之前姓宋的那小子过去云城搞什么勘探，我总觉得不对，他是不是怀疑我什么？"

"宋少爷最近一直拉拢徐老板。"白瑶说道，"徐老板曾当面说过，他不会为任何人效命，只为自己办事，司令，徐老板不太好应付啊。"

魏仕杰想到金条被推回来的事，不由得附和道："没错，这个人心机很深，一身傲气。但恰好是这样的人，才是我需要的人。白瑶，以后你要多找机会离间徐老板和宋家的关系，就算是一条绳子上的蚱蜢，也要给我拆了他们！"

白瑶往窗外看了一眼，转过头来，端起手里的茶壶给魏仕杰续上一杯茶："司令，喝茶。"

魏仕杰顺着白瑶的目光向外望了一望，再看向面前的茶杯时，脸色就阴沉了一些，他推开茶杯，冷笑道："这茶闻着不怎么样。"

"叫伙计上来再换一壶吧。"白瑶叫道，"伙计！"

魏仕杰突然站起来，上前扳住了白瑶的下巴，皮笑肉不笑道："你从小就有一个毛病，说谎的时候手指尖会抖，你应该一直把手放在桌子底下的！"

白瑶的眼神坚定，镇定回话："司令，您这是怎么了？"

魏仕杰望向窗外，对面楼上有个人影一闪即过，他的脸色倏地变了，恶狠狠地说道：“白瑶，你出卖我?”

“司令，我没有，我只是觉得对面的人影可疑，所以望了一眼。”白瑶双手握在魏仕杰的手腕上，“司令，司令！疼!”

魏仕杰这才松了手，屁股刚落到凳子上，便头晕目眩。白瑶马上冲上前，迅速卸掉魏仕杰的佩枪。这时脚步声传来，魏仕杰摇摇晃晃地站起来，他知道不妙，单手扶住桌子，大声叫道：“老卫、二毛子!”

“不用叫了，他们已经到一边睡大觉去了。”宋令铮突然走过来，脱下头上的帽子，“司令，好久不见。”

“原来是宋家的臭小子，我可是云城的司令，你们居然敢暗算我，还有没有天理了。”魏仕杰感觉到药效在一点点上来，“我，我要去南城……”

“司令想去南城?”宋令铮淡淡一笑，“正好在下有空，我一定会护送司令安全抵达南城，请司令放心。”

魏仕杰终于失去了知觉，白瑶看着手里的佩枪有些不知所措。魏仕杰的眼睛突然睁开，双手拽住了白瑶的小腿，白瑶吓得一声惨叫，幸好也只是这么一秒钟，他彻底陷入了昏迷。白瑶抚着胸口，觉得像从鬼门关走了一圈!

另一边，三姨太的房门被敲开，看着站在外面的两位姑娘，三姨太纳闷道：“两位找谁?”

“找你。”谢七沉着地走进去，洪三立刻关上了房门，这副架势让三姨太心慌起来。她迅速地后退，谢七立刻闪到三姨太身后，扭住她的双手，冲洪三说道：“三姐，看看枕头下面。”

洪三扯开枕头，只见下面放着一把枪，不禁说道：“没想到你这个女人还有这么多的心思。”

“你们，你们是什么人?!你们知道我是什么人吗，我是魏司令的三姨太。”三姨太哭闹起来，“你们这是绑架吗？要多少钱，我都给你，千万……千万不要杀我。”

“杀你？我们还有事求你呢。”谢七附在三姨太的耳边说道，“只要三姨太不哭不闹，安心地和我们走就是。”

谢七的手里多了一把枪，枪口抵在三姨太的腰间。三姨太没了脾气，对她们言听计从。待上了车，眼见得车上的人都板着脸，开车的兄弟后颈上有一道可怖的疤痕，她手脚蜷缩起来，不敢随便说话，显得怯怯的。

三天后，所有人都集中在云城魏家宅子的后山中，这座昔时的穷山下面，隐藏的正是地下军火库的所在地。整整三天的时间，魏仕杰只字不吐露。

现场除了昔时的人马，还包括三姨太和白瑶。三姨太在洪门受了一些苦头，她苦着一张脸说道：“我已经帮你们调开守兵，也没有对外吐露司令现在的状况，你们就放了我吧。”

“在我们没有找到军火库以前，麻烦三姨太和我们一起下去。”徐墨卿淡淡地说道。

山北有一个可供单人直立进入的山洞，原本有两人在这里守卫，三姨太被人用枪顶着，只好施计将二人打发走，一行人径直钻了进去。进去后，石头便愣住了：“大哥，一共有八条道，我们要往哪里走？”

偌大的山洞中，一共开了八个地洞，上面都用草石虚掩着，虽然说狡兔三窟，可这魏仕杰比狡兔更滑头。八个地洞均通往地下，究竟哪一个是真的？

石头捡起三块石头，一一掷下去，西北方位的地洞里面传来“噗”的一声，声音短促。谢七摇头道：“这个不是，下面根本不是通的。”

正北方向的地洞下的声音则要复杂一些，落地后有“咣”的一声，然后是“砰”的一声。谢七听着声音，感觉画面就在眼前晃悠，她脱口而出：“石块落下去后撞到某物，某物再坠落到地上，才有两声响。”

石头开了头儿，大家便用相同的法子一一试探，瞬间排除掉七个，均是无果，要么是直接落地，没半点遮挡；要么就像刚才一样，撞到硬物后再落地。

“只剩下东北位置的这个地洞了。”石头摩拳擦掌地拾起一块石子扔下去，“骨碌碌……”石子不停地向前滚动着，这条通道显然很长，他立马握拳，哈哈大笑！

就是这里了，魏仕杰被押送南城羁押，这里群龙无首，又有上峰命令，无人再敢拦他们。

石头的眼珠子骨碌碌直转：“大哥，我先下去瞧个究竟，喂，方副官，你和我一起。”

方副官也痛快，满口答应下来，两人一起沿着绳子下去，落地时不敢太大动静。方副官落地后马上掏出手枪握在手里，两人往里面一瞅，刚才的石块滚出去三米左右，静静地躺在那里。石头说：“方副官，你打头阵。”

“为什么是我？”

“你枪法比我准。”石头笑眯眯地说道。

“你这个家伙。”方副官抱怨归抱怨，依然小心翼翼地往前走。那条通道方正宽长，往前走了没有多久，就看到一条石阶往下延伸。方副官咽下一口口水，轻声说道：“喂，下面肯定有人守着，我们就这样下去？”

“怎么，来到地底下就不知道怎么办了？”石头说道，“听我的。”

石头的手放在嘴边轻轻地吹了一声，上面的徐墨卿听得分明，说道：“可以下去了。”

三姨太向下望一眼，后退了好几步：“我也要下去吗？”

“三姨太放心，我会好好保护你的。”洪三说道，“虽然我也嫌你碍手碍脚的。”

洪三揪住三姨太的手腕就往下面跳，三姨太吓得花容失色。落地之后，又摔了一个嘴啃泥，她爬起来后便可怜兮兮地望着徐墨卿：“徐老板……”

徐墨卿淡淡一笑：“三姨太，你越利落就越早解脱，走吧。”

三姨太一扭腰，没好气地跟着洪三走。前面的石头与方副官见他们下来，继续在前面探道，台阶不算长，从石头的崭新程度来看，是新砌出来的，活儿做得不细，边缘处显得有些毛糙。越往下走，温度也越来越低，方副官缩了缩身子："石头，这地方越来越不对劲了，之前到地底也没有这么冷啊。"

徐墨卿停下脚步，突然趴在地上，仔细听着地下的动静。谢七关切道："你在听什么？"

徐墨卿只顾得听地底的动作，听了一会儿，换个地方接着听。反复多次，良久，他站起来说道："地底下有水声，如果我没有猜错，这里有可能是环形水流。"

"水流的走向你也能听出来？"宋令铮不信，"耳朵是怎么长的？"

"信与不信，一会儿验证就好。"徐墨卿说道，"我有种直觉，这条地下河流与传说中的地下城有关联，不过，眼下最重要的是找到魏仕杰的秘密军火库。白瑶，地下一般有多少人守卫？"

"不多，十个人，五人一班，轮流守卫。"白瑶说道，"下面有充足的干粮和水，每次都可支撑半个月，半个月后再补充一次，可是我不知道具体位置。"

三姨太连忙说道："外面总有两人暗中守着入口，是司令亲自指认的，已经被我使计调走了，但也要提防他们杀个回马枪。"

谢七笑道："多谢三姨太配合。"

一行人眼看就要走到台阶的尽头，不敢再大声说话。走下台阶后，是典型的地下空间，四周都是厚厚的岩土层。云城是有名的"一山分四季，十里不同天"，冬季降水稀少，夏季降水充沛，眼下是晚夏，降水恰好处于一个临界点。地下的岩土层呈现层层递次的状态，时而干燥，时而湿润。谢七有些担心："这样的地底，难道不会塌陷吗？"

徐墨卿伸手拍着岩土层，上面的尘土细微地散落，他伸手捏下一点儿土，放在双指之间搓了一下："黏度佳，不用担心塌陷的问题。"

谢七点头："也是，可以在这地底修建地下城和军火库，按理说是没有问题的。”

这岩层下面的空间可以容纳二十来人立足，他们站在这里还算松散，正对面的土层中央有一个向土层里延伸的洞口，勉强可供两人并肩走进去。

里面乌漆麻黑，一点儿光也没有。石头率先抬脚进去，身子也钻进去，刚探头进去，就闻到一股臭味。他赶紧将身子缩了回来，小声说道：“大哥，不对啊，有味道。”

徐墨卿凑过去一闻，这味道并不浓厚，丝丝缕缕地从里面飘过来，并非死人腐臭的味道，而是血腥味儿——血的味道。他眉头微皱，里面肯定出事了。

如果血渍已经干涸，血的味道不会这么浓重，这里面一定是刚刚出事。石头转头就钻进那泥洞里，其余的人也马上跟过去。只有三姨太站在原地踟蹰，被洪三推了一把，只好苦着脸也钻进那个小洞里去，一进去就嫌弃地用双手抱住自己的身子。

白瑶看见三姨太如此动作，叹道：“世上的脏与干净都是多种多样的。”

她这句话带刺，三姨太听得明白，再不敢说话了。这条泥道刚开始仅供两人并肩则行，慢慢地，就像扇形一般展开，越来越开阔，也越来越高。其实要在里面建一间军火库，必须满足运送建筑材料的要素，刚才的小洞口并不符合常理。徐墨卿心中狐疑，见地方开阔起来，心里的疑虑才暂时打消，前面的小洞口是为了掩人耳目而已。

越往里走，石头所说的死人味道越来越重。三姨太觉得后背发麻，扯紧了洪三的袖子，可怜巴巴地说道：“我不敢往里走了，太吓人了，我要上去，我要上去……”

“你小点儿声，等会儿枪扫过来，大家一起死。”洪三压着嗓子说道。

三姨太打了一个哆嗦，紧紧地抿上嘴巴。

此时，众人都是走在黑暗中。光在黑夜中有利有弊，光可以规避黑暗中的危险，但也可以暴露自己，成为猎手眼中的猎物。谢七停下脚步，轻声问询：“手电筒要关掉吗？”

“不用。”徐墨卿十分有把握地说道，“地底的声音被放大，这么多人进来，动静不小，如果他们要动作早动作了，我现在倒替下面的守卫担心。”

第 12 章　和风暗藏东瀛花

在手电筒光的照射下，可以看到穿过通道以后，他们来到了一个相对广阔的空间，但前面一道高大的石壁挡住了去路。地面的灰尘已经乱了套，脚印四散开来，甚至重叠在一起。谢七弯腰仔细端详着。宋令铮说道："有人在四处奔跑逃避，慌张失措。"

徐墨卿往四周看过去，这里还没有军火库的影子，倒是堆了两个大铁箱子。箱子半开着，露出里面的干粮和水。白瑶说道："看存量是刚补充没多久。"

大铁箱子里放置的是十名守卫半个月的生活补给，种类还算多种多样，还配了几瓶白酒，但没有烟，这里是军火库所在，禁止烟火。

"他们在地底下过得挺滋润的嘛，还有酱牛肉。"方副官摇头道。

洪三扯了一把方副官，打着寒战说道："现在不是说这事的时候，你们觉不觉得冷，我怎么觉得背上尽刮冷风呢？"

"看你平时跟阵风似的，现在害怕了？"石头撇撇嘴，"交给我来吧。"

白瑶突然费解道："不对呀，食物在这里，军火库就在附近才对，怎么是条死路。"

石头上前在石壁上摸索着，然后回头道：“大哥，没有机关。”

宋令铮说道：“如果是死路，味道却是从石壁那边传过来的。”

徐墨卿往头顶看了一下，头顶以土层为主，再看向脚下，铺上了石板，显得工整许多。他跳了好几下，发现石板铺得不稳，哐哐作响，又看向地面那些脚印散去的方向，笑道：“先左，后右，最终都朝右边跑过去，石头，看看右边的墙壁。”

石头应了一声，左右两边仍然是土层，手刚放到右边的墙壁上便感觉触感不对。他掏出随身的小刀，飞速地刮下表面的泥层，露出里面的石壁。石壁上面蒙着一层黏土，再用真正的一道石壁掩人耳目。

徐墨卿不由得问道：“三姨太，山后动工有请什么人指点过吗？”

“就那个姓陈的老头子。”三姨太说道，“司令倒没有让他到这里来，只是请他过来闲话聊聊，问问他平时防盗的一些技巧……”

陈阿七！徐墨卿笑道：“司令有高人指点，怪不得可以蒙蔽我们这么多人的眼睛。”

石头在被掩盖住的石壁里找到了暗门的机关。暗门打开后，首先看到的是两架木梯，木梯下面利刃翻转，正是之前大家见识过的翻板。用木梯架在里面正是破解的方法，只要将木梯放入墓道，盗墓者沿梯而入，则如履平地，一切翻板与陷坑、利刃都枉费心机。不愧是陈阿七献谋划策，看这木梯上的污浊，徐墨卿抽抽鼻子，血腥味更浓了！

两架木梯形成了通过这里的桥梁，众人小心翼翼地爬过去。三姨太手足无措道：“这个怎么办呀，我真的爬不过去，你们不要为难我了。”

宋令铮不耐烦地说道：“带上你也是个麻烦。”

洪三说道：“得了，我留下来守着她，你们去吧。”

谢七交代道：“三姐小心。”

洪三不以为然，拍拍腰上的佩枪，眼神里满满的自得。自己是个练家子不说，还有枪，一个养尊处优的姨太太而已，根本没难度嘛。

谢七轻巧地爬上梯子，转眼就越过设下翻板的墓道，落在对面。当她回头看着洪三与三姨太的时候，不知为何，心中浮现一丝异样的情绪。前面的石头已经催促起来，她来不及多想，在洪三的注视中消失了。

有石头带路，前面的路好走不少。方副官始终站在石头身边一起打前阵。当泥道走到尽头看到前面有光，徐墨卿立即举手示意，所有人不约而同地关掉手电，将身子紧贴泥道两边。刚才一闪即逝的光消逝不见了，方才他们已经看到泥道尽头处是一座高大的水泥建筑，上面还设有岗哨，定是魏仕杰精心藏匿起来的军火库。

石头长年与各种古墓打交道，鲜少遇到这种情况。他有些憋不住了，弯腰拾起一块碎石便砸出去。碎石砸到地上的同时，枪声也响起来，射在地上，溅出火花！石头拍着胸口紧贴岩壁，轻声说道：“大哥，有人有枪，怎么办?”

徐墨卿轻声说道：“白瑶，他们认得你的声音吗?”

“认得。”白瑶心领神会，“让我试试。”

白瑶拾起两块石头敲打起来，石头碰撞声响起的一刻，空气似乎都凝住了，所有人的心提到了嗓子眼，在黑暗中互相开火，必定两败俱伤，谁也讨不到好，所幸的是，枪声没有再响起，白瑶击打的节奏很特别，虽然只是简单地用石头击打，却有乐曲的韵律感。谢七轻声说道：“弥渡山歌。”

这是云城独有的山歌，原是云城马帮用来释放怀乡之情的乐曲。魏仕杰的手下大多是云城本地人，听到这调子就知道来的至少是云城人。

白瑶停止了手上的动作，对面传来一句：“什么人?”

“是我，白瑶。”白瑶说道，“绢子，你们知道吗?”

众人这才知道，白瑶是六姨太的化名，绢子是她在云城用的名字。

里面的人顿时松了一口气：“是你啊，你怎么来了?”

听这人的声音紧张，白瑶说道：“我刚从十里洋场回来见司令，门口的兄弟不见了，司令担心下面出事，让我带着徐老板和兄弟们过来看看。”

徐墨卿的名字在魏仕杰这里相当好用，那人彻底放松了，随即哭丧着脸说道：“我们是真出事了，绢子，你可要帮我们在司令那里说说好话。

咱们的人损了大半，中了埋伏，这地方已经暴露了。”

“咱们还有几名兄弟?”

“只剩我们三个了。”这人说着居然抽泣起来，“这鬼地方我真不想待了……”

白瑶打开手电，率先走过去。对面有光打过来，照在白瑶脸上，看清楚了，对方终于松了一口气：“受伤了，动弹不得。”

徐墨卿与宋令铮对视一眼，暗道这白瑶十分有手段，眼下他们丝毫不用担心了。待近了军火库，才看到那三人就躺在军火库的大门前，地上横躺着两人，说话的那人背靠着大门，手里还提着枪，脸上满是鲜血与脏污，见到白瑶居然放声大哭。

这时身后突然传来响动，白瑶回头，恰巧石头打开了手电，手电光不偏不倚地照在徐墨卿身上。她看向远处，一柄黑漆漆的枪口已经对准了徐墨卿。她几乎没有任何犹豫，纵身一跃来到他跟前，双手勾住他的脖子：“徐老板。”

枪声响了，石头才发现自己的手电闯了大祸。说时迟，那时快，白瑶抱着徐墨卿摔倒在地上。只是那么一瞬，血腥味又冒出来了，徐墨卿暗道不妙，怀里的白瑶在颤抖!

她显然中枪了。刚才那枪声是从另一方射来，显然又来了另一伙入侵者。

宋令铮等人持枪反击，对着前方接连开枪。刚才的几名幸存守卫也跟着疯了一样反击。那些侵入者见势不妙，默默撤退，再没有声息。

谢七迅速上前将白瑶扶躺到地上。血已将衣服浸透，她马上掏出随身携带的药物，几乎用上了所有，仍不能阻止血的涌出。白瑶突然握住了谢七的手，笑道：“不用费劲了，我知道自己的情况……”

“我们马上带你出去找大夫。”谢七颓然地看着地上散落一地的血纱布，似在昭示着死亡的到来，“现在出去，还来得及。”

徐墨卿如鲠在喉，低吼一声。白瑶看着他，有气无力道：“你对我好，虽然只是为了利用我。徐老板，你给了我一个梦，能够在这个梦里死去，已经是我最好的结果，我只希望身边有一个保护我的人，安稳地在这乱世里生活下去，活着，多不容易啊……”

徐墨卿的双眼通红：“我想让你返回乡下过安稳的生活，嫁个平实的男人，度过余生。”

血止不住，淅淅沥沥地落到地上，慢慢地汇成了细窄的溪流。白瑶看着徐墨卿，伸手抚摸他的脸，尽全力看清楚这张脸：“不能选择生，至少可以选择怎么死去，我为了不当魏仕杰的小妾成了他的情报人员，又被迫接近宋老爷，生得不干净，死，死，至少可以……我认了。”

白瑶的手一点点松开，无力地垂下去。徐墨卿的手探到白瑶鼻下，感觉到一股凉意，他颓然地坐到地上：“她死了。”

谢七此时五味杂陈。徐墨卿叹道：“我利用她是真，想帮助她回到最初的生活也是真的，造化弄人，造化弄人啊！”

徐墨卿一声怒吼，谢七终于忍耐不住内心的心疼，不顾忌别人目光，一把抱住他，在他耳边轻声说道：“你没错，徐墨卿，人要胜天不容易，别辜负她的好意，给我好好振作起来！”

“我只想完成爷爷遗命，不想再搭进人命，流离失所、家破人亡，再不可以了！谢七，我是不是错了？”

两人双手紧握，宋令铮看着颇不是滋味，便轻咳道：“还有人盯上这里了，洪三还在外面，咱们得赶紧出去和洪三会合。”

一语惊醒梦中人，谢七马上跳起来，三姐！

重新回到那条墓道，除了谢七，最着急的莫过于方副官。两人手脚麻利地爬过去，刚一落地就看到地上星星点点的血迹，量不大。方副官拔出枪，不敢大叫洪三的名字，与谢七背靠背移动，三姨太和洪三果然都不见了。

石头马上放出信号弹，听到那声悠长的声音如释重负，立刻转身走进洞里，一只手突然伸出来抓住了他的脚脖子！他一惊，将枪对准那个突如其来的人。方副官一个箭步冲过来，按住他的手，吼道："看清楚，是洪三!"

洪三将自己隐在一块石头后面，见石头拿枪对着自己，气得大骂："石头你这个小瘪三，自己人都分不出来吗?"

石头赶紧收了枪，见洪三捂住自己的小腹处，关切地问道："怎么回事？三姨太在哪里?"

"别提那个三姨太了。"洪三恼羞成怒，"她跑了!"

两人扶起洪三，洪三小腹处被刺了一个小洞，不大，像是被什么细小的凶器弄出来的。一问才知道，他们进去不久，三姨太突然发难，那女人是个练家子！衣服里藏不了枪，可是头上有发簪，前端尖利得足够取人性命。幸好洪三也不是省油的灯，但还是让那个女人逃走了。

"大哥，这个女人的底我也查过，以前是茶楼里弹琵琶的，进魏家的门不过两年。平时娇声娇气，而且生得妩媚，据说魏司令一见她就全身发麻。"

石头净关心这些有的没的，谢七无奈摇头。眼睛一扫，却在草丛里看到一枚发饰。她捡起来说"和风发饰，这是东瀛女人的发饰，这东西应该是三姨太的吧？如果是，那她就是东瀛人的探子。"

一群人马上回到了魏家，谢七找到三姨太的贴身丫头喜儿，据她说，三姨太时常偷偷去一家有东瀛小点心的店买些吃的回来，还要瞒着司令。三姨太说司令讲了，东瀛人都不是好人，东西也不好，怕司令生气，所以瞒着。

紧接着他们搜了三姨太的房间。谢七与洪三毫不客气地掀起床上的被褥，枕头也拆开检查。方副官则趴在床下，伸手在里面摸索着，还真让他触到一个东西，费劲地掏出来一看是一个精细的盒子，正和刚才捡到的发饰匹配，这下可谓铁板钉钉了!

三姨太确实是东瀛人，在地下突袭和暗算他们的人应该也是东瀛人了，几股势力互相渗透，局势之混乱大大超过大家的想象。魏仕杰的秘密军火库找到了，罪证确凿，他难逃一死，现在的问题是，残卷在何处？

一连两天，宋令铮不只抄了魏仕杰的家，还把魏家上上下下翻了一个遍。除了翻出些金银现钞，与残卷有关的东西是一样没有。宋令铮已经没了耐心，一天比一天烦闷。

徐墨卿不动声色，第三天一早，大家正一起用早餐，他突然一声不吭地起身，匆忙走出去，大家不明就里，都跟了过去。

徐墨卿去到的地方是用来传递消息的溪流，那条水渠原本是魏仕杰偷偷建的，是云城的探子与他互通消息的所在。水渠中始终有一个漩涡，如果有东西落下来，就会落入其中，一直漂浮在水面。大家追过去时，他已经跳下水，弯腰在水底摸索。

“大哥，你这是做什么？快上来，小心着凉。”石头见徐墨卿没有出来的打算，也不管三七二十一地跳下去。

接着，谢七也一并跳了下来：“徐老板，你怀疑魏仕杰把残卷藏在水下？”

徐墨卿点头，三人同时在水下摸索。岸上的宋令铮和方副官面面相觑，洪三有伤不能入手，他俩左右为难，不知道跳还是不跳。

他俩正踟蹰时，谢七已经触到水下的一根铁链，凭她一人之力无法拔出，徐墨卿赶过去帮忙，加上石头，三人一起将水泥板提起来。稳住后，徐墨卿又空出一只手在水泥板上摸索，水渠下面有一个凹陷下去的槽，再往下摸，竟然掏出一个木盒子！

徐墨卿顾不得出水就将木盒子打开，里面用油纸包着的东西让他心跳加速。打开是一本书，这本书页与爷爷留下来的封皮一模一样。

“找到了。”徐墨卿仰天大吼，“爷爷，残卷之二已得，你在天有灵，保佑孙儿顺利找到剩下的残卷，以解我徐家家破人亡之谜，了您遗愿！”

那本册子被放在水里，果然现出地图。徐墨卿立刻临摹出来，加上之前的那一幅，已经成了一半！大家兴奋之余，又有心事乱上心头。徐墨卿此时想到一个人——陈阿七。

其实，在徐墨卿心中，还有一件事情耿耿于怀，那便是父亲的离去。当年，他丢下自己一人离开，去了哪里？是否还在人世？父亲的杳无音信令徐墨卿无法释怀。他始终不相信父亲就这么失踪了。

此事只有陈阿七晓得内情，这家伙肯定知道残卷与何有关，现在的当务之急必须马上找到他！徐墨卿说出想法，宋令铮马上安排下去，这个陈阿七，不管三七二十一要马上收押。

安排妥当后，宋令铮微微一笑："徐老板，这只是四分之一的地图，你的那一份呢？现在事情复杂，东瀛人也插了一手，现在不是只考虑你徐家家族情仇的时候。"

徐墨卿淡然一笑，拾起笔在白纸上唰唰画起来，每个细节都是一清二楚，徐墨卿如此直爽，让石头大感惊讶："大哥，你……"

"这下子，大家就彻底在一条船上了。"徐墨卿笑着看向众人，"徐某相信大家。"

不知为何，宋令铮打了一个寒战，他狠狠地说道："一条船上就一条船上，你怕我们跑，我们还怕你跑了呢。"

"一言为定，不找到另外两份地图，谁也不能撤。"徐墨卿说道，"哪怕和东瀛人硬碰硬，谁尿了……"

"谁也不会尿。"宋令铮面色肃然。

"就是，咱们都是热血男儿女儿，怕他东瀛人做什么，洒热血，怕甚子，是不是，少爷。"方副官一说完，洪三扑哧笑了，亏他心细，说热血男儿，也没落下热血女儿。

大家言归正传，徐墨卿将两张地图摆在一起，拼合的地方却不容易找到。谢七轻声说道："我来吧。"

她接过两张图，不过是片刻的工夫，就找到两张图的契合点："看，这两张地图是左上和右下的部分，这里是中心点。"

"少了右上和左下的两张。"宋令铮说道，"这样正好是交错的两张地图，帮助不大。"

“不，只要破解中心点的位置，我们就能知道大致的位置。”徐墨卿说道，“这是古地图，地点的标识与现在截然不同，我需要一点儿时间得出结论。”

徐墨卿一行人返回十里洋场，刚到便收到消息，因为证据确凿，魏仕杰已被下令处决。临刑前他大骂徐墨卿和宋令铮，愤怒之余，指天骂地，最终群枪齐发，当场咽了气，再不甘心也无力回天！

得晓他的死讯，徐墨卿松了一口气，暂时恢复了寻常日子。这一天他正在戏院的办公室查看账簿，经理引着一位老爷子进来，一身简单布衣，平头，清瘦却精神，看到徐墨卿便大笑道：“臭小子，几年不见，你已经做出这么大的名堂了。”

“老班主？您怎么会想到来看我？”徐墨卿激动地走上前，一把抱住了来人。

这人正是当初收留徐墨卿的戏班班主，时光荏苒，当年的班主已经是花甲老人了。他拍着徐墨卿的肩膀说道：“我是替你父亲送信来的。”

石头愕然：“您说什么？大哥的父亲？”

“老班主，您和父亲一直有联系？”徐墨卿难免激动，果然如他所愿，父亲并没有死。

“不，你误会了，是你父亲前阵子突然找到我，说要让我帮你带封信，还把路费也一并寄过来了。”老班主一边说，一边掏出信封。

这是一封极特别的信，里面只有一张白纸，徐墨卿心里明白，将信捏在手里不急着处理，先请老班主坐下喝茶，询问他这几年的状况。

老班主年迈后不再带戏班子，退隐到家乡过起了闲云野鹤的生活。这些年，徐墨卿虽然不怎么去探望他，但会定期寄钱过去，保证老班主生活无忧。师父对自己有养育和栽培之恩，他不敢忘。老班主得益于他的照顾，过得倒是丰衣足食。

“我父亲现在哪里？”他转入正题。

“他？他不肯说啊，我还特别告诉他，你现在已经是荣丰戏院的老板，让他来找你，可他说不是时候。你说你父亲也是奇怪了，当年把你这个机灵的小子交给我，一去不回。现在回来了，儿子已经出息了，他又不肯见面。”

徐墨卿紧紧握拳，脸上一片苦涩。老班主见状，连忙说道：“我看他沧桑得很，这些年过得也不容易。你们将来见面，千万不要怪他，没有苦衷，他不会撇下亲生儿子的。”

徐墨卿把话题岔开，安排老班主住下，可老班主放心不下家里，说要连夜赶火车走。他只好请老班主在最好的饭馆吃了一顿，听了一场戏，亲自送上夜间最晚的一趟火车。

等回到家中，时间不早。徐墨卿迫不及待地点燃一根蜡烛，白纸被放在上方小心炙烤着，片刻之后，上面有白色的晕点出现，慢慢溢开，一行文字出现在纸上。

此情此景让石头瞪大了眼睛，兴奋道：“古人的法子就是厉害。”

“字原本就是用蜡烛写的，由于温度降低，凝固的蜡油又是白色的，所以才看不到，不过是一点小技巧。”徐墨卿念着上面的字，“亲人相见，是非莫名，疑在天涯，近在咫尺。”

“这是什么意思？”石头说道，“听上去好像有些复杂。”

“看上去像是父亲给我的暗示。”徐墨卿说道，“文中之意，我和他相见的时候快到了，真是费解，为什么父亲不亲自来见我，他还在筹划什么？”

石头看着情绪低落的徐墨卿，打着哈哈道：“大哥，这是喜事啊，别再一副苦大仇深的样子了。对了，大哥，你看，戏都散了，咱们是不是也该回去了。”

石头来到窗边，看着外面的人流与车流，突然低低地叹了一口气：“在云城的时候，差点就忘记曼丽已经死了，回到十里洋场，走进百乐门，好像她就站在那里……”

“她的身份还没有确定？”徐墨卿说道。

石头颓然地说道："没有。"

这时，外面传来敲门声，石头打开门，宋令铮与方副官走进来。石头皮笑肉不笑地说道："经理居然不通传，看来你俩在荣丰戏院已经拿到特别通行证了。"

"还不是托徐老板的福。"方副官乐呵呵地说道，"我刚才好像隐约听到有人提到曼丽，她不是以前百乐门的头牌舞女吗?"

石头的脸马上沉下去。宋令铮轻咳一声："我刚从南城回来。"

"看来在南城的收获不小，否则宋少爷也不会匆忙跑这一趟。"徐墨卿说道。

"上峰有新的命令，这番前去还得到些新的情报，恰巧和石头兄弟提到的曼丽有关。她是戴老板安插到百乐门搜集情报的人。因为太显眼，所以给自己招来了杀身之祸。在她被暗杀的前两天，她已经摸到特别行动小组的秘密藏身地，可惜，被对方察觉杀害了。"

"因为发现了东瀛人特别行动小组的存在，才被东瀛人加害?"石头握拳说道，"没想到她居然是戴老板的人，怪不得巡捕房的人也没有资格追查下去。我原本以为是掩人耳目，是他们不够资格，这口气戴老板咽得下去?"

"你想多了。"宋令铮冷冷地说道，"戴老板手下这样的人不计其数，死掉一个根本没有什么了不起的。更何况，现在信息已经获得，在上峰眼里——她死得其所。"

石头觉得后背一股凉气嗖嗖地往外冒，心里凉下去："她死了也是白死。"

"对，死了就是白死。"宋令铮说道，"他们学会的第一件事情就是面对死亡。曼丽做到了，感觉到自己有危险之后，她第一件事情是藏起了情报……"

石头的耳朵一直嗡嗡地响，已经听不清宋令铮的话。不对，曼丽提前藏好情报，又不止一次遇上生命威胁，为什么明知道自己的情况危险，还继续留在百乐门？他握紧了拳头，是为了自己吗？不知不觉中，石头又想到了那一夜，曼丽穿着宝石蓝色的旗袍，天生的凤眼，细眉入鬓，虽然蓝宝石发卡富贵逼人，但她身上莫名地有股英姿飒爽的感觉。

“怎么，不要说你不认识我，你一个月至少来百乐门六次。”

“今天晚上散场后等我，在后门。”

“我饿了，陪我吃个馄饨吧。”

“热闹总是来得快，去得快，你看，刚才还熙熙攘攘的街道，现在就没有几个人影了。”

“如果我可以选，我会选择在日落的时候回家。”

“你是不是喜欢我?”

……

曼丽的声音响在耳边，石头伸手抹了一把脸，他不想被这些男人看不起，在心里，他用最大的声音说道：“曼丽，我喜欢你!”

石头的魂都飞到九天外了，宋令铮又说道：“还有一件事情，那个特别行动小组据情报称，他们中间有个参谋是本国人，来历不明，一直给小组出谋划策，这次云城遇袭，八成是他的手笔。”

刚才还沉浸在回忆中的石头突然回过神来：“曼丽临死前的前一夜，曾经看到过谢七小姐，还说过一句奇怪的话——她说谢七小姐长得很像她一个旧相识，但又说不可能。我还觉得纳闷呢，听上去，她的旧相识好像已经去世。”

“谢七是坠崖生还被洪门所救，成为洪门的谢七，过去的一切都不记得，身份莫测，但相处下来，她不只聪颖，更有悟性，是个蕙质兰心的姑娘，我相信她一定不是歹人。”徐墨卿言之凿凿。石头心里头嘀咕，反正情人眼里出西施，大哥眼里的谢七小姐就是天上的星星，璀璨明亮，处处光辉。

说完了这些，倒还有一件事情让大家有些悻然，宋令铮反应迅速，手下人已逮了陈阿七带往南城。没想到陈阿七这家伙舍财保命，把自己和魏仕杰的关系推得一干二净，还奉上一对夜明珠。上峰也是鬼迷心窍，居然称没有实证，魏仕杰已死，没有人证，这件事情便不再追查了。也就应了那句老话——有钱能使鬼推磨。

送走宋令铮后，石头嚷着肚子饿。徐墨卿拗不过他，去了一家面馆吃夜宵。刚进去就看到吴老六独自坐在靠窗的位置喝闷酒，一副垂头丧气的样子。石头和吴老六曾经同生共死，晓得他也是个义气人，一屁股坐到吴老六对面，拍着桌子道："喂，老六。"

吴老六喝得有几分醉意了，看到他们，不禁露出一丝苦笑，上回墓室的经历还历历在目。师父的所作所为自己也不能认同。他请二人入座，石头就问他知不知道魏仕杰已死的事。

"好事不出门，坏事传千里，我早知道魏仕杰死了。"吴老六说道，"我虽然只是个大老粗，还不是痴傻，师父和魏仕杰是有合作，现在他一死，合作自然中止了。"

"可你师父有能耐啊，明明要蹲大牢的人，打通了各个环节，逃之夭夭，厉害！"石头讽刺道，"咦，你师父摆脱麻烦，这么大的喜事，怎么你还一个人喝闷酒？"

"我师父去丰城了，没带我。"

丰城，徐墨卿一愣，自己所有的记忆都集中在那里。八岁以前，徐墨卿与父亲、爷爷三人相依为命在丰城度过了一段清贫却充实的日子，丰城的青石板、年迈的打更人、势利的药房老板，还有城外的老坟场、雨后星星点点的鬼火……那里，是记忆的开始，也是命运重新开始的起点。

陈阿七是晓得徐家底细的人，这一点徐墨卿十分确信。虽然谢七他们也知道自己是徐三年的孙子，但不知道他曾在丰城生活过，陈阿七这一趟出行定有蹊跷。

徐墨卿晓得，必须再回一趟旧地了，便和石头相约后天离家，留了一天时间处理戏院的杂务。

次日晚上，荣丰戏院按时开唱，人群鱼贯而入。人群中，谢七与宋令铮的身影格外醒目。徐墨卿的心忽而一沉，强挤出一个笑容走过去，目光落在两人握着的手上："两位今天也有闲情来听戏？"

"谢七约我。"宋令铮脸上是藏不住的笑意，得意扬扬道，"我当然要来了，肯定不是故意捧你的场。话说姓徐的，我们来看戏以后是不是得免费啊？"

"堂堂的宋家大少爷连两张戏票的钱也掏不出来吗？"徐墨卿的拳头握紧，转身便走，"不打扰二位。"

徐墨卿迅速回到二楼，双手掩住自己的脸，徐墨卿啊徐墨卿，你这是怎么了，宋家大少爷从一开始就表达了对谢七的爱意，两人外貌上来看也是匹配的一对，你现在是在生什么气？你又有什么立场生气？

石头兴冲冲地进来，看到徐墨卿一脸失落，便急匆匆地说道："大哥，你猜我看到谁了？宋少爷和谢七小姐单独约出来看戏，哈哈哈，留过洋的人就是不一样，宋少爷还主动拉谢七小姐的手呢，也不管这么多人看着，哎哟，大哥，你脸色不好看啊。"

石头是存心的，大哥格外关注谢七小姐，又挂心她的安危，不是喜欢是什么！大哥总觉得自己身世飘零，如今泥足深陷无法给谢七小姐安定的生活，索性装出不在意、不在乎。这么逼着自己，痛苦的还不是他自己，石头替大哥愤懑，论才华才干，姓宋的哪是大哥的对手。

"不要再说了，准备一下，明天出发去丰城。"

"可我刚才又收到信儿，说陈阿七已经从丰城回来了，好像也没做成什么事，那咱们还去吗？"石头不解道，"要是丰城有什么头绪，他没这么快回来才是。"

"去。"徐墨卿坚持道。

两人刚商定完毕，宋令铮上来了，见到他，徐墨卿倒很意外："看完戏，不是要和谢七小姐吃夜宵，然后送她回去吗，怎么又折返回来？"

徐墨卿都察觉到自己的语气充满醋意，马上调整道："有什么事情？"

宋令铮狐疑地看着徐墨卿，笑道："我想得没错，你也喜欢她。"

“不要自以为是了。”徐墨卿说道，“我和她相识比你早，如果我喜欢，早就走在你前头了。宋少爷，这样讲对她太不公平了。还有，如果想和我纠缠这些事情，还是省省力气吧。”

“我讲的事情的确和谢七有关。”宋令铮说道，“我刚才送谢七回去，发现有辆车在跟踪我们。我杀了一个回马枪，两辆车擦肩而过的时候，我看得清楚，跟踪我们的人是戴老板的人马，我十分肯定，他不会派人跟踪我，所以……”

“所以他们跟的是谢七小姐。”徐墨卿说道，“为什么？”

“我通过姨父的关系请戴老板调查谢七的来历，这些天没有回应，但是，他的人却在暗暗跟踪谢七，让我觉得心神不宁。”宋令铮说道，“刚才我突然冒出一个大胆的念头，左思右想，居然有好几条对得上。”

“关于谢七小姐的身世？”徐墨卿说道，“说来听听。”

“东瀛之花。”宋令铮说道，“你们知道吗？”

徐墨卿心里一动：“有所耳闻，据说这几年，她化身为中国人在这里活动，会讲日语，喜欢女扮男装，身手不凡，是东瀛谍报机关的一枝花，擅长骑术，平时最喜欢穿的就是骑马装。”

宋令铮的表情突然痛苦起来，他伸出两指按压着自己的眉间，一副愁眉不展的模样：“洪三曾对方副官提过……”

徐墨卿有种不祥的预感：“说过什么？”

“洪门的大姐发现谢七的时候，她身上就穿着一身骑马装。就是因为这一点，其他六姝一直认为谢七出身甚好，出身大富之家，而那位东瀛之花就喜欢穿骑马装。”

“不止，谢七还能听懂日语。”徐墨卿说道，“除此之外，她还拥有了得的身手和特别的记忆能力，行事有条理，一丝不苟却又机敏灵活，像是经受过专业的训练。但这些只是你的猜测罢了，毕竟连她自己也不记得了。”

他虽然说得淡定从容，心跳却开始加速，要不是戴老板的对头，为什么要跟踪她？还有曼丽临死前所说的话，一件件，一桩桩，让谢七的身份更加扑朔迷离。如果谢七真如宋令铮所说是东瀛之花的话，那么……她与他们的相遇岂不是天大的笑话?!

此时的谢七浑然不知他们的苦恼，她正和姐妹在院子里取笑洪三。今天她收到方副官送的花，已魂不守舍一天了。这也难怪，洪门七姝从来英气逼人，众兄弟时常笑话她们像男人一样，尤其大大咧咧的洪三，更是个男人婆。

在方副官的攻势下，洪三终于露出些许女人家家的娇柔气，在姐妹们的哄笑声中开怀大笑。看着这样的洪三，谢七由衷地高兴，可看到一边托盘里丁点也没有动的粥，又笑不出来了，四姐今天一直不肯吃东西，还把自己关在房间，谁也不理。

"四姐一直不肯吃东西。"官五说道，"真不知道那个许丰年有什么好的，明摆着是利用四姐，她怎么就是不明白，女人傻起来真要命。"

"许丰年干啥了?"洪三怒道。

"听说在外面有相好的了。"官五说道，"是个舞小姐。"

欢快的气氛中止，为免易四触景生情，众姐妹各自回房。

回到房间，谢七从衣柜里取出那件骑马装，手指夹着衬衫的两个袖子，面色沉重。她随即用手指拂过沾了血迹的地方，陷入了沉思，今天晚上并不太平，听完戏返家时后面多了小尾巴，会是谁呢?

第 13 章　洪门孤女乃闺秀

回想到那辆暗中跟踪自己的黑色汽车，谢七的心思无法平静。从戏院出来后，那辆黑色的汽车便一直尾随，事实上，这已经不是第一次了。这一个月来，谢七经常发现有陌生人在跟踪自己，而且大多是群体出现，并非个体，始终与她保持距离，没有正面冲突。

谢七抚着额头，仔细地回想，恨不得用尽全力去回忆那天发生的事情，自己是如何坠下悬崖的？自己究竟是什么人？

结果还是什么也没想起来，心烦气躁的谢七暂时放弃，正欲将衣物放回衣柜，一不小心那衣服却掉在地上，弯腰拾起来的时候，却瞅到马裤内侧有个口袋，谢七心里打了一个激灵。她小心地摸索着那个口袋，它缝得细致平整，十分不起眼。作为暗衬的口袋做得实在精巧，谢七将手指探进去，触到一个标签，布制的标签，上面赫然是日文。

谢七只是看了一眼便知道是“樱花”两个字，她找来剪刀将这枚标签剪下来。这是衣服的品牌标签，若是去找销售这衣服的地方，说不定，有人可以认出自己。这个念头浮上之后，她便准备第二天去寻找。

第二天一早，正准备出门的谢七却被宋令铮和徐墨卿拦在门口，百货公司去不了了，原来宋令铮收到消息，井上为代表的特别行动小组有信了，他们正准备离开此地，鱼已游动！

井上等人的目标是一处宋代古墓，这伙人大概是从魏仕杰那里得到灵感，想掠夺地下宝藏，充作经费。上峰下令，必须拦截他们，必要时全歼。

这次上峰提供的情报极准确，他们一行人收拾行装赶到时，井上一行人已经开始挖盗洞，他们的装备齐全，还准备了防毒面罩。这些新奇玩意儿，石头曾经想尽办法去弄，货太紧缺，不是有钱就能买到的，可见这支特别行动小组准备得十分齐全。

等他们下去，身为行家的石头马上有了判断："大哥，下面八成有水银池，我们怎么办？"

"我有带砒霜。"徐墨卿说道，"十八反，十九畏，水银畏砒霜。宋代的时候，古人就把重要的禁忌药物加以总结，称之为十八反，十九畏，十八反中常见有甘草反甘遂、大戟、海藻、莞花。十九畏常见为硫黄畏朴硝，水银畏砒霜，狼毒畏密陀僧，巴豆畏牵牛，丁香畏郁金，川乌、草乌畏犀角，牙硝畏三棱，官桂畏石脂，人参畏五灵脂。"

"还是大哥有本事。"石头夸赞道，"这下子我们就不怕了。"

徐墨卿将砒霜分为六份，让每人带上一份："不是让你们拿来吃的，水银与砒霜若是同时服用，产生的毒性比原来的要强百倍。"

谢七不解："那是拿来干什么的？"

"暗算那帮人的。"徐墨卿说道，"它是最好的武器，要小心使用。"

洪三应了一声，将那一小包砒霜收好。

"水银可挥发，后进入的占便宜。"宋令铮道，"不过未必有事，大家就放宽心吧。"

谢七与洪三大着胆子往前，只见地面还留有三个人，其中一人正是三姨太！

洪三的拳头紧紧地握起，恨恨地说道："七妹，是她。"

“我也看到了。”谢七说道，“稍安，上次的账这回一起清算，她肯定跑不了。”她回头问徐墨卿和宋令铮，“现在怎么办?”

“先干掉这三个。”石头抢先说道，“洪三，我们这就替你出出气。”

三姨太穿着一身男式的衣服，头上戴着帽子，就算如此，也挡不住她妖娆的风姿。与她同留在地面的两名东瀛人正与她调笑。她一举手，一投足间尽是女人的妩媚劲儿。洪三往地上啐了一口，骂道：“这只骚狐狸!”

“倒是蛮有女人味的嘛。”石头啧啧道，“你和她一比，哪里像女人，瞧瞧人家，那劲儿才像个婆娘。”

“滚。”洪三的声音不自觉地提高，幸好谢七捂上她的嘴，洪三自知失态，瞪了石头一眼，轻声说道，“七妹，不怪我，都怪这个家伙，明摆着气我嘛。”

“好了，不要开玩笑了。”徐墨卿说道，“动手。”

石头与徐墨卿、谢七同时蹿了出去，剩下的三人则慢了一拍。谢七的目标自然是三姨太。她并未用刀或枪，而是伸手扼住了三姨太的脖子，与此同时，石头与徐墨卿分别一手捂住另两人的嘴，一手用刀割破两人的喉咙，瞬间便要了他们的性命。

那两名东瀛人只来得及哼一声，便咽了气，血打湿了两人的胸前。宋令铮见徐墨卿下手利落，不由得说道：“真是人不可貌相，徐老板下手够狠。”

徐墨卿抹去手上的血，淡然道：“该断则断，我是指喉咙。”

宋令铮想到徐墨卿在戏院教训小混混的情景，不禁打了一个寒战：“是我小瞧了徐老板。”

徐墨卿闷哼一声，转身看向三姨太：“三姨太，好久不见。”

三姨太被谢七卡住喉咙，亲眼看着刚才还和自己有说有笑的同胞丧命，难免会受到冲击，一双清亮的眼睛里面充满恐惧。洪三一个箭步冲到三姨太面前，哈哈大笑：“又见面了。”

“七妹，你勒着她的脖子，她没法说话。”洪三打趣道，“让人家讲几句。”

洪三说着，拿枪抵在三姨太的胸前：“哎哟，心脏还在扑通直跳呢，可惜，一枪打进去，就跳不了了……”

三姨太惊出一身冷汗，额头上的汗水开始往下流动。谢七微微一笑，慢慢地松开手，附在三姨太耳边说道：“因果循环，三姨太隐藏得够深，下手也够狠，我三姐可是吃了一点儿亏。”

“大家各为其主。”三姨太盯着地上的两具尸体，连手指尖也开始颤抖，“大家都是女人，何苦互相为难？”

“那请三姨太先不要为难我们。”谢七说道，“你们来这里是做什么的？”

“我不知道。”三姨太说道，“我只负责先到这里准备车辆，负责接应，剩下的都是井上先生一手安排，谢七小姐，小心枪走火。”

“三姨太，痛快一些吧，大家都是知根知底的人。”谢七不打算废话，手里的枪抵得更紧些。洪三与方副官一直紧盯着盗洞，唯恐下面的人会伸出头，打他们一个措手不及。看着深幽的盗洞，两人莫名地紧张，洪三不禁说道：“七妹，快点。”

徐墨卿突然伸手扼住了三姨太的脖子，冷冷地说道：“说，你们有一位军师，他在哪里，是什么身份？三姨太，我不想为难女人。”

三姨太的眼珠子转了一下，突然发出怪笑声：“我不会告诉你们的，有本事自己去找答案，既然一路跟到这里来，不是很有本事嘛，对了，自我介绍一下，我叫铃木香织，徐老板，我们要重新认识，再次见到你，是我的荣幸。”

这个东瀛女人的名字让宋令铮心里一愣，随即脱口而出：“你可知道东瀛之花川岛？”

“她是我的启蒙老师。”铃木香织冷笑一声，“怎么，你对眼前的我不感兴趣？”

“你见过？”宋令铮知道这个时候不应该纠缠这个问题，可是，错过这个机会，以后就很难再确认了。

铃木香织盯着宋令铮的脸："没有。"

铃木香织的目光流转，突然抬头，险些亲上徐墨卿的嘴唇，哧哧笑道："徐老板可是第一次主动离我这么近呢。"

以前作为三姨太时的她贴身过去的时候，徐墨卿总会轻描淡写地避开，像现在这样紧紧相依十分罕见。铃木香织媚笑道："这样的感觉还不赖啊。"

"你这只骚狐狸。"洪三冷不丁地揪住了铃木香织的头发，"这种时候了还在勾引男人！"

铃木香织摆出一副无所谓的样子："这是女人天生的能力，好啊，杀了我啊，杀了我啊！"

洪三狠狠地扯着她的头发。谢七轻声说道："三姐，不要激动。"

"看在你还有价值的分儿上，先放过你。"洪三冷冷地说道，"徐老板，你可不要让这只妖狐狸迷了眼睛，她是咱们的对头。"

徐墨卿暗道不妙，铃木香织越来越冷静了，还能肆意调笑。他手里的刀迅速地划过她的喉咙，力度掌握得刚好，皮肤划破，血溅出来，却没有伤到要害。血液流出的速度让铃木香织刚冷静下来的情绪重新到达紧张的顶峰。徐墨卿逼问道："说，你们来这里做什么？！"

铃木香织微微闭上眼睛，呼吸变得急促起来："当然是找残卷了，陈阿七曾和魏仕杰说过，残卷可能在古墓里，不管是真是假，我们都要试一试，找遍古墓再说。"

今天出现的一个也别想跑，徐墨卿一扬手，谢七把铃木香织的双手绑在背后。铃木香织也不反抗，这女人的心思令人琢磨不透。站在她的背后，谢七必须提起十二分的精神提防她。洪三扯着铃木香织的胳膊，不时狠狠地瞪她一眼。铃木香织笑道："洪三小姐不用这么看我，其实，我很少失手。"

洪三打了一个寒战，这是说上次自己是死里逃生吗？

铃木香织冷静下来了，这个女人可得提防，徐墨卿心中有数，面上却只是微微一笑。他拉上石头去看盗洞。这条盗洞自然比不上北派的专业方形盗洞，不过是在地下挖出一条通道而已。两人打前阵，跳下去走了没几步，石头马上停下脚步，纳闷道："味道不对。"

徐墨卿立马吼道："迅速退出去！"

那是水银蒸汽的味道，水银蒸汽的剧毒可以让人瞬间死亡，没有防毒面具的他们明显吃亏。那气味沿着挖出的通道，穿越了土层弥漫到外面的空气中。地下的情形不可知，准备不周全的他们只有先在洞口等待。

时间一点点地流逝，徐墨卿独自坐在一边沉思着什么。谢七拿出怀表看时间，沉声道："已经半小时过去了，我下去看看如何。"

徐墨卿站了起来，抢先一步往盗洞走，他不能让谢七涉险。谢七心中一热，虽没有只言片语，他的苦心却已明了。可是，徐墨卿往盗洞处走了没有几步，地底传来"轰"的一声，地面猛然震动，徐墨卿的身子向前一冲，险些摔到地上。

地面的晃动来得快，去得也快，徐墨卿站直了身子，这震动不是地底的沼气爆炸就是人为引爆。石头抽抽鼻子，面色微变，他断定这不是沼气爆炸，是人为的。这说明那伙人已经通过水银池这道防线，接近目标，此时下去正是时机。

徐墨卿迅速地钻进盗洞中，在盗洞的尽头处，水银蒸汽的味道已经淡去，他用手扇了扇，也没有浓重的味道，一颗心落到肚子里，赶紧上去招呼其他人下来。再次回到盗洞，因为刚才爆炸，地上多了些尘土，泥壁也有些变形。铃木香织冷笑道："你们确定要下去吗？"

洪三没好气地说道："你哪来的这么多废话。"

铃木香织媚眼如丝，看向徐墨卿："徐老板，我可舍不得你死。"

洪三瞪大了眼睛，随即看向谢七。谢七的面色淡然，只是盯着脚下，昏暗的光线下，看不清楚她的双眼，她气得推了那个女人一把："闭嘴。"

徐墨卿笑道："结果尚未知道，走着瞧吧。"

盗洞的尽头处是一间墓室，出乎徐墨卿的意料，这不过是一间耳室而已，水银池往往构筑在主墓室附近，一来是防盗，二来是防腐。水银在墓室的运用一是用于尸体，二来是用于机关，可谓是古墓神器。

徐墨卿钻进那间墓室，那个长约三米，宽约一米的池子首先吸引了他的注意力。里面的水银已经挥发，还残留着水银蒸汽的味道，徐墨卿走过去的时候，捂着口鼻，其他人也是如此。

这里与其说是墓室，不如说是地下室，没有任何墓葬的痕迹，三具尸体横在水银池的边上，姿势不一，相同之处就是都口吐白沫。铃木香织看了一眼，便挪开目光。谢七问道："这三人就是先下来打前阵的人吧?"

"何必明知故问。"铃木香织说道。

"你们一共是多少人?"徐墨卿问道。

铃木香织眨着眼睛，头微微前移。徐墨卿不避不让，只是拿眼睛直视着铃木香织，她突然觉得没趣，嘴角一撇："你猜呢?"

"十一个。"谢七说道。"现在里面有五个人，包括井上在内。"

谢七细致的观察力再次帮了忙，众人一边说话，一边打量着这间石室，除了这水银池外，就只有简单的石壁。石头突然说道："大哥，他们是从哪里进去的?"

徐墨卿盯着地上的脚印，顺着那脚印走到尽头处，那是两扇紧闭的石门。石头过去推了一下，纹丝不动。他趴在地上一看，顿时摇头："大哥，是自来石。"

两扇石门的下端的灰尘有痕迹，谢七说道："这两扇门打开过，然后又重新关上，所以才会出现这种印子。"

石头点头："他们中肯定有行家。"

宋令铮冷冷地说道："你不也是行家!"

石头不吭声了，嘿嘿一笑。宋令铮不耐烦道："我不管什么行家，赶紧追踪过去要紧，有办法打开吗?"

这种门先将石门门轴的上下端制作成球状，又在两扇石门中间齐门缝的相同部位，雕凿出一个表面突起的槽，然后再在门内中轴线不远的石铺地面上，凿出个前浅后深的槽来。

关闭石门前，人们先将那根有相当宽度的石条放在地面的凹槽内，并慢慢让其前倾，使之与石门接触。当人们从地宫中撤出后，石条借助其本身倾斜的压力和门轴轴端的“滚珠”作用，自动地推着石门关闭，直到它的顶端落在两肩石门的那个凹槽内。此时，自来石将石门抵得严严实实，人想要从外面将石门推开，根本不可能。

洪三注意到石头手上拿着一根奇怪的钢丝，前端闭合，形成了一个口字形。石头嘿嘿一笑：“这叫拐钉钥匙，专门用来打开自来石的，你们就瞧好吧。”

长柄的半个“口”字形铁棍儿竖起来，慢慢插进门缝。接触到石条上部后，又将“口”字横过来套住石条的脖颈。一切准备就绪，石头往里推动着钥匙，而石条移动的声音清晰地响起，能感觉到石条在一点点移动，直至完全移不动了，这才停止用力。

石头拿钥匙顶住那里，并不松手，催促道：“大哥，可以推门了。”

徐墨卿与宋令铮、方副官一起合力推门，谢七与洪三依然控制着铃木香织。铃木香织眼见得石门被推开，目光复杂起来，眼神也格外凶狠。谢七附在她的耳边说道：“不要把对手想得太好对付，最后受伤的可能是自己，铃木小姐，最好配合些，你的同伴已经消失不见，你随时可能遭遇不测，不要玩花招的好。”

说话间，石门已经打开，石头兴奋地松开手，第一个走进去。刚走进去，一股风涌进来，还附带着浓厚的火药味道。这味道是从右手边的方向传来的。徐墨卿进来后首先打量这里的布局，见是一条丁字路口，进来的墓室为头，而后朝左右而去。

石头说道：“大哥，看地上的脚印，他们左右都去过，然后在右边进行爆破，我们要不要跟过去?”

徐墨卿不语，直接朝右边走去。石头心下着急，尾随在后，一路上倒没有什么机关，只看到墙壁上的烛台，每隔五六米远便有一个。墙上的烛台便似一个个暗影，令人心悸。

火药味儿越来越浓，徐墨卿终于放慢了脚步，同时关掉了手上的手电筒，身后众人也是如此。完全置身于黑暗中时，前面的光却慢慢透过来。谢七早有准备，用布条塞住了铃木香织的嘴，以防她出声警告那群东瀛人。灯火慢慢亮起来，徐墨卿小心翼翼地接近。

丁字路口的一侧正是一间墓室，地上碎片四散，灰尘四溅，墓室的砖墙被损严重，几乎整面墙都垮塌破损，现出一个大洞，那群人就在里面。

里面的人还未察觉外面来了人，他们正专心致志地面对那副棺椁指手画脚。徐墨卿清点下人数，果然是五个人，他马上回头看谢七，她只是微微一笑。

那五个人中有个老熟人，便是井上。他身形瘦削，留着一个平头，从体形上来说并不具备侵略性。谁也想不到，这个瘦弱的家伙居然是东瀛特别行动小组的组长。他正背对着洞口，俯身看着棺椁内部说："这就是阴沉木棺。"

"只有一处判断失误，本以为是宋朝的古墓，结果有自来石，说明这是明朝的大墓，所葬之人非富即贵。这副阴沉木棺价值连城，恭喜井上先生。"

说话的这家伙是个行家。

石头扯了一把徐墨卿，点着地面，地上满是碎石，还有成块的泥块。徐墨卿心中有数，他们晚了这么久进来，这些人除了爆破墓室外，剩下的时间全部是在对付这棺木外面的包层。

这阴沉棺外面用三合土、泥沙浆、碎石浇筑，要想打开可要浪费九牛二虎之力，若是用外力凿穿，不可能这么快就做到。依他们的速度来说，肯定采用了炸药，看阴沉木棺完好无缺，这负责爆破的肯定是个高手。在这五个人当中，除去井上和那个行家，只有三个人。

三人当中，那个矮小的男人格外引人注目，因为他脚下放着一个铁盒子，徐墨卿心中有数，这个家伙应该就是那个爆破高手。他一直安静地站在角落里，相较于另外两人对于棺内明器的兴趣，他淡然得多。

此时，那位行家说道："好了，明器取出来，这次的任务就算完成了。还有，井上先生，跟踪我们的人必须解决，杀无赦。"

候在一边的两个人早就心里痒痒，一听到这话，立刻俯身上前，包层没有了，棺木里的陪葬任人处置，手最快的那个已经捞起一块方玉。喜不自禁的他刚刚满脸笑容，随即惨叫一声，摔到地上。

一只形似蝎子的虫子正从玉器里爬出来，迅速地钻进这人的鼻子里。身边的人急了，抬手便是一枪，可怜那个家伙直接脑袋开花，身子径直倒在地下。温热的血液让那只蝎子从鼻孔里爬出来，飞速地爬到弹孔边，贪婪地吸食着热血。

剩下的四个人都弹到了一边，那个行家突然跃向棺边，往里面扫视了一眼，便掏出几枚银针，毫不犹豫地探进棺内，这大胆的举动让徐墨卿惊愕不已，石头则直接惊呼出声，那井上十分警觉，立刻举枪回头："谁?!"

洪三狠狠地瞪了石头一眼，就在此时，原本被制住的铃木香织用头大力地撞向谢七，谢七手上的枪顿时走火，那突如其来的枪声让井上不由分说朝外面扫射。徐墨卿叫道："趴下!"

铃木香织吐出嘴里的布条，身子紧紧地贴着泥壁："先生，不要开枪，是我!"

井上根本不顾铃木香织的生死，枪声越来越密集。铃木香织咬紧牙齿，无奈地趴在地上，子弹从头顶射过去，她的脸也变了颜色。宋令铮的枪法奇准，不急不缓地抬手便是一枪，首先打中了离他们最近的那人。剩下的那几个家伙急于离开，却是往墓室的另一边去。

徐墨卿志在井上，哪能容他跑掉，毫不犹豫地扑过去，石头不能让大哥吃亏，持枪对准井上。却听徐墨卿大喝道："留他的命!"

石头枪口一转，转向另外一人，正中那人胸口。身后的宋令铮与方副官赶过来，宋令铮抬手正要开枪，地面突然猛烈地摇晃起来，石头一头栽到地上。宋令铮与方副官扶住了墙壁，勉强稳住了身子。铃木香织趁机挣脱开来，奔向井上处，她刚刚跑到那边，地面猛然震动，所有人都栽到地上。

石头和方副官对视一眼，猛地扑上前，按住了那个行家和另一名东瀛人。可前方地面塌陷，近在咫尺的铃木香织和井上就在他们的眼皮子底下消失了！

等地面恢复平静，谢七才发现徐墨卿也不见了，不禁心乱如麻。刚才塌陷的地方乱石堵塞，半点儿空隙也没有留，三人消失得无影无踪。石头怒吼一声："大哥！"自己的动作没有大哥快，眼瞧着他追井上和铃木香织，和他们一块儿掉下去了！

不知道过了多久，身子痉挛了一下，徐墨卿的身子挺了一下，一口水从嘴里喷出来。他摇晃着头，眼前的一切从朦胧变得清晰，身边还躺着一个女人，他们的下半身仍在水里。徐墨卿呼出一口气："还活着。"

身边的女人一动不动，之前发生的事情一点点浮现。徐墨卿反应过来，扯过那女人的身子，竟然是铃木香织。

她的双手仍被缚着，像条被拍到岸上的鱼，毫无生气。徐墨卿挣扎着起来，这里是一片洼地，四周的丛林中传来了鸟叫，有着清新的空气、蔚蓝的天空。没想到他们从墓室里震到了外面，墓室的设计别具一格，与水连通，只是出来的口子必定被堵，否则水淹古墓。

铃木香织睁开眼睛，手指轻轻地颤动着，看着身边的徐墨卿，脸上的肌肉抽动一下："你还活着。"

徐墨卿只关心井上在哪里，铃木香织还被绑着，她环顾四周，并没看见井上，便哈哈大笑："井上先生不会死的，哈哈，你们一定抓不到他。"

"是吗？"徐墨卿淡淡地说道，扭头看到远处形如笔架般的山，水流应该是从那里奔涌而来，水源绕这座笔架山生，又凭借此地自高往低的天然地势，可谓是一道天然屏障，而溪流中恰好有块石头。

石头后面分明有个人在动。徐墨卿一步步走过去，井上就藏在那块石头后面，他的运气不好，塌陷时被石头砸中腿，有气无力地靠在石头上，看到徐墨卿，骂咧道："该死的，不是你逮住我，算我运气不好！"

"老祖宗在天有灵，活该你们跑不了。"徐墨卿仰天大吼。见井上一时也跑不了，他赶紧想办法在地面生起火把。

石头他们看到密林里突然飘出的炊烟，欣喜若狂地奔过去，果然看到徐墨卿坐在那里，铃木香织和井上被他捆成了粽子，动弹不得！大家都欣喜莫名。

这一趟没有白走，只是大家也耗费了不少力气，待回到十里洋场各自归整。三天后宋令铮和谢七急匆匆地来找徐墨卿。

宋令铮有心夺得佳人芳心，铆足了劲去查谢七的身世，加上谢七本人也有弄清的意愿，靠着衣服上的樱花牌标记，去了本城唯一一家出售此衣服的百货公司。那件衣服只有一件，买走它的是一位姓蓝的老太太。整个十里洋场，有财力有地位还姓蓝的老太太，只有一位，宋令铮已经托人去打听，相信不日即有回应。这个位蓝的老太太一定跟谢七有些关系。

这天大伙去了本城最好的餐厅，准备好好享用一餐，压压惊。

只是进入餐厅刚落座，洪三的眼神突然飘移起来，她扯了一把谢七："七妹，你看，那不是许丰年嘛，他身边的不是四妹吗？"

许丰年正喝酒，坐在身边文静可人的姑娘正是易四。谢七的眉头立刻皱了起来。前一阵子，四姐还因为许丰年勾搭上了其他的女人黯然神伤，这才多长时间，两人又重修旧好。四姐就像掉进了一个深不见底的深渊，她们想拉她出来，她却偏要用尽全身的力气扑下去。

洪三嘴里嘟囔着，立刻起身，被谢七拽住了，哀切地请求道："三姐，不要让四姐难堪。"

"可是，这丫头被许丰年骗了啊。"洪三气呼呼地说道，"许丰年只是利用她获取洪门的情报，有事钟无艳，无事夏迎春，这都看不出来吗？"

"三姐，回去再说，他们走了。"谢七轻声说道。

许丰年揽着易四的腰，两人颇为亲热地下了楼。洪三趴在二楼的栏杆上，看着两人上了一辆黄包车，一路朝城东而去。她懊恼地坐下来，嘟囔道："真拿她没有办法。"

方副官轻咳了一声，小心翼翼地说道："这个许丰年很有些本事，十里洋场什么样的人都能搞得定，信息来源也很准确，赚了不少钱。"

"在刀口上过活的人而已。"宋令铮说道，"情报传过来传过去，只要被卷进纠纷中，一条小命能不能保住都是问题。这人的确不是托付终身的良人。"

徐墨卿原本计划回一趟丰城，被这件事情打乱节奏，如今还是有回去的打算，他并没有告知谢七与宋令铮，第二天一早便和石头启程，至于审讯铃木香织和井上的事，交给宋令铮处置。

当汽车从居所离开之时，一个身影从巷道里走出来，正是何大夫，站在他身边的男人身材高大，竟然是徐墨卿和石头曾经救下来的青年。他看着远去的汽车，焦急道："何大夫，现在已经是危急的关头，咱们还要再等？再等，徐老板真成他们的人了。"

"不急，不急，我信他有忠肝义胆，不是盲目从流之人，自有判断，走吧。"何大夫扫了青年一眼，"那些东瀛人还要继续跟。"

青年无奈，再看徐墨卿所乘坐的汽车已经消失在视线中。

再说徐墨卿和石头回到丰城，才发现陈阿七去了他们曾经住过的老宅子，那宅子已经易了主，陈阿七上门询问了一些问题就离开了。

新宅子的主人说，陈阿七自称自己以前住在这里，可能落了些东西，一本不值钱的古书籍或是册子。敢情他查到这里，就想知道爷爷是否将东西留在老房子里。

徐墨卿和石头在丰城待了两天，老地方的变化不大，以前的建筑还在，爷爷的坟头修得整齐，坟前摆着祭拜水果，还有焚烧过的火纸灰烬。

这让石头有些不解，难道是陈阿七？他问："大哥，那个老头这么好心？"

"没立碑，料想他也找不到这里，还有一个人会来——我父亲。"徐墨卿跪倒在坟前，石头赶紧跟着一并跪下，只听到大哥说道，"爷爷，我回来了，您将残卷放进画里藏着，是否也想我永远不发现其中的玄机，不发现您的遗信？天意如此，残卷已得二，父亲还传来书信，我相信这件事情终有水落石出的时候，不管您让我找的是什么，孙子一定办到才咽气。”

他狠狠地叩了一个头，石头也跟着叩头，对他来说，大哥的亲人就是自己的亲人。他跟着说：“爷爷，大哥在，我在，他干什么，我干什么，您放心，我会好好照顾大哥的。”

徐墨卿哭笑不得，转头给了他一记：“我要你照顾什么，起来吧，咱们该回了，出来这两天，不知道那边情况如何，走吧。”

虽然恋恋不舍，终有离别时，徐墨卿和石头雨夜兼程赶回十里洋场。一到便得到消息：姓蓝的老太太找到了，跟踪谢七的正是蓝老太太的人。

原来，戴老板早知道谢七的身份，她和曼丽一样，都是特工，出任务时意外坠崖，从此失去踪影。蓝老太太痛失孙女，一直四处寻找，没想到一直在同城，却从未相逢。直到宋令铮委托找人，终于惊动了这位与上峰有交情的老太太，才发现孙女已经身在洪门。

说起这位蓝老太太，也是屈指可数的人物，祖上曾被封为武德左射骑职位，可谓是有家底子的人，后来又通过经商成为名流，擅长人际交往，与上峰拉上关系。略有遗憾的便是谢七的父母亲早逝，早早过继给大伯，却在蓝老太太身边长大。

谢七曾经出国留学，在东瀛待过两年时间，所以精通日语和英文，归国后和宋令铮一样，被相中为上峰服务。蓝老太太曾经极力反对，谢七本人却是乐于为国效命，欣然受命。

她本名从了老太太的姓，叫蓝晚晴。蓝老太太找到她时，才知道失忆的事实。为免吓到她，又担心在洪门效命再次受伤，索性派人跟踪保护她，却没料到反而惊动谢七，她差点与跟踪她的人大打出手。

蓝老太太有意接谢七重回蓝家，但谢七却拒绝了。毕竟没有找到以前的回忆，要说血缘的依恋还在，但要一见面便宛若亲人还需要时间，她更愿意待在洪门与众姐妹住在一起。

没想到谢七竟然是蓝家的人，宋令铮兴奋不已，原本担心父母亲不同意自己追求谢七，毕竟她来路不明，家世不明。如今倒好，门当户对，想必父母亲也乐意。他已经向父亲说明情况，希望可以向蓝家提亲。蓝家老太太曾在戏院见过宋令铮，万分满意，一时间，蓝宋两家联姻，似乎已经板上钉钉，没有任何悬念。

再说徐墨卿听闻消息后欣慰不已，谢七身份水落石出，心也放下了，但听说宋令铮要提亲，这让他郁郁寡欢。这天，在戏院开唱时，他刚走上楼梯，便听到办公室里传来动静。办公室一向无人，他冲过去，只见大门敞开，石头正与一个男人缠斗，还未分出胜负。

石头正一个扫堂腿扫向对方的面门，那人一个下腰便躲过去，同时左腿一扫。石头避闪不及，险些被横扫在地。石头大喝一声，右拳挥出，正中对方的下巴！

第 14 章　人间何处是正道

眼看拳头就在眼前，那人反手握住石头的手腕，用力地一扭，石头低呼一声，痛得脸都变了形！徐墨卿上前一步，挥掌往那人的胸前一拍，那人只觉得一股强大的力量袭来，身子直接后退了几步，抵到身后的桌子。徐墨卿冷冷地说道："放肆！居然敢在我荣丰戏院动手！"

"大哥，误会了。"石头喘着粗气说道。

"误会？"徐墨卿说道，"他是什么人？"

那人走上前，冲着徐墨卿拱手道："徐老板，好久不见。"

徐墨卿打量着这人的脸，脸马上沉下去，冷冷地说道："你怎么会在这里？"

"徐老板真是好眼力，一眼就认出我。"男人看着石头说道，"两位上次的救命之恩，铁男还未正式谢过。"

"不必，只是举手之劳。"徐墨卿说道，"用不着放在心上。"

"徐老板不问我上次出了什么事，是什么人追我吗？"铁男不紧不慢地说道，"普通人遇到那种场景，要不然就是避开，要不然就是追问我的身份。"

“心中已经有答案，所以不想再问。”徐墨卿说道。

“在下宋铁男。”宋铁男说道，“十里洋场之前不久的纺纱厂大罢工，我就是号召者，一直被东瀛人和巡捕房追捕，本想离开十里洋场，偏偏在离开的前一晚暴露了行踪。如果不是遇上两位，这条命已经没有了。”

实情与徐墨卿猜测的一致，但是，宋铁男不请自来，恐怕不只道谢这么简单。徐墨卿转头问石头：“你们刚才为什么交手？”

“他在办公室前鬼鬼祟祟，所以就交了手，没想到他的功夫不错。”石头摸着自己的拳头，现在还在隐隐作痛呢！他继续说道，“不打不相识吧，反正等着大哥回来也是需要时间的，不妨再多过几招。正过招呢，你就进来了。”

徐墨卿松了一口气：“原来如此。”

“喂，你不是说找大哥有事嘛，他回来了，你还不快说？”

宋铁男说道：“听何大夫说，你知道他的底细，所以，徐老板应该知道我是什么人了。”

“你和何大夫是一条船上的人。”徐墨卿淡淡地说道。

“我这次回来，是为了对付一帮东瀛人。”宋铁男说道，“何大夫原本完成任务也要撤出，也回来了。东瀛人要拿到残卷，我们要阻止他们。希望徐老板可以帮忙。”

“看来你们从宋家套出来的消息不少，你们的人潜伏了这么久，也算有所收获。可惜宋令铮一直与魏仕杰和东瀛人较劲，反而忽视了你们，也算一大错漏。”

“你怎么知道？”

徐墨卿不过是套话，宋铁男却暴露了，他们的人早就渗透进来，获取多方情报，所谓螳螂捕蝉，黄雀在后，现在谁笑到最后还不一定呢。

“刚才只是猜，现在就确定了。我与宋少爷合作，仅是为了实现个人目的，完成我爷爷的遗愿。至于东瀛人的那个神秘组织，与我何干？你们的阵营之争，我更不感兴趣，撇去残卷的事情外，我只是一个平头老百姓。若没有其他事情，恕不远送。”

宋铁男没想到吃了个结实的闭门羹，悻然道：“徐老板，你就不好好考虑一下吗？”

“不必了。”徐墨卿说道，“时间不早，戏院就要关门，不方便留你在这里。”

“徐老板，眼下的生活当真是最好的吗？”宋铁男说道，“民不聊生，内忧外患，民族兴亡，匹夫有责，不是吗？”

“那又如何？”徐墨卿说道，“有你们这些匹夫已经足够，为何偏要拉我到其中？”

“因为你特别。”宋铁男说道，“你明明有一腔抱负，为什么要为家仇牵扯？”

“既然知道得不少，就应该知道我的性子。”徐墨卿说道，“石头，我们走。”

石头冲铁男抱拳道：“我得听我大哥的。”

宋铁男怔在那里，虽然早就听何大夫说过徐墨卿不是好说服的主儿，可是徐墨卿毫不留情的答复让他如遭雷击，只得缓慢移动步子走出办公室。看着两人远去的背影，他叹口气，戴上帽子，低头离开了。

“这家伙身手好，上次那批人是以多敌一，否则的话，根本奈他不何。”石头说道，“大哥来得正是时候，再比拼下去，我肯定落下风。”

“既然是切磋，就无所谓输赢。”徐墨卿说道，“事情越来越复杂了，除了宋家和东瀛人，还有陈阿七和何大夫那群人，石头，想要置身事外，就这么难吗？”

“大哥，这才叫乱世啊。”石头说道，“大哥，其实我不傻，咱们现在帮着宋少爷对付东瀛人，其实也是冲着残卷。大哥是不是怀疑他们手上有一卷？不然何必蹚东瀛人的浑水？”

徐墨卿却没心思听，已经独自踱步到很远的地方。见到他怅然若失的样子，石头也不好受，大哥根本是为情所困，说什么不在乎，全是假的。

如今宋令铮与谢七是门当户对了，再加上宋令铮疯狂的追求，这件事情几乎是水到渠成。石头喃喃道："难道没开始就要结束？"

夜深了，徐墨卿将双手枕在脑袋下望着头顶的灯，白白的灯光让他有些恍神。第一次，他知道了什么是心心念念的感觉。看人无数的自己第一次见面竟看走了眼，误将谢七认作男人，或许，这就是命中的劫数。

宋令铮提亲的事却没有像众人预想的那么顺利，反倒是方副官鼓足勇气向洪三求了婚，两人原本就你情我愿，婚事就立刻提上日程。原本想等残卷之事办完再说，奈何两人干柴烈火，根本等不了。洪三便决定化繁为简，迅速成婚。

这桩婚事冲淡了众人对剩余两幅残卷的欲望，一番热闹过去，洪三嫁为人妇，好生甜蜜。但寻找残卷的进度已经搁置，就连审讯井上和铃木香织的结果也不尽如人意。只能从只言片语中判断两人并非行动小组的真正领头的，关于残卷的事，他们是从那位军师口中得知。满以为盗墓的那位行家便是替他们指点迷津的军师，哪晓得又被排除。

就在徐墨卿一筹莫展之时，吴老六却找上门来了。他称师父从丰城回来后不太对劲，这两天更是高烧不止，迷迷糊糊中叫着徐墨卿的名字。吴老六虽然对师父失望，但毕竟师恩在身，就来找他，希望他可以去探视师父，说不定可以解开陈阿七的心结。

正愁没有进度，他们自己却送上门，徐墨卿自然不会放过这个机会，满口答应。吴老六大喜，立刻叫来了一辆黄包车，拉着徐墨卿就朝城南而去。这陈阿七一直谨慎，徐墨卿并不知道他住在哪里，他便问："陈老先生一直住在十里洋场？"

"不，以前住在下面的小镇。"吴老六说道，"最近才搬到十里洋场，说是方便，这可就奇怪了，师父以前一直认为城市太吵闹，喜欢僻静的地方。"

徐墨卿暗想是因为自己。黄包车夫突然停了下来："老板，这几条岔路，走哪一条呢？"

可不是，宽大的道路突然一分为三，正直线，左右两条线，一眼看过去都有宅院在前面。

吴老六探出头："右边。"

那宅子隐藏在一棵老梧桐的后面，黄包车近了，也未看到大门在哪里。吴老六付完钱，见黄包车走远了，便带着徐墨卿走到正门前，原来梧桐树是在宅子的侧面，大门还得往前走，再往右一拐才到。门却是虚掩着，吴老六狐疑道："没道理啊，师父不会忘记闩门的。"

徐墨卿心中一震，迅速地推开大门，奔到院子里，只看到陈阿七坐在一张摇椅上，身子半躺着，双眼睁开，目光呆滞。吴老六冲过去："师父，您怎么睡在这里？要休息就进去房间里，来，我扶你进去。"

吴老六的手刚触到陈阿七的手，浑身上下的寒毛竖了起来，不对劲！

他后退一步，声音也抖起来："师父，您怎么了？"

徐墨卿上前一步，伸手探着陈阿七的鼻息，感觉到那股热度，便松了一口气："不要紧，没死，只是……"

眼神的呆滞不同寻常，此时，后屋突然传来"砰"的一声，吴老六的身子弹了出去，那边是师父的睡房，吴老六晚了一步，踏进房后只看到一人破窗而逃，虽然尽全力伸手，只是拽到那人的脚，对方用力一抽便成功地脱逃，在梧桐树的掩护下不见了踪影！

徐墨卿走进来："是什么人？"

"没看清，看体形是个男人。"吴老六想到陈阿七，迅速地回到院子里，蹲在师父的身边，"师父，您没事吧？您倒是应一声啊。"

陈阿七完全没有反应，徐墨卿心里一动："有银针吗？"

"有，师父的房间里就有。"

吴老六迅速取来陈阿七常用的盒子，里面是各式各样的银针。选了中等粗细的一根，徐墨卿迅速扎入陈阿七的手背，只听到"唔"的一声，陈阿七终于发声。他的脖子略微动了一下，看到吴老六，嘴巴微张，却一句话讲不出来。

吴老六急得大汗直流："徐老板，怎么会这样?"

徐墨卿扳开陈阿七的嘴，看到舌苔发黑，立刻说道："要马上送医院，这是中毒的症状。"

"你，你……"陈阿七拉住徐墨卿的手，他声音微小，徐墨卿俯身下去，听完了几句面色大变，他握紧拳头，陈阿七瞪大双眼，话讲得越发急促，"对，对不起。"

陈阿七上气不接下气，声音越来越低，吴老六眼看着师父咽下最后一口气才不甘地松开徐墨卿的手，愕然地看着他："徐老板，我师父和你说什么了?"

"你师父的房间在哪儿?"徐墨卿松手，徐徐后退，面色苍白如纸，"快说，在哪儿!"

吴老六只好马上带他进屋。徐墨卿摸到床底下的机关，下面果然有个暗格，他将藏在里面的箱子拿了出来。这地方连吴老六都不知道，"我的天，这是什么?"

徐墨卿把箱子里的衣服全部倒出来，底部还放着一个东西，这是一个精细的盒子，为莲花状，木质为红木。盒子上面还有百合的花纹，百合是鎏金的，上面有铁制的合页，因为保存得当并没有生锈。这种盒子一般是姑娘家用的，嫁妆中便常备几个这样的盒子，用来装小饰品或是珠宝。打开，里面却放着一个信封。

"徐老板，这是?"

"你师父从来没有和你提过吧，他认识我的爷爷。"徐墨卿皮笑肉不笑，"这东西，你师父交给我了，其余的东西，我纹丝不动，至于他的后事，若有帮忙的，尽管开口。还有，你师父一走，你也无主了，如果不嫌弃，随时来找我。"

徐墨卿双眼无神。吴老六从未见过他这副样子，一时间有些慌张，也不晓得师父到底和他说了什么，让他丢了魂魄一样。

看着地上师父的尸身，吴老六急着联络师兄弟处置师父后事，还要追查凶手，只能放任徐墨卿离开。

徐墨卿抱着那封信失魂落魄地离开后，走入熙熙人流，陈阿七的话在耳边响起："你爷爷一时执念害死你奶奶和母亲，我起了贪念偷走残卷之一，是为报复！我，我对你奶奶……她死得不值，不值……残卷，事关，事关……"

陈阿七终究没有说出答案，只来得及报出箱子的所在便咽了气，杀他的人又是谁？徐墨卿怅然若失，在他的记忆里母亲有张温婉可人的脸庞，每每笑起来，眼睛就会轻轻地眯起来。至于奶奶，徐墨卿对她的印象更多的是倚靠在门前，抬头望天的慈祥老太太。

他只听爷爷提到过一次奶奶的名字——苏梨浅，名字好听得能令人遐想，年轻时的奶奶也是立于漫天飞舞梨花中的曼妙佳人。儿时关于她们的记忆不多，到后来，爷爷带着父亲和自己逃到丰城，是了，逃的记忆突然鲜活起来。

他们是"逃"到丰城的！他想得入迷，一辆汽车急驰而来，他还浑然不觉，一只手伸过来，将他扯着避开，闻到熟悉的香气，他终于还魂："谢七，是你？"

"你怎么了？茫然所失一样。"

"陈阿七被人下毒死了，我刚从那里回来，吴老六正安排后事。"

徐墨卿简短地交代完毕，默默地上了一辆黄包车，走远了。他前脚走，谢七也叫了一辆黄包车，远远地跟在后面，目送他进了家门才放心，自己又折回洪门。刚到门口，却发现陈六靠在墙边，正看着侧面的小巷子。谢七靠近，她吓得直拍胸口。

原来，许丰年又来了，正和易四在那里说话，只是离得远，听不清说什么。谢七索性拉着六姐更近些，这才看到易四已经泪水涟涟，许丰年一副不耐烦的样子，凶相毕露："你哭什么，我不是和你说了嘛，咱俩就没关系了，成天拉拉扯扯像什么样子。"

易四的眼泪流得更加肆意。谢七的火不打一处来，她迅速上前，膝盖高提，正好击中许丰年的小腹。猝不及防的许丰年痛得弯下腰。

“许丰年，洪门想让一个人消失很容易，奉劝你一句，离我四姐远点。”谢七说道，“下次让我看到你让四姐流泪，当场废了你!”

许丰年痛得直不起腰，陈六暗自叫好，这一脚踢得太解气了！许丰年终于站直了，指着易四说道：“他妈的洪门讲不讲理了，我惹不起还躲不起了。这女人，我和她说过了，我们俩已经完了，一刀两断，懂不懂？可是她不听啊，非要缠着我，还非我不嫁，现在不是我不愿意滚，是她不让我走，懂不懂?”

许丰年抹了一下喷出来的口水，说道：“要知道她这么难缠，一开始我就不找她了。”

易四眼含泪花，许丰年见势不妙，溜之大吉。易四见状大哭道：“七妹，他真的走了。”

“四姐，他和你不是一路人，我们如今受命帮助宋家寻找残卷，以正事为先。许丰年肯先放手，不失为一件好事。”谢七沉声道，“如今我们最大的对头是东瀛人，他们手段毒辣，早就渗透进大江南北。四姐，打起精神来，我们要抢在他们前头找到残卷。”

此时，徐墨卿回到家中，打开信，全信足有七页，最后一页又是一张空白纸。石头恰好进来，看到他的手直抖，吓得以为大哥暗疾发作。待他看完那封信，又把空白纸用火上现字的手法显出地图，石头不禁倒抽了一口气：“大哥，这是，这是第三份地图？一直在陈阿七手里!”

信中写明了残卷的来历，爷爷与三位结义兄弟伙同盗墓，是为伙盗，人称江城四杰。四人在昆仑山附近挖到一处不明来历的古墓，发现了疑似九鼎的明器。得手之时，一场地动山摇，四个人险些命丧黄泉，仓皇之时逃出，事后也曾想过再次返回，因为墓中凶险，四人绘出一份地图，并将地图一分为四，一人一份。

后被当权者得知此事，为拿到地图对四杰展开追杀，母亲和奶奶均在这场追杀中丢了性命，这也是陈阿七为何言之凿凿，是爷爷害死了奶奶和母亲。

陈阿七本是四杰之中陈展鹏的徒弟，却对奶奶起了思慕之心，心中嫉恨爷爷，并趁着追杀一事背叛四杰，从陈展鹏手中夺得一卷。而四杰之一的舒易将手上的一份藏于一处古墓。陈阿七正好知晓此事，便将这件事情告诉魏仕杰，借由他的手将残卷挖掘出土，重启残卷之事。

最后一卷在四杰之一的纳兰谨手中，正是残缺的最后一份。但此人在哪，地图在哪，不得而知，过去这么多年，他或早已不在人世。

九鼎的来历要追溯至夏朝初年。夏王大禹划分天下为九州，令九州州牧贡献青铜，铸造九鼎，象征九州。将全国九州的名山大川、奇异之物镌刻于九鼎之身，以一鼎象征一州，并将九鼎集中于夏王朝都城。

《史记·封禅书》中提到禹收九牧之金，铸九鼎。皆尝鬺烹上帝鬼神。遭圣则兴，鼎迁于夏商。周德衰，宋之社亡，鼎乃沦没，伏而不见。

九鼎之意为华夏天下，东瀛人如此热衷于残卷，定是要夺了九鼎以示华夏为它腹中物，以打击华夏士气。既然如此，告知东瀛人的那位军师一定是知晓江城四杰这段往事。他是知情人的话，除了江城四杰，只有与他们有过交集的人！

“大哥，地图已经四得三，你怎么还愁眉不展？这件事情要通知宋少爷和谢七小姐吗？”石头问道。

徐墨卿终于回过神来，摆摆手道：“这件事情暂时按下不表，等找到第四卷再说。石头，我累了，让我歇息一会儿。”

第二天，宋令铮带来了坏消息，井上和铃木香织被释放了，据称上峰与东瀛人做了交易，用他们交换落在东瀛人手里的两名间谍。这消息令众人大感郁闷。据称，铃木香织已经返回东瀛，井上继续留在这里。

有进一步消息说，井上带人去了蓬莱。上峰又指示大家前去蓬莱盯着井上。这下子不只徐墨卿，连宋令铮也怒了。人是他们下令放的，现在又让去追查，这不是耍人玩吗？反倒是徐墨卿淡定，如今还有残卷未获，这支特别行动小组的军师是关键人物，只有抓着井上不放，才有逮到那家伙的可能。

临出发前，吴老六办完了师父的丧事前来投奔，他见识过石头和徐墨卿的兄弟情意，对他们极为羡慕。徐墨卿也知道吴老六的忠肝义胆，更是认可。吴老六合流，洪门增加了陈六，出行阵营扩大。宋令铮把弄到的电台交由吴老六保管。到了蓬莱，立刻有人前来接应，众人栖身的地方正是当年的登州府署不远处的旅店。

从旅店看过去，正是登州府署的城门楼子。城门楼子一共三层，谢七不禁说道："古时州县的城门楼子只能二层，如果私建三层，就是冒上之罪，是要被杀头的。难道这就是民间俗称的三滴水？"

"没错，城门楼子二层，就是二滴水，相对应的，三层就是三滴水。"徐墨卿说道，"登州当年的县官是皇叔杨林，隋炀帝杨广特别下令，允许登州城门楼修为三层，三滴水就世代传袭下来。但这三滴水的朝向大有讲究，坐北朝南不说，司府分正门、仪门、堂门，这三门都在同一中轴线上。子山午向戊子火龙向左偏两度，北方明堂太开阔，为聚气在正门坪前设了一个照壁。这杨林是找过人专门设置的，蓬莱仙境倒不是空有虚名。"

旅店对面是一间小酒馆，这地方人不多，但生意兴隆，说人声鼎沸也不为过。但这些人大多围在中央，听人说书。

那说书人站在一张案桌后面，正讲得唾沫横飞。他一身长袍，年约四十岁，小腿上绑着一个刷板，三四片两寸宽、不足尺长的杜梨木，熏干刨光后，上端打上两只小眼儿，用羊皮绳或细麻绳穿绾起来。每当说书人讲到精彩处，他就会脚尖闪动，杜梨木发出响声，这样一来，现场的气氛就更热络起来。

徐墨卿看得分明，一时来了兴致，带着大家伙去听书，好不容易找到座位坐定，那名说书人正好说到昨天的一场大雨。

"话说，昨天登州下了一场大雨，就像天要塌下来一样，各位看官猜怎么着？那是龙吸水！海里的漩涡就像龙在海底大口地吸水，民间传说，这龙吸水是海下地宫作祟。"

吃饭的人群里有人喊起来：“你说的海下地宫难道是指龙王住的宫殿不成?”

徐墨卿突然听到一阵别致的声音传来，一看，这说书人的右手虎口上，挽着一个小小的“连花乐”，也就是所谓的三弦。这说书人说到转折处，便用手指弹拨三弦，声音别致。现场突然静寂下来，刚才还喧闹的人群立刻安静下来，只能听到用餐时的咂巴声。

“哈哈，诸位看官有所不知，在我们登州，七到九月，每个月的今天都会出现一次龙吸水。出现龙吸水的海面从未有渔船经过，隐在山峰之间，鲜少有人过去。”说书人说道，“这龙吸水一现，若是有渔船经过，大家猜怎么着？连人带船沉入海底，就连尸首也找不着。据说，这些船只都沉在海底，原封不动，船上的人化成了海尸……”

石头头一回听说，不由得打了一个寒战。这说书人的一番话让饭店的人不寒而栗。偏偏这说书人还觉得不过瘾，在这个空当儿，脚尖一动，刷板发出一声响，在寂静之时听来格外刺耳，有人不禁叫道：“这什么故事啊，老曹，吓死个人了。”

“像这种胆小的看官就没有福分看到龙吸水了。”说书人原来姓曹，台下怨言满天，他仍乐呵呵地说道，“这海下地宫据说宝藏诸多，可惜没人有命去取，就是看到龙吸水也要靠运气。各位，此乃今天附送的故事。”

一个脆生生的声音突然响起：“我见过龙吸水。”

这句话一出，现场一片哗然，说书人也愣在那里，盯着眼前这美若天仙的女子：“这位姑娘不是说笑吧，看你这长相是大家小姐，居然见过龙吸水?”

说话的人正是谢七，徐墨卿不禁看过去。

谢七站起来，她穿着一身淡紫色的旗袍，长卷发披在脑后，头上同样是淡紫色的发卡，素雅清丽，光洁的脸庞上，带着若有若无的微笑。她道：“龙吸水不过是巨型的漩涡而已，我见过，什么海下地宫，不过是民间传说罢了。不过，我倒是感兴趣，这龙吸水就在附近，为什么无人去呢？”

说书人愣了好一会儿，这才说道：“登州有县志，明太祖登位第一年，曾有一队将士从登州走海路。据说，这队军马带着的是一批军养，其中还包括一些珠宝，但在出发三个月后，仍没有到达目的地，从此彻底消失。县志记载，这批将士最后有人看到就是在此地。”

“哦，原来是有据可查。”谢七成功用了激将法，徐墨卿在心中暗自叫好。

谢七继续说道：“自古以来，有宝藏的地方就有不少不怕死的人，可惜，这些人都没有成功。”

说书人有些瞠然，谢七见好就收，拱手道：“多谢先生指教。”

徐墨卿说道：“海下地宫，有些意思。”

说书人重新恢复精神，拱手道：“今天的说书到此为止了，明天后事继续，各位千万不要错过。”

石头对邻桌的人问道：“这说书的之前讲的是什么故事？”

“哦，讲的是清末奇盗桑九命的故事。”那客人有些悻悻然，“这说书的最可恶了，每次到了关键时刻就打住了。”

听到“桑九命”这几个字，石头与吴老六都打了一个寒战。吴老六立刻对徐墨卿说道：“这说书人连桑九命都知道，不简单啊。”

桑九命是盗墓中人，百年前的传奇人物，虽然说书人大多饱读民间传说，似乎无所不知，无所不晓，但盗墓毕竟小众，知道的人并不多。

谢七说道：“那说书人说的信息有些意思，方才看到说书人往城南去了。”

“曹疯子不是住在城南。”邻桌的客人说道，“没人知道他住哪儿，每天这个点儿就来这里说书，其余的时候，很少在城里见到他。”

“曹疯子？”徐墨卿说道，“说书人怎么叫这个名字？”

“没人知道他本名，只知道他姓曹，在这里说书已经有几年时间了。”这客人笑着说道，“自从曹疯子来了，其他的说书人都活不下去了，这登州就只有他一个说书人了，这不是疯子是什么？时间久了，大家就把曹疯子当成他的名字了。”

“他的故事看来格外吸引人。”谢七说道。

“可不是，他啊，正史野史都精通，最要命的是不知道从哪里听来的盗墓的故事，一个比一个精彩，只要听了前段，就不能不听后面的。”客人还想说，对面的人已经催着要走。

那些客人离开了，徐墨卿不禁说道：“当时被他所说的内容吸引，根本没注意他的面相，此人的语言极具吸引力，引人入胜。”

“大哥也是这样吗?”吴老六惊奇地说道，“我现在回想起来，曹疯子长什么样子也不太记得了，尤其是那张脸，好像没有什么特征，就像，就像……”

吴老六原本就是糙汉子，在表达上能力有所欠缺，徐墨卿笑道：“就像扔人群里就再也找不出来的感觉，实在是很稀松平常的长相。”

“对，对，对，我就是这个意思。”吴老六憨厚地笑了。

待他们凑完热闹回到旅店，电报响了，收到情报，那伙人已驻扎在一处寺庙里。宋令铮闻言拿枪，立刻行动，新仇旧恨，今天一起报。

一行人杀到寺庙，只见寺庙里支起了临时帐篷，生活用品堆在一边，情景好不热闹。宋令铮心底压着一股气，马上提枪示意：“上。”

说时迟，那时快，几人从不同方向包抄过去，那些人刚才明明还在谈笑风生，突然个个像后脑勺长了眼睛一样，顺手捞起地上的枪，瞬间枪口对枪口，两方对峙，子弹横飞。徐墨卿持枪与谢七背靠背，颇为默契，只是一转身之时，他并没有留意侧面的家伙，那人已经取枪对准他……

“砰”，那人突然后脑开花，来不及扣动扳机便一头栽到地上。徐墨卿往远处看去，一个身影埋入树丛，仅是一瞬，他顾不得更多，集中火力对敌。但他心里清楚，要不是远处的那人出手相助，脑袋开花的就是自己了。

宋令铮在这些人当中并没有见到井上，又急又气，自己费尽心思抓的人，上峰说交换就交换，说放就放，这次要是撞上，绝无二话，直接杀掉。

这些人训练有素，身形灵巧，一时间竟占了上风。这时耳边突然听到阵阵枪声，外围射来的子弹悉数射中这些东瀛人，有如落花流水！这些子弹射来的方向在正北，徐墨卿看过去，一只手伸出来略微挥挥，竟然是铁男！他站起来，哈哈一笑后转身离去。

铁男带领的人有如天降神兵，化解危机后便马上离去。而刚才救自己的人难道就是铁男？但徐墨卿心中笃定，方才出手救自己的人感觉不是铁男。

“少爷，他们是什么人，为什么帮我们?”方副官一边说，一边顺势踢了一脚地上的尸体。那尸体一翻身，脚后跟上露出一个粗糙的刺青，还是数字。

大家不禁围上前，有些人脚后跟上有刺青数字，有些人则没有。众人一时无解，宋令铮则更在乎一件事——井上在哪儿?

宋令铮搜索四周之时，徐墨卿则冲去了刚才救自己的神秘人藏身之处，却拾到一样眼熟的东西——连花乐，这不就是说书先生曹疯子随身携带的物件吗？竟然是他?!

“墨卿。”身后响起谢七的声音。背朝着谢七，他迅速将连花乐收起来，这才转身。谢七不禁狐疑：“你在这里做什么？附近没有井上的踪影，我们准备走远一些。”

墨卿——他嘴角上扬，第一次听到她这么叫自己，意外地入耳，意外地好听，还想再听她叫一次。看着他的笑容，谢七宛然一笑：“走吧。”

远处，宋令铮远远地看着他们，心里怅然，吹来的海风并没让他觉得畅快。

当徐墨卿和谢七一前一后走过来，他的音调也变得低沉：“井上极有可能已经离开，我们刚刚截获一封电报，听上去他们的军师又给指引了新的方向，这伙人只是留下来垫后的。”

吴老六抱着电台，一脸无辜，那岂不是又白跑一趟！这伙人来蓬莱是来逗乐的吗？徐墨卿凭空挥出一拳，气不知道往哪出才好，看着他如此憋屈，宋令铮反而心里好受了。

大家只得悻然返回。等进了城，徐墨卿独自离开了，却被眼尖的宋令铮发现，马上尾随过去。徐墨卿沿街一家家打听曹疯子的住处，终于被他问到了，他不住在城南，而是城北。

一个说书先生，刻意隐瞒自己的住处，又适时地救了自己，这太古怪！

第 15 章　枉付痴情心黯然

“姓徐的，你搞什么鬼？今天扑了空还不够憋屈的，又跑来这里乱跑，害得我腿痛。”宋令铮不停地嘀咕，换不来徐墨卿一点儿回应，他不禁郁闷，自己堂堂的宋家少爷，跟在他后面像跟屁虫一样，图什么呀，偏偏自己又控制不住好奇心。

这时，徐墨卿突然攀住一户人家的墙头，一跃去到了屋顶，动作一气呵成，轻巧的身手让宋令铮目瞪口呆。徐墨卿来到屋顶后，人在高处，眼界也宽广了，那屋子只有一道窄小的门，窗户都没有。此时，那门反锁着，里面的人若要出来，必须要去到巷子里才能离开，进来时并没有撞上任何人，他判定曹疯子可能在家。

徐墨卿跳下去，来到那门前，突然听到里面传来“砰”的一声，还有低沉的呼吸声。他暗道一声不妙，飞起一脚踢开门，只见里面有三人纠缠在一起。屋子里的油灯闪着微弱的光，隐约可见曹疯子被压在地上，上方的两人蒙着脸，其中一人手里拿着刀，正刺向曹疯子的心脏。

徐墨卿顺势抽出枪，对准持刀的人，一枪打中右肩，那人猝不及防，另外一人见杀出一个程咬金，回身便扑过来，徐墨卿手起枪响，那人捂着自己的右臂，说道：“走！”

那两人急于离开，所谓穷寇莫追，徐墨卿并不追赶，任由那两人离开。

曹疯子躺在地上，粗重地喘着气，看清楚来人，他便笑了：“看来今天有贵人。”

“一个说书先生招来恶徒，嘴皮子也能得罪人，厉害。”徐墨卿皮笑肉不笑，终于亮出手里的连花乐，笑道，“这也是说书先生的吃饭家伙了，正好被在下捡到，原物奉还。”

“呀呀呀，这东西好几个说书先生都有，未必是我的。”曹疯子的眼珠子骨碌碌直转，声音突然打着颤儿，倒抽了一口气才说道，“我吧在外面有债，现在债主找上门，这个地方是不能待了，你也赶紧撤，省得被我连累。”

这家伙说走就走，简单地收拾细软，又一把夺下徐墨卿手里的连花乐，嘿嘿一笑：“一收东西才发现这东西真没有了，这个呀，应该就是我的，多谢徐老板。”

徐墨卿目光骤变，今天只是第二次见面，他如何知道自己姓徐？还唤一声徐老板！他一把抓住曹疯子的衣袖，手指微微颤动，曹疯子始终嘻嘻笑着，眼神里却现出一线不舍：“若是有缘，咱们再见，下回我不会再掉家伙什了，我先溜了。”

曹疯子一溜烟地跑了，徐墨卿心里空落落的，眼神交汇，一个大胆的猜测浮上心头，这时才发现宋令铮已追过来，他只好说：“宋少爷，我们回旅店再做打算吧。”

再做打算？宋令铮郁闷不已，此时他倒是没有怀疑曹疯子怎么会知道眼前的人姓徐，还晓得他是当老板的人，只是怀疑那批替他们解围的人。看穿着打扮不像上峰派来的援兵，何况这次任务上峰要求保密，不可能有其他人涉入。

这次蓬莱之行可谓扫兴，一行人重回十里洋场，徐墨卿和石头当天夜里去了戏院。戏院经理眼尖，马上跑了出来：“老板，你这几天去哪里了？”

“怎么，戏院里有事？”

“戏院倒是还好，不过……”经理一副难以启齿的样子，“因为总有东瀛女人在戏院出入，对戏院多少造成了一些影响。”

“东瀛女人？”徐墨卿疑惑地说道，“难道这人进来还主动讲自己是东瀛女人？”

“不，她每次来都穿着和服。”经理说道，“现在外面已经有些风言风语了。虽然咱们戏院是打开门做生意的，可是东瀛人来得这么频繁，咱们怎么做生意？”

“铃木香织。”徐墨卿心里一动，说道，“是这个女人吗？”

经理苦着一张脸说道：“就是她，现在樱花百货公司的老板，她每次来都点名要见老板，听说你不在，还非说是我骗她。上一次，还硬冲到二楼的办公室，我都没有拦住，那个女人真是不一般，感觉会武功一样。”

这女人是疯了吧？徐墨卿说道：“以后她来，不要让她进来，就说是我的意思。”

铃木香织回东瀛一趟，摇身一变成了樱花百货公司的老板重新杀了回来。这女人的靠山不小，他现在心潮起伏，完全不想理会这个蛇蝎女间谍。

“老板，”经理压低了嗓门，“听说樱花百货的后台很硬，公开这样，会不会惹上麻烦？”

“她要是有火，让她来找我。”徐墨卿说道，“就这么办。”

经理在铃木香织那里憋了一肚子的火，顿时觉得大快人心，开心地说道：“好，我听老板的，其实戏院上上下下都看不惯她飞扬跋扈的样子。”

说曹操，曹操到，此时铃木香织已经杀到二楼。楼下的工作人员都没有拦住，偏偏办公室的门也没有关，她就这么大大咧咧地走进来。就像经理说的，穿着代表东瀛的和服，生怕别人不知道她是东瀛人！经理看到她就头痛，幸好徐墨卿示意他离开。

徐墨卿也不请铃木香织坐下，自顾自地走到窗边，拉开窗帘，戏尚未开唱，进戏院的人已经络绎不绝，太平盛世之下，暗流涌动。他摇摇头，回头便看到铃木香织的这一套和服。黑色打底，裙摆和左袖上是大片的樱花图案，粉嫩的粉色与冷静的黑色组合在一起，效果倒是非同凡响，只是这一身打扮太扎眼了。

见徐墨卿一直盯着自己，铃木香织张开双手，转了一个圈，笑道："怎么，徐老板觉得不好看吗？这可是我们东瀛最具代表性的服装。"

徐墨卿冷笑一声，看也不看铃木香织，自顾自地说道："《松窗梦语》载：至于民间风俗，大都江南侈于江北，而江南之侈尤莫过于三吴。自昔吴俗习奢华、乐奇异，人情皆观赴焉。吴制服而华，以为非是弗文也；吴制器而美，以为非是弗珍也。四方重吴服，而吴益工于服；四方贵吴器，而吴益工于器。是吴俗之侈者愈侈，而四方之观赴于吴者，又安能挽而之俭也。"

铃木香织在这里生活这么久，却也不懂徐墨卿说的是什么，不禁皱起眉头说道："徐老板又在卖什么关子？"

"没什么，只是听到铃木小姐说和服是东瀛人的特色服装，不禁感慨起来。"徐墨卿说道，"我没有去过东瀛，但也知道和服其实又叫吴服，甚至不少销售和服的店铺就叫吴服屋，铃木小姐可知道吴服的来历？"

铃木香织的脸已经热了，徐墨卿并不理会，继续说道："看来铃木小姐并不清楚这个名称的来历，我不妨当一回老师，这吴服的称呼始于三国的时候。三国时，服饰华丽，尤其是吴地的吴服名满天下，这就是你们东瀛人所谓的和服，蚕绢为面料的高级和服，而用麻布棉布做的和服会用太物来称呼，本是我们的东西，现在却成为你们东瀛人嘴里的骄傲之物，实在不知道该报以何等反应。"

"啪"，杯子被摔到了地上，铃木香织气得浑身发抖："你不想活了，是不是？"

“我想活，可是却不想铃木小姐有错误的反应。”徐墨卿说道，“略懂的人会在心里笑话铃木小姐。我也是替你着想，樱花百货的生意还要做，脸面不能丢。”

徐墨卿话里带刺，铃木香织听得分明，脸色惨白，话若是用好了，比刀还利，她闷哼一声：“我今天不和你计较。”

“那我岂不是要感谢铃木小姐?”徐墨卿一甩袖子，火气终于爆发出来，“铃木小姐应该心中有数，请回吧。”

铃木香织并没有走的意思：“徐老板这一阵子不在戏院，看来是跟着井上的下落在走。”

徐墨卿这回连话也不搭，坐在那里埋头看着账簿。铃木香织并不生气，只是笑道：“看来猜中了，徐老板这回跟着井上到了他们所在的地方，我与组织脱离关系不假，可是我与他们始终有着千丝万缕的联系，徐老板就不想知道，井上现在在哪里吗?”

“铃木小姐何必如此，大家立场相对，没有什么话可说。”徐墨卿摆出一副要送客的模样来，伸手道：“请吧。”

铃木香织的脸抽动一下，终于悻悻然地离开。她刚走，石头与吴老六走进来，手里还拎着吃的。石头关上门便说道：“大哥，你不怕这女人胡来?”

“她天天穿着这么亮丽鲜艳的和服来戏院，已经是胡来了。”徐墨卿说道，“眼下正是敏感之时，她一个东瀛人总来我们戏院，已经惹得流言四起。”

“我明白了，大哥刚才是故意说那些话的，这女人要是生气了，倒落得一片清净。”吴老六明白了，“还是大哥英明。”

“那是当然。”石头说道，“大哥三言两语就打发走这女人了。”

“这女人的身世也算神奇，性格也与普通人截然不同。”徐墨卿皱起眉头，“我这一招是否有用，还有待观察，你们怎么不多睡会儿?”

“大哥真是，醒来也不叫我们一下。”石头打开盒子，“不吃东西就来戏院。大哥，这是你最喜欢的几道菜。”

徐墨卿也不客气，坐下便开始动筷子：“以后有什么打算？”

两人一愣，面面相觑，吴老六说道：“大哥，是在问我吗？”

“是在问自己。”徐墨卿笑道，“吃东西吧。”

这一夜，宋令铮却不能享受宁静的夜晚，刚刚到家，上峰就来电话让他去刑场暗自监刑。方副官都有疑问，这监刑和他们毫无关系，不知上头葫芦里卖的什么药。等到了刑场，两人藏在暗处，隐藏好后足足等了半小时，才有一辆车驶来，从车上拉下一个人。

这人并不认得，即将被执行死刑，眼神里却有一股阴霾之气，让人心里极不舒服。为首的长官一挥手，那人的膝盖被踢了一脚，整个身子跪在地上。他嘴里含混地讲了一句，身后的人往地上啐了一口，一脚踢中他的背部，骂道：“都死到临头了，还敢耍横！”

“死到临头的还不知道是谁呢。”这人冷笑一声，开口是流利的中文。

“少他妈废话。”那人一挥手，“行刑！”

身后的四人齐齐地后退，站成笔直的一排，手里的枪举起来。此时正是生死一刻，这人的表情却十分淡然，甚至有些成竹在胸的样子。宋令铮心里一惊，这人的自信是从哪里来的？

枪已经举起来，只要扣下扳机，这个人必死无疑，就在此时，为首的那名长官眉头一皱，悄然后退，站在那些人的后面，宋令铮的整颗心提起来，他有一种强烈的预感，事情的发展走向会超出自己的预料！果不其然，那名长官掏出枪，在那几名行刑士兵开枪之前便抢先开枪，对准的不是犯人，而是眼前的这几名士兵，前两人猝不及防，已经倒在地上死去，后面两人回头：“你……”

“要怪，就怪自己的运气不好。”那名长官冷笑一声，毫不留情地扣响扳机，每一枪都命中对方的心脏，那两人捂着自己的胸口，不可置信地看着眼前的长官，“你，要是上头知道了，你也跑不了！”

这名长官冷笑道：“你们俩去了阎王殿，还有什么人会知道？剩下的事情就不要操心了。”

那名长官收起枪：“到了黄泉路上，你们也有伴儿了。”

地上的犯人站起来，这长官走过来，盯着地上的尸体说道：“偏偏要参与今天晚上的任务，自寻死路，你没事吧?”

“你刚才下手够狠的。”这犯人摸着自己的后背。

“刚才不是做戏嘛，太君。”这长官叫的称呼让宋令铮心里一激灵，这名犯人是东瀛人!

“放心，该给你的不会少。”这犯人示意解开绳子，双手获得自由后，这人说道，“回去后知道怎么说吧。”

“知道，知道，一群人杀过来劫人，我们猝不及防，五人牺牲，一人负伤，犯人被劫走，开着押送犯人的车离开。”这人对答如流，又说道，“至于押送车，就交给太君处理了。”

宋令铮恨不得冲出去给这个长官一枪，方副官也是紧握双拳，气愤不已，内部居然有这样的叛徒!这就是上峰让自己看的东西，这人一张典型的国字脸，嘴唇右边有一颗痦子，再次看到，自己一定能够认出来!

那名长官突然扬手给了自己一枪，痛苦地蹲到地上，这东瀛人拿着枪，取过钥匙，迅速上了押送车，听到车子远去的声音，方副官低声问道：“少爷，我们怎么办?”

“撤退，回去。”宋令铮说道，“该看的已经看了，这件事情，上面自会处理。”

回到家中，宋令铮见书房亮着灯，知道父亲在等自己。推门进去，宋老爷正悠哉地喝茶，“你回来了，今天晚上的戏，如何?比起戏院戏台上的戏，精彩得多吧。”

“我看得清楚，我们身边有人和魏仕杰一样，和东瀛人有勾结。但我不懂，为什么让我看?那名要被处以极刑的东瀛人和井上有什么关系?”

“是井上的情报人员。”宋老爷说道。

“所以那个长有痦子的人是与他勾结的人。”宋令铮明白了。

“这人和许丰年也有关系。许丰年不过是个买卖情报为生的人，却把不少人都玩弄于股掌之中。这样的人，上头不会留。”宋老爷说道，“你姨父要将这件事情交给你，抓了许丰年。”

宋令铮马上接令。第二天一早一声令下，方副官便带着手下去抓许丰年。等了半晌，方副官气急败坏地回来，带回来的却不是什么好消息：“少爷，人本来逮住了，可是又让他跑了。”

宋令铮本以为没啥悬念的事情，居然出这种漏子，不禁气道：“你怎么办事的?”

“少爷，我，这事我负全责。”方副官苦着一张脸说道，“他说要方便一下，没想到趁这个机会打晕我们的人跑掉了。”

“继续去找!”宋令铮说道，“等等，先堵住所有出去的路，把他困在城里再说。”

“知道了。”方副官立刻出去张罗，待布置好了一切，这才回到家里喘一口气。

洪三正在院子里走来走去，见方副官回来，将他拉到一边：“你在办什么任务?”

“怎么了?”方副官问道，“你干吗这么紧张?”

“我刚才从洪门回来，”洪三说道，“四妹有些奇怪，我看她收拾了行李。听六妹说，她之前匆忙地出去了一趟，回来后便开始魂不守舍，跟丢了魂似的。她收拾行李做什么？我刚才回来，看到你们的人了……”

方副官抓了抓头，无奈道：“看来瞒不过去了。”

“你们在抓许丰年？我就知道除了许丰年，还有什么人可以让她收拾行李离开洪门，离开我们。”洪三的手紧紧地捏在一起，“不行，我要回去一趟，四妹对许丰年根本没有死心，万一乱来，这可是大事啊！你们的人若是看到许丰年和四妹在一起，千万要小心，不要出错，一定不要伤到四妹。”

“你放心，我一定会交代下去的。”方副官说道，“你快些回去拦住她。”

洪三心急如焚，一向习惯坐黄包车的她这回动用了汽车，杀回洪门。刚好看到易四叫了一辆黄包车，拎着箱子就要上去。洪三眼疾手快，一把夺过易四的箱子：“四妹，你疯了吧?”

易四没料到半路杀出个程咬金，洪三对车夫说道：“你可以走了。”

那车夫丢了生意，悻悻然地离开。易四看着洪三，仍然假装镇定：“三姐，你这是做什么？我只是出去走走。”

“少来，出去走走你带行李做什么？是要远行吧?”洪三说道，“你真是鬼迷心窍了，许丰年现在自身难保，你跟着他有什么好处?!”

易四急得双眼发红：“三姐，你让姐夫手下留情，放他一马吧。他以后再也不会干以前的活计了，三姐，我求求你。”

洪三只觉得天旋地转，她抱着易四的身子：“四妹，就算方伟可以放他一马，还有其他的人。他逃不掉的，四妹，就放着他去吧，你不要跟着他了!”

“三姐，我听你的。”易四低下头，“他反正逃不了一死了，他跑来找我，我就心软了，毕竟是我爱过的男人，他满脸血，我做不到无视他。”

洪三不禁气愤，这家伙现在想要死里逃生，还想拉着四妹一起，真是疯了：“四妹，你能这么想就对了，来，我们回去。”

她弯腰提起地上的箱子，感觉后颈上挨了重重的一记，她惊讶地回头：“四妹!”

“三姐，对不起，他在生死关头，我不能扔下他。”易四坚定地说道。

洪三的眼皮越来越重，身子缓缓地落下，眼睛缓缓闭上。易四一时手足无措，最终将洪三拉到墙边坐着：“三妹，一会儿会有兄弟发现你，对不起，等你醒来，记得告诉姐妹们，我舍不得她们，你们一定要原谅我。”

易四看洪三的眼皮动了一下，眼眶马上发红，一咬牙，拎起地上的行李箱便蹿了出去。待到了巷口，拦下一辆黄包车，坐上去没有多久，就看到路边有士兵跑来跑去地查问，又有不少车辆往不同的方向去。箱子紧紧地贴在胸口，一颗心已经是七上八下，无法安宁，她脑子里不停地回响起洪三的话，偏偏许丰年的脸又在眼前浮现，去梨苑，去梨苑！

梨苑是一处老宅子，据说是明末的公主皇子住的地方。易四下了黄包车，结了钱，恍恍惚惚地走进梨苑旁边的小巷子里，每一步都像踩在云端，不知道深浅。走到尽头处，她轻轻地叩着门，里头有个人影闪过，透过门缝看出来，这才小心翼翼地打开门，正是许丰年。他说道："快进来，有没有人跟踪你？"

易四无力地说道："没有。"

许丰年盯着易四手里的箱子："我让你带的东西带了吗？"

"进去再说吧。"易四心里滑过一丝忧伤。

进去屋子里，许丰年迫不及待地打开箱子，见有一包饼，咽下一口口水，迫不及待地拿起来就啃，没有水，喉咙卡得一愣一愣的。易四环顾这屋子，这屋子破败不堪，连坐的地方都没有，更不要说水了，她关切地说道："你慢点吃。"

许丰年突然愣住了，看着手上的饼，抹去嘴角的饼渣子，愤愤然地说道："想我以前过的是什么日子，现在却要窝在这种鬼地方受罪！"

"你到底做了什么事，那些人非要抓你？"易四小心翼翼地说道，"早和你说过了，卖情报不是长久之计，不如去做些小买卖稳妥。"

许丰年瞪了一眼易四："你说得容易，以前得罪的人已经得罪了，赚的就是刀口上的钱，现在说什么也没用了。"

易四觉得心里一阵委屈，小心翼翼地说道："丰年，有件事情我想告诉你。"

"先离开这里要紧。"许丰年没听完她说的话，自顾自地说道，"我必须出城，不然他们会翻遍整个十里洋场找到我，你带的盘缠呢？"

易四拿出一个布包，打开布包，里面是两叠钞票，还有一些银币。许丰年愣了一下，看一眼易四，这才把东西收起来，犹豫道："我不能带你一起走。"

易四只觉得晴天霹雳："不是说好一起走的吗？"

“你疯了吧，跟着我随时都有危险，你说你图什么呀?”许丰年突然暴怒起来，“你还没有看出来嘛，我突然被抓，身上没有钱，找你就是弄点钱。你脑子在想什么呢，这么简单的事情非要我挑明了说。老实说吧，钱弄来，你就可以走了，知道吗?”

易四的嘴唇动了好几下，只是抖，一句话也讲不出来，许丰年的眼角微红：“清楚了就走吧。”

“我回不去了，为了你，我连同门的师姐也打了。”易四说道，“我有回头的机会，可是我放弃了。丰年，我不怕死，带我一起去吧，以后过什么样的日子都可以。”

“你过什么样的日子都可以，我不可以。”许丰年说道，“那些人说好的，只要干完最后一件事情，就可以送我去香江，再从香江去海外。到时候，我想干什么都没有人管了，现在带上你，就是带上一个累赘，你不要害我了，走，你给我走!”

易四觉得浑身的血液都要被抽空了：“丰年，你究竟有没有爱过我，全是利用吗?你以前对我的好，都是假的吗?”

“我就没见过你这么傻的女人，不就是半夜爬起来给你买点夜宵，心情好的时候送束花给你嘛。”许丰年咬牙道，“百乐门的女人我玩得多了，只是换换口味，顺便再套点你们洪门的内部情报，实话告诉你吧，我就图换点钱花花。”

易四摇头退后：“你真是无药可救，信自己一回又如何，你真可怜。”

易四转身便走，待听到关门声，许丰年突然蹲下去，抱着自己的头死命地撞到墙上，良久，看到包裹里的钞票，双眼发红，匆忙地将这些钱塞到衣服里，又掏出枪，把所有子弹上膛。想到易四，他心中一阵酸涩：“易四，这辈子我们俩是没有缘分了，欠你的下辈子还!”

易四被泼了一盆冷水，浑身上下都没有力气，踉跄着离开那条小巷，往前走了百多米，就有一阵人马从身边跑过去，她无精打采地瞟了一眼，看到他们的腰上鼓鼓的，是枪!

她心中一惊，一颗心左右摇摆，拳头紧紧地握起来。她刚要转身，身后传来谢七的声音："四姐，不要过去！"

谢七和洪三正从黄包车上下来，洪三也叫道："四妹，快过来！"

易四看看谢七和洪三，又看着那群人跑进了巷子里，一颗心好像分成了两半，泪水不断地涌出来。谢七见易四面色绯红，眼神迷离，心中暗道不妙："三姐，四姐的情况不妙，她恐怕会乱来，快点过去！"

谢七上前一步，眼看离易四只有四五步距离，易四却已经转身，往巷子里跑进去，两人见势不妙，快步追过去。刚到巷子口，便听到枪响，两人的心都提到了嗓子眼，随即听到一阵撕心裂肺的呼唤声："易四！"

洪三的头皮一紧，怒吼道："不要开枪！"

那些人认得洪三，马上收了手里的枪。易四挡在许丰年面前，胸口已经猩红一片，嘴角含笑，看着谢七和洪三，苦笑道："三姐，七妹，我又没听你们的。"

谢七扑过去，一巴掌打到许丰年的脸上，拼尽了全身的力气，这一巴掌让许丰年脸上出现五根清晰的指印。他如同傻了一般，居然一声不吭，易四的身子倒下去，他这才恍过神，一把抱住易四，抽泣道："我送你去医院，没事的，一定没事的。"

易四笑道："你没事就好，我刚才有件事情要告诉你，可你不给我机会，我现在能说了——你要当爹了，我有身孕了，大夫说三个月了。"

许丰年的眼睛落到易四的肚子上，浑身的血都在逆流，肚子里有自己的孩子，他一把将易四抱起来："我送你去医院，不要再说话了。"

许丰年抱着易四就走，那些人想要拦下来，谢七说道："要是出了事，洪门担着，几位兄弟无须多虑，三姐，我们走！"

两人快步尾随，血从易四的胸口流下来，溅了一路，闻着这浓厚的血腥味，谢七和洪三的眼角发酸，胸中有一口气积郁其中不能抒发，待到了巷口，易四叫了一声："七妹……"

谢七快步上去，见易四面色苍白，额头直冒汗，头发让汗水沾湿，整个人如同淋过雨似的，血仍在往下滴。易四紧紧地拽着谢七的手：“七妹，他毕竟是我孩子的爹，你们不要为难他，是我心甘情愿的。”

“四妹，你怎么这么傻。”洪三已经哭出声来，“不要说话了，先去医院。”

“就是可怜了我肚子里的小东西，他还没有来到这世上看一眼……三姐，我没有听你的话，是我不对，告诉各位姐妹，来世，来世还有缘分的话，一定要再遇上……”

易四始终没有看许丰年一眼，只是看着谢七和洪三，她的嘴角微微上扬：“我要先走一步了，你们都要好好的。”

易四这时候回头，看了许丰年一眼，却一句话也说不出来，一颗眼泪从她的眼角滑落，眼睛里面满是泪水。终于，她缓缓地闭上眼，眼泪如注，滚过脸庞，滚到许丰年的胸前。这时候，身后脚步声响起，两个人上来按住了许丰年的肩膀：“走吧。”

易四走了，一尸两命，七姝就此少了一个姐妹。许丰年被抓后怅然若失，一连三天不吃不喝，听说这事，谢七倒是怀疑，这个许丰年是否真像自己说的那么绝情，不然怎么会为四姐的死伤心至此？但想到因为他四姐悲惨离去，谢七又恨他到骨子里。

等到易四的后事办完，许丰年终于开口了。他从易四那里得到的所有情报都交给了东瀛人，就连曼丽抓到的情报他也知晓。东瀛的特别行动小组里除了那名神龙见首不见尾的军师外，还有三个人最特别。他们原本是孤儿，但被带到东瀛养大，从小就学习各种武术技能，融合了各国的技能。他们被当成东瀛人养大，脚后跟都有数字的刺青。

蓬莱的那支小分队中，有几人脚后跟也有数字刺青，这些人，难道全是这里的孤儿？谢七等人惊愕不已，也深感痛心。也不知道这些人是否知道自己的出身，就被东瀛人当成了杀人利器，心底对东瀛人的愤怒越发浓重。

许丰年交代过后的深夜，一头撞在墙上，当场命绝，墙上留下两个血字——合葬。谢一原本不想如他的愿，他伤易四最深，落得最坏的结果，临死了，还要和她纠缠不清。还是谢七开导，易四到最后宁愿舍弃自己和孩子的命也要保住这个男人，临了还是牵挂他，生前不能相守，死后如愿，也能告慰四姐在天之灵。谢一终于首肯，给两人合了尸骨，结了尸骨亲。

短短的时间里，洪门经历了一门喜事、一门丧事，这有如过山车一般的命运令众人沮丧不已。

徐墨卿从陈阿七那里得了第三份残卷，藏而不说，怀揣着心事郁郁寡欢。又听石头说宋令铮担心谢七因为易四的去世而悲伤，每天借故陪在她身边，心内又是怅然。

一周的时间转瞬即逝，井上还是下落不明。这天徐墨卿进了戏院，刚上楼，楼下传来经理的声音，既无奈又急切："你不能进去，老板交代过了，以后请你就不要再来了，这是何必呢！"

一个女声响起："在十里洋场，还没有我铃木香织去不了的地方，他算哪根葱，居然敢把我拒之门外，我的父亲是东瀛的亲王。"

徐墨卿胸膛里着了一把火，拉开门，铃木香织倒是收敛了一些，今天没有穿着和服过来，而是一身洋装，眉眼里透着一股娇媚气儿，又隐约有些戾气。她冷冷地说道："你终于出现了。"

徐墨卿摆摆手，经理如释重负，赶紧离开。铃木香织自顾自地进入办公室，大大咧咧地坐下，一双手更是在腿上轻轻敲打着，这姿态与以前的三姨太截然不同。三姨太的妩媚不见了，倒是一身的飞扬跋扈："徐老板见到我不开心吗？居然还下禁令，令人失望。"

"我阻止你进荣丰戏院是为了不影响外人对我荣丰戏院的看法，我虽然没有举旗喊着自己是哪一方的人，但是，东瀛人在这里始终是格格不入的，外来人始终是外来人。"

"现在是外来人，终有一天会成为你们的主人。"

"以后请铃木小姐不要再来荣丰戏院了！"

“哦，那我想告诉你的事情也不需要讲了，告辞。”铃木香织作势往外走，徐墨卿居然毫不挽留，铃木香织自己停下脚步，闷哼一声，“徐老板真是好硬气。”

“不敢，不敢。”徐墨卿说道，“人就长一张嘴，可是每个人的嘴都只长在自己身上，要讲什么，能讲什么，自己说了算。”

铃木香织想吊一下徐墨卿的胃口，没想到这家伙软硬不吃，唯有悻悻然地退回来，再无可奈何地坐下，悻然道：“井上找过我。”

“为什么告诉我?”徐墨卿冷冷地问。

“因为我对徐老板有好感啊，还记得我是魏仕杰三姨太的时候，就对徐老板拥有不一般的好感了。可惜那时候身份受限，我不能表达太多，现在可不一样了。”铃木香织站起来，凑到徐墨卿面前，一只手搭在徐墨卿的肩膀上，手指慢慢地弹过去，“你未娶，我未嫁，有好感也无人可以说什么，还是，你嫌弃我有过男人，更喜欢谢七那样的……”

徐墨卿突然抓住了铃木香织的手腕，手背上青筋突起：“不许提她的名字!”

第 16 章　于细微处辨真机

“你果然爱上她了。”铃木香织冷笑道，“其实没什么，我要是男人也会选择她，长相与品德兼备，身世也好，对于男人来说，简直就是梦想中的女人。”

“你调查过她。”徐墨卿的脸沉下去了，警告道，“你现在不过是樱花百货的老板，可是你居然可以获得最新的消息，你还藏了什么?”

这个女人绝不简单!

铃木香织甩开徐墨卿的手：“如果不喜欢我，那就不要占我的便宜了，井上来找我要一笔钱。”

“要钱?”徐墨卿说道，“作为让你离开组织的代价吗?”

“人不能太聪明。”铃木香织说道，“我出身比他好，按理说父亲出面没有办不了的事，可这家伙居然处处讹我，连我的钱也惦记上了。徐老板，希望你早点逮住他，小组的那名军师始终不露面，听井上的口气和他已经有了间隙。”

“这名军师总以电报或电话和井上联系，从未正面现身。这次井上去了蓬莱也是听他的主意，可是一无所获，这让井上大为恼火，对他不再像以前那么信任。还有，这名军师知晓残卷的真正秘密，却没有告诉井上，一直这么玩，让井上失去了耐心。井上已经阵脚大乱，正是对付他的时候，徐老板，你还在等什么？”

“你想借刀杀人，你和井上有恩怨，铃木小姐还和以前一样，深藏不露。”

铃木香织的脸抽动了一下，嘴角上扬，露出一丝邪魅的笑容：“没错，我想他死。”

“原因？”徐墨卿说道，“徐某虽然不才，可是为他人做嫁衣裳，不能不明不白。”

铃木香织的手突然抖动起来，咬牙道：“井上哄骗我进入组织，害我不浅，我做梦都想他死，你看看这封密函就能知道他与军师的关系如何。”

她有备而来，从随身的小包里掏出一封信，密函是东瀛文，徐墨卿看不懂，料想必须要找谢七了。铃木香织这才满意道：“我的目的是井上的命，你们一定是想找到这位军师，大家何不各取所需。徐老板，我的话只到这里，以后可以随时到樱花百货找我。”

送走她，徐墨卿迅速拿着密函找到谢七，密函译过来——迅速寻找知情人取代军师，必要时将军师就地处决！

井上吃了几次亏把罪责怪到这名神秘的军师身上，欲除之而后快。蓬莱之行，井上没有得到任何有用的信息，反而损失了几名手下，恼羞成怒是理所当然。除此之外，恐怕还有不为人知的事情，足以让井上起了杀心。

谢七一直沉思，突然说道：“我倒想知道井上丢了密函之后的反应。虽然是大不了再发一封，可是心中也有怀疑的对象，铃木小姐这是要把自己扔进火坑，再拉着井上同归于尽吗？”

徐墨卿问道：“你觉得铃木香织想杀井上的观点可信吗？”

“站在女人的角度，铃木香织想杀了井上无可厚非。”谢七说道，“可是……”

“可是什么?”徐墨卿问道。

“这封密函她是如何弄到手的?”谢七说道,“最近井上只找过她一次,密函若是井上放在身上的话,铃木香织完全有机会拿到手,这一点倒是不用怀疑。可是,她毕竟是东瀛人,以井上的手段,同归于尽的目的未必能够达到。她要不是疯了,就是有阴谋。我们到底能不能相信她,这实在是个问题,徐老板,还是小心为上。”

徐墨卿长吁了一口气:“没错,我们在与虎谋皮。”

“倒是可以一试,先除掉井上再说。”谢七说道,“井上与无名已经产生了分歧,如果弄清楚分歧的所在,对我们有利。”

“多谢,没有你,连密函内容是什么也不能知道。”徐墨卿来的目的已经达到,却难以起身,他伸出手掌看着掌心,那条俗称的生命线并不长。小的时候,爷爷总是打趣说他是个短命鬼。他扳着手指,不像平时那般清高冷傲,抬头,却看到谢七在偷笑。

徐墨卿突然心慌,只说还有事处理,起身要走。谢七目光流转,微微一笑,问道:“徐老板,是谢七可怕吗?这么急着离开,难道怕我吃了你不成。”

“你想太多,现在事情紧急,不能耽搁,我还想去查些别的东西。”徐墨卿拱手离开。谢七又好气,又好笑!

等出了门,徐墨卿顺势拦下一辆黄包车:“去荣丰戏院,快点!”

“徐老板想要多快?”这个声音让徐墨卿的脸沉下去,黄包车车夫转过身来,这是一张熟悉的脸——乔装打扮以后的铁男!他脸上的胡子醒目,穿着脏兮兮的马搭子,肩上还放了一条毛巾,真是擦过汗的,臭气熏天。这副打扮坐在路边上,一定没有人认得出来。

“有多快就跑多快吧。”徐墨卿没好气地说道,“人生何处不相逢。”

“徐老板,你救过我的命,铁男只想偿还一次。”铁男一边跑,一边说道,将黄包车拉到更隐僻一点儿的地方。徐墨卿坐在车上,一副无可奈何的样子,“你们真是坚持。”

“徐老板，相信我，相信何大夫，我们所做的事情才是为了这个国家。”铁男说道，“毫无保留的，完全不利己的行为，和宋家不同，和宋令铮的上峰不同，我们是为了对付东瀛人，保住我们老祖宗留下的宝贝！徐老板，我们真心邀请你的加入。”

“不用再说了，你们做的事情我能够理解，但对于我来说，匹夫有责这样的事情还很遥远，一个连自己家族事情都弄不清楚的人，有什么资格帮你们弄国家大事？话说回来，你口口声声提及救命之恩，该报的恩你们也早报过了。”

何大夫为首的这群地下党长期潜伏，在不动声色的行动中，他们或许掌握更多的情报。徐墨卿只是随口说说，要说报恩，蓬莱那次出手相助已是还了人情。

“我们发现了井上手下人的藏身之处，一个叫清水，一个叫前田，百分百可靠。”

徐墨卿心头一紧，原来他们果真掌握更多的情报。铁男扭头咧嘴笑了，露出一嘴的大白牙，乐呵呵地说道：“徐老板，我说过了，我们是诚心诚意合作的。他们现在就在郊区的一处民宅里，我们的人一直紧密跟着，现在还没有出岔子，我们必须马上行动。”

“为什么告诉我？你们可以自行行动。”

“十里洋场和其他地方不一样，风声特别紧。”铁男说道，“我在这里出入也需要易装，行动起来不方便。不像徐老板，有宋家的支持，在十里洋场可谓是畅通八达，你行动更自由。”

徐墨卿陷入了沉默。铁男咧嘴笑了：“您放心，以后只有我缠着您。”

“何大夫呢？”

铁男默不作声，拉着他送至戏院，压低帽子，小心翼翼地环顾四周后便离开了。徐墨卿目送他离开，心想上面对他们的封锁越发严厉，想要撤离这里也不是件容易事。

此时夜已深，十里洋场的霓虹灯慢慢褪去，月已西沉，谢一与何大夫坐在院子里，抬头看着清冷的弯月。谢一说道："这回是真的要走了吗？"

何大夫点头道："我已经被盯上了，老掌柜的藏身之所也给抄了，幸好他们事先得到消息及时转移。我在洪门一天，就会给洪门惹来麻烦。"

"洪门也不是好欺负的。"谢一叹口气，"那些人还不敢动我们。"

何大夫说道："上次我原本就要走了，阴差阳错又多待了一阵子。谢一，我这一走不知道何时才能回来。还是那句老话，遇到合适的人就嫁了吧，不要守着我这个没有希望的人过一生，说不准……哪一天我就在别的地方牺牲了，你连尸首都看不到。"

谢一微微笑道："我知道了，你放心。"话落泪也跟着落下。

何大夫轻轻替她拭去眼泪："谢一，那群东瀛人的下落我们也在查，必要的时候，我会让人传消息给你，你要好好保重啊。"

何大夫脚下放着行李箱，手握成拳，良久，他终于下定决心，拎着箱子站起来。谢一不舍地说道："注意安全。"

何大夫没有从后门走，而是翻墙离开，他的身份已遭到怀疑，如今这附近都是探子，此时再不走，就没有机会了。纵然万分不舍，也要割舍！他翻墙落地，迅速穿过对面的巷子，一辆久等的黄包车迎过来，只等他跳上去，车夫火速离开。

到了偏僻些的地方，又换了一辆汽车。何大夫跳上去，司机正是乔装后的铁男。他说："何大夫，你这一走，不知道何时才能回来。老掌柜已经成功转移，现在就等你了。"

"我们一走，这里只剩你，万事小心为上。"

汽车慢慢驶入小路，何大夫看着渐行渐远的灯火，不禁长叹一声。铁男见状刻意开得慢些。何大夫便笑道："再舍不得也要走，快点开吧。"

目的地到了，看着何大夫拨开到腰高的草朝河边走去，铁男的鼻子酸了一下，挥挥手，迅速地离开。进了城后，便丢下这辆车改步行，这车原本就是偷来的，不能带走。

前面是一条分岔路，一条通往徐墨卿家，一条通往自己的住处，他踟踯了一番，终于朝徐墨卿家走去。待到了他家门口，铁男抬头看，二楼的灯依然亮着，心道："徐墨卿啊徐墨卿，你真是一块难啃的骨头。"

徐墨卿早就看到铁男了，见他像铁塔一下立在自己家楼下，也暗自好笑。这家伙真不是一般地固执，好像把自己当成了必须攻下的目标。他索性将窗帘完全扯开，楼下的铁男愣了一下，抬手向徐墨卿摆手。徐墨卿无奈，重新拉上帘子。看来徐墨卿的态度始终如一，铁男只好讪讪离开。

次日一早，徐墨卿是被宋令铮的鸣笛声弄醒的，铃木香织约他们在樱花百货见面。平时穿惯长衫的徐墨卿换上了一身古装，宋令铮颇感惊奇，夸道："挺合身的。"

"多谢夸奖。"徐墨卿淡然道，"与虎谋皮，这只虎是吉是凶，还不得而知。"

樱花百货不愧是海北规模最大的百货公司，一共三层，橱窗陈设华丽。不少名流富商的太太小姐都是百货公司的常客，公司刚开门，她们就来了。

铃木香织站在门口迎接，嘴角含笑，尤其在看到徐墨卿时，笑意更深了。宋令铮闷哼一声，低声道："姓徐的，你老实交代，你们俩私底下有没有见过面?"

"有。她来找过我。"徐墨卿毫不隐瞒。

宋令铮得到了意想不到的答案，反而说不出话来。铃木香织引两人进入自己的办公室说话。刚一进去，徐墨卿的目光便瞟到一边的屏风，他立刻站起来，一步步走过去，慢悠悠地说道："铃木小姐很喜欢屏风吗？哦，看上去是明清时期的屏风，古董。"

古时，王侯贵族的屏风制作非常讲究，用了云母、水晶、琉璃等材料，在镶嵌工艺上，用了象牙、玉石、珐琅、翡翠、金银等贵重物品。可谓极尽奢华。然而，民间的屏风制作大都崇尚实用朴素。

铃木香织冷冷地说道："徐老板对古董的认识看来一般，这不是什么明清时期的屏风，纯粹的日式屏风罢了。"

“传统的日式屏风的图案也是取材于历史故事、人物、植物等，大多是工笔画。色彩方面也多用金色、灰色、白色等柔和色调，这一幅嘛……”徐墨卿丢给宋令铮一个眼神，随即双手大力地推向屏风，整扇屏风都倒下去，躲在后面的人猝不及防。就在此时，宋令铮已经拔枪过去，抵在那人的后脑勺上，冷笑道：“不溜走真是失策了。”

铃木香织一副不急不缓的样子，走过来说道：“你们可以杀了他，不过，一来这是我的地方，二来，只有他最清楚发生了什么事情，他叫清水。”

清水！徐墨卿还记得铁男说他们发现了井上的手下踪迹，一个叫前田，一个就叫清水。

“清水是我安排在井上身边的人，你们可以放心。”铃木香织说道。

“我知道前田的位置，你们的人现在出发可以将他抓个正着。”

清水一开口就是浓重的东北口音，这让宋令铮和徐墨卿同时倒吸了一口气，都说乡音难改，眼下就是最好的例子。他自小就被带到东瀛，尽管在东瀛长大，可是说汉语时，家乡的口音就自然而然地流露出来。

宋令铮马上安排方副官动手，下令捕捉前田。他扫视清水，心里头莫名地有些寒意。这年头，人不是人，鬼不是鬼，谁是好人，谁是坏人，已经不能一概而论。他们是东瀛人的走狗，也是可怜的孤儿，他想想脚心手心已经冰凉。

同样的感觉也在徐墨卿心中浮现，这国已不成国，看似繁华的十里洋场里却四处疮痍，他心中怅然，长叹一声。清水看着两人，冷笑道：“一旦抓到前田，你们必须以狙杀井上为交换条件，如若不然，下次见面，谁生谁死，天定。”

徐墨卿不禁笑了，前田所在之处铁男早已告知，没想到中间杀出一个叛徒清水，打乱了原本的计划。刚才宋令铮那通看似交代的电话只是做做样子，前田已经被方副官控制！

两人离开樱花百货后马上驱车去了牢房，前田受不住刑，死撑了大半夜后还是招了。井上的幕后支持者就在十里洋场，身份不详。那位军师鲜少露面，最近却和井上来往频繁，现身时总是戴着面具，说是脸被灼伤，见不了人。军师刚到十里洋场和井上见过一面后就分道扬镳，井上不知去向，军师则去了江城。

江城，那里是爷爷的老家，也是自己出生的地方，徐墨卿总觉得抓到了什么，却还是一头雾水。

方副官说，除了前田和清水外，脚后跟带有刺青的人不少，潜伏在各地！他们人称刺青连，连并非连队的连，而是连成一大片的意思，用自己人对付自己人。这是东瀛人的怪招，他们骨子里流着国人的血，现在干的却是违背老祖宗、自相残杀的事。

这些也就罢了，他们本人已经麻木，对此毫无感觉，长年累月的异乡折磨让他们忠于所谓的主人，血缘联系也几近没有。亲人也都失去联络。变成这样，亲人就算找到他们也会不认得。这些孤儿从被拐到东瀛开始，注定与家人渐行渐远。

宋令铮想了想，决定下令放了前田。前田是井上留在十里洋场唯一的耳目了，虽然还有个清水，但清水已不属于井上的阵营，为了保住性命，前田定会隐瞒自己被抓的事实。

这个决定徐墨卿无权干涉，由得他去。只是，两天后，樱花百货公司发生了一件大事。一辆疾驰的汽车经过百货公司时将一个男人推了下来，骨碌碌地滚到百货公司门口。那人还没有咽气，叫着铃木香织的名字。等她出来的时候，人已快咽气，那家伙就是前田。

铃木香织派人把他扔去了乱坟岗，对待非自己阵营的人，她向来心狠手辣。所以，前田是在乱坟岗咽的最后一口气。

既然称乱坟岗，就是堆弃尸体的地方。留在那里的尸体都是无人认领或是暴亡而被人匆忙处理的。从远处望过去，乱坟岗杂草丛生，一股腐臭味飘过来，令人作呕。徐墨卿和宋令铮、谢七三人准备前往乱坟岗一探究竟。

那地方真是不堪入目，尸体的皮肉已经腐烂，恶臭连连，还有一些就是随意地丢弃在这里，无遮无掩。这中间不乏些孩童，瘦弱的手脚展开，有些双眼仍是睁开的，空洞地望着天空，绿头苍蝇在他们的尸体上盘旋，不时地落下去，又飞起来。

徐墨卿看着这些孩童的尸骨，本要脱下外套盖上，但这里的孩童尸骨何止一具?！他一拳挥出，却是打在空气里，拳头有多少力度也化为虚无。

谢七轻声说道："徐老板，这里与其说是乱坟岗，不如说是人间的炼狱场。人已经死了，人死如灯灭，死后的安慰已经没有意义。"

三人捂上口鼻，戴上手套，先在暴露的尸体里翻找着。前田的尸体刚弃，还算醒目，三人没费多大力气就找到他。他被丢在一处荆棘边，头朝下。徐墨卿将他翻过来的时候，眼睛边上还有几只苍蝇绕来绕去。

谢七蹲下身，抓起前田的脚，他的脚后跟很粗糙，刺青为12。徐墨卿说："怪不得称之为刺青连，看来井上已经识破你的计划，你想让前田引他出来，他就杀了前田，还故意扔到百货公司门口。"

宋令铮点点头，看来他们要重新制定新的方案了。

徐墨卿郁结于心，到现在，第四部分残卷还没有下落，他已经急不可耐。当他平整思绪回到戏院时，石头和吴老六已经等了许久，迫不及待道："大哥，你可算回来了，说书先生曹疯子来了，还带着一个老头，等你小半天了，还有……"

"还有什么?"

"你进去看看就知道了。"石头突然心虚，干笑道，"千言万语抵不过一见。"

徐墨卿进去了，石头和吴老六把住门，一左一右。他刚进去，就看到熟悉的人影，不禁长叹一声，铁男又来了，虽然伪装过，还能一眼认出来。

"徐老板，我不是一个人来的，师父，您出来吧，还有您，曹先生。"铁男自信满满地说道，"徐老板，您最近一定发愁有些事情联系不起来，差了一个环节。我今天来，不只带着诚意，还带着重要的情报，为了这一天，我才冒险留在这里。”

曹疯子，还有一个不认识的老人家，一头花白的头发，脑门上的褶子一道又一道，脸上的老人斑加上身上的老人味，这位老人家看上去足有八九十岁。

“你终于回来了。”徐墨卿看着曹疯子，一字一句地说道，“这次的成果如何?”

“哈哈哈，不愧是大哥的孙子。我早说过什么，你要么不现身，一旦现身，一定瞒不过他的眼睛。世间，你已经露馅了。”老人家绕着徐墨卿转了一圈，“论辈分，你也应该叫我一声三爷爷，我和你爷爷拜把子时，是老三。”

“前辈，不，三爷爷。”徐墨卿马上改口，扑通跪下，先对着老人家叩头，再对着曹疯子叩头，之后长伏地上不起，曹疯子喉间哽咽，一时不能言语。突然徐墨卿抬头叫道：“父亲。”

曹疯子怔住了：“你是怎么认出来的?”没想到他变成这个样子，儿子还能认得出来!

“我没猜错的话，您就是井上身边的军师，把他扯得到处乱跑，让井上去蓬莱扑空，无缘无故地来这一出。一是惹他生气，因为决裂的时间要到了；二来，您明知道我们跟着他，井上到哪儿，我必定到哪儿，会面的时间到了。只是，我不懂，您为何又不告而别，杀您的又是谁?这位老爷子应该是江城四杰中的老三舒易，也是四杰中唯一的幸存者了。”

“你这小子，敢对你三爷爷直呼其名?”曹疯子抓抓头发，无奈道，“三叔，我这个儿子从小就性子别扭，您别放在心上。”

“哈哈哈，不妨，不妨，这小子有点灵气。世间，你也没必要藏着掩着了。我们在这里待的时间不能太长，他如今是众人盯着的目标，我们也需要谨慎。”

曹疯子无法卸掉伪装，他费了好大的劲才让自己变成另外一个人，儿子就在眼前，他却无法以真面目示人。他倒抽了一口气，笑道：“小子，你从什么时候开始悟到的?”

“蓬莱之行意义重大，看似什么也没有得到，却发现了刺青连。那伙人脚上有数字刺青。还有就是发现了您，一个说书人却精晓盗墓事，还知道各种情报，颇为离奇。还有，您托老班主带给我的书信中提到不日将相见，再则，我在您身上闻到了一股干花味。”

曹疯子马上嗅嗅身上，这法子是去世的媳妇教自己的，她总说男人身上的汗臭难闻，把干花戴在身上可以去除汗味，没想到被他识破。

“我没有当面揭穿，是想到您既然一走就是十余年，定然有自己的计划。只是没想到，您会是井上那位一直神龙见首不见尾的军师。”徐墨卿沉吟道，“杀死陈阿七的也是您?”

“我从头说起吧，当年我把你交付给老班主后就打定主意替你提前筹谋。我改头换面，游走在四处先一步寻找残卷。一路下来，我找到了四叔的骸骨，二叔的下落也找到，可惜晚到一步，他已经去世。三叔一直下落不明。直到最近，我重回江城，才意外发现他就藏在江城，并没有远走，所谓最危险的地方最安全，我居然没想到这一点。”

舒易老爷子哈哈大笑。徐墨卿看着铁男说：“陈阿七曾经以书信供述当年的事情，三爷爷最擅长变装伪装，怪不得铁男的伪装回回细腻到位。”

“徐老板客气了。”铁男说道，“我也是最近才知道师父和你的渊源，知晓后马上就赶来了。”

舒易打断了铁男的话，让曹疯子继续说。曹疯子会意，抓紧时间道：“我四处寻找几位前辈的下落，同时发现东瀛开始布置在华的间谍人员，开始设定特别行动小组和刺青连。我找准机会告诉他们残卷事关九鼎，他们果然感兴趣，认为九鼎事关重大，是为国家象征，如果落在他们手里，更有助于他们攻下整个国家！所以我也就成了他们的军师。”

“我原本是想利用井上找到残卷，可他们不中用啊，处处被你牵制，让你们一步步得手。井上反而把这股火撒到我身上，料想和他的合作迟早到头，我就设计了蓬莱之行，让他对我彻底失望恼怒，反正我在他们那里得到的情报也够用了。顺便告诉你一句，井上的后台就藏在使馆里，只要揪出那位幕后支持者，这支特别行动小组等同于被斩首！井上现在失去踪影，我怀疑他就藏在使馆里，他现在风声鹤唳，并不好过。”

徐墨卿振奋起来，使馆的工作人员不多，这样一来范围大幅缩小！父亲这些年的努力也算没有白费。

“我在寻找三位前辈的过程中知晓当年我们四家被人追杀的真相，全部是陈阿七所为，此仇不报非君子，你奶奶和母亲惨死，都是拜他所赐，我杀他而后快，可惜没有找到残卷。”

“他临死前把东西交给我了。”徐墨卿说道，“还留了书信说明当年的情况。想必他在魏仕杰处见到我的时候，已经知道我是什么人了，内心饱受折磨，倒不是个没良心的人。”

舒易长叹一声：“当年我们四兄弟结义，他是鹏飞身边的小徒弟，出身良苦被收留，想不到后来因嫉生恨，把我们找到疑似九鼎的消息告诉了当年的当权者，害我们被人追杀。一晃这么多年过去了，他重遇你后有所悔过，也对得起鹏飞在天之灵了。世间，时间不多了……”

“井上现在欲杀我而后快，我必须先消失，你们尽快瓦解特别行动小组，第四份残卷由我和你三爷爷去找，那份残卷由你三爷爷藏在古墓里，只有他晓得地方，铁男留下来帮你。”

铁男嘿嘿直笑：“徐老板，以后还请多多指教。”

父子重逢，却没有太多说话的时间，曹疯子领着舒易迅速离开戏院，奔入人群，转瞬间便消失。徐墨卿心里久久不能平静，想想父亲这些年的不易着实让人心酸。他平复一下心情说道：“既然这样，先揪住使馆的头头再说。这样一来，井上气急败坏，必定现身，等杀了他再做打算。”

铁男反问道：“这个功劳算是我的，还是宋家的?”

徐墨卿不语。铁男咧嘴笑了：“现在东瀛人是咱们唯一的敌人，徐老板逮到井上，灭了特别行动小组，我一定好好从旁协助！告辞。”

五天后，官五与许二出现在大使馆对面的花店里。两人换了发型，就连打扮也与平时截然不同。经过了几天的培训，两人顺利来到花店工作。在花店的工作倒也顺风顺水，老板娘毫不知道这两人的来历，只知道两人来了以后，好像生意也有喷发的迹象。

官五的目光瞟到对面，大使馆的大门紧闭，已经一上午了，居然没有人出来，真是中邪了。手里握着百合花，许二放在鼻下闻了一下："真香。"

官五刚想说话，只见一辆汽车驶来，气氛瞬间凝重起来。她立刻走进屋内，站在浓密的花盆后面，透过缝隙往外看去。许二则低下头，专心致志地浇花，绝不抬头去看对街。片刻之后，一阵脚步声传来，许二的心揪了起来，同时暗骂自己，手心干吗出汗？

"小姐，有蓝色的玫瑰吗？"一个陌生男人的声音响起。

许二抬起头来，眼前的男人西装革履，一张国字脸，浓眉大眼，十分硬朗的样子。她灵机一动，说道："蓝色的玫瑰吗？蓝色妖姬明天才能到货，因为是从西南运过来，需要一些时间，您可以预订。"预订必定送货，界时便有机会进入使馆，摸摸里面的情况！

到了第二天，蓝色妖姬果然到了，许二包扎了一束，系上淡紫色的飘带，盯着这束花，轻咬嘴唇。这事落到官五和许二身上，无非两点，她俩前面未曾露面，是生面孔，更安全。

许二抱着花穿过街道，走到大使馆门口，守卫立刻过来盘问，报出宫田诚的名字，许二顺利通过，进入了大门。身后的大门关上的一刻，她有瞬间的恍惚，偌大的院子里没有一个人，绿草地的对面就是那座二层小楼，看上去死气沉沉的，没有一点儿人气。

小楼的门关着，围墙边上几只大狼狗一副蠢蠢欲动的样子，压弯了身子呜呜低鸣，如果不是被锁链困住，只怕马上就能冲过来了。许二不敢耽搁，进入小楼才是正事。她刚走进，就有人拉开了大门，是一位穿着骑马装的女人，她狐疑地看一眼许二，问道："你找什么人？"

“宫田诚先生。”许二说道，“这是他订的花，昨天预订的。”

“站在这里，不要动。”那女人生了一对八字眉，语气有点冲，一副高高在上的样子。她这一句话让许二如同被浇了一盆冷水。

那女人转身离去，好在大门并没有关，几乎没有任何犹豫，许二便走进了一楼大厅，或许是因为寂静的缘故，每走一步，脚步声格外刺耳。许二知道那女人随时会回来，不敢往楼上走，只是抬头看着楼上。一楼大厅的水晶灯富丽堂皇，假如是在这里开舞会，晚上也会显得格外璀璨，虽然只能隐约看到一些，但是，楼上的房间是分为两排的，一排是靠向外围的，一排则是在内侧，假如是井上的话，一定会选择内侧的房间吧，这样远距离射杀也是不可能的事情了。

这时，一阵脚步声突然从楼上传来，是宫田诚，他一副为难的样子，内疚道：“不好意思，我找不到钱包，请您再多等一会儿。”

许二自然不会介意，只等宫田诚的身影隐去，她立刻奔上二楼。原来二楼一共有十四间房，两两相对，她一边走，一边叫道：“宫田先生，宫田先生。”

有人推开了门，满身的酒气：“你是什么人？在这里大吵大闹的，闭嘴，闭嘴！”

第 17 章　冤怨相报终有时

许二还没有说话，那人马上歪歪倒倒地缩回房间，砰地关上门。许二记住了这人的样子。马上，宫田诚从其中一间房出来，许是听到刚才的呵斥声，说道："对不起，让你久等，那位先生喝多了，请不要介意，这是花钱。"

"多谢先生。"许二笑道，"欢迎您再去花店，这么美丽的花，一定是送给美丽的女士，祝您顺利。"

看着许二的背影，宫田诚的嘴角上扬："美丽的女士吗？"

宫田诚转身正要进去，刚才醉醺醺的男人推开门，身子斜靠在门上，怒视着他："你们还真是悠闲，百乐门、鲜花店、高档的餐厅，你们的日子可真是好过。"

"井上先生，您喝醉了。"宫田诚先将花放进去，这可是珍贵的蓝色妖姬。他刚放下花，井上便追了进来，突然推了宫田诚一把。宫田诚倒在地上，眉头微皱。

"你们这群人真是悠闲，我们在前方出生入死，你们却在后方吃喝玩乐。"井上的怒气越来越盛，"我只是一时的失败而已，听到了吗？一时的失败，我一定会重新振作的!”

“我只是书记官，这些话您应该告诉长官。”宫田诚站起来，拍拍身上的灰尘，“你喝醉了，我送你回去休息吧。”

宫田诚握住了井上的胳膊，硬是将他拖进了房间。井上四仰八叉地倒在床上，嘴里咒骂着：“我会让你们所有人看看，我才是东瀛需要的人才，没有人可以取代我的位置。我要走出这里，我要重新开始行动，重新开始，一定会的，一定会的……我会找到残卷，一定会找到的。军师，你在哪里，你在哪里，你骗了我，骗了我!”

许二镇定自若地走出使馆，熬到工作结束赶紧回到洪门，将白天看到的一切全盘告诉谢一等人。只等她一描述那名喝得醉醺醺的男人模样，谢七脱口而出：“他就是井上!”

“有件事情真的很奇怪。”许二说道，“使馆里太安静了，从头至尾，除了门口的守卫，就只看到三个人，一个东瀛女人、宫田诚和喝醉酒的井上，总觉得安静得过了头。”

“令铮已经调查过，使馆的工作人员，包括厨师园丁之类的，一共有十八个人。”谢七说道，“这些工作人员要么在办公室里工作没有出来，要么……难道因为井上的到来，所以使馆也变成警戒状态了?”

陈六说道：“逼急了，直接潜进去杀了那个混蛋，反正蒙上脸也没有人知道我们是谁。”

“要是失手被活捉了呢?”谢一反问道，“那里是使馆，井上会将自己藏起来，就是担心宋家报复，我们必须谨慎。井上爱酒，酒是从何而来?我觉得可以用酒诱他出门。”

不愧是大姐，一番细致的考虑让众人陷入了沉思。谢七说道：“要诱井上出门必须先弄清楚井上喝的是什么酒。”

“这个好说，明天就知道了。”官五自信满满地说道。

到了第二天，许二与官五前后脚来到花店。

关于宫田诚，宋令铮的人也马上展开调查，此人并非井上的手下，而是大使馆的一名普通工作人员。出人意料的是，他订的蓝色妖姬不是送给活人的，而是送给了死人！

跟踪宫田诚的人发现他去了十里洋场最大的墓地，那里也是埋葬易四和许丰年的地方。在一位女子的墓碑前，他放下了花。

到了中午，官五去了垃圾场。这条街上的垃圾最终都会汇到这里，东瀛人做事总是严谨板正，他们扔的垃圾一眼就看得出来。左右环顾，官五迅速打开垃圾袋检查，酒瓶子全是装在一处的，清一色的瓶子，上面有三个汉字——神户酿。

“神户酿”是东瀛进口而来，这是在神户酿造的清酒。神户与西宫号称东瀛的第一酒乡，在那里酿造的清酒被视为最能代表东瀛的清酒，而这种“神户酿”在十里洋场只有两家店有卖，而长期向使馆供货的则是一家叫作和风的店，这家店专事经营东瀛的清酒。

这家店每个月向使馆销售的清酒在五十瓶左右，每月的聚会则是单独下单。这个月的普通订单却是八十瓶，比往月多了三十瓶。

这大概是井上来到使馆后的变化。徐墨卿已有了主意，井上爱酒如命，又认准这个来自家乡的清酒，要是这种酒缺货，郁闷至极的他必定出来找酒。没了使馆的保护，他就是待捕的猎物，只等被狙杀。眼下井上正是最脆弱的时候，机不可失！

宋令铮回去后便下令清查清酒的来源及运输方法，原来每个月一号酒会走货轮过来，然后便被进入这两家商行，再销售出去。

到了一号那天，宋令铮带人来到了货轮停靠的码头，他们乔装成码头的搬运工人，悄然潜进了码头。当那艘贴有明显标识的东瀛船只一靠岸，四名熟悉水性的手下立刻跃入水中，从船的背面爬上船，找到了存放清酒的位置，并在箱子的右上方涂上了红色的油漆。完成任务后，四人退了出去，重新借由水路上岸，绕出码头，在外面等着接应。

所有的箱子都是统一的规格，如果不走近的话，很难判断里面装的是什么东西，但现在不一样了，只要看到红漆，就能精准地做出判断。

宋令铮和徐墨卿换上码头工人的衣服，离他们不远的地方，是正在等待分配活计的搬运工们，宋令铮的手下连同吴老六、石头混在其中。船板放下来，他们随着搬运工人一哄而上，看到有标识的便挤开人，抢先搬走。

为免惹人怀疑，最后关头，石头和吴老六搬了些其他货物，以免造成丢失的只有清酒的局面，惹人怀疑。待所有货物扔上车，所有人迅速转移。

码头被盗的事件马上传开，丢失的货品除了清酒，还有一批香烟和衣服，这些全是进口而来的。因为事前做的工作加上转移得当，巡捕房的人过去后居然束手无策，调查了一阵子也没发现任何线索，索性打起了太极，让损失的商家无可奈何，最终只有自认倒霉。

货轮下一批到达还需要一个月的时间，使馆用了西洋酒代替清酒，许二和官五是看着送西洋酒的车子开进去的，车子上面还贴了洋酒的广告。

官五发现使馆搬出来的酒瓶子果然少了，和以前丢弃的“神户酿”相比，现在被丢弃的瓶子不过是之前的三分之一罢了。这个迹象让官五放心不少。两天以后，蹲守在清酒店门口的人发现了使馆的工作人员，他们是过来询问“神户酿”的情况的。

“什么时候才能到货？不是说好了要提前运过来吗？”这名男子十分气恼。

“虽然和对方打过招呼了，可是要改变规矩并不容易，小田先生，以前从未要过这么急，这回是怎么了？”穿着和服的老板娘小心翼翼地问道。

“这个你不用理会，总之，尽快弄到清酒！啊，真是要烦死了，为什么要收留那个家伙。”这名叫小田的男人长叹一声，“偏偏这个时候发生什么盗窃案，巡捕房全是一堆废物！”

这时候的井上正在使馆里撒野，他借着酒意将桌子上的东西推在地上，包括易碎的瓷器和玻璃制品。大使怒视着手下：“你们还站着做什么，把他拖回到房间去！”

首先反应过来的是宫田诚，他的个子高，力气大，可是却抱不住井上的身子，喝醉酒的人就像激发了身体的潜能，力气也比平时要大许多。周围的人冲过来将他抱住，一起将井上关进了房间里。宫田诚说道："你最好老实一点儿，不要逼着我们把你反锁在房间里，这不是你的地方，不由你说了算！"

"你这只杂种也配和我说话。"井上突然一拳挥向宫田诚的脸。宫田诚猝不及防，身子被打得趔趄一下，心里的火猛地冒了出来。他一拳打回去，因为自己的出身，成为井上攻击的目标，他心里窝火。原来宫田诚的母亲是中国人，父亲是日本人，所以他才被井上骂作杂种。两人打成一团，周围的人好不容易才将两人分开。

宫田诚抹去嘴角的血，愤愤然地走下楼，随即走出了使馆。他站在门口，闷闷不乐地点燃烟，却没有抽烟的兴致。许二看得分明，他嘴角有伤，刚和人打过架，使馆里大多是文官，这极罕见。

接着井上突然又冲出来，官五立刻示意许二看，只见宫田诚拦在井上面前，激烈地说着什么，似乎在阻止他离开使馆。井上一把推开他，踉踉跄跄地往东街走。

鱼咬钩了，井上也算精明，就算喝醉了，也知道朝着清酒店的方向去。前面的兄弟们一路尾随，就在此时，许二发现有一辆黑色的汽车缓缓往前驶去，车里坐的正是七妹和宋令铮！

可是，宫田诚就跟在井上的后面，这可怎么办？许二灵机一动，从小巷子穿过去，直接蹿到宫田诚的对面："宫田先生！"

许二突然出现让宫田诚吓了一跳："是你。"

"刚刚送花给客人，现在正要回去，正好碰到你！宫田先生，我们一起回去吧。"许二微笑道，"反正顺路，是不是？"

许二话音一落，不由分说地上前拉住宫田诚的胳膊。这个动作让宫田诚吃了一惊。不容他说话，许二便将他拽到一边。车里的谢七恰好看到这一幕，已经猜出几分，和二姐在一起的男人身份特别，不能在这里动手，她说道："令铮，在前面动手。"

井上正跌跌撞撞地穿过人群，遇到挡自己路的人，便一把推开，嘴里还骂骂咧咧。谢七轻巧地跳下去，尾随而来的人立刻涌入人群。她悄悄来到井上的身后，一只手持枪对准他的后背，另一只手则迅速地打在他的后颈处，井上闷哼一声，失去知觉靠在谢七肩上。

谢七装作熟人扶着他上车，宋令铮立刻启动车子，等摆脱了许二的宫田诚快步追过来时，哪里还能见到井上的身影。

井上被押往洪门的船屋，船屋的结构十分复杂，出口都有洪门的人看守，井上插翅难逃！

井上失踪了，作为最后接触井上的宫田诚成为首要的讯问对象。刚结束讯问的他一脸疲惫，被那个穿着骑马装的东瀛女人叫住，他无力地说道："崛北，你想说什么？"

"我可是你的未婚妻，请调整你对我说话的语气。"崛北希子冷冷地说道，"你准备出去，是去找花店的那位小姐吗？井上失踪的时候我看到了，她故意拦住你的去路，很可疑。"

宫田诚不语，许二对他有着不一般的吸引力，她和死去的母亲有着同样的眼睛，微微下垂，目光却透着不一般的坚定。

"井上失踪，最高兴的人莫过于你吧？其实大家都松了一口气。"崛北冷笑道，"他来到这里后，一直像疯狗一样缠着你。"

没错，井上知道宫田诚混血后，就把他当成了目标，借着喝醉酒，把心里的怒火都发泄在他身上，至今身上还有井上打他的伤痕。如果身体的痛还能忍受的话，井上对于自己母亲的大放厥词才是最可恶的，"杂种"两个字的确让他忍无可忍。

井上醒来的时候，石头拎着一包痒粉迎头倒下去，淋遍他的全身。他开始还一副死猪不怕开水烫的表情，之后，他的眼睛瞪得老大，喉咙里发出一声闷响，脸上突然冒出针头般大小的红疙瘩。他怪叫一声，双手伸出来想抓，奈何被绑得死死的，动弹不得。

“你们以为杀了我就结束了吗？你们这群狗咬狗的家伙，自己人对准自己人，那些孤儿会像尖刀一样刺入你们的心脏，等着瞧吧。”

宋令铮气得浑身发抖，刺青连的存在已是莫大的侮辱，他的手摸到枪，刚要掏出来，徐墨卿伸手按住了：“好戏才刚刚开始，不要着急。”

徐墨卿的手一挥，石头坏笑一声，马上冲出屋外，没一会儿的工夫，拎着一桶水下来，“哗”的一下，井上顿时成了落汤鸡！

井上只觉得身子一轻，好受了不少，石头闷哼一声，笑道：“这东西有些奇，遇水就完全化开，然后遍布全身，功效比刚才还要厉害得多。”

水流让粉末的作用加剧，井上的身子扑通一下跌到地上，他的牙帮子咬得紧紧的，咯咯作响，身子狠狠地蜷缩起来。每一秒都是煎熬，痛苦得如坠地狱。

谢七蹲下，冷冷地说道：“井上，刺青连的名单以及你的上线信息是你唯一的希望。”

“你们……”井上痛不欲生，不管做什么都解决不了痛苦，他几近绝望，怒吼道，“刺青连九十七个人，我只负责其中的一支小分队，前田与清水另有人管辖。”

“前田是你杀的。”

“你们想放前田回来引我出来，我当然要杀了他！”井上痛苦得想抽出双手，把手臂勒出一道道红印子，怪笑道，“要不要我告诉你们一个秘密。”

“清水是铃木香织的人，我们已经知道了。”

“铃木香织的脚后跟上也有刺青号码——3，哈哈哈，你们真以为她是什么东瀛亲王的女儿？是权贵出身？女人的谎言简直可怕！她也是刺青连的一员，只是运气好被亲王看中收为养女，最终不也和我们一样，成了特工，哈哈哈！”

“你的上峰是谁？他在哪里？”

“我不知道，真的不知道。”井上在如此痛苦的情况下还坚称自己不晓得，看来是真的。

“石头，把准备的东西拿出来吧。”

石头将一把武士刀送到徐墨卿的手上。徐墨卿握在手里顺势一扔，刀落到井上面前。他哧哧地笑着，徐墨卿默不作声，带着众人出去。

陈六不解他的用意，低头问谢七：“七妹，徐老板这是什么意思?”

谢七只是笑笑，门还没有关上，身后噗的一声响，众人回头，井上已经将武士刀刺进自己的腹部，血已经满了一地!

井上剖腹用的是十字文切，这是一种比较痛苦的自尽方法。

血仍在往外涌，井上的面色苍白，却还有气在：“你们摧毁不了我的精神，就算我死了，你们还会面对新的对手，比我更强悍的对手！我的精神不死，不死！我是死在武士刀下，这样就足够了。九鼎一定是我们的，终有一天会灭你们国威，你们这些人早晚要家破人亡!”

“是吗?”徐墨卿走到井上面前，盯着那把武士刀，“你真的是死在武士刀下吗？睁开你的眼睛看看，这是我们的唐刀!”

徐墨卿和宋令铮对视一眼，两人不约而同地向前一步，两只手握住刀柄，井上仍不肯松手，眼里写满不可置信，吃吃道：“不可能……”

说时迟，那时快，两人同时用力地将武士刀抽出来。井上的眼睛瞪大了，他的手捂在肚子上，试图阻止血液的涌出。徐墨卿突然用力地将刀一分为二，一把刀立刻变成了两把，他和宋令铮一人拿着一把，同时刺进了井上的心脏。

井上死了，铃木香织跑了，樱花百货在极短的时间里换了老板。显然铃木香织和清水好像提前得到消息，潜逃了，这让刚刚才大获全胜的宋令铮等人又沮丧起来。

更让人郁闷的是残卷仍没有下落。当然，宋令铮还停留在寻找第三卷上，而徐墨卿已经进入第四卷的寻找，只等父亲和三爷爷回来就可以将地图四合为一。

这一天，徐墨卿和石头、吴老六从外面回来，经过那片破败的建筑时，一个孩子突然跑过来，脚底一滑摔到地上。那孩子早习惯这种情况，爬起来拍拍屁股，欢快地跑向别处。徐墨卿却看到地面有血，扭头一看，那孩子是光着脚的，脚底板八成被什么划破了，正往外冒血。他正要叫住他，那孩子已经穿进巷道不见踪影。

到了晚上，徐墨卿一如既往地到戏院管理经营，石头与吴老六闲来无事，坐在那里打着扑克。看着账本，徐墨卿眼前一花，突然浮现那孩子脚底带着血跑开的情景，又想到了乱坟岗里那些孩童的残骸，他不禁扶着头，长叹一声。

戏院的经营下滑，最近局势不稳，不少人已经未雨绸缪，不是去了香江，就是去了南洋海外，表面上歌舞升平，底下却是暗流涌动，不知何时就会狂风骤雨。

这天，徐墨卿、石头、吴老六三人相约外出吃早餐，回来的时候还早，却看到一份报纸就夹在门缝里，徐墨卿抽出来："我好像没有订报纸吧。"

展开报纸，这是今天的头条——东瀛使馆突现尸体，身份不详！

上面没有照片，无从得知尸体是谁，石头瞅了一眼，说道："这宋少爷玩得有点大了吧？怎么能把尸体送到使馆去？"

"送到使馆这么特殊的场合才能够上报。"徐墨卿说道："他这是故意的，让铃木香织知道井上已经解决掉了，还能让一些知情人心中有数，他这招用得不错。"

"难得听到你夸我，就不能大点儿声吗，去哪儿了？我和谢七等了这么久。"宋令铮和谢七就藏在一边，现在才跑出来，得意扬扬地说道，"刺青连和井上的上峰抓到，说不定可以拿到残卷，这事拖得太久，是时候解决了，我给他们打一剂强心针。"

宋令铮来坐了好一会儿，商讨一些细节后走了。只等他一走，徐墨卿马上起身从客厅里搜出多个窃听器，一股脑地放在桌上。石头和吴老六目瞪口呆，"这是什么？"

徐墨卿将那些先进的玩意儿一股脑地扔进鱼缸里，看着水泡浮起，面无表情，这是迟早要来的。他冷笑道：“这是窃听器！他和我们始终不是一样的人，他也不代表一个人，而是一个利益集团。虽然意外，但在情理之中。”徐墨卿暗自好笑，为了让自己放松警惕，宋令铮故意拉来谢七当幌子，好转移自己的注意力，但他内心早有提防，宋令铮的一举一动都在自己眼中！

“大哥，情况不妙啊，东瀛人眼看着要除了，宋家这边却……”

徐墨卿知道自己没有多少时间了，父亲和三爷爷一去不回，如今没有半点儿音讯。所幸残卷之事并没有暴露，宋家并不知晓自己已拥有第三卷，第四卷已经唾手可得。这可是自己压箱底的筹码，不到关键时刻不能拿出来。

幸好铁男那边有了新消息，他发现了清水和铃木香织的下落。夜间摸进徐家时，铁男粘着大胡子，扛着一袋大米，俨然一名干粗活的劳工。进门放下大米，铁男兴奋地抱住徐墨卿的肩膀：“徐老板，我弟弟还活着，他没有死！”

“这是哪门子和哪门子，突然扯到你弟弟？”石头正拿着一个馒头啃，对铁男无来由的说话大表不满，“你弟弟是谁？”

“清水。”铁男兴奋道，“我就是北方人，昨天我和他撞上了，他身上的胎记和我弟弟一模一样，看他的年纪和我弟弟失踪时一对比也差不多，不会有假的。和我弟弟一同失踪的孩子们，就是现在的刺青连！徐老板，清水和铃木香织，我们找到他们了！”

这段往事从未听铁男说过，直到现在徐墨卿才知道铁男父母双亡，弟弟失踪，他之后流离失所遇到了三爷爷，是三爷爷救了他的命，又教他一身伪装的本领。

铁男这次回来，还有一些礼物奉上，十里洋场有部电台和井上的电台保持联络，那部电台现在应该在铃木香织的手里，两部电台联络频繁，何大夫紧急派了一名电台专家刘申过来帮忙。

井上的电台，铃木香织曾经提起过，井上还未死时，这东西就落到铃木香织的手里，这女人的段数比井上高明得多。铁男来的目的只有一个，他不能和宋令铮直接接触，需要通过徐墨卿的嘴让宋令铮去抓他们，但是，必须留清水一个活口。铁男与清水碰面时，看到胎记的那一刻叫出弟弟的名字，可清水不相信，就在铁男闪神的空当儿，又让他逃了。

但是不打紧，两部电台的信息来往被刘申破解，现在清水和铃木香织的下落已经有了。铁男急着过来，只想保住弟弟一个活口。

徐墨卿自然要答应。之后和宋令铮交代妥当，马上安排人马追杀过去。刺青连除一个外全部活捉，包括铃木香织在内，可叹的是，那个逃脱的恰好就是清水！

铃木香织受了重伤，被送到了军方的医院进行治疗，其余的人死的死，伤的伤，只有清水一个人逃走。清水这一走，势必与上峰联络，如此一来，那真正的罪魁祸首恰好能落网。

铁男与地下党的电台专家一直盯着电台，由此陷入了苦战。徐墨卿三人赶过去的时候，刘申正沮丧不已，铁男的面色也不好看。

“情况怎么样？清水有和上峰联络吗？”徐墨卿问。

“清水的电台曾向一个从未登记过的频率发去情报，可是对方没有接收，而且很快关闭了电台。”刘申说道，“因为太快，所以没有办法捕捉到。”

铁男抓抓头，烦躁道：“清水在努力与对方联络，可对方似乎准备置之不理，看来，上面决定要放弃刺青连。”

清水此时会是什么心情呢？徐墨卿转过头，清水逃走是为了救铃木香织，可现在他找不到援手，频繁向对方发出信号却石沉大海，是时候绝望了。

“这家伙真是狡猾，大哥，清水和他相比还是太嫩了，但清水对铃木香织好像不一般，一定不会坐视不理，就算他只有一个人，也会采取行动。”

石头说完了，看到徐墨卿点头，自己也乐了，总算说对一次。

铃木香织即将押往南城。另一边，黑暗中的清水已经面临崩溃的边缘，对方频率的消失更让他抓狂："怎么可能，这个浑蛋，浑蛋!"

清水一拳又一拳地打在墙壁上，直到拳头血肉模糊，他才颓然地顺着墙壁滑下去："铃木，我一定不会扔下你的，就算找不到救兵，我也会去救你，一定会的，你要等着我……"

清水闭上了眼睛，喉间涌动，过去的一幕浮现在眼前。那是一幢黑色的建筑，外墙的颜色就像地狱一般阴沉，一共三层的小楼，里面不时传来尖叫声，还有痛苦的哀号声。他不知道自己来到这里多久了，每一天都十分煎熬，他们像家禽一般被圈养在黑暗里。

没有自由，更没有选择的余地，每天被押送到不同的训练场，严酷的教官就开始严格的训练。没有完成目标的人就此消失在训练场上，就算训练结束也不会再出现。他知道他们去了哪里，也知道他们不可能再出现了。在这里，优胜劣汰，淘汰的人只有死路一条。

缩在这个一平方米有余的格子里，黑漆漆的小脸从栅栏里看出去，他什么也看不到，所有的人都集中到训练场去了。好累，身上的温度就像高温的火，可以烤熔了他，再这样下去，不用在训练中被淘汰，自己就先要被折磨死。

爹、娘、哥哥，你们在哪里？他终于从回忆中抽离出来，缩了一下小小的身子，看着地上盘子里仅剩的水，突然爬了过去，大口地喝下去，不行，要活着，一定要活着！他正埋头喝着水，一个女孩的笑声响了起来。他愕然地抬头，看到外面蹲着一个小女孩，她清亮的眸子正看着自己。他狼狈地抬起头，身子往后退，直至身子紧紧地贴在墙壁上。

小女孩将一瓶药塞进来："喝掉后将瓶子处理掉，要是让人发现就不得了了。"

"你，你是3号?"清水说道。

刺上刺青的那天，大家是按序号排列的，他见过这个小女孩，她是第三个进去的，进去以后也没有听到哭声，这是何等坚强。

那是第一次和她正面接触，之后的几轮厮杀中他们携手出线。

“过去的名字我早忘记了，以后就叫我香织吧，以后会用这个名字活下去的。”记忆里，铃木香织转过头，脸上的笑容就像完全绽开的樱花，好美。

她果然用这种方式活了下来，哪怕被井上欺负，也没有流下一滴眼泪，只是坚定地说有朝一日会杀了他；哪怕被送到了魏仕杰身边，她也依然坚强。一切的一切，都证明她是聪明的女人。

清水想到了上次拦截自己的家伙，那人叫出自己本来的名字——铁峰，如果不是他放走自己，自己也逃不了，那声音不断在耳边响起：“铁峰，我是你的大哥铁男！”

大哥？清水记忆里还有哥哥那张模糊的脸，在自己受苦的时候，家人在哪里？在自己饱受摧残的时候，家人在哪里？呵呵，清水看着地上碎裂的电台，终于下定了决心，倏地一下站起来，哪怕只有自己一个人，也要去救她，哪怕会死在一起，也在所不惜。

清水检查了剩下的所有枪支，将子弹填满，又将手榴弹绑在腰上。他趁着夜色迅速离开，朝着那条往南城的必经之路去。从今天晚上到明天早上，押送香织的车辆一定会经过这里。身后突然传来窸窸窣窣的声音，他一回头，一记重拳打在他的脑袋上，清水的身子软绵绵地倒下去，身后的人面色复杂，竟是铁男。

铁男脱下衣服，露出肩膀上的红痣，清水肩上相同的位置也有一颗！“铁峰，你死心吧，铃木香织不会被押往南城了，这回不走惯例，就地枪决。我放过你一次，不能再放走你第二次，现在回头还来得及。”

清水用余光看着铁男，幼时的回忆浮上心头，只是维持了几秒就晕死过去。铁男扛着清水，迅速消失在丛林里。几乎在同时，在宋令铮带领下，徐墨卿进入了地下牢房。这是一间独立的牢房，铃木香织头发蓬松，穿着一件灰色的囚服，正背对着他们。她看着牢房上端的小窗户，那个窗户极小，隐隐透着光，感觉到身后的动静，铃木香织转过身来，笑了：

“是你们。”

她此时已经知道上头对自己的决定——就地处决，所以该说的话她也不想保留了：“徐老板，在我还不是魏仕杰三姨太时曾经见过你一面，戏没有开场，你一身长衫不言不语，那天我就知道了你的名字——徐墨卿。很可惜，我们最终以这样的场景见面。徐老板，我本可以逃得远远的，因为你，回来了。”

“多谢铃木小姐抬爱，可惜，徐某心里已经有了钟情的女子——谢七。”徐墨卿说完，身边的宋令铮默默地握紧拳头，这家伙终于承认了。

铃木香织的表情暗淡下去，自顾自地说：“我故意声称是徐老板的戏迷，第一次听徐老板的戏却是和魏仕杰一起，我们的缘分在奇怪的氛围中开始，一直走到现在，徐老板，我本名叫小蝶。”

她的声音越来越低，宋令铮定睛一看，铃木香织的胸口已刺进一块刀片！这东西究竟藏在哪里，居然没有搜出来！铃木香织突然扯住徐墨卿的手，柔声道：“别忘记我……”

第 18 章　细腻心思引黑手

铃木香织的尸体躺在地上，双眼紧闭，身上的血沾满了她的囚衣。宋令铮看着地上的尸体，原本芳华的女子余温尚存，可惜再无半点鲜活。

徐墨卿看向她的脚踝，3 号，数字 3 是她的象征。这个女人在死前终于显露出自己软弱的一面，深藏在心底的柔软和想念在死亡的迫近下才显现出来。徐墨卿长叹一声，又是一个悲剧女人。

当两人走出牢房，石头和吴老六马上迎过来，他们在外面等候许久了："大哥，怎么样?"

徐墨卿摆摆手，上车后才说道："死了。"

车子后方跟着尾巴，一直到家，那些尾巴才四散而去，隐藏在四周。石头骂道："这些家伙，跟起来没完没了，真把咱们当贼了。大哥，宋家这就和咱们翻脸了?"

"没有当面发生冲突，暂时维系着关系，若有利益冲突，只怕立马掉转枪口。"徐墨卿下定决心，示意吴老六前去备车，悄然离开徐家。

那群人马上又跟过来。石头对这边的路状十分熟悉，到了一个三岔口就把车停在边上。三人步行离开，等那群小尾巴跟过来，车里早空了。

铁男好不容易等到他们过来。清水也刚刚清醒，面对亲人，他面无表情。徐墨卿淡淡地说道："就在刚才，铃木香织已死，自杀。"

"不可能！"清水怒吼道，"她不会放弃自己的。"

"你是不是疯了，就算她不自杀，也是当场处决，一样没命。"石头说道，"你抬眼看看，这家伙是不是你的亲大哥，你是被拐去东瀛的，吃了几年东瀛的饭你就忘本了？"

"我没有亲人，我的亲人早就死了。"清水冷笑道，"我们在受苦的时候，他们在哪里？为什么任由我们被抱走，你们知道我们遭了多少罪吗？"

"是我不对，那一年爸妈让我带你出去，我却把你弄丢了，这次咱们重逢，徐老板会放你一条生路，咱们重新开始。"铁男激动道，"你走后，村里犯了一场瘟疫，爸妈都去了，就剩下我一个。这些年我一直在找你。弟弟，等我手上的事了了，咱们一起回去祭拜爹妈。"

清水不语，片刻才终于点头。石头哈哈大笑："这就好，铁男，想不到你有个弟弟，隔了这么多年还能找到。你放心，有大哥在，一定帮你们兄弟团圆，离开这个鬼地方。"

铁男激动地替清水解开绳子。此时，清水突然抬头看着他，嘴唇轻启，徐墨卿听得分明，是"大哥"两个字，毕竟是血浓于水。正当大家都沉浸在喜悦中时，清水突然将枪指向自己的太阳穴，嘴角露出一丝微笑，手指已经扣下去，"砰"的一声，这声枪响在山林里格外醒目，血飞溅出来。铁男的身子扑了过去，恰好接到清水歪下去的身子："浑蛋，不一定要死的！"

铁男伸手掐着清水的脸，大喝道："清醒一点儿，清醒一点儿。"

清水瞪大眼睛看着铁男，一个字也没有讲出口，直接咽了气。铁男这才恍过神来，一摸后腰，别在那里的枪空了，清水果然训练有素，直接缴了自己的枪，了结了自己！

吴老六和石头面面相觑。铁男痛苦地说道："都是我的错，我的错，没看好他，让他被拐走，现在又没救下他。这都是我的罪过，我这一辈子，活不了了！”

徐墨卿心中一咯噔，看铁男面如菜色，双眼无神，连忙劝慰道：“铁男，你要坚强点，作恶的是小鬼子不是你，要不是小鬼子当初在东北胡来，这一切就不会发生了，就算你活不了，也要灭了小鬼子再死。”

铁男抬起头，双眼通红，哽咽道：“你说得没错，就算要死，也要灭了小鬼子再死。”

铁男好不容易冷静下来，他们找了一个地方就地将清水掩埋，没有墓碑，就连最简单的木板也没有。他心如刀绞，跪在墓前：“弟弟，你和父亲、母亲先走，只是慢些，等我干掉那些鬼子，总有一天会去找你们的。”他随即转身，对着徐墨卿跪下，真诚地说道，“徐老板，多谢你愿意高抬贵手，我先撤，回头再来找你。现在情况突变，东瀛人虽然瓦解，但是，宋家背后的人一旦得到四份残卷，到时候徐老板就没有利用价值，届时若有危险，我一定力保徐老板的安全。”

铁男转身就钻进丛林里。石头怅然若失，眼看着特别行动小组即将瓦解，大哥的处境却也越来越危险，这就是与虎谋皮的结果。他焦急道：“大哥，下一步咱们怎么办？”

“少安毋躁。”徐墨卿淡然道，“先回去再说。”

三人返回家中，还未到家，便看到屋门口几个鬼鬼祟祟的影子来回躲闪。吴老六骂道：“这群杀千刀的，对我们千防万防，真让人不爽快。”

徐墨卿淡淡地笑道：“习惯便好，我们越是淡然，他们反而无趣，走吧，上楼。”

徐墨卿晚上没有外出，吴老六和石头出去买外食。他在二楼窗边看得分明，他俩刚走，就有人尾随，铁男说得对，自己的处境越来越艰难。他长叹一声，摇摇头，正要拉上窗帘，看到谢七从一辆黄包车上下来。

她站在徐家的大门前，紧紧盯着大门，一副忧心忡忡的样子，良久也未往前一步。徐墨卿站在窗边看得分明，今天晚上的她脸若月盘，双眉之间的愁绪更甚。洪门与宋家的关系远比自己与宋家更牢靠，想必她也了解最近的局势变化，她现在的愁绪是否为自己忧心？

此时，谢七抬头张望，两人目光撞个正着。他怔住，谢七则莞尔一笑。他再不想躲闪，赶紧下楼开门。谢七却并不进来，只是站在门口，淡淡地说道：“今天晚上的人比平时更多了。”

“你知道他们是什么人？”

“他是令铮姨父的副官。我们没法开口，你现在的一举一动都在监视之中，墨卿，令铮反抗过，但你知道，他只是……”

“身不由己，局势走到现在，东瀛人再也溅不起大的水花，上面对残卷势在必得，唯一的变数只有我了。”徐墨卿说道，“真正指挥刺青连的人仍在十里洋场，此人不除，后患无穷。”

谢七低头道，她此番前来，并不是为了刺青连。见她欲言又止，徐墨卿说道：“与宋家联手伊始已经是与虎谋皮，走到现在的境地也在意料之中。”

“墨卿，我现在还是记不起以前的事情，但那些都不重要了。失去过去的我至少有现在，能够认识你，幸哉。只是，我大概是贪心的，还想得到更多。”谢七的眸子里闪过泪光，“我还想拥有和你在一起的未来，我来，是想告诉你，同舟共济，你走，我绝不独留。”

千言万语均化在这一刻，徐墨卿字字如掷地：“绝不后悔？”

“绝不。”

“这个情，我承了。”徐墨卿终于将她拥入怀中，“以前的我怯，以后，绝不了。”

“那就好。”

谢七到底顾着四周有人，推开他道：“令铮那边已经有人传来消息，不能留你。找到第四卷残卷之时，就是你葬身之日，一定要多加小心。”

谢七挂心他，在洪门姐妹看来，宋令铮才是如意郎君，只有她自己晓得心悸为何人。得了他的回应，她心喜若狂。等赶回洪门，她却在后门看到许二正和宫田诚站在街边说话。

她无论如何无法将这两人联系在一起，但看两人相处自然，宫田诚时不时替许二整理耳边的乱发：“井上死了以后使馆清静了很多，不再有那么多烦心事了。”

“井上是自取灭亡，此人心思狠辣，早晚都有这么一天的。”许二说道，“他之前没少欺侮你，他一死，你也清净了。”

“许二，”宫田诚说道，“跟我走吧，现在是多事之秋，十里洋场更是各方势力云集争夺的地方，待在这里太危险了，你和我去东瀛过新生活好不好。如果你的姐妹们愿意，我也可以带她们一起去……”

“对不起。”许二说道，“最近洪门发生了很多事情，之前因为井上引起的纷乱虽然平息了，但是余波仍在。如果我在这个时候离开，无颜面对她们。宫田，我很珍惜与你的相遇，但是，我不能和你走。”

宫田诚定定地看着许二，眼神里闪过一丝苦楚，他故作镇定地看向前方，十里洋场的街道上永远是熙熙攘攘。他叹息道：“所以，你要和我分开，断绝这层关系？”

“我们依然是朋友。”许二何尝不觉得惋惜，“局势纷乱，留不住你，既然如此，长痛不如短痛，今天我们就了断了这层关系。”

“明天，再陪我一天，我们就此别过。”宫田诚叹息一声，无奈道，“明天不见不散。”

宫田诚颓然离开，许二转身恰好对上谢七明亮的眼睛，苦笑道：“你都听到了？”

谢七点头。许二说道：“我现在才能体会四妹当时的心境，不过，我的情况倒比她好得多，看得明白，遗憾和痛苦才会少一些。七妹，放心，我没事。”

许二下定决心和宫田诚了断，次日一早便出了门，直到夜深也没有回来。

院子里的明月皎洁，众人的心却七上八下。谢七终于忍不住往使馆打电话，宫田诚听闻许二还未到家，不禁愕然道：“谢七小姐，我今天与她的确有约，但傍晚时分她独自离去，按理说已经到家了。”

宫田诚的愕然不知道是否为真，谢七心里打起了小鼓，心内的惶恐与担心同时爆发出来：“我们等她多时，并未见她到家。宫田先生，恕我直言，您为什么没有送二姐回来，而是让她单独离开，她去了哪里?”

“老实告诉谢七小姐吧，我即将职期结束返回东瀛，我向她提出一起回东瀛，她拒绝了我，并且表示不愿意离开这里，也不愿意离开自己的姐妹。”宫田诚长叹了一口气，“我们决定正式分手，我本想送她，她拒绝了。谢七小姐，她现在还没有回家吗？我想过来看看。”

“不，不用了，我想二姐是想独自散心，毕竟发生了这么多的事情。”谢七拒绝了，“有消息再联络您。”

外面的姐妹都在等待消息，谢七匆忙出去转达，听说两人已经分手，谢一先是长舒了一口气，又担心道：“二妹忍痛割爱，定然心中难受，不知道这一刻在哪个角落独自感伤呢。”

“大姐怎么也变得多愁善感了，这下子可以放心去睡觉了。”陈六抻了一个懒腰说道，“等二姐想开了自然会回来。”

谢一说道：“罢了，大家散了吧，早点休息。”

谢七回到房间，躺在床上却怎么也睡不着，一会儿想起徐墨卿，一会儿想到许二，已经过世的易四又在脑海里打转。这一夜如坠云雾，始终不踏实。待到天亮，外面喧哗不已，还伴随着陈六和官五的哭声、洪三的喝斥声。谢七打个激灵，不管不顾地奔出门去！

“出大事了，有人在江里发现了一具女尸，有兄弟路过看热闹，说……”官五刚刚止住的泪水在看到谢七的一刻又重新流出来，抽泣道，“是二姐。”

谢七呆若木鸡：“你说什么?”

“是二姐，兄弟们直接把尸体带回来了。”官五说道，“人已经没气了。”

此时，院子里已经哭成一片，兄弟们也在偷偷拭泪。谢一站在尸体旁边紧紧地咬住嘴唇。洪门七姝，如今只剩五姝了。她闭上眼睛，下巴仍在颤抖，她一声令下："不许哭！"

众人终于止住泪水，谢一沉声问道："到底是怎么回事？"

一名兄弟走出来，拱手道："我是三堂口的兄弟，大姐，今天早上在江边发现有人打捞上来一具女尸，本想去凑个热闹看看，没想到是二姐。我们已经询问过附近的人，昨天晚上有人看到二姐在江边徘徊，事后不见她踪影，都说她是寻了短见。"

绝不可能！谢七断然不肯相信，二姐昨晚主动提出分手，了断关系，表现平静，更何况，并没有人亲眼看到她跳下去，自杀之说不能成立。谢一立刻安排人马出去跟着宫田诚，这边厢开始筹备许二的后事。一时间，洪门又笼罩在凄云惨雾之中。

送葬那天，谢七远远地看到了宫田诚，他站在离队伍最远的地方，一脸深沉地看着这边。谢七正想过去，他却转身离开，只留下一个背影。这时，忽有人拉她一把，原来是徐墨卿拦住了去路，将一张纸条塞入她的手里，一言不发地走了。

到了无人的地方，谢七才展开，看完了笑笑，撕碎了扔掉。再看徐墨卿，已经上了一辆黄包车，他没有回头，义无反顾地走了。谢七莫名地安心，接下来绝口不提徐墨卿。

洪门的兄弟们咬住了最后和许二接触的宫田诚，再有四天，他即将返回东瀛。谢七盘算着时间，越发心急如焚，官五从未见过她如此失神，正好洪三和陈六回来，看两人兴冲冲，料想有新的线索，连忙拉着谢七过去追问。

洪三和陈六这回出去，终于找到一点儿线索，有人听到许二落江时的声音，先后传来两声响。那人居住在江边一个露天的棚子里，等他追出去时，只看到一个模糊的影子，连男女也辨不清楚。洪三咬牙道："跳江只有一声响，哪里来的两声，七妹说得没错，二姐是被杀的。"

谢一一直站在边上听着，此时断然道："既然如此，我们兵分两路，一路乔装跟踪宫田诚，一路想办法潜进使馆。七妹，这件事情恐怕需要宋家少爷的帮忙。”

宋令铮接到谢七的电话马上赶过来。话说回来，这阵子宋令铮的日子并不好过，上峰要求他立刻收缴徐墨卿手中的残卷，他有苦说不出，徐家爷爷传下来的那一份早就烧了，地图只在他的脑子里，难道要把姓徐的脑袋打开取出来？

这局面让上峰震怒不已，作为与徐墨卿沟通的第一联络人，宋令铮难辞其咎，偏偏在这个时候出了大事，一直处于监视中的徐墨卿失踪了！在一群人的眼皮子底下消失得无影无踪！

宋令铮被上峰斥责一通，回到家里，又被父亲数落，心中愤懑不已，接到谢七的电话，飞奔而来，耐着性子听她提出进入使馆的要求。

“你们要进使馆不难，因为这一批东瀛人要离职，使馆将会举办告别舞会，宋家自然在受邀之列，我原本是不想参加的，现在倒好，有了不得不去的理由。谢七，你做我的舞伴。”

“时间？”

“就在今天晚上。”宋令铮说道，“你要好好打扮一番了。”

谢七长长地吐出一口气。宋令铮当下带着谢七出去买了一身洋装。看着谢七试装的样子，宋令铮心里一动。姨父与姨妈的婚礼就是西式婚礼，当时轰动全国，自己若与谢七结婚，必然不选择西式婚礼，而要遵从老祖宗的传统，让谢七穿上大红的嫁衣……

“令铮，你在想什么？”谢七转身问道，“这一身可以了，时间不多了，得抓紧。”

一句话就将宋令铮拉回到现实，他看着谢七的双眸，说道：“徐墨卿逃走了。”

谢七浑身一震，默然点头，宋令铮心里一动：“你知道了？”

“十里洋场说大不大，徐老板在这里搅出一番风雨，洪门岂能不知道？”谢七淡然道，“只是不知他将往哪里去，或许以后便是在江湖飘摇，走一步是一步。”

宋令铮心生失望，他只觉得有一道沟壑横在两人的中间，不可逾越。到头来，她还是站在徐墨卿一边。看她毫不意外，想必两人已经通过气，她已知道他的全盘计划。他不禁问自己，如果再见到徐墨卿，会怎么做？

他心里清楚，害死许二的人极可能是井上的上峰——刺青连的真正领头人，当务之急仍是这件事情。

谢七和他回到洪门后，一整天没有进食，众人都不知道她葫芦里卖的是什么药。

待到晚上，东瀛使馆前所未有的热闹起来，门口停满了车辆，所有的灯都亮了起来。音乐声远远地传出来，一场热烈的欢送仪式正在举行。

宋令铮与谢七对视一眼，如平常般坦然下车，进入大厅，里面一派歌舞升平的景象，已经有人在翩然起舞。宋令铮一进来便有熟人过来打招呼。谢七独自来到角落里，端起桌上的酒一饮而尽，空了一天的肚子，烈酒下去，颇感不适。

宫田诚的目光越过熙熙攘攘的人群落在谢七身上，两人视线对上，他就快步过来。谢七还没开口，他已苦笑，脸上泛过一丝痛苦的神色："你来了。"

"你还好吗？"

"许二的事情很遗憾，我是真心想带她离开的，离开这片她生活已久的故土随我去东瀛。我和许二是一段美丽的故事，就算我离开中国也会永远记得她，这段记忆永远不会消除。"

不远处有人冲宫田诚招手，他致歉后转身离开，与走来的宋令铮擦肩而过。宋令铮瞟他一眼，来到谢七身边，轻声道："他脖子上有伤，抓痕，大约一指长，手指抓痕。"

"我需要找时机去二楼，你要帮帮我。"

"怎么帮？"宋令铮话音刚刚落下，谢七突然呻吟一声，狠狠地抱住了宋令铮的胳膊，"好痛，令铮，我的肚子好痛……"

宋令铮在短暂的错愕之后马上反应过来，叫住刚走不远的宫田诚：

“宫田先生！”

宫田诚一路小跑过来，看着痛苦的谢七，主动提出让她去自己的房间休息，主动交出钥匙，谢七倒觉得意外了，本以为很困难的目的就此达成。宋令铮扶她上楼，顺利打开房门，作为一名单身男人，宫田诚的房间收拾得井然有序。

谢七看着整齐的床铺，正犹豫要不要躺上去，身后传来一阵急促的脚步声，随即一阵迷人的香气传来，宋令铮有些意外，怎么是女人？

“你们是什么人？”这个女人的声音有些尖厉。正准备躺下的谢七感觉她的眼神像刀一般剜向自己，那双眼睛在片刻间已经将自己上下打量了几遍。

这个女人穿着绚烂的和服，头发梳得一丝不苟，眉眼中的傲气藏不住，眼神犀利。此时，她正双手放在身前，手里拎着一个精致的小包，态度高高在上。

宫田诚带着医生过来，看到她，面色一沉：“崛北，他们是使馆的客人，也是我的朋友。”

“你什么时候有这样的朋友了？一个书记官成天待在使馆里，马上就要离开这里了，居然还有闲情交朋友？”这女人冷眼看着谢七，冷冷地笑。

“崛北，我的朋友不太舒服，请医生先替她看病，你和我来。”宫田诚拉着她离开，医生蹲下来替谢七检查身体。谢七忙问道：“医生，刚才那位是什么人？”

“崛北小姐。”医生说道，“宫田先生的未婚妻。”

宫田诚有未婚妻，二姐知道这事吗？谢七满腹不平，宋令铮这才明白她为何一天都不进食，为的就是此刻戏分逼真。现在房间里没有外人，他迅速搜索房间，竟然一点儿蛛丝马迹也没有！

等到宫田诚回来时，谢七躺在床上，痛苦难耐。他眉宇间一股愁绪散不去：“谢七小姐，我有未婚妻的事许二是知道的，我对她没有任何隐瞒。”

谢七顿时迷惑了，这人到底是奸是善，她已经没有任何头绪。谢七借口自己腹痛提前离场。坐上车，她猛地抬头，二楼某间房的窗帘闪动，清晰地看到熟悉的花色，虽然只是一瞬，已经能清楚辨认是崛北的和服图案。

谢七心里一动，使馆附近还有洪门的兄弟们看守，查看各人的一举一动，但愿那边有所收获。事情并没有让她失望，盯梢的兄弟们说了，宫田诚从头至尾没有离开使馆，倒是有一个女人出来，鬼鬼祟祟地去了一条小巷。这个女人的衣着打扮和长相赫然就是崛北！

她进了巷子里的一处宅院，在里面待了一炷香的时间才出来，在那间房里，发现了一部电台。洪三闻讯赶过去，兴奋之余还有一丝冷静，交代兄弟们暂时不要动那部电台，以免打草惊蛇。现在一队人马在使馆继续盯着，还有一队人马证实电台频率。这人极可能就是井上的上峰，只是不知道许二的事是否与她有关。

在破解电台频率之时，谢七等人留在洪门焦急等待。不多时，终于等到期盼的消息。那部电台正是清水用来与上峰联系的电台，崛北与宫田诚一样即将返回东瀛，时间紧迫！

崛北现在还是使馆的工作人员，不能擅自进入使馆抓人，谢七心生一计，默默地握紧拳头，这回新仇旧怨一起报！

第二天一早，谢七便打扮得比平时艳丽一些，提前约宫田诚在使馆门口见面，借言有二姐的遗物交给他保管。自然，那东西确是二姐平时佩戴的饰物。

她站在使馆门口不久就感觉头顶有道灼人的目光，她马上判断这目光来自二楼，却装作不知，提着手袋盯着自己的脚尖。宫田诚走出来，看到谢七颇是激动，虽然就要离开，但要是能带着许二的遗物，也是甚好的。

谢七拿来的是一只玉镯，她沉声道：“这是二姐最喜欢的玉镯，本是一对，另一只碎了，只剩这一只。我听人说，玉器最认主人的气味，长时间戴在身上就沾了人的气息，见玉如见人。宫田先生，它若是在你的手里，想必也是二姐最希望见到的事情，请您务必珍惜。”

宫田诚伸手抚摸着那只玉镯，心内强压下去的忧伤悉数涌出来，两行清泪奔涌而出。此时头顶灼热的目光越发明显，谢七将心一横，向前迈一步，劝慰道：“宫田先生，若你回到东瀛可以找到喜欢的女孩子，务必给她幸福，二姐在天之灵定会感到欣慰。”

宫田收了脸上的忧伤，平静下来，笑道：“以后的事情以后再说吧。方便的话，我想请谢七小姐吃饭，谢谢你交给我这么珍贵的玉镯。”

这正合谢七的心意，她欣然同意，与宫田诚一起离开，头顶灼人的目光也消失了。她安心与宫田诚去饭店用餐，结束后又刻意去了百货公司，刻意将时间拖到傍晚。

送走宫田诚，谢七坐在卖茶汤的铺子里，男装打扮的洪三默默地坐到隔壁桌上。她低声说道：“七妹，蛇已出洞。”

谢七沉着地喝着茶汤，洪三走开，她仍旧慢悠悠地喝着茶汤。她并不知道，宋令铮此刻正坐在不远处的汽车里，默默地盯着她的侧脸，手里的枪已经上膛。就算洪门的人再多，她不在自己的眼里，他心里始终不安稳，就算她现在选择站在徐墨卿一边。

谢七放下碗，是时候往江边去了，那里是二姐丧命的地方，二姐，你好好看着吧……

站在江边，谢七看着滚涌的江水，心内百感交集，就算人与物全非，黄浦江的水仍会如此奔涌，就算百年也不会变。谢七心里默念：“墨卿，听闻你已成功逃出十里洋场，不知道你现在何处，又处于如何的困境之中，唯愿他日两人还能再见面。”

谢七想心事想得有些入神，当察觉到身后的脚步声时，为时已晚，她猛地转身：“谁?”

对面的女人露出一丝阴狠的笑容，迅速出手将谢七推了出去。看着谢七直接坠入江中，崛北嘴角浮起笑容，冷笑道：“洪门七妹也不过如此，连招架的能力都没有……”

她的话音刚落，一声枪响，她猝不及防，左腿已经中枪，她的身子直接栽下去。正想拔枪，又是一枪射中了她的另一条腿。与此同时，一个人影跑过来，纵身一跃，直接跃入江水中，一口气将沉入水底的谢七抱住，将她提到水面。

洪三和陈六、官五迅速合流，崛北毫无招架之力。此时，谢七被拉上岸，宋令铮气坏了，她故意用自己当诱饵引崛北现身行凶，有没有想过自己的安危?！他吼道："谢七，谢七，你醒醒！"

谢七终于吐出水，人也清醒了，眼前的一切变得清晰，宋令铮焦急的脸庞近在眼前，还有鼻间萦绕的血味。她回头对上崛北犀利的眼神，欣然一笑道："真好，抓住了。"

宋令铮不由分说地带着她上车，小心将她安置在后座，又脱下自己的外套盖在她身上，关切道："小心着凉。"

两人虽然身处同一空间，却半句话也没有，谢七看着宋令铮，她有种感觉，方才一刻，他已经知道她在深思什么。谢七无力地叹息一声。宋令铮笑道："因为想那个姓徐的，所以觉得无法面对我吗？谢七，我弄不懂姓徐的，现在也越发弄不懂你了。"

"何需懂?"谢七说道，"因为我的大意险些让崛北得逞，这笔账要和她好好算。"

见谢七刻意拐开话题，宋令铮也无可奈何，只有默默地点头。谢七问道："你一直尾随?"

他点头，谢七心内叹息，可心中仅有徐墨卿一人，这便是现实。

崛北被带回洪门，宋令铮毕竟是军方的人，不便出现，只当自己从未出现过，将谢七送回去后便悄然离开。

此时，崛北被捆绑着扔到洪门的院子里，五姐妹将她围在中间，她冷笑着抬头："原来这就是洪门啊，许二住过的地方。"

听到她讲许二的名字，洪三暴跳如雷，狠狠地将她揪起来："果然是你?"

“落到你们手里我无话可说，洪门七姝的手段早有耳闻。”崛北冷笑道，“你们出手，定然已有十足的把握，不会是一时脑热。”

“井上、刺青连、铃木、清水、前田……”谢一淡淡地说道，“这些人你并不陌生吧？崛北小姐。”

崛北眼神里划过一丝讶异。谢一笑道：“果然如此，你非但杀了二妹，还是刺青连真正的主谋！马上你就要逃离十里洋场，回东瀛做一名失败者，纵然是失败者，也要取了你的命。”

“哈哈哈哈，我可是驻使馆的外国人，如果失踪定然会引发一番波折，你洪门担得起吗？”崛北冷笑道，“洪门七姝只怕一个不留。”

谢一摇摇头：“崛北小姐，事到如今你还辨不清楚事实吗？刺青连已经覆灭，你们的行动已然失败，我们这里有弃卒一说，如今，你就是那枚弃卒。”

“大姐，少和她废话。”官五厉声道，“让她尝尝我们的厉害。”

谢一默然，官五手里赫然多了一把刀，崛北冷笑道：“你们以为我是怕死之徒吗？”

“谁说让你死了？”谢七冷冷地说道，“对于任何人来说最重要的东西是自尊，一旦自尊被踩破，就算活着，倒不如死了。你的自尊已经破了一层，刺青连的行动小组失败，已然挫败，现在你剩下的只有在宫田先生面前的身份——未婚妻。可惜二姐出现，把你的婚约也毁了。”

崛北哈哈大笑：“就凭她也配与我争宫田吗？她本来可以好好地活着，谁让她多管闲事，居然跟踪我！”

谢七倒抽了一口气，原来二姐与宫田诚分别后发现崛北不对劲，暗自尾随才埋下了祸根。谢七的眼睛湿润了，发现崛北秘密之后的二姐一定是想尽快赶回通知大家，奈何命运与她开了一个天大的玩笑。

崛北看到谢七通红的双眼，脸上露了一丝得意的笑容：“许二那个该死的女人，她以为骗得了宫田，怎么能够瞒过我的眼睛。井上原本就该死，就算你们不下手，我迟早会干掉他，不过送你们一个顺水人情罢了。

她竟然敢勾引宫田，是她活该。”

“你都认了？”谢七冷笑，“那就好。”

她的手指滑到崛北的脸上轻轻抚摸着，叹息道：“肤如香脂，可惜了。我们有句古话，女为悦己者容，每个女子都想将自己最好的一面呈现出来，尤其在自己心爱的男人面前。”

谢七站直了身子，嫌恶地拍着自己的手指：“我们会一刀一刀划过你的脸，让你用最丑陋的容颜出现在宫田先生面前，将你丑陋的内心用脸表现出来，宫田先生会永远记得你，刻在心上，不是因为爱，是因为恨。那些因为你们的野心死去的人，那些被带走的孤儿们，还有被你们百般利用的人，今天，是他们报仇血恨的日子！”

“我不会放过你们的，绝不会！”崛北怒吼道，“有种就杀了我，杀了我！”

第19章　凛然正气破重围

“杀了你岂不是便宜了你?”谢一冷笑着，手里的刀飞速地在崛北的脸上划出一个十字，“用你的血给因为刺青连而死去的人、因为你而死去的人赎罪吧。”

“混蛋，你们一定会为今天的所作所为付出代价，告诉你们吧，就算我们没有得到九鼎，终有一天两国开战，你们会沦为亡国奴，那时候才是你们真正的失败……”

崛北的身子颤抖着发出最后的威胁，奈何复仇的尖刀不时划过来，原本一张清秀的容颜如今已是血肉模糊。崛北的意志一点点消沉，她初开始愤怒地吼叫着，到后面声音变得沙哑，汗水淋漓，只能用眼睛瞪着众人。然而谢七的复仇不只如此，将徐墨卿留给她的痒粉尽数撒在崛北脸上，药效一点点发作，崛北的眼睛越瞪越大，喉头发紧，她狠狠地倒抽一口气，发出绝望的号叫:“杀了我，杀了我!”

“世上没有这么便宜的事，我们会挑断你的脚筋手筋，放你返回故乡。”谢一抬头仰望天空，似乎看到许二的脸，“马上，使馆卸任的人员会乘坐船只返回东瀛，我们会将你藏在船只里一同返回，只是，特务机关再不会要一个废人，回去后自求多福吧。”

特务机关对没有用处的人极其残忍，崛北想到之后生不如死的生活，不禁连吼数声。

三日后，港口人声鼎沸，宫田诚站在船头看着这片留给他无限心伤的土地，握着手中的玉镯默然挥手告别，他并不知道，就在杂物舱里，划破脸、手脚皆断的崛北正痛苦挣扎……

轮船终于驶离港口，离别在所难免，有些离别是一个崭新的开始，有些离别，却是生死相离。谢七黯然神伤之时，谢一靠过来低声道：“七妹，徐老板现在川省。”

“川省？”谢七说道，“大姐如何知晓？”

谢一将手指放在唇边，拉着她避到一边，小声说道：“是何大夫传来的消息，他们在川省也有自己的同伴。徐老板的处境并不佳，上面的人正式决定缉拿他，恐怕凶多吉少。除非他肯交出残卷地图，并配合上峰找到九鼎上交，否则就是死路一条。”

“他不会的。”谢七断然道，“他选择离开自然是想通了，要走自己想走的路。不管九鼎在哪儿，它是国之象征，是权力象征，他不会轻易交给自己不信任的人。”

谢一紧紧地握住谢七的手：“大姐原本不想告诉你，奈何别人不知道，我却看得出来，你和徐老板两情相悦，只差捅破一层窗户纸。这些天你的恍然全是因为徐老板，是不是？”

谢七看着谢一的眼睛，淡淡地一笑：“他没那么容易死，我信他。”

另一边，在川省，徐墨卿靠在窗边，拨开窗帘往楼下张望。身边的石头说道：“大哥，那些人昨天突然出现，我们的行踪已经暴露了。”

身后，舒易、曹疯子、吴老六正焦灼地走来走去。石头说道：“怎么办，白司令还是不同意见我们吗？他可是大哥的舅舅，难道准备见死不救？”

徐墨卿看向父亲，舒易和父亲易装返回十里洋场，终带回了第四份残卷。如今四份齐一，只差下墓找到九鼎，但这也代表着他们的处境越发危险。

曹疯子，不，徐世间这回还给他道了另外一件事，原来母亲的父亲和弟弟还在世上，不只如此，母亲的父亲正是川省有名的哥老会白老大，弟弟则是驻守川省的白司令。

这正是徐世间要带徐墨卿来到川省的原因，万万没想到的是，白家父子早就和地下党有联络，他们在这里遇上了何大夫。如今他们几人处境危险，要是贸然和白司令联络，只怕会连累了白司令。

幸好何大夫替他们带了话，白老大惊闻徐家父子还活着，又喜又怒，喜的是女儿的血脉仍然留存，怒的是徐世间多年来不曾与他们联络，让他以为女儿全家惨死，没留一个活口！

众人正着急，白司令派副官过来，让徐墨卿等人先躲进白家，再做打算。

徐墨卿还记得那些孤儿是如何沦落为刺青连的杀人利器，如何冷血地残杀自己的同胞；也记得街头赤脚的稚子，如何饿着肚子，连脚底的伤也不自知；还有乱坟岗里的森森白骨、铁男痛失兄弟……一件件，一桩桩，他方才晓得这世道是真的乱了！

有舒易在，大家轻而易举地变了装，坐上林副官的车进入白家，徐世间带着徐墨卿进入内院，见到了白老大白义生，还有白司令白展恩。

父子二人跪下，白义生年过七旬，虽然已是一头白发，身子骨却还硬朗。当年徐家人被追杀，之后音讯全无，都说全家已被杀，没有一个活口。如今女婿和外孙活生生地在眼前，他不禁老泪纵横，却忍不住上前拍打徐世间，一边拍，一边骂道："你这个畜生！"

"父亲，你莫动气，先听听姐夫怎么说。"纵然是一军之首，白展恩面对年迈父亲也只能连哄带劝，"还能活下来，已经不易了，有生之年还能相见，这是喜事。"

"岳父，徐家当年惹了祸被追杀，不敢来找您庇护，这是父亲的主意。

当年的事情已经让我们痛失两位至亲，不能再连累您。我们找了偏僻地方隐姓埋名生活，直至父亲去世，才敢重新动作。父亲有遗命，务必让九鼎问世，交给可靠的人，不能再留有纷争。”

徐世间将当年的事情一一道来。白义生的气才消了些，对二人情况也有了解。

白展恩说道：“妈的，他们欺人太甚，不给人一条活路。你们有所不知，军统的人两年前就盯着我了，这是拿我当贼防。今天晚上，我们务必离开此地。咱们自己奔一条活路！”

“带军？”

“带军。”白展恩斩钉截铁道，“东瀛人都欺负到咱们鼻子底下了，可是他们在干吗，寻欢作乐，内部勾心斗角，真以为得了九鼎就能守住天下？可笑至极，这样的主，我不伺候了。”

白展恩义气勃发，徐墨卿问他有何离开的妙计，如今这里并不安生。还以为戴老板的人神通广大，原来不只是盯着自己，还有盯着白家的人！

领头严加看守白家的人叫程峰，以前是个流氓头子，后被吸入军统。现在家里还有一个姓杨的副官，说是为促进商业联合会而来，住下就不走了，这可把白家父子愁坏了，现在徐墨卿等人过来，恰是一起冲出去的时候。

徐墨卿灵机一动，生有一计，这些人不就是来抓白司令马脚的嘛，不如将错就错，顺水推舟，给他们一个“把柄”。众人听完了他的主意，均会意一笑。白老爷子看着外孙，他眉宇间的清秀之气像极了女儿，末了眼圈发红，落下眼泪，惹得白展恩又是一通劝慰。

现在当务之急是冲破重围离开此地，带军前往何大夫所说的地点。到了深夜，白展恩的副官偷偷摸摸地来到屋外，与乔装后的石头碰面，将一封信交给他，石头点头示意，马上离开。

石头记着徐墨卿的交代，敌不动，他不动。奈何身后那群跟踪的家伙像甩不掉的牛皮糖，跟得很紧。他一时恼怒，停下来假装系鞋带，身后的家伙被石头的一惊一乍弄得没有分寸，放在口袋里的手开始颤抖。眼看石头就要走远，这家伙终于沉不住气了，拿出手里的东西，往天空一吹，一道亮光瞬间穿破黑夜，高高地悬在夜空。

做完这个动作之后，这家伙掏出枪，果断地往前追去。石头被头顶的亮光吓了一跳，不自觉地停下脚步，向上看去。当看到那条小蝌蚪似的光条，石头暗道不妙，正准备掏枪，已经有一杆枪抵在他的后背上，石头马上举起双手："什么人?"

身后的声音有些穷凶极恶："什么人？我倒要问问你是什么人，说，林副官让你传什么信儿，是不是和地下党接头?"

石头暗笑这家伙沉不住气，又替自己捏了一把汗："什么，什么地下党?"

那家伙说道："林副官托你传信是不是？东西快拿出来!"

石头牙一咬，彻底豁出去了："你这人真是奇怪，拿家伙抵着我，主动权已经在你手里了，你要拿便拿吧，不用征求我的意见。"

那家伙正要伸手，冷不防几个人突然出现，其中一人更是直接冲过来，掏枪对准了此人的太阳穴："原来是你!"

看着突然出现的林副官，那家伙也愣了神，但想到已经发出了信号弹，满腔的自信又回来了。他冷冷地说道："林副官，小心点手上的枪，我们的人马上就来了。"

"程峰。"林副官叫出他的名字，"你跟着司令两年了，这两年的时间就为了今天?"

白展恩就站在一边，冷冷看着这个平时言语不多、貌似忠良的人："两年前那是苦肉计，是不是？你舍命救我只是为了潜到我的身边?"

石头背对着程峰，无从知道这人的长相，但感觉到他的手越来越坚定，不禁大汗淋漓，这家伙越坚定，自己的小命就越危险!

就在此时，四周传来窸窸窣窣的声音，两群人马先后出现，一见面便如遇上了杀父仇人，掏枪以对，两相对峙!

徐墨卿与吴老六混在人群里，与穿军装的士兵一起，而另外一队人马则是便衣，正是这些天徘徊在司令宅邸的家伙。

眼看情况势如水火，白展恩呵斥道："你们是什么人，胆敢在我的地方为所欲为？把我白展恩放在何位！"

"白司令，别来无恙吧？我们在南城见过一面。"便衣中有一人站了出来，打着哈哈，语气中却透着几丝威胁的意味，"白司令知道，我们绝不会无缘无故地出现在川省。"

"这家伙也是你们的人？"白展恩将双手背在身后，眼光似有似无地飘向身后，他知道，徐墨卿就在后面注视着自己，想到这里，白展恩更是信心十足，"我记得你，你姓杨，杨兄所来为了何事？"

"两年前我们接到风声，有赤党来到川省活动，"姓杨的得意道，"当时不过是未雨绸缪罢了，想不到有派上用场的一天。"

姓杨的走向石头，伸手在他怀里掏一掏，便顺利地将那封信掏出来，面露得色："这是给赤党的信件吧？"

林副官已经藏不住嘴角的笑意："什么？"

"不用装糊涂了。"姓杨的自信满满，"赤党派人与白司令接洽过吧？说服白司令投奔赤党，这是你与他们的回函，有了这封信，我们今天就可以将你白展恩押送到南城！"

白展恩哈哈大笑，收了手里的枪，伸开双手："我人就在这里，你倒是放马过来！"

林副官索性将枪一收："我倒是觉得先看看信件内容再说，司令，您这是蒙了什么冤啊，六月飘雪也不为过。"

姓杨的面色凝重，突然感觉到了什么，马上扯开手里的信，拿出来一看，脸上顿时时青时白，最后憋得通红，突然一巴掌甩在程峰脸上，"你干的好事！"

程峰一时错愕："我，我……"

信里面只是林副官写给心仪女子的情书，字字句句，情真意切，哪里是通赤党的书信！

姓杨的面红耳赤，正要开口，白展恩说道：“我白展恩在川省安生地守着西南的大门，如今却受到如此羞辱，这件事情我非要禀告给上头知道不可，老子可不受这个鸟气！”

徐墨卿在心底叫好，一旦占了上风，就必须趁这个气势发展下去。白展恩不愧是川省的司令，一言一行都颇具大将之风，尤其最后两句狠话让姓杨的脸一阵白，一阵红，已经一句话都说不出来了。

就在此时，林副官掏出手里的枪抵在姓杨的印堂处：“敢给我们司令下套子，今天就是杀了你对上也有交代，你死得不冤。”

姓杨的人马迅速地往前拢，白展恩呵斥道：“谁敢过来！”

白展恩的话音一落，身后响起整齐的脚步声，白展恩的部下悉数到来。如此一来，将姓杨的一群人被紧紧地包围在中间，就算手里有枪，他们也是心中一抖，双手打战，姓杨的知道好汉不吃眼前亏的道理，拱手道：“白司令，误会一场，您这是何必呢？”

“何必？”白展恩冷笑道，“你们的人在我的住处游荡了这么些天，以为我们不知道吗？”

“司令，这些家伙当我们川军好欺负呢，不给他们一点儿颜色看看，不长记性！”林副官恶狠狠地说道。

姓杨的彻底服软了：“白司令，这事我们不对，若是戴老板知道了也会惩处我们，这样，我们主动向上说明情况，自愿领罚，如何？”

“我呸！”身后的队伍中有一人啐了一口，说道，“自己人自然维护自己人，自愿领罚？到时候不就是不了了之，对不对，兄弟们！”

“对！”身后的兄弟们声音整齐，气势逼人，白展恩反倒陷入了沉思……

姓杨的见白展恩如此模样，料想还有希望，自己虽然办错了事，但始终是上面的人，姓白的未必敢动自己。想到这里，姓杨的朗声道：“白司令，一人做事一人当，既然是程峰误会了，我把他交给您，随您处置！”

程峰吓得双腿一软，白展恩一个眼神，林副官提枪上前，对准程峰的太阳穴便是一枪，“啪”的一声后，程峰连哼一声的机会都没有，身子软绵绵地倒在地上。

姓杨的没想到他们如此手辣，不禁呆在那里，刚才的气势早就不翼而飞。白展恩冷笑一声：“看在戴老板的面子上，今天的事情就此了了，明天若是还看到你们这群人在外面打转，休要怪我不客气，滚吧！”

姓杨的脸一沉，喉中涌动，无奈地挥手：“撤！”

“等等。”白展恩说道，“把这家伙的尸体一并带走，不要脏了我的地方！”

姓杨的刚刚提起来的心终于落下去，一声令下，手下拖着程峰的尸体，一群人迅速撤离。林副官看着他们远去的背影，不由得兴奋道：“司令，个个跑得比兔子还快，估摸明天也不敢出现了。徐老板真是好计策，敌不动，我们也不能动，现在好，惊了他们了。”

今天晚上这一出正是徐墨卿策划的，故意引姓杨的主动出击，他们沉不住气，满以为抓住证据，提前发难。现在白司令博得了主动权，今天晚上正是对方防守最松懈之时，也是撤离的最佳时机！

白司令秘密集结的人马已经准备就绪，白义生听说徐墨卿不走，大为光火，声称外孙不走，他也不走，好不容易团聚却要分开，没有这样的道理。

徐墨卿有他自己的打算，这时候舅舅带队离开，外面的人一定以为他也随军离开，此时反其道而行之，正好迷惑对方。白展恩家里设有密室，原本是给自己避难用的，现在倒是给他们派上了用处。只是老爷子不肯离开，只能让他再去劝劝，毕竟重见外孙，外孙的话更易管用些。徐墨卿应允，与林副官一同去了白义生的宅子。

白义生独自坐在书房中，手里虽然放着一本书，心思自然不在书上，听到脚步声，门还没有推开，便朗声道：“说过多少次了，要走你们走，我不走！”

林副官说道：“老爷子，徐老板来了。”

白义生已经闹了别扭，马上侧身不理会人。徐墨卿说道：“我不是来劝外公离开的，时间不早，请您早些休息，我们明天再从长计议，如何?”

白义生心满意足，哈哈大笑，心情大好，双手背在身后往外走。刚走了没几步，徐墨卿上前一掌劈下去，他连哼一声的机会都没有，身子直通通地倒下去。林副官眼疾手快，赶紧托住了老爷子的身子：“徐老板，你，你……”

“老爷子不听劝，只有这种办法了。”徐墨卿接过白义生，让林副官速去安排。白展恩为了今天一直秘密筹备，虽然时间紧急，但是有条不紊，铁了心要和他一起走的士兵都上了车。还有一些犹豫的，白展恩给足了盘缠让他们返回乡下，同时交代不要露面以免招来杀身之祸，宅子里的下人也一一安排，趁着夜色悄然离开。

一番安排之后，宅院里顿时冷清了不少，等姓杨的发现不对劲时，已经人去楼空，立刻率军出去追缴。

此时，徐墨卿一行人带着枪支弹药在夜色中前行，白展恩的秘密宅子毫不起眼，就是一处普通的民居，这也正合众人的心思。

推门进去，院子里整齐干净，看来平时也有人打扫，徐世间与舒易进房，马上就找到了密室的开关，一个陈旧的花瓶转动半圈，隐藏在书架后面的暗门就打开了。舒易率先钻进去，马上看到里面存放的罐头食品和水，不禁赞道：“白司令未雨绸缪，厉害!”

密室的大门关上了，里头有床铺，徐世间请舒易先休息。想到今天晚上发生的事情，舒易说道：“想不到川军就这么散了，白展恩带走的都是自己的亲信，剩下的那些人恐怕要争个你死我活了，为了这个司令的位置。”

“哪里轮得到他们?”徐世间叹道，“此事一出，南城必派人过来压场，川省飘摇。墨卿，我们的时间不多，趁着现在的空当儿，我们必须马上取出九鼎。”

徐墨卿指着自己的脑子说道："地图已经全数在我脑子里，他们想取，必须保着我的命，它是我们最后的筹码了，也不知道那边是何情况。"

"大哥放心，那边有铁男照顾，何大夫晚些过来和我们会合，相信会带来消息。"石头灵机一动，说道，"大哥是在关心谢七小姐的安危吗？"

徐世间和舒易相视一笑，吴老六还是云里雾里，不晓得大哥和谢七小姐是何时搅和在一起的。气氛正莫名尴尬时，何大夫轻手轻脚地过来叩门，对上暗号，吴老六赶紧拉开门让他进来，问道："何大夫，打听得怎么样？"

"你们放心，白司令一行人已经顺利离开川省，我们的人会与他接应。另外，洪门传来好消息，谋害许二小姐的人抓到了，许二小姐不小心瞅见刺青连真正头目的秘密电台，被杀灭口。那人是一直隔空操纵刺青连的人，就是宫田诚的未婚妻崛北。"何大夫说道，"洪门五姝立志报仇，利用崛北的嫉妒心将她引出来，活脱脱地受尽了折磨，被毁容挑断脚筋后塞到了返回东瀛的船上，估计到了东瀛后这女人再没有立足之地了。"

徐墨卿目瞪口呆。

何大夫一副你我皆了解的模样，叹口气说道："孔子先生说过，唯女子与小人难养也，女人啊！对了，谢七小姐……"

"谢七怎么了？"徐墨卿急声问道。

"在诱捕崛北的时候被推入江中，幸好宋家少爷在那里及时把她救了起来，真是悬啊。"何大夫说道，"江水湍急，要是晚一点儿就糟糕了。"

"铁男的事情你们都知道了？"徐墨卿问道。

"是的，都知道了。"何大夫说道，"哎，本是同根生，如今落得这样的结果，并非我们想看到的，要恨就恨东瀛鬼子使尽手段，害得多少家庭支离破碎。徐老板，民族兴亡，匹夫有责，这句话你一定听腻了，但是，事实本是如此，如果大家都被欺压不敢发出自己的声音，不敢奋起反抗，终有一天，这样的命运也会轮到自己。"

徐墨卿长叹一声："我心里已有定论，何大夫，当务之急在对方拦截我们之前迅速取出九鼎。此地也不是久留之地。休整一夜后，我们马上离开这里。”

何大夫如释重负，他最担心的事情到底没有发生！不枉自己又费尽心思回到十里洋场，那里同样也有他牵挂的人。他道：“好，我们顺利完成这件事情，但愿我们还有回去的机会。”

徐墨卿临出来前将戏院转交给跟随自己多年的经理，已经做好了永别的准备，只是心里放不下那个人，此一别，不知道何时才能再相聚。他也想过最坏的结果，那便是自己死在外面，到死也不能与谢七重聚。

收拾好心情，一夜过后，一行人出发，徐墨卿在脑海里整理好地图，锁定位置，他们兼程赶路。等姓杨的反应过来重回川省，他们已经远离川省了。

经过四份地图的汇总，目标却不是昆仑，据舒易说，当初放风说是在昆仑只是为了迷惑众人。真正的目标是在长安城外的骊山岭中。一路上众人都闭目养神，轮流休息与开车。为了避开耳目，白天尽量选择偏僻的道路，到了夜里再从宽敞的大道行驶，一路上遮遮掩掩，总算是平安度过。到了落脚点，马上看到墙上张贴的通缉令。对方为了拿到地图，拿到九鼎，已经迫不及待了，哪怕筛遍全国，也要逮到徐墨卿！

何大夫见状决定独自留在外围，等候他们归来。独自留下更不安全，作为赤党分子，也是被追查的对象。舒易不放心，临走时教了何大夫改头换面的本领。

此时的徐世间有些尴尬，毕竟风声就是他放出去的，目的是挑起各方势力争夺，自己好从中得利。现在目的倒是达到了，还顺便铲除了刺青连，但现在老头子逮着他们不放，也是麻烦。

“爹，老头子他们知道九鼎的存在吗?”

“嗯，我曾经写信告知，他们好像担心别人晓得九鼎的事，一直绝口不提。”

“怪不得宋令铮也不知道内情，只知道要找残卷，残卷事关至宝，仅此而已。”徐墨卿也不知道该谢谢父亲，还是该责怪父亲布下这么纷乱的局，事已至此，唯拼死一搏！

众人终于来到群山之中，这里正是骊山。三千多年前，它就是帝王游乐的宝地，烽火戏诸侯的地点就是在这里。未近骊山时，山势就像一匹骏马，这就是它名字的由来了，远远地看过去，山上的小径险陡。

地图标识的那座山并不像是骊山的山系，倒像是突然多出来的一座山。骊山以山体峻秀闻名，可是这山就像是山体扭曲着的，阴森莫名。

“大哥你看，这座山上仅有的通道只有那一条狭窄的山道，盘旋向上，手脚都没有地方放，比泰山的十八盘更险峻。”石头说道，“我们不会要爬过去才能到那个鬼地方吧？”

“怎么说话的，什么叫鬼地方？”舒易不悦道，“想当年我们哥几个徒走攀爬，一路上气都不喘一口，你们几个年轻人怕了？”

“那倒不是……”石头悻悻然地说道，“我们的干粮是不是太少了，就点肉干和石子馍，还有水……”

“不要找借口了。”吴老六没好气地说道，“已经近在眼前，开弓没有回头箭，走吧。”

石头被吴老六拽下车，大家带齐了家伙就往山间走，进了深山，眼前看到的一切并非真实，分明看着不远，可是一行人走了大约两个时辰，那条狭窄的山道仍悬在头顶，遥不可及。这回倒是徐世间也有疑问了：“三叔，我们何时才能到山脚？”

“恐怕还要一个时辰。”舒易前头说了漂亮话，现在已经有些吃不消，顾及面子仍在死撑。

徐墨卿见他双腿打战，马上停下了脚步：“急进不是好办法，大家先停下来休息一下再说，到了上面才是真正的考验。”

众人停下来暂停休息，然后一鼓作气地到了山脚下，直接登上了那条羊肠山道。那条狭小的山道只能供一人行进，想挤进两个人都无处下脚。吴老六身强力健在前头打头阵，他力大无穷也要借助双手双脚，才能弯腰前行，偷空往山下一瞅，只觉得一阵晕眩。跟在后面的几个人不敢离得太近，唯恐不小心触到对方导致坠落。翻过山坡后众人都长松了一口气，但看到下山仍是如此羊肠山道，刚放下去的心重新提了起来……

足足两个时辰以后，马上就能下山，就在此时，徐墨卿隐约听到了溪水流淌的声音。

溪水的声音大小取决于它所在的地势，地势越崎岖，水流的声音就越明显；地势越平坦，声音就越细微。此时，徐墨卿听到的是湍急的动静，他不由得停下来仔细倾听。

那条溪真正出现在大家眼前的时候，大家都不约而同地停下了脚步，溪的形状是一个S形，坡度十分大，而且溪水的来源很怪。溪水的最前面是一块巨石，那巨石中穿了一个孔，水正是从那里源源不断地流出来。水势很大，溪水流下来的时候还有浪花带了起来，中间还有小小的漩涡……

众人在舒易的带领下往前走了一会儿，继而一转，就来到了一处平坦的林地后面。他们一直溯溪而行，溪水两边的风景自不用说，当看到溪流也起承转接一般在林地里穿行，徐墨卿暗自惊奇，那条溪流前行直到一个小土坡前突然消失不见了，可是溪水的声音分明就在耳边。

徐墨卿猜测溪水是穿过土坡到了前方，走近了一看，手指往地面一沾，果真是湿润的："溪水继续前行到了前边。"

舒易说道："没错，这里与当年仍是一样。"

石头往山坡上一站，便看到溪水穿过土坡继续往下奔腾，而在溪水之中立着一块巨石。那块巨石足有四米多高，三米多宽，呈不规则的四边形，右边上光秃秃的，左边上向上突起一块，一边高，一边低，着地的那一边却十分工整。

舒易并没有让他们往前走，而是用脚步丈量起来，背对着小土坡往前走了大约二十步，然后往右移动，又走了大约二十步，然后停下，用脚点着脚下的地说道："就是这里了。"

有吴老六在，掘开盗洞轻而易举，但是盗洞是被完好填充后的，经过这些年头，早就与地面混为一体，根本看不出来盗洞的痕迹。众人往下挖了三四米，终于在泥土中看到一些朱红的颜色，确认是朱砂后才知道找准了地方。

他们重新挖开一条通道，当看到拐角的空洞时，吴老六松了一口气："你们看，填埋不可能埋到拐角里面，里面的空洞就说明我们找对了地方。"

里面的拐角仍是当年的盗洞，经过了重新填埋和这么多年时光的沉淀，依然平整。舒易自告奋勇地在前头带路，因为他最熟悉里头的机关所在。据他所说，里头的机关设计十分精妙，想当年陈鹏飞试图破坏里面所有的机关，却只知道位置无法找到机关所在。

一行人小心翼翼地走在盗洞中，突然前方有"嗖嗖"的声音传过来，舒易叫了一声："趴下！"

所有人的头贴着地面，同时双手抱住头，有十来只箭从前方射了过来，光是听声音，就知道强度有多大了。幸好舒易提醒得快，那箭越过所有人的头顶直直地朝他们身后射去，转瞬间没有了影子。每个人的头顶都是凉飕飕的，好像头皮被带走了一样。

石头摸了摸自己的头顶吓得目瞪口呆，吴老六说道："好强劲的弓弩！"

古时的箭都用青铜来制，商代的铜箭头已有阴毒，当箭头刺入身体后，两翼的倒刺会牢牢钩住合拢的伤口难以拔出，秦代箭头则提高了致人中毒的铅含量，同时与某些秦剑一样，表面氧化铬技术也使某些箭头历久常锋，不管经历了多长时间，依然锋利无比。但铜材较难得，秦代开始尝试用铁制作箭头铤部，但依然是以铜制为主。

简单来说吧，要是被这箭射中了，你会宁愿它一直刺在自己的身体里，也不愿意去拔出来，因为那会让肉翻起来，痛上加痛！

射是周代时的"六艺"之一，也是古代最强大的攻击手段之一。早时的贵族，如果家中生下男孩，都要向天地四方射出六箭，以示男子所要征服的世界，足见其在人们心中的地位。东周时期复合技术的普及大大增加了弓身可储存的可能，使人在容许的拉程内，能将更多力量转化给弓身，射出更快更远之箭。古人超常的膂力令人惊诧，精锐射手竟能拉开七十公斤的强弓，估计有效射程应在五十到七十米之间，最远射程更是数倍之多。

若以人的力量都能拉到七十米之远，换成精妙的机关设计，射程会更远，所以这些箭转瞬即逝也在情理当中。

第20章　人间正道是沧桑

石头仍处于震惊当中，吴老六索性折返回去，多半是想将箭拿回来研究一下。过了一会儿，吴老六倒是回来了，可惜手里空空。徐世间问道：“怎么了？”

“根本拔不出来。”吴老六说道，“只剩一点露在外面，我把泥抠了都没有拔出来。”

徐墨卿暗自心惊，吴老六力大，如果连他都弄不出来，可想刚才的力道了。若是射到身上，搞不好会直接穿透，直接在身上留一个大窟窿！

一行人放弃追究箭的机关，继续往前，舒易接连破解了石钉板和吊索滑石，待到盗洞前端的时候，就看到两条墓道伸展进去，左右各一条，盗洞已经直接连进了墓道！

“好高！”石头说道，“依我的经验，足有八米之高，据说秦始皇为防止盗陵，就想了很多方法，其中就有以山为陵，封土三十米。这和秦陵有得一拼了。

吴老六说道：“我们挖下来的深度，再加上盗洞的高度，算起来三十米差不多。”

这所谓的封土，其实就是俗称的坟头，东周以前的墓葬并没有封土，古人自从迷信灵魂以后，凡事都要先向祖先祈祷，在庙堂祷告总不如直接到墓前祷告好。为了更方便地辨认出祖先墓穴的位置，他们就在墓穴的上面垒土或种树为标志，但后来就变成了显示墓主人身份地位的标志。

作为帝王陵来说，封土就显得更为重要了，封土看上去只是简单地在地墓葬上堆上土，但内中很有讲究，尤其作为帝王陵，一般有三种封土的方式。

第一种是垒土为陵。是早期帝王陵墓封土的一种，叫作方上，就是在帝王的墓穴之上用层夯筑，使它成为一个上小下大的方锥体，就像倒扣着的一个斗，因为它的上部是方形平顶，没有尖部，所以叫“方上”，也称“覆斗”。

第二种是以山为陵，它是利用山的丘峰作为陵墓的坟头。唐代的帝王陵从一开始就采用了这种形式，安葬唐太宗李世民的昭陵，就选择了长安西北礼泉县海拔一千多米的九嵕山为坟，凿山建造。据说这一葬法是长孙皇后提出的，这实际上是李世民自己的主张，借长孙皇后之名提出的，他在为长孙皇后撰写的碑文上说：“王者以天下为家，何必物在陵中，及为己有，今因九稷山为陵，不藏金玉、人马、器皿，皆用土木形具而已，庶几贼盗息心，存没无累。”说是如此，实际上李世民并非薄葬，而是非常的厚葬。以山为陵，不过是利用人工难以造成的山岳雄伟的气势，以体现帝王气魄宏大，而且还可以达到防止盗掘的目的。

第三种是宝成宝顶。自秦汉时期帝王陵盛行的方上形封土，一直延续到宋代。但是经过唐代的以山为陵后，帝王们对方上和以山为陵的形式有所触动，因为方上形土丘的尖棱很容易被雨刷风蚀，成为圆钝，山形也很难如方形。因此在唐末五代时期不少的帝王陵封土出现了圆形，倒斗的都叫它馒头形。

舒易说道：“当初鹏飞也是这么说，这地方符合以山为陵，得天独厚，初进来的懂行人估计都以为找到了秦皇地宫吧，可惜啊，再往前走走就知道如何了，里面有更多的证据表明这里不过是一处伪陵，说来也奇怪……”

舒易好像想到了什么，皱了一下眉头。徐墨卿问道：“您想到什么?”

“没事，总觉得这地方不只我们来过，可是也没有找到其他盗洞。”舒易说道，“算了，我们先进去再说，我让你们准备的东西都带上了吧?”

“三叔，车上可是一点儿东西没留。”徐世间说道，“全搬来了。”

“那就好。”舒易说道，“你们捂好鼻子吧。”

果然左边的墓道走了没有多远，前方传来的味道腥臭无比，而且铺天盖地地传过来。众人幸好听从舒易的建议提早捂紧了鼻子，舒易率先过去，众人紧跟其后，马上就看到一条条极窄小的长方形竖穴土坑，排列得十分密集，每排间也就离了半米到一米的样子，大致地数了一下，就有一百多个！

徐墨卿走过去打开其中一具棺盖，连子孙钉都没有钉上，里头没有随葬品，棺上都放着一块或两块青砖，砖上镌刻死者姓名、刑名、郡县狱所名，以及死亡日期等。

里面的尸骸只余下骨架，骨骸上留有被器械刺杀、砍击造成的创伤，主要集中在脊椎骨，这具尸骸的主人生前一定遭受过酷刑，而且进行过高强度的劳作。接连翻了好几具棺盖，里面的尸骨情况都类似，最大的共同之处都是脊椎骨处的损伤，至于其他部位的损伤，倒是略有不同，棺里没有半点的陪葬物。

舒易提示大家拿好火把，里面有些恼人的虫子，会咬噬皮肉。吴老六与石头走在最前面打头阵，徐墨卿在最后面，舒易与徐世间走在中间，一行人回到墓道中央。往右的墓道上昏暗无比，仅靠着石头手上一个点燃的火把照明。马上他们就看到了墙上密密麻麻的尸鳖，它们趴在墙上，看似没有用力，身子却黏得紧紧的，丝毫没有掉下来的样子。果真如舒易所说，它们正处于安眠期，一行人走过去时，它们一动不动，众人这才放了心。

往前走了约五十米，墓道变得越来越开阔，前方突然出现一个水池子，舒易点头道："和以前一样，几十年了，好像里头的水从来不会动一样。"

池子里的水幽绿幽绿的，光线照不到的地方则是黑漆漆的，十分阴森。放眼看过去，这池子足足宽六米，石子扔下去都不见底，半天听不到响动。石头担心道："怎么回事，好歹也要沉到底啊，真是，只能晃过去了。"

一条绳索加上一个腰带，绳索的前端是一个尖利的刺，腰带上装了一个动力设置，这工具是以力打力，让前端的尖钩刺进最顶端，而这里的顶端是用一条条的白色石块砌成的。假如没有其他因素，安全渡过来肯定是没有问题的。

舒易不甘服老，第一个晃到对面，大家依次到达对岸。舒易笑道："这回这么顺利，多亏当年咱们四人当初破掉了大部分机关，前人栽树，后人乘凉。"

"那是，多谢三叔。"徐世间拱手道，"现在仍宝刀不老，佩服，佩服。"

舒易满足了，问道："地图不是在你脑子里吗？想想看，在哪里？"

"地下情况复杂无比，出去后大哥就绘制地图省得我们忘了，你三爷爷宝刀不老，但是这么多年了，只记得四分之一的位置了，人的脑子不是永远年轻的。"舒易咳了好几声，他只是在逞强而已，"别问了，小子，快找地方。"

"依地图显示，那里应该是一间杂物室，接下来是两间墓室，一间备注车马室，一间没有备注，而再往前还有一堵墙。"徐墨卿说道，"标注的地方就在这墙与车马室的中间位置。"

众人马上转移到车马室去，车马室里堆放了不少当初建造墓室用的工具，而另外一间没有备注的墓室根本不需要备注，因为里面空空如也，什么东西也没有，而在车马室与墙的中间也是一道墙，徐墨卿站定，说道："依地图所说，就是这里了。"

徐世间摸着墙体："这里头还有内层？"

吴老六将耳朵贴在墙壁上，用力地敲击墙壁："听不出来有空洞。"

"地图指向这里一定有其原因。"徐墨卿说道，"但依地图所示，应该在这个位置。"

舒易拿着火把左右瞧瞧，昔时的回忆浮现，当时只有大哥在这里摸索，而且打开过，他们几个束手无策，只在边上围观。大哥是怎么弄开的，时隔已久，已经不记得了。面对众人期待的目光，他只能摇头："老头子了，想不起来。"

石头和吴老六直抓头，徐世间呵斥道："不要着急，当初江城四杰合力也没有带出去……"

"错，不是没有带出去，是大哥不建议带出去。"舒易纠正道，"当初我们怀疑是九鼎后，这东西可不得了，当初军阀混战，要是流出世，还不为了它斗得你死我活。大哥说了，为了苍生百姓，也要瞒着这个秘密。但错过又太可惜，不如留下地图，让后人来挖掘，说不定世道越变越好，再不会为它抢破头。所以才有四份地图存在，谁能想到陈鹏飞的小徒弟陈阿七背叛了大家，害得大家四处逃命，家破人亡！"

"大家失去联络，地图也凑不齐，我呢，这些年就想着等世道好点再说。可一年年下来，就没有好点的世道，一大把年纪，走路越来越喘，我想几位弟兄八成也不在世上了，找不到他们，凑不齐地图，脑子又记不住，唉，万万没到世间能找到我。"

父亲用了十余年的时间找人，找线索，构划所有事情，自己仅仅是在前台推波助澜而已，想到这些，徐墨卿再看父亲花白的头发，不禁红了眼眶。这些年以不同的身份周旋于各方势力中间，等于在刀刃上跳舞。

"你还愣着做什么，快找九鼎。"

在徐世间的催促下，徐墨卿重新将手放在墙壁上，仔细地感受着。突然，手停住了，他睁开眼睛让石头把火把举高一些，然后说道："墙壁是有角度的，微微倾斜，并非一条直线。"

说完，他检查其他的墙体，折腾一番后越发觉得地图指示得没有错，墙体倾斜是一特征。石头火把拿不稳，手抖了一下，火光扫过墙壁，从明到暗，就在这瞬间，徐墨卿发现墙上面有些花纹。

“等等，石头，火把移回来。”徐墨卿说道。

石头将火把移过来，火光亮了，墙上的纹路却消失了，与其他墙壁一样。“稍微过去一点儿。”徐墨卿说道。

石头应了一声，又将火把拿过去一点儿，直到徐墨卿叫停，他双手握住火把不敢妄动：“大哥你看到什么了？”

“你们过来看看，石头，你不要动。”见石头下意识地想动，徐墨卿提醒道，“光的明暗不一样，出现的情景也不一样，现在这个亮度刚刚好。你们看，上面的纹路像不像两条龙？一大一小而且交缠在一起。”

众人一看，石壁上面有两条从下往上升腾的龙形，龙口大张，气势恢宏，只是下面的一条略小，它紧紧地缠着另外一条，十分依赖的样子。徐墨卿说道：“小的是虺，俗话说，虺五百年化为蛟，蛟千年化为龙，它其实是龙的幼年期。大的那条是蟠螭，是一种没有角的早期龙，一般是雌龙，这难道是母子的象征？等一下，这个标记，大小龙纠缠在一起就是地图上的标识啊，地图上所指的地方就是这里啊……”

“大哥，好了没有，我手软了。”石头举着火把开始叫苦。

徐墨卿说道：“再忍忍，马上就好了。”

徐墨卿的手在墙上摸索着，当触到大龙的头部时，感觉到不同寻常的触感，他心里一动，用大拇指按下去，只听到“哗”的一声，石头赶紧往后跳了一步，眼前的石壁打开，里面赫然有一个鼎！

鼎是青铜器中最重要的物种之一，是用以烹煮肉和盛贮肉类的器具。三代及秦汉延续两千多年，一般来说鼎有三足的圆鼎和四足的方鼎两类，又可分有盖的和无盖的两种。有一种成组的鼎，形制由大到小，成为一列，称为列鼎，列鼎的数目在周朝时是代表着不同的身份等级的。列鼎通常为单数。据文献及考古发现九鼎应为诸侯之制，七、五鼎为卿大夫，

三、一鼎为士级。

眼前的这个鼎为三足，无盖，鼎身上有山川河流。舒易指着其中一条山脉说道：“这是泰山，这是长白山，这个是贺兰山，还有，长江与黄河也是一目了然，这是黄土高原，这里是……”

“三叔，不用说了，这根本是华夏的地貌图，主要的地标全在上面了。”徐世间说道。

鼎不大，只到小腿处罢了，但是做工精细，拿在手里分量不轻。众人好像想到了什么，其余人不约而同地看着徐墨卿。

“九鼎，据传是大禹在建立夏朝以后，用天下九牧所贡之铜铸成九鼎，象征九州。有说是一个鼎，也有说是九个鼎的，早就失传了。”徐墨卿说道，“这两样东西比起来，九鼎消失得更早。据说周显王四十二年，九鼎沉没在泗水彭城之下。后来秦始皇南巡之时，派了几千人泅水进行打捞，毕竟是江水滔滔，无从觅处，只得徒劳而返。和氏璧还能追溯到三国时期，九鼎到秦始皇时期就彻底失去了踪影。”

“大，大哥，你说这个鼎是传说中的九鼎?”石头不敢置信，“你能确定?”

“《左传》中谈到九鼎铸造的情况是这样的：夏朝初年，大禹划天下为九州，州设州牧。后夏启令九州牧贡献青铜，铸造九鼎。事先派人把全国各州的名山大川、形胜之地、奇异之物画成图册，然后派精选出来的著名工匠，将这些画仿刻于九鼎之身，以一鼎象征一州。所刻图形亦反映该州山川名胜之状。显示夏王已成为天下之共主，是顺应天命。”徐墨卿说道，“藏在始皇附陵里的鼎会是九鼎吗?”

“不管是什么拿出去再说。”吴老六说道，“得九鼎说明是顺应天命的人，这是个好预兆，但并不值得这么多势力争夺啊。大哥，这个鼎在我们手里有什么用?”

徐墨卿摇头：“我也不知道，但像你说的，先拿出去再说。”

鼎看着不大，却有些分量，吴老六和石头一起合力搬出来，吴老六手指有伤，手一滑，石头一个人兜不住，鼎滑到地上，“咚”的一声。舒易眼尖，说道：“鼎里还有个盒子，你们看看。”

徐世间捡起那个盒子，盒子沉甸甸的：“是阴沉木。”

因乘天地灵气，集日月之精华，乃万木之灵，灵木之尊，阴沉木是东方神木，存放在阴沉木里的尸体都不腐不朽，若是其他东西也是一样，徐世间见盒子上面有锁，不由得犯了愁：“这锁没有锁孔，要怎么打开？若是毁了盒子，还有些心疼。”

徐墨卿接过来只用手一拨，盒子就打开了，徐世间大感惊讶：“怎么会这样?”

“人的认识是可怕的东西，觉得外面有把锁就一定要开锁，”徐墨卿说道，“障眼法而已。”

盒子里面有一张纸，上面的东西令徐墨卿惊讶不已：“宝藏图!”

众人都惊呆了。

“此鼎是否九鼎不可知。”徐墨卿说道，“但宝藏图应该为真，否则前人不会费尽心思将它藏起来，藏得如此隐晦。”

“这么说，大家抢来抢去的其实不是鼎，应该是这里面的图?”吴老六狠狠地拍着自己的脑袋，仰天大笑，“哈哈哈，真是滑稽，我师父为了它这辈子都在算计，算计来算计去，把自己的命都丢了，害人不少，结果呢？结果他连自己找的是什么都不知道，命哪。”

说着吴老六落下两行眼泪，他是个重情重义之人，现在想到师父满心悲痛。石头吐槽道：“得了，这都什么时候了，别像个娘儿们似的哭哭啼啼，想想怎么出去吧。”

这下子言归正转了，舒易主动带他们去找一面墙，一摸索，脸色顿时变了：“奇怪，当初咱们出去的时候，鹏飞是在这里打了一条盗洞的，怎么不见了?”

徐家父子面面相觑，怨得三爷爷说自己性子不好，不是谦虚，是真的!

舒易摸索半天终于放弃："没有了，看来只有沿原路出去了。"

石头哭笑不得，掏出水壶正准备喝，一团影子从天而降，一把夺过他手里的水壶，里头的水流了出来。正口渴的石头大感惊愕，身边的吴老六顾不得手伤直接勾住了水壶的带子。那东西的力道很大，直接将吴老六的的身子带着往前奔！

徐世间掏枪对准那个黑影，正准备开枪，那东西猛地回头，一双绿幽幽的眸子在黑夜中反光，惊得徐世间忘记开枪。就在此时，吴老六的身子撞在车马室边上的墙上，"咚"的一声，又是"轰隆"一声，一道暗门赫然打开！

那突然出现的小东西马上消失不见，徐世间和石头追过去的时候已经不见它的踪影。吴老六仍眼冒金星，挣扎着从地上爬起来，手一扬，水壶也被带了起来，他疑惑道："那是什么东西，跑哪里去了？"

"地底的小东西多了去了，它们在里面自由来去，也不晓得这道暗门通往哪里。"舒易经验老到，不以为然地说道，"怎么样，敢不敢跟过去探探究竟？"

一群大老爷们没有怕的道理，跟着舒易钻进那道暗门，里面竟有一条盗洞！舒易这下犯了迷糊："这条盗洞不对，就算我记不住鹏飞当初打的盗洞，但这条一看这打法就不是他的，难道还有人进来过？嗯，这盗洞这么平滑，有些年头了。"

"不用理会，三叔。"徐世间说道，"我先探探往前走走，若是可以出去管他是谁打的。"

徐墨卿心下一动，联想到之前那张宝藏图的纸质，再算上这条盗洞，隐约有个结论。此时大家急着出去，他将念头暂时打消掉，跟着父亲钻进暗门。盗洞长约几十米，通畅，不算高，不算宽，仅只供一人弯腰前行。众人鱼贯而行，只有吴老六因为体形高大壮实，弯腰前行时略显痛苦，好不容易到了头上，头顶传来"呼呼"的声音，也不晓得是风声，还是有风在地孔里钻来钻去。直到听到水声，徐墨卿知道，能出去了！

他推推顶上，头顶的土毫不松软，根本推不动，他眼尖，看到前方有一块青石板，上方还有一条不算工整的墓道，还有斜度，径直往上。众人得了这好处，马上沿着那条倾斜的墓道出去，当从那个洞口探出头，徐世间狠狠地吸了一口外边的新鲜空气，在地底下就听到的水声此时越发清晰了，他们回到了溪流边。

石头最为雀跃，奔跑到小溪里，掬起一把溪水："痛快，真痛快，咱们出来了!"

舒易一身老骨头几乎断了，痛苦地躺在地上："兄弟们，我又回来了，杀回来了，老天爷留我一条命，就是为了今天啊，哈哈哈哈……"

徐墨卿也一屁股坐在地上："那个鼎不是九鼎，墓室的布局与器物都显示是秦时的墓，但鼎只是仿制的秦物，里面的油纸是后来的手笔，还有刚才我们走出来的盗洞。父亲、三爷爷，我有个大胆的想法，那东西是后来有人进去存放在里面的，后来的人，是秦以后的朝代，盗墓的行家后来放进去的，也是用作存放。"

"那我们一直藏着的只是别人放进去的藏宝图?"舒易打了一个激灵，"这个玩笑开大了。你连鼎都不要，是认定那个鼎是冒牌的了?"

"关键是这张图，这个足够作为给何大夫的见面礼，充作军费。"徐墨卿说完，大家会意地笑了，这份礼要是真的，足够厚重!

众人休整一番，在徐墨卿的带领下往回走，费了些时间出山找到了汽车，洞中与外面截然两个世界，出来后方觉得时间流逝飞速，夜幕马上如墨般泼下来。他们加紧速度离开山间，到了一个小镇住下来。这地方远离城市，拥有难得的平静，没有了在山中的紧迫感，众人的心思彻底平静下来。

晚上一人一碗裤带面，和上辣子，相当痛快。时候已经不早，众人迫不及待地入睡。徐墨卿躺在床上，身边是自己的父亲，他见父亲双手整齐地放在胸前，一副若有所思的模样，不禁说道："爹，您失望了?"

"不，只是想到过去种种，所有人都在追名逐利，仔细想想，都是一场空罢了。哎哟，这些年在外面走南闯北，换过无数身份，只为达成一个目的，找到当年害我们家破人亡的元凶，找到三位前辈，找到残卷，拿到原本就应该属于江城四杰的九鼎。现在如愿了，心里反而空荡荡的，你的奶奶、你的母亲，还有两位叔伯、你的爷爷，人死不能复生啊。”

徐墨卿不语，现在必须与何大夫碰头，将这份地图交与他们，从此以后，再无人可以威胁自己，墓底的真相只有他们知晓！

“你想重回十里洋场？”徐世间像是儿子肚子里的蛔虫，“现在就算如实托出也无所谓，鼎根本不重要，你呀，不会是为了谢七那个姑娘吧？”

徐墨卿只是笑笑，待众人收拾妥当，便赶往与何大夫约定的地方。不只见到何大夫，还有一位姓刘的先生，他戴着黑框眼镜，不用多问，他们知道他的身份。他将墓底种种道来，将地图复制出来，亲自交给这位刘先生。刘先生扶扶眼镜，默默地站起来，鞠躬离去。

“不是，他就这么走了？”石头顿时愤懑不已，“咱们费了这么大劲弄出来的东西。”

“他会把它派上用处的，请诸位放心，一定不会辜负了大家的期望。”何大夫说道，“我接下来还要回十里洋场，那里是战斗最残酷的地方，我绝不能舍弃。诸位呢？”

“一样。”徐墨卿说道，“我现在终于可以向宋家有个交代了。”

一切尽在不言中，何大夫拱手离去，虽然目的地相同，以后就算在同一地点也未必可以相见！

徐墨卿一行人刚回到十里洋场，就被宋令铮带人团团围住：“姓徐的，你终于回来了。”

“你这些日子不好过，我知道。”徐墨卿说道，“我不会让你为难，会让你交差的。”

徐墨卿将地图上交，宋令铮又惊又喜，心里头又有些莫名的失望，尤其看到前来接洽的沈副官脸上得意的笑容，他的心情难以名状。

徐墨卿又回到了十里洋场，谢七和他在戏院相逢时，一个在台上，一个在台下，戏还没有开场，徐墨卿一袭长衫，双手背在身后，俨然又是当初那个灵气十足的花旦。谢七不禁笑了，这些天的想念虽重，她一直深信他会回来，他们答应过彼此——同舟共济。

时间就这么一天天地过去，徐墨卿不再理会江湖上的事情，只是偶尔与谢七到荣丰戏院听戏，戏院与家里两点一线，过得十分单调却从未如此轻松满足。舒易和徐世间在家下棋，几乎不怎么出门，倒是石头放下了心头的眷念，拉着吴老六去了一趟百乐门。

吴老六平时从不出入烟花柳巷，百乐门这样的风流之地更是从未踏足，回来时脸还是红的，惹得舒易和徐世间好一通打趣。这样的场景似乎是完美的。但是，从街头巷尾传来的枪声，总是莫名地冲出一群黑衣人到处奔跑，这样的情景提醒大家伙暗流依然涌动。

这一天，徐墨卿和谢七并肩走在街头，头顶的月光披散在两人身上，不知不觉中，两人靠得越来越近。谢七已经知道他玩的花招，如今两头都有交代，他居然能从剧烈的旋涡里抽身，她不禁低头浅笑。

“你笑什么?”

“笑老天爷眷顾，笑你的运气好。”谢七停下脚步，笑道，“真想知道你的脑子是怎么长的，总能想到好招。不过，最近令铮的心情不太好。”

“他的志向原本是做一名医生，迫于家族压力卷进来，现在最难受的莫过于他。虽然事件看似完美解决，他也看到了不想看到的一切，现在抽不了身，更是痛苦。”

“想不到你如此理解他。”

谢七的话音落下，远处传来一阵细密的枪声，伴随着一阵纷乱的脚步声，两人四目相对，不知道又是哪里出事。徐墨卿忧心谢七的安全，将她送到洪门才返回家中。

这一夜，他没有睡好，耳边总是响起枪声，还有人在奔跑时发出的气喘吁吁的声音，在梦境中反复出现。直到天亮时，突然传来“砰砰砰”的声音，徐墨卿一下子坐起来：“谁?”

“大哥，是我。”石头的声音有些哑，“出事了。”

徐墨卿跳下床，打开门，石头额头上还残留着汗水，双眼通红：“何大夫死了。”

“你说什么？”

“尸体被挂在城东。”石头强忍住心头的悲伤，单手扶在门上，欲哭无泪，“听说是昨天晚上被军统的人追杀，在一条小巷里被击毙，离洪门不远……今天尸体就被挂出来了，据说要警告残留在十里洋场的地下党，铁男也还在这里，何大夫死了，不知道铁男怎么样了。”

徐墨卿的五脏六腑都要掏空了，昨天晚上密集的枪声又在耳边响起，眼前石头的脸越来越模糊，到最后只剩一个朦胧的影子。石头担心地喊：“大哥，大哥！”

“我知道了。”徐墨卿说道，“你先下去吧。”

“大哥，你不去看看？”石头意外道。

“我让你下去！”徐墨卿的愤怒爆发了，唯有他自己知道，这愤怒并非冲着石头，而是冲着自己。石头退后两步，定定地看着徐墨卿，默默地转身下楼。徐墨卿的身子瘫软一般，靠在门上一动不动，双眼无神……终于，他一屁股坐在地上，头深深地埋下去……

谢七终于来了，进门后二话不说直接冲上楼，看到呆坐在地上的徐墨卿，心里一阵绞痛。她上前扶住徐墨卿的胳膊：“还好吗？”

“昨天晚上……”徐墨卿的话还没有说完，谢七便摇头道：“那个不是。”

“不是？”徐墨卿说道，“石头说何大夫在离洪门很近的地方被击毙。”

“何大夫是被暗杀的，是刀伤，不是枪伤。”谢七怜惜地看着徐墨卿，“担心你误解，我确认后第一时间赶来了，何大夫身上没有一处枪伤，你没有对他见死不救，墨卿，打起精神来。”

谢七索性坐到地上，与徐墨卿并排坐着，看着他的侧脸，缓缓说道：“我和大姐打听过了，何大夫之前身份暴露是内奸搞的，这次恐怕也是如此。听说是在洪门附近发现，我在想，他是否想在遇刺后再见大姐一面……”

“不会。”徐墨卿断然否定，“依他周全的性子，只会在远处望一眼。绝不会给洪门带来麻烦，出于此，他才会在洪门的背街等待。我们听到的枪声是怎么回事?”

“是巡捕房在追捕抢劫银行的凶犯。”谢七说道，“你现在可安心了?”

“何能谈安心，毕竟何大夫去世了。”徐墨卿说道，“方才替自己的铁石心肠懊恼不已，方才明白自己究竟是何等货色，为求安宁不惜委曲求全……”

谢七捂上徐墨卿的嘴：“你是人，岂能用货色形容，我问你一句，你将来有何打算?”

“暂时稳住。”徐墨卿说道，“将来事只有走一步看一步。”

“一旦老头子改变主意，你们的处境就危险万分。”谢七压低声音说道，“我奶奶今早给我电话，言语虽然如平时拉家常，但却暗示让我与你保持距离，这不是好的信号。”

“风雨欲来，我不能不动。”徐墨卿说着，双手撑在桌上，长叹一声。

就在此时，谢七走到窗边，透过窗帘的缝隙看下去，紧张道：“又来了。”

原本散在徐家附近的眼线重新出现，谢七摇头道：“老头子压根不相信你，这才不到十天的时间，十里洋场一点儿风吹草动，你又成了他们的眼中钉。”

“我本想安逸处之，看来如不了愿。”

“墨卿，我始终站在你这一边。”谢七说道，“不管你做何决定，我一直在你身边。”

“我明白。”徐墨卿说道，“可叹我之前的委曲求全化为乌有。”

门被推开了，徐世间与舒易进来，两人在门外偷听这对有情人的说话，却意外听到严峻局势。舒易劝道：“墨卿，何大夫被杀，此事触发了老头子的神经，你和何大夫在十里洋场有过交集，他疑心重，担心你会与地下党合流。那些家伙又在家门左右死死盯着，委曲求全不是长久之计，我们要早做打算。”

“不行。”谢七断然道，“现在离开只会让老头子认为你们心虚，更跳进黄河也洗不清。”

徐世间点头：“倒也是，他本就怀疑墨卿，贸然离开会坐实罪名，给我们来一个私通地下党的罪名，到时候就是跳进黄河也洗不清。”众人个个面色焦灼，大家都想不出什么好办法。

就在徐墨卿静等离开的时机之时，一次偶然外出，拉他的黄包车车夫突然加速，迅速甩开身后的人，将他带到一处偏僻的地方。一下车就示意他翻越围墙。徐墨卿心领神会，毅然翻过墙，落进一处废弃房屋的院墙。外面的车夫立马离开，毫不拖泥带水。

屋里出来一个人，赫然是铁男。见到徐墨卿，他双眼通红，扑通一声跪在徐墨卿面前，然后一头扎在地上，给徐墨卿磕了一个结实的响头！

“你这是做什么?”徐墨卿扫到铁男的胳膊，发现他身上有伤，“发生了什么事?”

“十里洋场地下党遭遇血洗是我们内部出了问题，那家伙手上有一份地下党名单，名单泄露才让我们遭受重大损失。我这次回来是锄奸，没想到计划败露，被人追杀，死里逃生。我向上级请求援助，何大夫返回帮我，内奸是找到了，可他也和对方同归于尽了。”

铁男放声大哭，上次见到他这么悲凄的样子还是清水死时。徐墨卿强忍悲伤说道：“十里洋场并非久留之地，他日若开战，十里洋场首当其冲，纷乱不堪，现在离开也许是件好事。铁男，召集你已知的所有人，我们须尽快离开。”

“何大夫出任务之前有过交代，他已经安排好了，我们有三艘船，他交代过，必须带上你们一起离开。他当时就像知道自己回不来一样。”

徐墨卿点点头，一切由他来安排，只是对谢七如何是好。当晚只好立刻通知谢七再来徐家。谢七知晓他的计划，并不意外，她等这一天已经许久，正如之前所说，他不怯，自己何来的怯！

谢一自知道何大夫已死，已然看淡一切，只默默协助谢七等人离开。谢七劝她一同走，她却笑了，她如何能离开这片何大夫抛头颅、洒热血之地！

三日后，三艘船默默前行。前方，天色渐明，太阳正缓缓升起，当众人依靠彼此熟睡一番后，船只已经彻底驶离，天色大明。

谢七扭头看着慢慢被抛离的十里洋场，微微闭上双眼，奶奶、洪门众姐妹，还有宋令铮，还有许多与之有关的回忆都要留下了。她心里清楚宋令铮对自己的感情。但是这一切都将成回忆了。

“墨卿，令铮说过他最大的志愿是当一名救死扶伤的医生，他还说过，如果有一天和你站在不同的对立面，恐怕也无法拿枪对着你。”谢七喃喃道，“因为他知道你奔向了他永远不可能前行的路，他无法抛弃自己的家族，那是属于他的责任。”

“我信。”徐墨卿定然道。

徐墨卿并不是无声无息地走，他主动告知宋令铮离去的打算，两人相约碰面，他已然做好最坏的打算。但宋令铮是一个人来的，没有副官跟随，一如平时那般冷傲。

“怎么，你以为我会叫一队人马过来，当场把你擒住，交到南城谋个功吗?”宋令铮冷笑道，“狗眼看人低了吧，你要走，可惜不能替你大摆宴席欢送。”

“多谢好意，事已至此，我不能再留。”

“姓徐的，万一赌输了呢?”

“我信你良心未泯，信你知道善恶。”

宋令铮无奈道：“带她走，好好对她，我从头至尾像个局外人，被迫卷入事端。每当我想退出，父亲总能拎出家族的背景和责任逼我就范。姓徐的，知道我为什么总是讨厌你吗?”

“愿闻其详。”

“孤立遗世的样子太惹人烦了，这个人还可以按自己的性子来，布置自己的生活，该怎么走，走到哪里去，完全自己做主。”

“你也可以。”

“我，也可以？”宋令铮凄然地笑了，“上有父母压制，再往上，还有我高居要职的姨父，千丝万缕的关系，牵一发则动全身，我如何能像你一样？”

“迈一步也是迈，宋令铮，你初回国时的想法是什么，现在还记得吗？”

“救死扶伤。”

“现在开始并不算晚。”

“徐墨卿，走了，就不要再回来，好好活着，和谢七一起。”

“多谢。”

那是最后一次相见了吧。徐墨卿看着宋令铮，第一次有了惺惺相惜的感觉。他没有看错人，宋令铮是条汉子。可惜，至此一别，恐怕今生再无交集……

船只终于驶向远处，驶向未知，徐墨卿与谢七握紧手，石头与吴老六对视，大家都心下怆然。吴老六还有些迷糊：“石头，咱们到底去哪儿？”

石头嘿嘿笑了，给了吴老六一记大脑门：“大哥到哪儿，咱们到哪儿，懂吗？”

天明之时，三艘船只已彻底消失，只余朝阳在水面拉开绚烂夺目的光辉……